WÜSTENKÖNIGIN

CONQUER MY SOUL

B.E. PFEIFFER

1. Auflage

Herstellung: Smilkov Print

Umschlaggestaltung: Kristina Licht

Lektorat: Fam Marie Schaper

Korrektorat: Marie Niebler

Satz: Bettina Pfeiffer

Kartengestaltung: Cover & Color

Bestellung und Vertrieb: Nova MD GmbH, Vachendorf

ISBN: 978-3-96966-785-9

Für Denise - weil Freundschaft Berge versetzen kann.

KAPITEL 1 - LORCAN

Die Sonne von Sisun brannte auf seiner Haut und Lorcan schirmte seine Augen mit einer Hand vor dem viel zu grellen Licht ab. Wieso musste Cieran ihn ausgerechnet hierherschicken? Er wusste doch, wie sehr Lorcan die Wüste hasste. Und die elende Sonne, die hier viel zu hell am Himmel thronte.

Er zügelte sein Pferd, als die Karawane vor ihm langsamer wurde. Es war sicherer, in einer größeren Gruppe zu reisen, selbst für ihn. Seit Cieran, der Hochkönig der Dämonen, versuchte, Frieden mit den Menschen zu schließen, und die dämonischen Streitkräfte sich nach und nach aus den eroberten Kontinenten der Menschen zurückzogen, kam es immer öfter zu Überfällen auf Dämonen. Lorcan selbst hatte ein Gemetzel in einer Siedlung nahe der Küste Sisuns untersuchen müssen. Unter den Toten war auch Zevian gewesen, jener Hochdämon, den Cieran als

Statthalter eingesetzt hatte, nachdem sie den westlichen Kontinent unterworfen hatten.

Lorcan stieß den Atem aus und wischte sich mit dem Handrücken den Schweiß von der Stirn, als die Gruppe hielt.

Er hatte nicht herausfinden können, ob die Angreifer der Siedlung menschlich oder dämonisch gewesen waren. Aber er bezweifelte, dass Menschen oder Dämonen dazu in der Lage waren, Körper so zuzurichten.

Die Erinnerung an eine alte Sage tauchte in seinen Gedanken auf. Sie handelte von Wesen, die von Zorn und Hass genährt aus dem Sand der Wüsten Sisuns erschaffen worden waren. Und es hatte sehr viel Hass im Kampf um Sisun zwischen Menschen und Dämonen gegeben, als Cieran seine Armee gegen dieses Land geschickt hatte, um es zu erobern.

Cieran hätte jeden anderen seiner Vertrauten schicken können. Doch er hatte ausgerechnet Lorcan ausgewählt. Tat er es, weil er sich an die Schlacht um dieses Reich erinnerte und was sie in Lorcan ausgelöst hatte?

»Was ist los?«, fragte Lorcan, nachdem er sein Pferd an die Spitze der Reisegruppe getrieben hatte.

Er durfte nicht in den Erinnerungen versinken, die er so sorgfältig in sich verschlossen hatte. Nicht jetzt.

»Vor Inej wird die Ware kontrolliert«, informierte ihn der menschliche Händler, der ihm erlaubt hatte, mit ihnen zu reisen.

Lorcan wusste, dass die Menschen ihm misstrauten. Zurecht. Nach mehr als zwei Jahrzehnten blutiger Kämpfe auf allen Kontinenten konnte er es ihnen nicht übel nehmen, dass sie Dämonen verachteten. Selbst jetzt, da Cieran versuchte, seine Taten wiedergutzumachen, fühlte Lorcan den Hass der Menschen. Und ihre Angst.

In dem Moment wünschte er, Cieran und Meira wären hier. Immerhin hatte Meira es geschafft, den Zorn des Dämonenkönigs auf die Menschen zu bändigen und sein Herz zu heilen. Obwohl Meira die Tochter der Sterne war, war sie doch auch ein Mensch. Mit ihrer Ausstrahlung und Güte gewann sie fast jedes Herz für sich. Lorcan hätte sie hier, in dem Land, dessen Volk die Dämonen so sehr hasste, gut gebrauchen können.

Aber Meira mochte die Hitze nicht und Cieran hütete sie wie seinen Augapfel. Deswegen musste Lorcan sich jetzt ohne ihre Hilfe der Königin von Sisun stellen, obwohl sie sich weigerte, ihn zu empfangen. Doch ohne ihre Unterstützung würde es weder Frieden geben noch konnte er die Überfälle auf Dörfer und Karawanen aufklären.

»Ihr und Eure Begleiter könnt aber vorreiten«, riss der Händler ihn aus seinen Gedanken. »Immerhin seid Ihr die Herren von Sisun und führt keine Waren bei euch.«

Unterschwellige Wut schwang in der Stimme des Mannes mit, der bisher immer recht höflich gewesen war. Lorcan hatte gehofft, dass die Menschen hier trotz der blutigen Vergangenheit Frieden wollten, wie jene von Visha, Meiras Reich. Zwar hatte es auch dort anfänglich Schwierigkeiten gegeben, aber schon sehr bald hatten die Menschen und Dämonen friedlich Seite an Seite gelebt. Ob es an Meira lag? Dann wäre es hier vermutlich unmöglich, die Besatzung vollkommen aufzugeben, ohne einen weiteren Krieg zu riskieren. Wenn seine Informationen stimmten, zeigte die Königin von Sisun sehr offen, wie wenig sie von Dämonen hielt und wie sehr sie es verabscheute, immer noch von ihnen überwacht zu werden. Sie durfte keine eigenen Gesetze einführen, ohne sich vorher die Genehmigung des Statthalters einzuholen, und ihre Soldaten waren kaum bewaffnet und wurden streng von den Dämonen kontrolliert, damit es zu keiner Rebellion kam. Wie sollte ihr Volk ihnen also wohlgesonnen sein?

Aber das würde Lorcan bald klären können.

»Habt Dank für Eure Gastfreundschaft«, sagte Lorcan mit einem gewinnenden Lächeln zu dem Händler.

Der brummte etwas vom Segen der Götter, was der Abschied der Menschen Sisuns war, und lenkte sein Reittier dann von Lorcan fort, um sich in die Reihe der Wartenden einzufügen.

Noch einmal wischte sich Lorcan den Schweiß von der Stirn, bevor er seinen Gefährten winkte und sie zu ihm aufschlossen. Er hatte fünf Dämonen aus unterschiedlichen Höllenfeuern mit sich genommen. Jeder von ihnen besaß eine andere Fähigkeit. Die Dämonen aus dem dritten Feuer etwa hatten eine Haut so dick wie die stärkste Rüstung, sahen aber aus wie Menschen. Jene aus dem fünften Feuer waren so groß wie ein Kleiderschrank und stärker als zehn Hochdämonen. Lorcan brauchte ihre Fähigkeiten für diese Reise, um sich um seine Aufgabe zu kümmern.

Sisun war immer noch von Dämonen besetzt, weswegen er nur eine Handvoll Soldaten bei sich hatte. In Inej hoffte er, auf Eletta zu treffen, jene Hochdämonin, die stellvertretende Statthalterin war. Sie konnte ihm hoffentlich die Informationen geben, die er brauchte, um die Königin der Menschen davon zu überzeugen, ihn doch zu empfangen. Außerdem sorgte er sich um Eletta, seit er sie zurückgelassen hatte, und wollte sicher gehen, dass sie wohlauf war.

»Wir reiten in die Stadt«, sagte er ohne große Erklärung und trieb sein Pferd an.

Die Mauern der Wüstenstadt Inej hoben sich farblich kaum vom Sand, der sie umgab, ab. Was nicht zuletzt daran lag, dass der Wind ganze Dünen abzutragen und rund um die Mauern wieder aufzutürmen schien. Lorcan hatte nie verstanden, wieso die Menschen in der Wüste lebten und nicht an der Küste. Zwar führte ein Fluss in die Stadt, die Passagen waren aber im Krieg zwischen Menschen und Dämonen zerstört worden. Deswegen hatte Lorcan die Wüste durchqueren müssen, statt bequem per Schiff anzureisen, wie er es eigentlich vorgehabt hatte. Wieso hatten die Menschen diese Verbindung noch nicht wieder aufgebaut?

Er hielt sich davon ab, in das stinkende Gewässer zu blicken, als sie über eine Brücke ritten. Wasser sammelte Erinnerungen, so hieß es in vielen Legenden der Dämonen, und er fürchtete sich vor dem, was er dort vielleicht sehen würde. Also richtete er den Blick starr auf das Stadttor und zügelte sein

Pferd, als sie vor einem Menschen und einem Dämon der Stadtwache ankamen.

»Lorcan, Botschafter im Auftrag des Hochkönigs«, sagte er knapp.

Er wollte nicht zu lange vor der Stadt warten und im Wind die Schreie hören, die ihn seit seiner Ankunft hier heimsuchten wie Geister der Vergangenheit. Ob sie innerhalb der Stadtmauern verstummen würden?

Der Dämon der Stadtwache verneigte sich, während die Miene des Menschen sich verfinsterte. »General, wir haben viel später mit Eurer Ankunft gerechnet«, entgegnete der Dämon.

Im Gegensatz zu Lorcan besaß er keine Flügel, dafür scharfe Reißzähne und Klauen. Er stammte eindeutig aus dem sechsten Höllenfeuer.

»Wir hatten das Glück, uns einer erfahrenen Karawane anschließen zu können«, erklärte Lorcan, ohne sich umzusehen. »Informiert Eletta von unserer Ankunft. Wir werden sie am Palast treffen.«

Er wollte sein Pferd durch das Tor treten lassen, da sprang der Mensch ihm in den Weg.

»Erst müssen wir euch durchsuchen«, sagte er finster.

Lorcan war sich nicht sicher, ob er den Mut des Menschen bewundern oder ihn dafür bestrafen sollte. Dieser Mann musste wissen, wer vor ihm stand, und stellte sich ihm dennoch entgegen. Aber die Menschen Sisuns waren immer schon stur gewesen und schienen nicht besonders an ihren Leben zu hängen. Zumindest hatte Lorcan diesen Eindruck vor einigen Jahren gewonnen. Er schluckte den bitteren Geschmack hinunter, der seine Kehle hochkroch.

»Tut Euch keinen Zwang an, aber beeilt Euch«, knurrte Lorcan.

Der Mann verschränkte die Arme vor der Brust. »Ihr werdet dazu schon absteigen müssen.«

Der Dämon neben ihm sog scharf den Atem ein und vermied es, Lorcan ins Gesicht zu sehen. Es hatte eine Zeit gegeben, da hätte Lorcan das Schwert, das er in einer Satteltasche mit sich führte, gezogen und dem Mann vor sich den Kopf abgeschlagen. Selbst jetzt zuckten seine Finger, obwohl zwischen dem Lorcan von damals und dem heutigen ein halbes Leben zu liegen schien.

Einen Moment starrte er dem Menschen, der ihn voller Verachtung musterte, in die Augen. Seine Hand wanderte zu der Satteltasche und einen Herzschlag lang erwog er, zu seinem alten Selbst zurückzukehren. Doch dann hob er die Mundwinkel und schwang sich vom Sattel.

»Die Rüstung lege ich aber nicht ab«, verkündete er leichthin und streckte seine Arme zur Seite.

Der Wachdämon stieß hörbar den Atem aus und tastete Lorcan oberflächlich ab, während der Mensch die Satteltaschen der Pferde durchsuchte.

»Ihr führt Waffen mit Euch«, sagte er schließlich. »In Inej sind Waffen untersagt, wenn man nicht zur Garde gehört.«

»Ich kenne die Regeln, ich habe sie selbst niederschreiben lassen«, erwiderte Lorcan amüsiert. »Und deswegen weiß ich auch, dass der Gesandte des

Hochkönigs und seine Leibwächter davon ausgenommen sind.«

Er musste nicht hinsehen, um zu wissen, dass der Mensch ihn mit Blicken zu töten versuchte. Lorcan konnte die Abneigung deutlich spüren. Aber gegen die Gesetze, die alle Wesen, ob Dämon oder Mensch, betrafen, konnte niemand etwas sagen.

Trotzdem schien der Mann zu einer Erwiderung anzusetzen. Allerdings kam er nicht dazu, Lorcan etwas entgegenzuschleudern, denn mit einem Mal legte sich Dunkelheit über die Wüste und eisige Kälte drang unter Lorcans Rüstung.

»Was bei allen Höllenfeuern ...«, begann er und hielt den Atem an, als sich eine Kreatur, schwarz wie die Nacht, von der Stadtmauer schwang.

Mit einem hohen Kreischen breitete sie ihre Schwingen aus, flog knapp über Lorcans Kopf hinweg, änderte die Richtung und stürzte sich erneut herab. Diesmal hielt sie auf den Wachmann zu, der immer noch neben einem der scheuenden Pferde stand und sich nicht rührte.

Ohne zu zögern, riss Lorcan das Schwert aus der Satteltasche und sprintete auf den Menschen zu. Einen Fluch ausstoßend warf er den Mann um und rammte der Bestie die Schwertspitze in den Bauch. Die Magie, die seine Waffe umgab, virbierte und riss die dicke Haut des geflügelten Wesens auf. Es schrie, flog aber weiter. Klebrige Flüssigkeit ergoss sich über Lorcans Schulter.

Ein Brennen wie von den Höllenfeuern selbst zog über seine Haut und er riss sich keuchend den Schulterschutz ab. Die Haut darunter roch säuerlich und löste sich genauso auf wie ein Teil seiner ledernen Rüstung.

»Euer Ende ist gekommen!«, zischte die Kreatur, als sie auf die Mauer zurückkehrte.

Zumindest dachte Lorcan, dass die geflügelte Bestie, die ihn an eine riesige Schlange mit Schwingen erinnerte, zu ihnen sprach. Bis er eine Gestalt direkt neben dem Monster, das sich krümmte und zu sterben schien, entdeckte. Ein zerrissener gräulicher Umhang wehte um den schlanken Körper, obwohl kein Windhauch über die Wüste zog. Lorcan konnte nicht erkennen, ob er einen Menschen oder Dämon vor sich sah, weil das Gesicht unter der Kapuze verborgen war. Trotzdem fühlte er den hasserfüllten Blick des Wesens auf sich.

»Die Welten werden getrennt werden. Ihr könnt nicht aufhalten, was ihr selbst begonnen habt«, sagte das Wesen.

Dann hob es seinen Arm und verschwand zusammen mit der Bestie, als das Licht der Sonne zurückkehrte. Lorcan rang um Atem, weil der Schmerz in seiner Schulter in der Hitze des Tages anschwoll.

»Ihr habt mein Leben gerettet«, stammelte der Mann, der neben ihm auf dem Boden lag. »Wieso?«

Lorcan zwang sich, ihm ins Gesicht zu blicken. Dunkelbraune Augen starrten ihn ängstlich und nicht mehr feindselig an. Obwohl sein Arm wie Feuer brannte, stand Lorcan auf und streckte dem Mann seine Hand entgegen.

»Weil es das Richtige war«, sagte er, als der Mann die Hand ergriff und sich hochziehen ließ. »Es ist vermutlich dieses Wesen, das ganze Dörfer abschlachtet und jeden darin tötet. Das werde ich nicht zulassen.«

»Aber dieses Wesen«, wisperte der Mann und starrte hoch zur Mauer, obwohl dort niemand mehr stand. »Es ist doch ein Dämon, oder?«

Lorcans Kiefer mahlten, während er den Kopf schüttelte. »Nein. Und ein Mensch ist es auch nicht.«

»Aber was ist es dann?«

»Das, guter Mann«, sagte Lorcan grimmig, »werde ich herausfinden, sobald ich mit der Königin gesprochen habe. Mögen Eure Götter ihr klarmachen, dass sie mich so schnell wie möglich empfangen sollte.«

KAPITEL 2 - YVAINE

»Ich werde ihn niemals in den Palast lassen«, tobte sie, bevor sie nach einer Vase griff und sie schwungvoll auf den Boden warf.

Es klirrte und das Gefäß zerbarst in unzählige Scherben. Aber das stillte Yvaines Zorn nicht im Geringsten. Im Rosenraum, wie man dieses Zimmer wegen der Blumenverzierungen nannte, standen noch etliche Vasen, die sie umwerfen konnte. Doch ob sie damit ihre Wut besänftigen konnte?

Man hatte ihr bei ihrem täglichen Teeritual mit ihrem Bruder und ihrem Wesir mitgeteilt, dass der Botschafter des Dämonenkönigs es gewagt hatte, Sisun zu betreten, und sich auf dem Weg zu ihr befand. Aber genau wie diesen fürchterlichen Statthalter oder dessen Stellvertreterin würde sie den Botschafter nicht empfangen. Nicht nach allem, was die Dämonen ihr und ihrer Familie angetan hatten.

»Ich verstehe deinen Gram«, redete Gavril in

seiner unausstehlich ruhigen Stimme auf sie ein. »Aber wenn du kein weiteres Blutvergießen willst, wirst du ihn empfangen müssen.«

Yvaine riss den Kopf zu ihrem jüngeren Bruder herum, der auf seine Krücken gestützt einige Schritte von ihr entfernt stand. Gavril war noch keine sechzehn und lahmte seit seiner Kindheit. Beim Angriff der Dämonen vor dreizehn Jahren war er beinah von einem herabstürzenden Balken erschlagen worden. Seitdem konnte er das linke Bein kaum noch gebrauchen, weil es steif geworden war. Und nun wagten diese elenden Dämonen zu behaupten, dass sie Frieden mit den Menschen schließen wollten.

Yvaine knurrte. Wenn die Dämonen wirklich Frieden hätten schließen wollen, wäre Sisun längst unabhängig. Doch Yvaine war weiterhin nichts weiter als eine Marionette dieser Kreaturen. Nur durch die Erlaubnis von König Cieran, der angeblich seine Fehler erkannt hatte, durfte sie sich Königin von Sisun nennen. Allerdings besaß sie kaum Rechte. Ihre Soldaten waren fast unbewaffnet, Kampfübungen durften nur im Beisein der Dämonen abgehalten werden und eigene Gesetze konnte Yvaine auch nicht verabschieden.

»Du verstehst gar nichts«, sagte sie aufgebracht und wandte sich schnell ab. »Du warst nicht dabei, als sie unseren Bruder hingerichtet haben. Ich schon. Und ich habe Vaters Hand gehalten, als er an seinen Wunden elend verreckt ist. Die Dämonen hatten ihre Waffen mit Gift getränkt, das ihn langsam und qualvoll dahinraffte. Ich habe Mutter sterben sehen, weil sie uns schützen wollte. Also sag mir nicht, wie ich mit diesem Abschaum umzugehen habe!«

Yvaine ballte die Hände zu Fäusten. Das alles lag Jahre zurück. Aber sie konnte die Schrecken nicht vergessen. Oder den Schwur, den sie ihrem Vater gegeben hatte, als er starb.

»Ich will nicht rechtfertigen, was sie getan haben«, fuhr Gavril immer noch ruhig fort. »Aber der Krieg gegen uns war Rache für das, was unter anderem unser Vater ihnen angetan hat. Sie wollen das Töten jetzt beenden und ich denke, wir sollten ihnen zuhören.«

Das Klacken seiner Krücken auf dem Steinboden erklang und Yvaine starrte Gavril finster entgegen.

»Ich habe erfahren, dass vorhin wieder eines dieser dunklen Wesen erschienen ist und angegriffen hat«, sagte er leise, damit Cadmus ihn nicht hören konnte. »Wir beide wissen, dass wir diese Kreaturen nicht alleine aufhalten können.«

»Weil es Dämonen sind«, knurrte Yvaine und reckte ihr Kinn. »Wer sonst sollte Menschen so bestialisch abschlachten?«

Gavril zögerte und blickte über seine Schulter zum älteren Mann, der auf einem Sitzkissen ein Stück entfernt saß, seinen Tee schlürfte und so tat, als würde er nichts hören, obwohl er seine Ohren eindeutig spitzte.

»Die Kazzaner«, flüsterte er deswegen.

Yvaine stieß verächtlich den Atem aus. »Das sind Schauermärchen, keine realen Wesen.«

Ihr Bruder öffnete den Mund, kam aber nicht dazu, noch etwas zu sagen. Es klopfte an der Tür und ein um Atem ringender Bediensteter in leuchtend roten Pluderhosen stürmte herein.

»Eure Hoheit, ein Hochdämon des Königs steht vor dem Palast und fordert …«

»Sagt ihm, ich werde ihn erst empfangen, wenn alle Höllenfeuer erloschen sind«, unterbrach Yvaine ihn.

»Ihr solltet Euch das überlegen«, erklang nun die samtige Stimme des älteren Mannes, der so lange geschwiegen hatte.

Cadmus, der alte Berater ihres Vaters, erhob sich von dem Sitzkissen und schritt eine Verneigung andeutend auf die Königin zu. Obwohl er jenseits der Siebzig sein musste, waren seine Haare noch schwarz. Was vermutlich an den Färbemitteln lag, die er nutzte, denn die Falten in seinem Gesicht verrieten sein wahres Alter. Sein dunkelblauer Kaftan war mit Goldfäden durchwirkt und an seinen Fingern prangten unzählige Siegelringe, wie es für einen Wesir üblich war.

Jedem anderen hätte Yvaine für diese Zurechtweisung angedroht, ihn ins Verlies werfen zu lassen. Aber ohne Cadmus hätte Yvaine den Thron nicht besteigen können, als der Hochkönig der Dämonen mit seinen angeblichen Friedensgesprächen begann und anbot, Sisun wieder von einem Monarchen regieren zu lassen. Vor allem aber war sie ihm dankbar, dass er sich um sie und ihren Bruder gekümmert hatte, als sie allein und verängstigt nach dem Tod ihrer Eltern in einem zerstörten Reich zurückgeblieben waren. Er hatte sie vor den Dämonen versteckt, die sie vermutlich getötet hätten. Deswegen gewährte sie ihm die Freiheiten, die sie sonst niemandem zugestand. Sie schuldete dem alten Mann mehr als nur ihren Respekt.

»Ihr wisst vielleicht nicht, wer vor den Toren des Palastes auf Euer Erscheinen wartet«, fuhr Cadmus fort. »Wenn ich den Informationen meiner Spitzel trauen darf, hat Hochkönig Cieran seine rechte Hand persönlich geschickt.«

Yvaine ballte ihre Hände erneut zu Fäusten. »Der Schrecken der Wüste ist hier?«, fragte sie mit fest zusammengebissenen Zähnen.

Sie kannte die Erzählungen der überlebenden Soldaten von dem Dämon, der beim Angriff auf Inej angeblich allein ein ganzes Bataillon abgeschlachtet hatte.

»Der Hochkönig will Frieden?«, stieß sie aus. »Wieso schickt er dann diese Bestie?«

»Gerüchten zufolge ist er nicht mehr der erbarmungslose Schlächter. Der General soll mittlerweile ein Menschenfreund sein«, sagte Cadmus, und noch bevor Yvaine höhnisch lachen konnte, fuhr er fort: »Was auch immer er ist, Ihr solltet ihn für Euch gewinnen. Einen Mann wie ihn hat man in einem Krieg besser auf seiner Seite, statt gegen ihn zu kämpfen.«

»Wisst Ihr, was Ihr von mir verlangt?«, fragte sie mit bebender Stimme.

Für jeden musste es klingen, als wäre es Zorn, der in ihren Worten mitschwang. Doch Yvaine selbst wusste, dass es der Schmerz war, der aus ihr sprach. Ein Schmerz so tief, dass er sie fast jede Nacht in ihren Träumen heimsuchte. Und das seit vielen Jahren.

Sie wollte diesem Mann nicht gegenübertreten. Nicht, solange sie kein Schwert in der Hand hielt und damit sein Leben beendete. Er stand für all das Leid, das sie erdulden musste. Es war ihr gleichgültig, ob er selbst ihren Bruder oder Vater getötet hatte. Sie hasste ihn noch mehr als jeden anderen Dämon. Und nun sollte sie ihn umschmeicheln?

Yvaine ging zu einem Fenster und blickte hinaus. Wachen patrouillierten um den Palast. Noch mehr Zorn stieg in ihr hoch. Es waren nicht ihre eigenen Wachen, sondern jene der Dämonen. Das zeigte deutlich, dass Yvaine eine machtlose Königin war. Jeder ihrer Schritte musste von den Dämonen genehmigt werden und dafür verachtete sie diese Wesen noch mehr.

»Ja, Hoheit«, erwiderte Cadmus und verneigte sich. »Aber es ist die einzige Wahl, die Ihr habt. Verbündet Euch mit ihm oder Sisun wird zugrunde gehen.«

Yvaine wartete, bis der Blick des alten Beraters auf ihren traf. Sie suchte nach einem Zeichen in seinen Augen und als sie das Funkeln sah, das aussprach, was Cadmus nicht vor Gavril und dem Diener sagen konnte, nickte sie.

Erst hatte sie wirklich gedacht, Cadmus wäre weich geworden. Aber nun erkannte sie, dass er ihr zu verstehen gab, wie sie den Kampf gegen die Dämonen gewinnen konnte. Sie musste ihr Vertrauen erlangen, um sie dann zu zerstören.

»Sagt meinen Zofen, dass sie mir beim Umkleiden

helfen müssen«, forderte sie den Diener auf. »Und erklärt dem Dämon, dass ich ihn empfange, sobald ich bereit dazu bin, und er warten soll, bis ich ihn rufe.«

An dem Blick des Dieners erkannte sie, dass er sich davor fürchtete, dem General diese Nachricht zu überbringen. Aber noch mehr fürchtete er vermutlich ihren Wutausbruch. Also verneigte er sich und zog sich zurück.

»Du willst dich umziehen?«, fragte Gavril vorsichtig.

»Sieh mich an!« Yvaine deutete an sich herab. »Ich trage viel zu schlichte Kleidung, um einem Botschafter des Dämonenkönigs gegenüberzutreten.«

Sie betrachtete sich bei ihren Worten selbst in einem Spiegel an der Wand und stieß theatralisch den Atem aus. Natürlich war sie auch in dem schlichten weißen Kaftan mit den goldbesetzten Ärmeln angemessen gekleidet. Aber sie wollte den Dämon beeindrucken.

Viele Prinzen anderer Reiche hatten allein, weil sie von ihrer Schönheit gehört hatten, um ihre Hand angehalten. Yvaine hatte sich nie etwas daraus gemacht, aber sie hatte gelernt, dass sie vielleicht mit körperlicher Kraft keinen Mann bezwungen hätte, mit ihrem Charme aber gegen ihn gewinnen konnte. So wenig sie die Nähe dieses Dämons wollte, sie würde seine Anwesenheit ertragen und ihn lang genug von dem ablenken, was sie eigentlich vorhatte, bis es für die Dämonen zu spät war. Für ihr Reich und die Menschen, die sich auf sie verließen, würde sie alles tun.

»Es wird nicht lange dauern«, versicherte sie ihrem Bruder und schritt auf die Tür zu.

»Das sagst du immer«, murmelte Gavril.

Aber Yvaine ging nicht darauf ein, öffnete die Tür und eilte zu ihrem Gemach.

Sie hatte sich wirklich nicht viel Zeit gelassen, dennoch hatte eine Dienerin die Sanduhr zweimal umgedreht, während sie in ihren Räumen gewesen war. Damit war also eine Stunde vergangen. Aber nun war sie fertig und fühlte sich bereit, dem Schrecken der Wüste gegenüberzutreten.

Yvaine hatte die Farbe der königlichen Familie gewählt. Das Purpurrot der Tiger von Sisun passte außerdem wunderbar zu ihrer sonnengebräunten Haut und dem langen wie flüssiger Onyx fließenden Haar. Ihre dunkelblauen Augen hatte sie mit schwarzem Kajal nachgezeichnet und ihnen so mehr Größe verliehen. Auf ihrem Kopf trug sie keine Krone, sondern ein Netz aus feinen goldenen Ketten, die in der Sonne strahlten.

Nein, Yvaine machte sich nichts aus Schönheit, aber sie wusste, wie sie ihr Aussehen unterstrich. Deswegen hatte sie auch keinen Kaftan gewählt, der ihren Körper verschleierte, sondern ein Bustier mit unzähligen Verzierungen. Dazu trug sie einen luftigen Hosenrock, dessen Hosenbeine aus einzelnen Stoffstreifen bestanden, die am Fußgelenk zusammengenäht waren, ansonsten aber bei jeder ihrer Bewegungen viel Haut offenbarten.

Goldreifen an ihren Knöcheln und Armen klimperten bei jedem Schritt, während sie durch die Gänge ihres Schlosses lief. Aber je näher sie den Dämonen kam, die vor dem Palasttor im Freien auf sie warteten, umso mehr wurde das Geräusch vom lauten Klopfen ihres Herzens übertönt. Sie hatte ihn nie gesehen, den Mann, der schuld am Leid ihres Volkes war. Der ganze Städte ausgelöscht hatte.

Ein Teil von ihr hatte sich immer gewünscht, ihn nie zu treffen, während ein anderer Teil darauf gehofft hatte, ihm persönlich das Ende zu bereiten, das er verdiente. Trotzdem war sie nicht darauf vorbereitet, einem abscheulichen Dämon gegenüberzutreten.

Doch nun gab es kein Zurück mehr. Gavril und Cadmus erwarteten sie in der Empfangshalle vor dem noch nicht geöffneten Schlosstor. Ihr Bruder riss bei ihrem Anblick die Augen auf, während auf dem Gesicht des Wesirs ein zufriedenes Lächeln erschien. Offensichtlich fand er die Wahl von Yvaines Garderobe gelungen.

»Bist du sicher, dass du so vor ihn treten willst?«, fragte Gavril leise, als er neben seiner Schwester herhumpelte.

Die Krücken hatte er einem Diener übergeben. Gavril zeigte seine Schwäche vor Fremden ungern und verzichtete deswegen bei Empfängen immer auf die Gehhilfen. Jetzt kämpfte er darum, nicht zu stolpern, weil er sein unbewegliches linkes Bein nur hinter sich herziehen konnte.

»Warum nicht?«, fragte Yvaine und rang sich ein Lächeln ab.

Gavril setzte zu einer Antwort an, ließ es dann jedoch und atmete geräuschvoll aus. »Schon gut«, meinte er nur und blieb hinter seiner Schwester zurück.

Die raumhohe Doppeltür wurde auf ihr Nicken hin geöffnet und kupferfarbenes Sonnenlicht flutete die Halle. Wärme drang in das kühle Gemäuer ein, das durch seine besondere Architektur selbst im Sommer nie die Hitze der Wüste fing oder die Kälte der Nacht einließ.

Yvaine hob ihr Kinn und trat von ihrer Leibgarde flankiert hinaus. Sieben in schwarze Rüstungen gekleidete Gestalten standen am Fuß der Treppe vor dem Haupttor des Schlosses und blickten zu ihr hinauf. Yvaine entdeckte eine Frau, die sich unter ihnen befand. Es war vermutlich die stellvertretende Statthalterin des Hochkönigs in Sisun, aber Yvaine kannte noch nicht einmal ihren Namen. Sie wollte mit Dämonen nichts zu tun haben und hatte deswegen stets ihre Berater zu Gesprächen vorgeschickt.

Jetzt stand sie also vor den Wesen, die sie so sehr hasste, dass ihr Inneres bei ihrem Anblick zu brodeln begann. Fünf Dämonen waren so hässlich wie die Nacht dunkel, aber die blonde Statthalterin hätte ohne ihre Flügel fast menschlich gewirkt. Doch Yvaine nahm sich nicht die Zeit, diese Frau länger als einen Wimpernschlag zu betrachten. Sie hatte sich längst dem anderen Hochdämon zugewandt.

Ihr Herz stolperte, als sich ihre Blicke trafen, und sie hielt den Atem an. Sie hatte erwartet, einem finsteren Dämon gegenübertreten zu müssen, dessen

Kälte ihren Hass verstärken würde. Aber der Mann vor ihr wirkte nicht wie ein Schlächter.

Er war größer als die meisten Männer in Sisun und überragte die anderen Dämonen um einen halben Kopf. Sein Haar hatte die Farbe von reifem Korn und seine Augen sahen aus wie der Himmel, wenn die Nacht zu Ende ging.

Ein seltsames Lächeln breitete sich auf seinem Gesicht aus, als er sie musterte, bevor er sich vor ihr verneigte.

»Eure Hoheit«, sagte er und seine Stimme klang sanft wie warmer Honig. »Ich danke Euch, dass Ihr mich und meine Begleiter empfangt.«

Er hob den Kopf und ihre Blicke trafen sich erneut. Yvaine starrte ihn an, suchte Grausamkeit in seinem Antlitz und fand sie nicht. Sie wusste, dass sie etwas sagen und den Dämonen klarmachen musste, was sie von ihnen hielt und wo ihr Platz war.

Aber erst als Cadmus neben ihr sich lautstark räusperte, konnte sie ihre Augen von dem Schrecken der Wüste abwenden.

»Durch die Gesetze des Hochkönigs der Dämonen bin ich dazu verpflichtet, seinen Gesandten anzuhören«, erklärte Yvaine und gab sich Mühe, ihre Stimme so frostig wie möglich klingen zu lassen. »Nur deswegen öffne ich Euch die Tore.«

»Bisher hat Euch das auch nicht interessiert«, knurrte die Statthalterin.

Yvaine tat, als hätte sie nichts gehört. »Denkt nicht, dass ihr hier willkommen seid. Aber die Gesetze, die das Überleben meines Volkes sichern, zwingen mich, den Botschafter in jedem Fall zu empfangen.« Sie drehte sich zur Seite und hob einen Arm. »Also bitte, tretet ein.«

Ohne auf die Dämonen zu warten, wandte sie sich ab und zog sich ins Innere des Palastes zurück.

»Viel unhöflicher hättest du nicht sein können«, sagte Gavril, als sie auf seiner Höhe ankam.

»Ich will auch nicht höflich sein«, entgegnete Yvaine zornig. »Ich will herausfinden, ob sie etwas mit den Angriffen auf mein Volk zu tun haben. Und falls es so ist, werde ich sie persönlich dafür zur Rechenschaft ziehen.«

KAPITEL 3 - LORCAN

»Was bildet sie sich überhaupt ein«, zischte Eletta neben Lorcan, als sie die Stufen zum Palast emporstiegen. »Erst lässt sie uns ewig hier warten und dann behandelt sie uns wie Abtrünnige.«

Lorcan schwieg und betrachtete den Palast der Tiger Sisuns, wie die königliche Familie genannt wurde. Den Titel trugen sie, weil die Vorfahren der Königin einst Tiger gezähmt hatten und der Mut dieser Familie seitdem mit jenem der Raubkatzen verglichen wurde.

Yvaine trug immer noch den Mut der Tiger in sich. Lorcan hatte es nicht anders erwartet.

Er selbst hatte schon einmal hier auf diesen Stufen gestanden und jenen dunklen Tag bisher erfolgreich aus seinem Gedächtnis gestrichen. Doch nun war er zurück, unter anderen Umständen, aber empfangen vom selben Hass, der ihn auch damals erwartet hatte.

Vor all den Jahren hatten Feuerzungen die Wände des Palastes schwarz gefärbt. Jetzt wirkte er so hell wie der Sand der Wüste, der Inej umgab. Wie lang es wohl gedauert hatte, die Hauptstadt wieder aufzubauen, nachdem er und sein Bataillon sie zerstört hatten?

Am Kopf der Treppe angekommen warf er einen Blick auf die Halle, die im dämmrigen Licht des Abends vor ihnen lag. Er verschwendete kaum Zeit damit, die verzierten Säulen zu betrachten. Seine Aufmerksamkeit galt dem Rücken der Königin und dem langen, seidigen Haar, das bei jedem Schritt hin und her wippte und in dessen goldenen Verzierungen sich das Licht der untergehenden Sonne fing.

Sie war ein stolzes Geschöpf und wunderschön. Allerdings hatte er die Abneigung in ihren tiefen dunklen Augen erkannt, als sie ihn von oben herab gemustert hatte. Es würde ihn viel Kraft kosten, sie zu überzeugen, mit ihm statt gegen ihn zu arbeiten. Doch genau das musste er tun, um den brüchigen Frieden zwischen den Menschen und Dämonen zu stärken und das zu bekämpfen, was sie beide in Gefahr brachte.

Die Worte des Wesens auf der Mauer drangen wieder in sein Gedächtnis. *Die Welten werden getrennt werden. Ihr könnt nicht aufhalten, was ihr selbst begonnen habt.*

Seit dem Tag, an dem Cieran erkannt hatte, dass sein Versuch, die Welten der Menschen und Dämonen zu trennen, für beide Völker katastrophale

Auswirkungen hätte, unternahmen sie alles, um sie aufzuhalten. Ein uraltes Ritual hatte eine Magie in Gang gesetzt, die dafür sorgte, dass sich die Zugänge zu den Höllenfeuern schlossen. Wenn das geschah, versiegten die Kräfte der Dämonen, die in der Menschenwelt zurückblieben, und die Feuer der Menschen, ebenso wie das Licht der drei Monde und der Sterne in der Nacht. Obwohl Meira und Cieran die Trennung verlangsamt hatten, bewegten sich die Kontinente immer noch aufeinander zu und drohten, die Welt der Dämonen zu verschließen. Meira war nur einer von zwei Schlüsseln, um das Ritual umzukehren.

Bisher hatten sie den zweiten Schlüssel nicht finden können. Nur wenige enge Vertraute wussten von der Weltentrennung. Neben den Friedensgesprächen, die Lorcan in Inej führen sollte, musste er seine Augen nach Hinweisen zu dem zweiten Schlüssel offenhalten. Er hoffte allerdings, dass die königliche Familie von Sisun Informationen über den Verbleib des Schlüssels besaß und diese mit ihm teilen würde. Sofern es ihm gelang, die Königin als Verbündete zu gewinnen.

»Du hättest deine Schulter verarzten lassen sollen«, murmelte Eletta, während sie durch die hohen Säulenbögen des Schlosses schritten. »Es sieht schmerzhaft aus.«

Lorcan gab ein Grunzen von sich und musterte die Dämonin mit den dunkelblauen Augen, die seinen so sehr glichen. »Wir beide wissen, dass diese Wunde morgen verschwunden sein wird. Alles, was mich noch daran erinnern wird, dass ich verletzt worden bin, ist der geschmolzene Schulterschutz und die hässlichen Flecken in der Rüstung, die ich nie wieder rausbekommen werde.« Er sah sich verstohlen zu allen Seiten um und als er sicher war, dass niemand ihnen besondere Aufmerksamkeit schenkte, lehnte er sich zu Eletta. »Was weißt du über diese dunklen Wesen, die offensichtlich ganze Dörfer auslöschen?«

»Nicht viel«, erwiderte sie leise. »Zevian wollte einen Überfall untersuchen und mehr in Erfahrung bringen. Du weißt, was aus ihm geworden ist.«

»Ich bin froh, dass du ihn nicht begleitet hast«, sagte Lorcan. »Dich zu verlieren hätte ich nicht so leicht weggesteckt.«

»Wenn ich dir nur glauben könnte«, entgegnete Eletta gereizt.

»Du zweifelst an meiner Zuneigung zu dir?« Lorcan legte entrüstet eine Hand auf seine Brust.

»Verdammt noch mal, ja. Dreizehn Jahre sitze ich in der Wüste fest und du hast mich nicht ein einziges Mal besucht. Auch nicht, als Cieran vor einem Jahr entschieden hat, Frieden mit den Menschen zu schließen.«

»Du weißt, dass ich nicht konnte«, rechtfertigte Lorcan sich und zwinkerte. »Dafür bin ich jetzt hier.«

Er verstummte, als die Königin zum Stehen kam. Sie hatte sich vor einem Spitzbogen, der ins Freie führte, aufgebaut. Durch das hölzerne Gitter drang die Abendluft und der Duft von Rosen, den er schon im Gang gerochen hatte. Die kupferrote Sonne erstrahlte in ihrem Rücken und ließ sie wie ein Wesen aus einer anderen Welt erscheinen.

Lorcan schluckte, als sich ihre Blicke trafen. Er war in den letzten Jahren vielen schönen Frauen begegnet, aber keine von ihnen faszinierte ihn so wie Yvaine. Die Königin konnte kaum älter als zwanzig sein, aber sie strahlte eine Reife und Erfahrung aus, die weit über ihr Alter hinausging. Außerdem lag ein Feuer in ihren Augen, das einen Funken in ihm zündete, den er schon lange für erloschen gehalten hatte.

Yvaine hielt seinem Blick stand, stemmte die Hände in ihre Hüfte und hob ihr Kinn leicht an, als wollte sie ihn herausfordern. Und bei den Göttern, er hätte zu gerne herausgefunden, wie es wäre, wenn sie sich einen Schlagabtausch lieferten. Aber das würde nie geschehen.

Sisun war das Reich, das am offensten gegen den Frieden mit den Dämonen kämpfte. Und das, obwohl Cieran bereits viele Zugeständnisse gemacht hatte, als er die Königin krönen ließ, trotz ihrer offensichtlichen Abneigung gegen die Dämonen. Wenn es Lorcan gelang, Yvaine zu überzeugen Cieran und den Dämonen zu vertrauen, war es vielleicht nicht so unmöglich, wie es jetzt schien, endlich die Kämpfe in allen Reichen zu beenden. Aber dazu durfte er sie nicht reizen oder ihr auf eine ungebührliche Art nahekommen.

»Ihr tragt Waffen«, verkündete Yvaine mit fester Stimme. »Im Garten der Mondgöttin sind keine Waffen erlaubt. Legt sie ab.«

»Und wieso findet das Gespräch dann nicht an einem anderen Ort statt?«, wollte Eletta wissen.

Lorcan beobachtete die Königin, die ihr Kinn

noch ein Stück weiter anhob. Ob sie wusste, wie verführerisch sie auf diese Weise aussah?

»Es ist der einzige Teil des Palasts, den eure Armee nicht vollkommen zerstört hat, als sie über Inej hergefallen ist«, erwiderte Yvaine.

Diesmal schwang ein seltsames Zittern in ihren Worten mit und Lorcan musste gegen eine unerträgliche Enge in seiner Kehle anschlucken. Er sah in seinen Träumen immer noch das Feuer, das er selbst entfesselt hatte, hörte die Schreie, die ihn nie mehr loslassen würden. Wie hatte er so die Beherrschung verlieren und eine solche Waffe nutzen können?

»Ich dachte, der Schrecken der Wüste würde gerne sehen, was er nie einnehmen konnte und nie besitzen wird«, fuhr Yvaine fort.

Lorcan holte tief Luft und rang sich dann ein Lächeln ab. Sie wusste also, wer er war. Ob sie ahnte, dass er sie gesucht hatte, damals, vor bald dreizehn Jahren, weil Cieran sie gefangen nehmen wollte? Oder wie knapp sie einem möglichen Tod entgangen war, weil Lorcan die Suche nach ihr viel zu schnell *aufgegeben* hatte?

Wortlos griff Lorcan zu seinem Schwertgürtel, öffnete die Schnalle und reichte ihn samt den Waffen, die daran hingen, einem der Gardisten. Dann zog er ein Stilett aus seinem Stiefel und eines aus der unter seinen Flügeln verborgenen Tasche am Steißbein. Anschließend hob er der Königin seine Hände mit den Handflächen nach vorne entgegen.

Sie nickte kaum merklich, bevor sie die anderen Dämonen ansah.

»Gebt eure Waffen ab«, forderte Lorcan, als niemand sich rührte.

Murrend folgten die anderen Dämonen seinem Beispiel. Erst als sie unbewaffnet waren, wandte die Königin sich um und stieß das Holzgitter auf.

Der süßliche Duft von Blüten wehte herein und Lorcan holte tief Luft. Inej war angeblich über einem unterirdischen See errichtet worden, der die Stadt mit Wasser versorgte. Das leuchtende Grün, das sich vor ihm erstreckte, passte überhaupt nicht in die Wüste, in der sie sich befanden. Gleichzeitig schienen die Pflanzen nur an diesen Ort zu gehören.

Der Garten war riesig. Es hieß, die Magie der Königsfamilie nährte ihn und ließ ihn eine Größe einnehmen, die er gar nicht besitzen dürfte. Deswegen hatte Lorcan ihn auch nicht gefunden, als er den Palast angreifen ließ. Die Magie hier hatte den Eingang verschleiert.

Die Königin steuerte auf einen Pavillon mit duftenden Rosen zu, in dem unzählige Kerzen in bunten Gläsern brannten. Die Nacht würde bald anbrechen und Kühle senkte sich bereits über diesen Ort. Feuerbecken standen rings um einen Tisch, auf dem sich Getränke und kleine Gebäckstücke befanden.

»Ob sie uns vergiften wollen?«, raunte Eletta Lorcan zu.

»Ich denke, sie wissen längst, dass es nur wenige Sorten Gift gibt, die uns wirklich schaden können«, erwiderte dieser.

Er atmete geräuschvoll aus, als ihm bewusst wurde, dass sie auf Polstern und Kissen auf dem

Boden sitzen würden. Wie sehr er es hasste, so Platz zu nehmen, weil er den Rücken anspannen und seine lederartigen Flügel anheben musste. Diese Haltung war anstrengend für ihn. Ob die Königin deswegen diesen Ort gewählt hatte? Aber Lorcan wusste, dass die Menschen von Sisun selten auf Stühlen saßen.

Yvaine blieb am Kopf der Tafel stehen und bedeutete Lorcan, zu ihr zu kommen. Dann ließ sie sich anmutig auf einem Kissen nieder und gab den Befehl an die anderen Anwesenden, es ihr gleich zu tun.

Lorcan mühte sich ab, eine einigermaßen bequeme Sitzhaltung auf dem rutschigen Kissen mit Satinüberzug zu finden. Als er endlich Platz genommen hatte, betrachtete er die Karaffen und Kannen sowie die Teller mit buntem Gebäck auf dem Tisch. Er hatte seine Worte, dass es nur wenige Gifte gab, die Dämonen töten konnten, ernst gemeint. Das, was ihnen wirklich schaden konnte, war schwer zu finden und noch schwerer war es, den Geschmack davon zu übertünchen.

Er griff nach der Kanne aus Silber, die vor ihm stand, und schenkte Yvaine das schönste Lächeln, das er zustande brachte.

»Erlaubt Ihr mir, Euch einzuschenken, Hoheit?«, fragte er mit leicht geneigtem Haupt.

Sie presste ihre Lippen so fest zusammen, dass sämtliches Blut daraus wich, nickte dann aber. Also goss Lorcan den dampfenden Tee zuerst in ihre Tasse, dann in seine.

»Wie gefällt Euch der Garten, zu dem mein Vater

Euch den Zutritt verweigert hat?«, fragte Yvaine und nahm ihre Tasse.

»Ich habe nicht erwartet eine so reiche Vielfalt an Pflanzen inmitten der Wüste zu entdecken«, gestand Lorcan und beobachtete, wie Yvaine bedächtig den Tee trank.

Offensichtlich war kein Gift in den Speisen und Getränken, denn auch der Wesir und der Prinz nahmen Tee und Gebäck zu sich. Lorcan betrachtete den jungen Mann, der nur Prinz Gavril sein konnte. Ihm war nicht entgangen, dass er ein Bein mühevoll hinter sich herzog. Das schlechte Gewissen nagte erneut an ihm.

»Hättet Ihr den Garten verschont, wenn Ihr ihn gefunden hättet?«, wollte die Königin mit vor Zorn bebender Stimme wissen und lenkte seine Aufmerksamkeit wieder auf sich. »Oder hättet ihr ihn genauso zerstört wie den Rest meines Reichs?«

Aus den Augenwinkeln nahm Lorcan wahr, wie Eletta ihren Körper anspannte, als wollte sie sich jeden Moment auf die Königin stürzen. Eine seltsame Feindseligkeit ging von der Hochdämonin aus und Lorcan fragte sich, woher sie stammte. Vermutlich lag es daran, dass die Königin die Dämonen bisher nicht empfangen hatte. Lorcan konnte sich vorstellen, dass Yvaine dabei nicht besonders diplomatisch vorgegangen war.

Anstatt auf ihre Frage einzugehen, räusperte Lorcan sich und blickte in die Augen der Königin. Aus der Ferne hatten sie so schwarz wie ihr Haar ausgesehen. Jetzt erkannte er, dass sie ein tiefes Blau besaßen wie der sternenlose Nachthimmel. Feuer loderte darin und Leidenschaft, wie er sie schon lange nicht mehr gesehen hatte.

Am liebsten wäre Lorcan darin versunken und hätte sich der Anziehung, die Yvaine auf ihn ausübte, ergeben. Stattdessen riss er sich von dem Anblick los und räusperte sich ein weiteres Mal.

»Mein König entsendet Euch Grüße und dankt Euch dafür, dass Ihr uns anhört«, sagte er.

Yvaine tippte auf den goldenen Rand der Tasse, bevor sie das Porzellan abstellte. »Nun, dann überbringt mir die Nachricht des Dämonenkönigs.«

Lorcan setzte dazu an, die Worte, die er sich so sorgfältig überlegt hatte, auszusprechen, da fuhr die Königin fort.

»Wobei ich mir denken kann, was er will. Er bietet mir Frieden an, wenn ich seinen Bedingungen zustimme. Und mit Frieden meint er, dass er die Besatzung aus meinem Reich abzieht, mir fortan erlaubt, meine eigenen Gesetze in Kraft zu setzen und aufhört, meine Macht bei jeder Gelegenheit zu untergraben. Damit ich nicht nur auf dem Papier die Königin bin, sondern wirklich etwas verändern kann in *meinem* Reich. Nicht wahr?«

Bevor Lorcan überhaupt Atem holen konnte, um zu antworten, sprach Yvaine weiter.

»Nur kenne ich die Bedingungen bereits und kann sie nicht annehmen. Laut den Gesetzen der Dämonen, die für jeden Menschen gelten, müsste ich mein halbes Volk wegen Hochverrats an Euch ausliefern. Denn in diesen Gesetzen steht, dass jeder, der seine Hand gegen einen Dämon erhebt, eigentlich ein Verräter ist. Und besonders jene, die den Dämonen etwas stehlen, müssen hart bestraft werden. Selbst dann, wenn sie aus Hunger gestohlen oder sich gegen eine Ungerechtigkeit gewehrt haben. Damit würde ich mein Reich und alles, wofür mein Vater, ja, mein ganzes Volk, je gekämpft hat, verraten.«

»Und wofür hat Euer Vater gekämpft?«, gelang es Lorcan endlich zu fragen.

Yvaine stützte sich auf dem Tisch ab und beugte sich ihm entgegen. »Die Gefahr, die uns durch Dämonen droht, endlich zu bannen.«

Neben Lorcan krachte es und er riss den Kopf herum, als Elettas Faust die Tischplatte beben ließ. »Die Gefahr, die durch uns droht?«, zischte sie und durchbohrte die Königin förmlich mit ihrem finsteren Blick. »Die Menschen waren es doch, die in unser Reich eingedrungen sind und wehrlose Kinder abgeschlachtet haben.«

»Eletta«, sagte Lorcan und legte seine Hand auf ihre. »Geh.«

»Nein«, fauchte die Dämonin.

In ihre Augen trat das verräterische Glänzen, das Lorcan gut an ihr kannte. Er verstand ihre Wut und ihre Trauer. Auch sie hatte einen tiefen Schmerz erfahren, so wie alle anderen an diesem Tisch.

»Entweder du gehst oder du schweigst ab jetzt«, redete er so ruhig wie möglich weiter. »Kannst du das? Schweigen?«

Eletta biss sich auf die Unterlippe, dann nickte sie und senkte den Kopf. Erst als er sicher war, dass die Dämonin ruhig bleiben würde, wandte Lorcan sich wieder der Königin zu.

»In einem Krieg gibt es nie Gewinner, Eure

Hoheit«, verkündete er. »Wut und Trauer mögen starke Antriebe sein, aber schlechte Berater. Das habe ich selbst lernen müssen und beinah zu spät erkannt.«

»Für mein Volk war es offensichtlich zu spät«, knurrte Yvaine.

Lorcan atmete zweimal tief durch und schluckte die bittere Galle hinunter, die seine Kehle hochkroch. Er erkannte den Zorn in ihren Augen, erkannte die Abscheu, mit der sie ihn bedachte. Und er verdiente all das und noch mehr für die Gräuel, die er Sisun angetan hatte. Aber die Vergangenheit konnte er nicht ungeschehen machen.

»Wenn Ihr zustimmt, zumindest über unser Friedensangebot nachzudenken, wäre es ein starkes Zeichen an die Menschen des westlichen Kontinents, nicht länger zu Krieg und Gewalt aufzurufen«, fuhr er beherrscht fort.

»Wenn Ihr Frieden wollt«, erwiderte die Königin und neigte sich noch weiter nach vorn. Lorcan hielt den Atem an und starrte gebannt in Yvaines Augen. »Warum zieht Ihr dann nicht einfach Eure Truppen ab?«

Einen Moment war Lorcan versucht, auf die weiche Haut ihres Dekolletés zu sehen. Aber er konnte sich gerade noch davon abhalten, obwohl sie es ihm so offenherzig präsentierte und sein Körper allein auf die Vorstellung davon zu reagieren begann.

»Der nördliche Kontinent hat dem Frieden mit den Dämonen zugestimmt«, erklärte er so ruhig er konnte.

Yvaine winkte ab. »Das verdankt ihr der Königin

von Visha, die Euren König geheiratet hat. Mit welcher Erpressung oder Magie Ihr sie dazu gezwungen habt, möchte ich gar nicht wissen und erst recht nicht, wohin sie diese Ehe gebracht hat.«

Lorcan presste seine Kiefer aufeinander. Der Beginn der Ehe von Cieran und Meira mochte unglücklich gewesen sein, aber er hatte sehr früh erkannt, dass die beiden sich wirklich zugetan waren. Und er wusste, was sie auf sich genommen hatten, um das Leben des anderen zu retten.

»Ich kann Euch versichern, dass die Königin von Visha ihre Entscheidung nie bereut hat und nicht gezwungen wurde, bei Cieran zu bleiben«, erklärte er und verfluchte sich dafür, dass er das zornige Beben nicht aus seiner Stimme hatte bannen können. »Der Grund, warum wir unsere Besatzungstruppen nicht aus allen Ländern abziehen, ist der, dass wir unsere Verbündeten schützen. Nehmen wir an, dass Euer Nachbarland Hetho sich entscheidet, Frieden mit uns zu schließen. Wenn wir aus beiden Ländern unsere Truppen abziehen, ohne dass ihr euch mit uns verbündet habt, wäre es möglich, dass Ihr Hetho angreift, bevor Ihr Euch gegen die Höllenfeuer wendet. Das können wir nicht verantworten.«

Ein eiskaltes Lächeln erschien auf ihren Lippen. »Ihr glaubt, wir würden die anderen Reiche zerstören, wenn sie zu Euch halten? Was denkt Ihr, was wir sind?«

Das Wort *Monster* lag auf seiner Zunge, aber er schluckte es hinunter. Er musste daran denken, wie er Navalie gefunden hatte. Wie er ihren leblosen geschundenen Körper in eine zerrissene Decke gewickelt an sich gezogen und um sie geweint hatte. Sie war ein Mensch gewesen und von Menschen grausam ermordet worden. Er hatte so viel Hass empfunden, hatte gedacht, dass die meisten Menschen nichts anderes als gierige Bestien waren. Er hatte sich geirrt. Yvaine mochte ihn verachten, aber sie war nicht wie ihr Vater, durch den Lorcan so viel Leid erfahren hatte. Das durfte er niemals vergessen.

»Was fordert Ihr als Beweis, dass wir unser Friedensangebot ernst meinen?«, wollte er wissen.

»Ich schlage vor, Ihr ruft fürs erste diese abscheulichen Bestien zurück, die mein Volk abschlachten«, erwiderte sie finster. »Und dann können wir darüber sprechen, ob ich es über mich bringe, Euch zu vertrauen.«

»Redet Ihr von den Wesen wie jenem, das die Hafenstadt zerstört hat, in der auch der Statthalter des Königs war?«, hakte Lorcan nach.

Die fein geschwungenen Augenbrauen der Königin schoben sich zusammen. »Der Statthalter ist tot?«, fragte sie leise.

»Er und ein Dutzend Dämonen, die ihn begleitet haben«, bestätigte Lorcan finster. »Diese Wesen, die Ihr für Dämonen haltet, gehören nicht zu uns. Aber ihre Anwesenheit ist einer der Gründe, warum ich hier bin. Mein König möchte, dass ich mich um diese Bedrohung kümmere, und dazu benötige ich Eure Hilfe.«

»Meine?« Die Stimme der Königin hatte einen hohen Tonfall angenommen. »Soll ich mich als Köder zur Verfügung stellen oder was erwartet Ihr?«

Lorcans Mundwinkel zuckten und er brachte sie nur mit Mühe unter Kontrolle. »Ich denke, als Köder seid Ihr ungeeignet«, entgegnete er.

»Was wollt Ihr dann?«, hakte die Königin nach.

»Eure Unterstützung bei der Suche, wenn ich sie einfordere. Vermutlich könnt Ihr mir sagen, wo diese Wesen besonders oft erscheinen. Die Menschen reden vielleicht nicht mit mir, aber wenn Ihr sie befragt, werden sie Euch alles erzählen«, sagte er und zwang sich, ihr in die dunklen Augen zu sehen. »Außerdem ist dies Euer Land. Ihr kennt es bestimmt besser als jeder andere, den ich um Hilfe ersuchen könnte. Für den Anfang bitte ich Euch allerdings, uns hier im Palast zu beherbergen.«

»Niemals«, zischte sie. »Das werde ich Euresgleichen nie gestatten.«

Lorcan suchte nach einer Erwiderung, die Yvaine dazu bringen könnte, ihre Meinung zu ändern. Doch da erklang vom Palast ein markerschütternder Schrei und die Türen aus Holz zerbarsten.

KAPITEL 4 - YVAINE

Sie sprang auf, als der Körper eines Gardisten durch das geschlossene Gitter der Tür aus dem Palast geschleudert wurde. Die Dämonen, die an dem Tisch gesessen hatten, kamen auf ihre Füße und starrten genau wie Gavril und Cadmus auf den leblosen Mann.

Yvaine ballte ihre Hände zu Fäusten, dann rannte sie los. Aber sie kam nicht weit, denn jemand packte sie an der Hüfte und wirbelte sie herum.

»Wo genau wollt Ihr hin?«, fragte Lorcan, der sie so gedreht hatte, dass sie die Tür nicht mehr sehen konnte.

»In den Palast und das, was uns angreift, bekämpfen«, zischte sie und schlug auf seinen Arm, mit dem er sie scheinbar mühelos festhielt. »Ich werde mich Euch nicht kampflos ergeben.«

Er atmete geräuschvoll aus und sie fühlte dieses seltsame Prickeln, das sie zuerst für Hunger abgetan hatte, in ihrem Magen. Diesem Mann jetzt so nahe zu sein, löste etwas in ihr aus. Sie hasste ihn für das, was er ihrem Volk, ihrem Vater und Bruder angetan hatte. Gleichzeitig genoss sie das Gefühl seiner Hand an ihrer Hüfte und musste sich davon abhalten, näher an seinen stählernen Körper zu rücken. Etwas stimmte nicht mit ihr. Vermutlich hatte der Dämon sie unter einen Zauber gestellt, damit sie gefügig wurde. Wie sein König es bestimmt mit der Königin von Visha getan hatte.

Nur um sich selbst zu beweisen, dass sie noch einen eigenen Willen besaß, hob sie ihr Bein und trat ihm mit voller Wucht auf den Fuß. Lorcan biss die Zähne zusammen und gab einen dumpfen Schmerzenslaut von sich. Trotzdem ließ er sie nicht los.

»Wollt Ihr Euch umbringen lassen?«, fragte er mit einem Mal gefährlich leise. »Da drinnen wüten diese Bestien, über die wir gerade gesprochen haben. Ich kann ihren Gestank selbst zwischen den Blumen riechen.«

»Ich glaube Euch immer noch nicht, dass Ihr nichts mit diesen Wesen zu tun habt«, erwiderte sie gereizt. »Und jetzt lasst mich los, ich muss meinen Leuten helfen.«

»Das ist zu gefährlich«, warf Lorcan ein.

Dann schlang er seinen zweiten Arm um sie und hob sie hoch. Yvaine begann zu strampeln und ihn mit Beschimpfungen zu bedenken, bis er sie neben ihrem Bruder und Cadmus absetzte.

„Bleibt hier, wir kümmern uns darum«, sagte Lorcan, schien aber eher mit dem Wesir als mit Yvaine zu sprechen.

»Aber Ihr seid unbewaffnet«, entgegnete Gavril.

»Unsere Körper sind robuster als Eure«, erklärte Lorcan. »Bis wir an Waffen gelangen, sollten wir die Angriffe dieser Wesen überleben.«

Er warf Yvaine noch einen letzten Blick zu, als wollte er sie so dazu auffordern, seinen Befehlen Folge zu leisten, dann lief er hinter seinen Leuten zu der Tür. Kaum war er dahinter verschwunden, wollte auch Yvaine sich in Bewegung setzen, doch Gavril hielt sie zurück.

»Du hast ihn doch gehört, sie kümmern sich …«

»Denkst du, ich befolge die Befehle eines Dämons?«, unterbrach sie ihn zornig. »Ich will selbst sehen, was sie machen und ob sie mit diesen Kreaturen nicht doch unter einer Decke stecken. Sollte es so sein, werde ich sie mit der Magie, die ich in mir trage, aufhalten.«

Gavril umfasste ihren Arm. »Yvaine, du solltest diese Art von Magie nicht einsetzen. Wir können nur Illusionen erschaffen. Was du machst ist … etwas vollkommen anderes. Denk daran, was Mutter gesagt hat, als …«

»Wenn es diese verfluchten Dämonen nicht gäbe, wäre Mutter noch am Leben«, fiel sie ihrem Bruder erneut ins Wort. »Es ist meine Pflicht, mein Volk zu schützen. Du weißt das so gut wie ich. Und wenn ich sterbe, weil ich eine Macht entfessle, die ich nicht beherrschen sollte, dann war dies mein Schicksal.«

Einen Moment zögerte Gavril, dann ließ er sie los. »Sei vorsichtig«, murmelte er.

Vermutlich hatte er längst eingesehen, dass er sie nicht mit Worten und erst recht nicht durch seine

Kraft aufhalten konnte. Niemand konnte das. Weder Gavril noch Cadmus, und ganz bestimmt nicht einer dieser elenden Dämonen.

Sie rannte auf die Tür zu, hütete sich davor, den Leichnam auf den Stufen anzusehen, und trat in den Palast. Der Geruch von verätztem Fleisch und Tod hing so schwer in der Luft, dass der Weihrauch, der in unzähligen Gefäßen an der Wand seinen Duft verströmte, nicht dagegen ankam. Yvaine hielt sich den Arm vor Mund und Nase und suchte den Korridor ab. Sie musste zu einer Waffenkammer gelangen, um etwas zu finden, mit dem sie sich verteidigen konnte. Zwar verfügte sie über Magie, um sich zu schützen, aber die wollte sie vor den Dämonen nicht einsetzen. Das war ihr Trumpf. Ihre Feinde durften nicht wissen, wozu sie fähig war, und erst recht nicht die rechte Hand des Hochkönigs. Das könnte schwere Folgen für sie haben. Also rannte sie los.

Das Klirren von Metall wurde mit jedem Schritt, den sie tat, lauter. Der Geruch nach Tod und geronnenem Blut wurde stärker und Yvaine musste würgen, als sie die entstellte Leiche eines Gardisten auf dem Boden liegen sah. Die Haut von seinem Kinn bis hinab zu seiner Brust hatte sich in einen grünen Brei verwandelt und seine weit aufgerissenen Augen starrten sie leer an.

Yvaine schrie auf, als etwas sie packte und gegen eine der Säulen presste. Fauliger Atem schlug ihr entgegen, als sie in die tiefschwarzen Augen einer unförmigen Bestie blickte. Grünlicher Schleim tropfte von den scharfen schwarzen Reißzähnen und das Wesen drückte seine Klauen in Yvaines Haut. Warmes Blut lief ihren Hals hinab. Sie musste sich wehren, aber alles, was sie in diesem Moment konnte, war den Atem anhalten und die Kreatur anstarren.

Sie hatte unzählige Dämonen in ihrem Leben gesehen. Keiner hatte so entstellt gewirkt wie dieses Wesen. Und von keinem war eine so dunkle Magie ausgegangen wie von der Bestie vor ihr.

»Was bist du?«, krächzte Yvaine, packte das Handgelenk der Bestie und bohrte ihre Nägel hinein.

Die Kreatur antwortete nicht, riss nur ihr Maul auf und stieß einen spitzen Schrei aus.

Yvaine trat um sich, traf den massigen Leib des Monsters. Es zuckte nicht einmal. Sein Speichel tropfte auf Yvaines Haut und hinterließ ein Brennen. Yvaine versuchte, ihre Magie zu rufen, aber die Angst lähmte sie.

Sie würde hier sterben und sie war selbst schuld daran. Es war ihr nicht gelungen, eine Waffe zu besorgen, und ihre Magie ließ sie auch noch im Stich.

Die Zähne des Wesens berührten beinahe ihren Hals, als es ein Röcheln von sich gab und Yvaine losließ. Sie fiel auf den Boden und starrte mit angehaltenem Atem den Dämon an, der die Bestie enthauptete und sich dann schützend vor sie stellte. Die Kreatur zerfiel zu Sand, der sich auflöste, bevor er auf dem Marmor landete.

»Was macht Ihr hier?«, knurrte Lorcan und breitete seine Flügel aus, um sie dahinter zu verbergen.

Bevor Yvaine antworten konnte, stürzte sich ein dunkles Wesen auf Lorcan, der sein Schwert in die Kehle des Angreifers bohrte und die Bestie mit einem

Tritt fortschleuderte. Dieses Wesen zerfiel nicht zu Sand, sondern brüllte auf und machte sich erneut kampfbereit.

»Wisst Ihr nicht, wie gefährlich diese Biester für Menschen sind?«, blaffte Lorcan und bewegte sich auf sie zu.

Yvaine erkannte, dass sechs dunkle Kreaturen sie von beiden Seiten des Gangs einkreisten und ihnen jeglichen Fluchtweg versperrten. Die anderen Dämonen rangen ein gutes Stück von ihnen entfernt selbst mit einer Gruppe Bestien und von den Gardisten schien niemand mehr am Leben zu sein. Sie keuchte, als ihre Hand in einer klebrigen roten Flüssigkeit landete. Neben ihr lehnte ein weiterer toter Gardist an der Säule. Auch ein Teil seines Körpers war von grünem Schleim überzogen, der die Haut verätzt hatte. Yvaine schluckte schwer und wandte sich Lorcan zu.

»Bleibt hinter mir, wenn Ihr überleben wollt«, sagte er, bevor er sein Schwert schwang und damit den Angriff einer Kreatur abfing.

Yvaine hätte ihm gern gesagt, dass sie sich weigerte, Befehle von einem Dämon anzunehmen, erst recht von ihm. Aber ihre Stimme versagte genauso wie ihre Beine, die ständig unter ihr nachgaben. Sie zitterte und rang darum, sich nicht vor Lorcan zu übergeben. Er sollte sie niemals für schwach oder ängstlich halten. Doch genau das war sie in diesem Moment. Ohne ihn wäre sie verloren gewesen.

Lorcan trieb sein Schwert in den Leib einer dunklen Kreatur nach der anderen. Aber ganz gleich, wie lange er kämpfte, immer mehr von diesen Wesen erschienen aus dem Nichts vor ihnen und stürzten sich auf ihn.

Er kämpfte genau so, wie sie es sich immer vorgestellt hatte. Verbissen, ohne auch nur den Hauch von Angst erkennen zu lassen. Ohne Gnade. Aber in diesem Fall kämpfte er darum, sie beide am Leben zu halten.

Yvaine wollte es nicht, aber sie musste ihn ansehen, als er sich zu ihr drehte, um eine Bestie abzuwehren. Musste in sein verbissenes, kantiges Gesicht blicken, das zu hassen sie sich geschworen hatte.

Als Lorcan herumwirbelte und zwei Bestien gleichzeitig bekämpfte, stürzte sich eine Dritte auf ihn.

»Passt auf!«, rief Yvaine, doch es war zu spät.

Lorcan gab einen erstickten Laut von sich, als die Bestie ihre Zähne in seine Seite bohrte. Als wäre seine Rüstung aus Papier, riss sie unter dem Maul der Kreatur und helles Blut quoll aus der Wunde.

Der Dämon sank auf ein Knie. Er schlug mit dem Schwert auf die Kreatur, die sich in ihm verbiss, traf sie aber nicht. Die anderen Monster zögerten nicht und stürzten sich auf Lorcan.

Wie von selbst tastete Yvaines Hand nach dem Krummsäbel des toten Gardisten neben sich. Zwar konnte sie ihre Magie jetzt schwach fühlen, aber sie traute ihr nicht. In lebensbedrohlichen Situationen reagierten ihre Kräfte viel zu impulsiv und sie konnte sie kaum kontrollieren, weil niemand sie hatte lehren können, damit umzugehen. Außerdem sollten die Dämonen nicht wissen, wozu sie fähig war.

Yvaine packte den Griff, sprang mit einem Satz nach vorn und bohrte die Klinge in das Auge der Bestie, die ihre Zähne tief in Lorcans Seite vergraben hatte.

Mit einem markerschütternden Schrei gab das Biest den Dämon frei und schlug nach Yvaine. Doch die wich aus, riss das Schwert wieder aus dem Schädel der Bestie und stieß erneut zu.

Aus den Augenwinkeln nahm sie eine Bewegung wahr und sah für einen kurzen Moment eine Gestalt mit zerrissenem grauem Umhang und leuchtend roten Augen.

Der Schrei einer Bestie, die in ihre Richtung stürmte, ließ Yvaine den Kopf abwenden. Mit scharfen Klauen sprang die Kreatur auf sie zu. Yvaine hob den Krummsäbel und betete, dass sie den Angriff abwehren konnte. Doch das musste sie nicht. Lorcan warf sich zwischen sie und die Bestie und spaltete das Biest mit seinem Schwert in zwei Hälften. Es zerfiel erneut zu Sand und löste sich dann auf.

In dem Moment ertönte ein Signal, das klang, als würde jemand in ein Horn blasen. Alles schien still zu stehen. Doch dann lösten sich die Monster in Sand auf und verschwanden in einem heftigen Sturm durch die offenen Fenster.

Yvaine rang um Atem und starrte zuerst den Kreaturen nach, dann auf Lorcans Rücken. Die Schultern des Dämons hoben und senkten sich viel zu schnell. Kaum hatte der Wind aufgehört zu pfeifen, fiel er auf ein Knie und stützte sich auf seine Hände. Eine Blutlache bildete sich unter ihm. Yvaine sank neben ihn, riss an einem ihrer Hosenbeine, bis sie einen Stoffstreifen in der Hand hielt, und presste ihn dann auf die stark blutende Wunde des Dämons.

Der gab nur ein Ächzen von sich. Dann jedoch wandte er den Kopf in ihre Richtung und seine blauen Augen bohrten sich in ihre.

»Das müsst Ihr nicht tun«, keuchte er und bedeckte ihre Hand mit seiner.

»Ihr seid verletzt, weil Ihr mich beschützt habt«, entgegnete sie so frostig, wie es ihr möglich war. »Ich kümmere mich um die Leute, die mir beistehen. Selbst wenn sie eigentlich meine Feinde sind.«

Seine Mundwinkel zuckten, aber er lächelte nicht. Und darüber war sie froh. Dieser Mann strahlte eine seltsame Anziehung aus, wenn er lächelte. Sie durfte nie vergessen, wer er wirklich war. Dass er ihr Leben gerettet hatte, änderte an dieser Tatsache nichts.

Wut stieg in ihr auf bei dem Gedanken. Der Dämon hatte ihr Leben gerettet und nun schuldete sie ihm etwas. Aber sie würde kein Wort des Dankes über ihre Lippen bringen. Nicht bei ihm.

»Wie edelmütig, Eure Hoheit«, sagte er schließlich und schob ihre Hand fort. »Glaubt Ihr mir nun, dass diese Wesen keine Dämonen sind?«

Yvaine wollte es nicht glauben. Das alles konnte auch eine Scharade sein. Sie hatte keinen Grund, ihm zu vertrauen. Doch ihr Blick fiel auf den leblosen Körper eines Dämons neben einer Säule, auf die toten Gardisten und die anderen Dämonen, die schwer verwundet waren. Was, wenn sie sich doch irrte?

»Natürlich glauben wir Euch«, erklang Cadmus' Stimme.

Der Wesir lehnte sich schwer atmend gegen eine Wand und betrachtete die Verwüstung, die der Kampf in diesem Teil des Palastes hinterlassen hatte.

»Ich denke, unter diesen Umständen sollten wir den Dämonen eine Unterkunft im Palast anbieten«, fuhr Cadmus fort und verzog angewidert den Mund, als er einen toten Gardisten betrachtete. »Ohne Eure Hilfe wären wir vermutlich alle tot.«

Yvaine ballte die Hände zu Fäusten. Ja, der Angriff dieser Kreaturen hatte sie überrascht. Aber die Dämonen im Palast zu dulden kam für sie trotzdem nicht infrage. Sie wollte keinem von ihnen über den Weg laufen, wenn sie in den Garten oder zu den Bädern oder in den Schriftenraum ging. Die Dämonen in ihren Mauern zu haben würde ihr noch deutlicher zeigen, wie machtlos sie war. Und es würde sie immer wieder daran erinnern, was sie verloren hatte.

»Ist das in Eurem Sinne?«, fragte Lorcan, der sie die ganze Zeit über beobachtetet zu haben schien.

Eigentlich wollte sie ihm und seinen Leuten sagen, dass sie verschwinden sollten. Aber dann fiel ihr Blick auf die Wunde an seiner Seite und auf die Flecken an seiner Schulter, bis seine Augen schließlich ihre gefangen nahmen.

Zögerlich nickte sie. »Wir lassen Zimmer für Euch vorbereiten«, verkündete sie leise.

»Und für den Hochkönig und sein Gefolge ebenfalls«, fügte Cadmus hinzu.

Jetzt rissen sowohl Lorcan als auch Yvaine ihre Köpfe zu dem Wesir herum.

»Für Cieran?«, fragte Lorcan und zog seine Augenbrauen zusammen.

»Die Wachen entlang der Handelsstraße nach Inej haben mir eine Nachricht zukommen lassen«, entgegnete Cadmus ruhig. »Der Hochkönig und seine Gemahlin sind mit den Prinzen von Visha auf dem Weg hier her. Wir erwarten sie spätestens übermorgen.«

Yvaine betrachtete Lorcan, der kaum merklich den Kopf schüttelte. Dann schnaubte er und stand mit wackeligen Beinen auf. Sie befürchtete, dass er wieder umkippen würde, so sehr bebten seine Knie. Aber er fiel nicht, richtete sich auf und hielt ihr dann seine Hand hin.

Mit einem Knurren erhob sich Yvaine, ohne seine Hilfe angenommen zu haben.

»Wie viele Zimmer sollen also vorbereitet werden?«, fragte sie Lorcan gereizt.

Der blickte zu seinen Leuten, bevor er wieder sie ansah. »Wir wollen Eure Gastfreundschaft nicht über Gebühren strapazieren«, erwiderte er. »Vier Zimmer für mich und mein Gefolge, zwei für den König und die Prinzen. Mehr benötigen wir nicht. Cierans Begleitung wird wohl im Qaurtier der Soldaten unterkommen.«

»Schlafen die Prinzen also bei Euren Männern?«, hakte Yvaine nach.

Lorcan lachte und schüttelte den Kopf. »Die Prinzen teilen sich ein Gemach, ebenso wie der König und seine Gemahlin.«

»Das Königspaar teilt sich ein Zimmer? Wie … unüblich«, murmelte Yvaine.

»Nun, die beiden sind unzertrennlich«, entgegnete Lorcan mit einem verwegenen Zwinkern.

Falls er gehofft hatte, Yvaine so aus der Reserve zu locken, musste sie ihn enttäuschen. Was die beiden in ihrem Schlafzimmer anstellten, ging sie nichts an und es schockierte sie auch nicht. Sie war nicht so unerfahren, wie dieser Dämon vielleicht dachte.

»Sechs Zimmer also«, brummte sie. »Sobald die Verwundeten versorgt und die Toten bestattet sind, werde ich mich darum kümmern.«

»Wir werden Euch helfen«, bot Lorcan an.

Sie starrte erneut auf seine Wunde. »Ihr solltet Eure Verletzung behandeln lassen«, meinte sie und wandte sich ab. »Um mein Volk kümmere ich mich. Das habe ich schon immer getan. Cadmus wird Euch in einen Raum führen, wo Ihr Verbandszeug findet. Wartet dort, bis Eure Zimmer vorbereitet sind.«

Ohne Lorcan die Möglichkeit zu geben, etwas zu erwidern, rief sie Befehle und tröstete die Diener, die zu ihr eilten und bei dem Anblick der vielen Toten in Tränen ausbrachen. Sie hatte es ernst gemeint, sie wollte sich um ihr Volk kümmern. Genau das würde sie tun. Und wenn ihre Leute nur sicher waren, wenn sie Dämonen in ihrer Nähe duldete, dann würde sie auch das überstehen. Für Sisun und all die Menschen, die sich auf sie verließen.

KAPITEL 5 - LORCAN

Der kühle Nachtwind pfiff um seine Ohren, als er auf dem Balkon stand und in den Garten hinabblickte. Der Pavillon lag verlassen vor ihm. Nur der Duft der Rosen hing immer noch in der Luft. Genau wie vor all den Jahren.

»Hier steckst du also«, sagte Eletta, die hinter ihm erschien.

Lorcan drehte sich nicht um. Er richtete seinen Blick weiterhin auf den Pavillon und ließ seine Gedanken zu dem Kampf vor wenigen Stunden wandern. Die Wunde an seiner Seite schmerzte immer noch, aber sie würde bald heilen. Hätte dieses Monster seine Zähne in Yvaines Körper vergraben, wäre die Königin jetzt vermutlich tot.

Bei der Vorstellung überzog ihn eine Gänsehaut. Wie hatte sie so leichtsinnig sein können, ihnen einfach zu folgen? Und vor allem … wozu?

»Hörst du mir überhaupt zu?«, fragte Eletta und boxte ihm gegen die Schulter.

»Nein«, erwiderte Lorcan. »Das habe ich doch nie. Wieso sollte ich jetzt damit anfangen?«

Eletta plusterte ihre Wangen auf, wie sie es schon als Kind getan hatte. Lorcan lachte und verstrubbelte ihr Haar, genau wie früher. Eletta zischte und schlug seine Hand fort.

»Lass dich doch ein wenig ärgern«, sagte er schließlich. »Wir haben uns so lange nicht gesehen, da werde ich dich doch ein bisschen aufziehen dürfen.«

»Na, und wer ist daran schuld? Ich, die hierbleiben musste, oder du, der sich frei durch alle Reiche bewegen konnte?«

Lorcan seufzte. »Ich konnte Cierans Seite nicht verlassen«, versuchte er sich zu rechtfertigen.

Die blonde Dämonin gab ein Schnauben von sich, dann stützte sie sich neben ihm auf dem Geländer ab.

»Du wusstest nicht, dass Cieran kommt, oder?«, fragte sie nach einer Weile.

»Ich hatte keine Ahnung«, erwiderte Lorcan. »Deswegen kann ich dir auch den Grund für seine Reise nicht nennen.« Er betrachtete Eletta mit einem schiefen Grinsen. »Das wolltest du doch wissen, oder?«

»Du kennst mich zu gut«, meinte sie.

»Ich dachte eigentlich, dass er wegen Meira nicht herkommen würde. Aber vielleicht haben sie etwas über den Feuerschlüssel erfahren und wollen sich deswegen hier mit mir umsehen.«

Lorcan fragte sich, wann Cieran entschieden hatte aufzubrechen. Er selbst hatte mehrere Tage gebraucht, um die Wüste zu durchqueren, und drei Tage in jenem Dorf nahe der Küste verloren, in dem Zevian sein Ende gefunden hatte. Wenn Cieran schon übermorgen eintraf, musste er knapp nach ihm aufgebrochen sein. Wieso hatte er ihm keine Nachricht geschickt und ihn gebeten, auf ihn zu warten?

»Aber wozu nimmt er dann die Brüder der Königin mit?«, hakte Eletta nach.

»Auch das kann ich nicht beantworten«, entgegnete Lorcan. »Immerhin scheint Silvan nicht bei ihnen zu sein.«

»Wer ist Silvan?« Eletta sah ihn verwirrt an.

»Der Vertraute von Meira und der Grund, warum Cieran sich manchmal immer noch aufführt wie ein eifersüchtiger Gockel.«

Lorcan schmunzelte. Es gab für Cieran keinen Grund, eifersüchtig zu sein. Meira hatte nur Augen für ihn, aber dennoch sah sein Freund in jedem Mann einen Konkurrenten. Mittlerweile hatte er sich aber besser unter Kontrolle als früher.

»Wie ist sie so?«, wollte Eletta wissen.

»Wer? Meira?«

»Nein, die Schneeeule von Visha. Natürlich Meira«, brummte die Dämonin.

»Sie ist beeindruckend. Stark und mutig und zugleich sanft und großherzig«, erwiderte Lorcan.

»Klingt, als wärst du auch in sie verliebt«, zog Eletta ihn mit einem leichten Stoß gegen die Schulter auf.

»Sag das bloß nie vor Cieran, sonst bin ich einen

Kopf kürzer«, entgegnete Lorcan scherzhaft, bevor er ernst wurde. »Die beiden sind sehr glücklich zusammen. Ich hätte nicht erwartet, Cieran je wieder so zu sehen. Nicht, nachdem er alles verloren hat.«

Er hielt inne, als er eine Bewegung im Garten wahrnahm. Selbst in der Dunkelheit der Nacht erkannte er Yvaine, die in einem dunklen Kaftan über das Gras lief und auf den Pavillon zuhielt. Sie verschwand zwischen den Bäumen dahinter und obwohl Lorcan sich aufrichtete und versuchte, sie trotz des dichten Laubs auszumachen, gelang es ihm nicht.

Was machte sie mitten in der Nacht im Garten?

»Sie gefällt dir, oder?«, fragte Eletta und erinnerte ihn so wieder an ihre Anwesenheit.

»Wer? Meira? Ich sagte doch …«

»Hältst du mich für dumm oder blind?« Die Dämonin schnaubte. »Ich spreche von der Königin von Sisun.«

Lorcan schwieg und blickte weiterhin auf die Bäume, hinter denen Yvaine verschwunden war. Ihre Schönheit hatte ihn fast genauso beeindruckt wie ihr Kampfgeist und ihr Mut. Hätte sie nicht den Krummsäbel ergriffen und der dunklen Bestie ins Auge gerammt, wären sie vielleicht beide verloren gewesen.

»Es war ihr Vater, der Navalie umgebracht hat«, murmelte Lorcan schließlich.

»Woher weißt du, dass er deine Frau getötet hat?«, fragte Eletta leise.

Lorcan atmete geräuschvoll aus. »Weil er es mir gesagt hat, als wir uns in der Wüste gegenüberstanden.«

Dann schwiegen sie eine Weile, bis die Dämonin wieder das Wort ergriff. »Hast du deswegen das schwarze Feuer über Sisun gebracht?«

Er nickte kaum merklich und schloss die Lider, versuchte die Erinnerung an entstellte Körper und die Schreie sterbender Menschen aus seinem Gedächtnis zu bannen. Es gelang ihm nicht.

»Ich habe das Feuer entfesselt und mit vergifteten Klingen gegen den König gekämpft. Dann habe ich ihn zum Sterben in der Wüste zurückgelassen. Yvaine hasst mich und das zurecht«, sagte er schließlich. »Ich habe ihr und ihrem Volk etwas angetan, das ich nie wiedergutmachen kann.«

»Seit diesem Tag bist du aber verändert«, warf Eletta ein. »Weswegen?«

Lorcan öffnete seine Augen und blickte wieder zu den Bäumen. »Wegen eines Mädchens, das kaum älter als sieben Jahre alt war und den Mut hatte, Menschen in Sicherheit zu bringen, obwohl es selbst in Lebensgefahr schwebte.«

»Du sprichst von Yvaine.« Elettas Stimme war nicht mehr als ein Flüstern im Wind. Trotzdem drang jedes ihrer Worte in Lorcans Seele.

»Cieran wollte, dass ich die Königskinder finde und gefangen nehme«, erzählte Lorcan. »Ich fand nur den ältesten Prinzen und lieferte ihn meinen Kriegern aus. Die jüngeren Kinder waren verschwunden und das schwarze Feuer tobte in der Stadt. Mir lief die Zeit davon, weil ich den Garten der Mondgöttin nicht finden konnte, wo ich die Kinder vermutete. Jetzt weiß ich auch wieso.«

»Weil die Magie der Königsfamilie ihn vor den Augen ihrer Feinde schützt«, meinte Eletta.

»Ich rannte durch den Palast, als ich das Mädchen erblickte«, fuhr Lorcan fort, ohne auf ihre Worte einzugehen. »Es scheuchte Diener durch den Korridor und riss eine Tür auf. Als ich hinterherwollte, stand ich vor einer Mauer. Aber das Mädchen kam wieder hinaus, suchte weitere Menschen und brachte sie in Sicherheit. Dabei muss sie gewusst haben, dass ich sie suche. Immerhin ... habe ich ihren Bruder festgenommen. Und sie musste mitansehen, wie ein anderer Dämon ihn vor dem Palast getötet hat.«

Er schluckte. Damals waren sie alle voller Hass und Trauer gewesen. Auch Lorcan hatte den Krieg befürwortet, wollte die Menschen für das, was sie getan hatten, büßen lassen. Er hatte alle Menschen für selbstsüchtige, machthungrige Kreaturen gehalten. Doch dieses Mädchen war anders gewesen.

»Ich dachte, die Menschen verdienen es zu leiden«, flüsterte er sein Geständnis. »Aber an jenem Tag, als die Stadt Inej in Asche und geschmolzenem Sand ertrank, ist mir klar geworden, dass Gewalt immer nur neue Gewalt hervorruft. Und dass Menschen wie Yvaine die Welten verändern können, wenn sie es nur wollen. Also blieb ich bei Cieran und hoffte, dass ich ihn irgendwann auch davon überzeugen können würde.«

»Wieso bist du nicht als Statthalter hiergeblieben?«

Eletta klang gereizt und Lorcan wandte sich ihr zu.

»Weil ich der Schrecken der Wüste bin«, erwiderte er. »Und ich verstehe immer noch nicht, wieso Cieran *mich* hergeschickt hat, um Friedensverhandlungen zu führen. Die Menschen Sisuns hassen mich und sie werden mir nie vergeben können, was ich ihnen angetan habe. Nicht einmal, wenn ich die dunklen Bestien, die ihre Städte bedrohen, vernichte.«

Es raschelte im Garten und Lorcan blickte zu den Bäumen, zwischen denen Yvaine hervortrat. Hatte Yvaine sich hierher zurückgezogen, weil sie umgeben von dieser besonderen Magie, die an diesem Ort herrschte, neue Kräfte sammeln und sich von dem Schock vorhin erholen konnte?

Verstohlen sah sie sich um und hob ihren Blick. Sie erstarrte, als sie Lorcan am Geländer erkannte. Ihr Gesicht verfinsterte sich, ehe sie weiterlief und im Palast verschwand.

»Und doch hat sie dein Leben gerettet«, warf Eletta ein.

»Das hat sie«, murmelte Lorcan.

»Sieht aus, als wärst du aus der Übung, was Kämpfe betrifft«, zog Eletta ihn auf.

Er ging nicht darauf ein und blickte nur zu jener Stelle, an der Yvaine gerade noch gestanden hatte. Wie sollte es ausgerechnet ihm gelingen, sie vom Frieden mit den Dämonen zu überzeugen? Und wie konnte er verhindern, dass etwas wie heute noch einmal passierte?

Irgendwie war er froh darüber, dass Cieran und Meira herkamen. Er konnte ihren Rat und Beistand gebrauchen. Auch wenn es sich gleichzeitig anfühlte, als würde Cieran kontrollieren, ob Lorcan sich im Griff hatte.

»Meine Aufgabe wird schwieriger werden, als ich gehofft habe«, sagte er und stellte überrascht fest, dass Eletta nicht mehr neben ihm stand.

Er war an diesem Abend kein guter Gesprächspartner und nahm es ihr nicht übel, dass sie keine Lust mehr gehabt hatte, ihm beim Schweigen zuzuhören. Die Vergangenheit hing ihm immer noch nach. Zu schmerzhaft fühlte es sich an, hier zu stehen und die Luft einzuatmen, die immer noch verbrannt roch. Und dann waren da diese unendlich tiefen Augen, in denen er Feuer und Hass lodern sah, wenn er in ihnen versank.

Lorcan stieß den Atem aus. Er musste einen kühlen Kopf bewahren. Und am besten gelang ihm das vermutlich, wenn er der Königin nur begegnete, wenn es sich nicht vermeiden ließ. Sollte Cieran doch die Gespräche mit Yvaine führen. Er würde freiwillig nach der Quelle der dunklen Bestien suchen. Damit trug er vermutlich mehr zum Frieden bei, als wenn er eine Frau betrachtete, die ihm nie etwas anderes als Verachtung entgegenbringen würde.

KAPITEL 6 - YVAINE

Feuerrot malte die aufgehende Sonne Muster in den noch dunklen Himmel, als Yvaine barfuß durch den schlafenden Palast schlich. Die Wachen, die in den Korridoren ihren Posten bezogen hatten, nickten ihr schweigend zu. Sie hatten sich längst daran gewöhnt, dass ihre Königin zu den seltsamsten Zeiten in den Fluren unterwegs war.

Es gab Nächte, in denen Yvaine gut schlief. Und dann gab es jene, in denen sie von Feuer und von sterbenden Menschen träumte. Oder, wie in dieser Nacht, von schwarzen Kreaturen, die sich auf sie stürzten und unter sich begruben.

In ihrem Traum hatten die Wesen sie nicht gebissen, sich nur auf sie geworfen und unter ihren schweren Leibern zu zerquetschen gedroht. Als sie fast in der Schwärze ertrunken wäre, war er erschienen. In seiner dunklen Rüstung und mit den ledernen

Flügeln hatte er selbst wie eine dieser Kreaturen gewirkt, bis sie seine Augen gesehen hatte. Die Farbe des Himmels über Sisun war es, die sie beruhigt hatte, und ohne zu zögern hatte sie ihm ihre Arme entgegengestreckt. Er hatte sie hinausgezogen, an sich gepresst und war mit ihr in Sicherheit geflogen.

Als Yvaine aufgewacht war, hatte sie um Atem gerungen. Nicht, weil der Traum eine so furchtbare Wendung genommen hatte. Sondern weil sie sich in den Armen des Schreckens der Wüste geborgener gefühlt hatte als jemals zuvor.

Deswegen lief sie jetzt, lange bevor die Diener im Schloss erwachen würden, durch die Flure zur Küche, um sich mit Essen für den Tag einzudecken. Sie würde so viel mitnehmen, wie sie tragen konnte, und sich anschließend in ihr Versteck zurückziehen, das nicht einmal ihr Bruder kannte.

Sollte doch Cadmus mit den Dämonen reden. Am Abend, als sie blutbefleckt und erschöpft davon, die Toten zu bestatten und den Überlebenden Mut und Trost zu schenken, in ihr Gemach zurückgekehrt war, hatte der Wesir sie aufgesucht. Er wollte, dass sie ein Willkommensfest für den Hochkönig der Dämonen ausrichteten, damit es für diese so wirkte, als würden sie einen Frieden in Erwägung ziehen. Sie hatte zugestimmt, weil sie die Dämonen damit in Sicherheit wiegen und ihre eigentlichen Pläne verschleiern konnte.

Die Organisation überließ sie dem Wesir. Sonst hätte Yvaine mit Lorcan reden müssen, und dem wollte sie lieber aus dem Weg gehen.

Sie hatte ihn am Balkon gesehen und sie wusste, dass er sie ebenfalls im Garten entdeckt hatte. Vermutlich würde er sie darauf ansprechen, was sie mitten in der Nacht dort zu suchen hatte, und darüber wollte sie gerade *ihm* keine Auskunft geben. Die Magie ihrer Familie ging ihn nichts an. Außerdem hing ihr der Traum nach. Genauso wie das seltsame Gefühl, das auch jetzt noch über ihr schwebte, wenn sie daran dachte, von ihm gehalten zu werden.

Mit einem Schnauben beschleunigte sie ihre Schritte, die, während sie in Gedanken versunken war, langsamer geworden waren. Niemals würde sie so dumm sein zu glauben, dass ein Dämon etwas anderes als eine Bestie war, die ohne Skrupel tötete. Sie würde nicht den Fehler begehen, diesen Wesen zu trauen. Gestern hatte sie beinah geglaubt, dass die Dämonen und die dunklen Kreaturen nicht zusammengehörten. Aber vielleicht war das voreilig gewesen. Sie brauchte mehr Beweise, ehe sie ihre Zweifel gegenüber den Dämonen ablegte.

Ihr Herz setzte einen Schlag aus, als sie die Küche betrat und ausgerechnet den Mann, dessen Nähe sie unter allen Umständen meiden wollte, entdeckte. Er stand lässig gegen einen hüfthohen Schrank gelehnt und biss gerade von einer blutroten Seshaibirne ab. Lorcan trug keine Rüstung, allerdings eine Hose aus schwarzem Leder und um seine Hüfte hingen zwei Schwertgürtel ohne Waffen. Die Verschnürungen seiner weißen Tunika waren so lose, dass sie einen guten Teil seiner Brust sehen konnte.

Als ihre Blicke sich trafen, hob er die Mundwinkel zu dem schiefen Grinsen, das einen Schauer durch ihren Körper laufen ließ. Dann neigte er seinen Kopf.

»Guten Morgen, Hoheit«, sagte er, bevor er wieder in die Birne biss.

Yvaine straffte ihre Schultern und hob ihr Kinn. Sie trug einen schlichten sandfarbenen Kaftan und ihre Haare sahen vermutlich aus, als hätte ein Vogel darin geschlafen. Daran konnte sie jetzt nichts mehr ändern, aber die Haltung einer Königin konnte sie einnehmen.

»Ich dachte, Dämonen schlafen ebenso wie Menschen«, erwiderte sie statt eines Grußes und blieb im Eingang stehen.

Lorcan hatte sich ausgerechnet vor die Vorratsschränke gestellt und um an Essen zu kommen, das sie mitnehmen konnte, hätte sie ihn wegscheuchen müssen.

Seine Miene verfinsterte sich für einen Moment, bevor er sie wieder mit diesem Lächeln ansah, das ihre Knie weich werden ließ. Wieso, bei der Göttin, musste sie ausgerechnet ihm begegnen?

»Ich schlafe nicht sehr viel«, erklärte Lorcan.

»Weil Dämonen doch keinen Schlaf brauchen?«, fragte sie und ging auf die Feuerstelle zu.

Ein Topf mit köchelndem Wasser befand sich auf einer bereits entfachten Flamme. Yvaine wollte nach einem weiteren Topf greifen, um ihn auf die Feuerstelle zu setzen. Allerdings stand Lorcan mit einem Mal dicht hinter ihr und seine Wärme drang durch den dünnen Stoff ihres Kaftans. Mit jedem Atemzug, den sie nahm, fühlte sie seine Präsenz deutlicher.

»Weil es mir nicht gelingt, meine Albträume zu bannen«, raunte er nahe an ihrem Ohr.

Yvaine wirbelte herum und keuchte, als Lorcan seine Arme um sie schloss und mit ihr zurücksprang. Gleich darauf klirrte es und der Topf mit dem heißen Wasser landete auf dem Boden.

Das Herz schlug ihr bis zum Hals, als sie den Kopf hob, um Lorcan ins Gesicht zu sehen. Das Lächeln war verschwunden, dafür blitzte etwas anderes in seinen Augen auf. Yvaine wollte es nicht, aber ihr Blick wanderte zu seinen Lippen, die ihren so nahe waren. Wie konnte dieser Mann, den sie verachten sollte, eine derart verwirrende Anziehung auf sie ausüben?

»Vergebt mir, wenn ich Euch zu nahegekommen bin«, sagte er unvermittelt, ließ sie los und trat zurück. »Ich wollte Euch nicht erschrecken. Eigentlich wollte ich Euch nur anbieten, mein Wasser zu nutzen, statt einen neuen Topf hinzustellen.«

»Schon gut, nichts passiert«, entgegnete sie. Ein seltsamer Knoten zog sich um ihr Herz zusammen. War sie gerade wirklich enttäuscht, weil er sie losgelassen hatte?

»Ihr habt Euch nicht verbrüht?«, hakte Lorcan nach.

»Nein«, antwortete sie und blickte zu jener Stelle, an der er gestern noch verletzt gewesen war. »Also hat Euch nicht die Wunde am Schlafen gehindert?«

Er schüttelte den Kopf. »Unsere Körper heilen schneller als die von Menschen«, sagte er und klang beinahe verlegen. »Die Wunde hat mir keine Beschwerden bereitet.«

»Gut«, murmelte sie und biss sich auf die Unterlippe.

»Und Ihr, Hoheit?«, fragte Lorcan interessiert. »Warum seid ihr vor dem Morgengrauen in der Küche?«

Yvaine atmete geräuschvoll aus. »Ihr seid nicht der Einzige, der seinen Albträumen nicht entfliehen kann«, antwortete sie frostig.

Lorcan zuckte zusammen und wandte den Blick ab. Einen Wimpernschlag lang bereute sie ihre Worte, obwohl sie der Wahrheit entsprachen. Aber wenn sie ihn so ansah, bekam sie Mitleid mit ihm, das er eigentlich nicht verdiente. Es war Zeit, die Küche zu verlassen. Auch ohne etwas zu Essen mit sich genommen zu haben.

»Ihr habt gewiss genug zu erledigen, bevor Euer Königspaar morgen eintrifft«, sagte sie deswegen.

»Um ehrlich zu sein, habe ich damit nichts zu tun«, entgegnete Lorcan, der sie immer noch nicht ansah. »Ich bin von ihrer Anreise genauso überrascht wie Ihr.«

»Reist der Hochkönig viel?«, hakte Yvaine nach.

»Nur wenn es sich nicht vermeiden lässt. Er fürchtet um die Sicherheit seiner Gemahlin«, antwortete Lorcan.

Yvaine dachte über das nach, was sie über Meira von Visha wusste. Eigentlich hätte sie den Thron nicht besteigen sollen. Ihr Vater hatte einen seiner jüngeren Söhne zu seinem Nachfolger ernennen wollen. Aber Luan war im Kampf gegen die Dämonen gefallen und Meira jetzt Königin.

Ob sie gegen ihren Willen bei den Dämonen festgehalten wurde und Cieran sich so die Krone über ein Menschenreich verschafft hatte? Yvaine würde es herausfinden. Und falls es möglich war, würde sie ihr helfen, dem Dämonenfürsten zu entkommen, und sie hier verstecken. Die meisten Länder hatten einen Friedensvertrag bisher abgelehnt. Nur die Reiche des nördlichen Kontinents hatten ein Bündnis mit den Dämonen geschlossen. Wenn Meira nicht länger eine Geisel der Dämonen war, gab es vielleicht die Möglichkeit, diese Reiche wieder zu befreien. Yvaine bezweifelte, dass die Herrscher den *Frieden* freiwillig eingegangen waren.

»Shar Cadmus möchte für das Königspaar eine Willkommensfeier ausrichten«, sagte Yvaine schließlich.

Lorcan gab ein Schnauben von sich, aber Yvaine erkannte, dass er damit ein Lachen kaschieren wollte. Seine Mundwinkel zuckten verräterisch.

»Das wird Cieran nicht gefallen«, meinte er und sah sie verschmitzt an. »Ihr seid von der Idee ebenfalls nicht begeistert, oder?«

»Ich halte es für verfrüht. Eine Feier sendet möglicherweise falsche Signale, da wir ja noch keinen Frieden geschlossen haben. Aber vielleicht hat der Großwesir doch recht und eine Feier lockert die Stimmung im Volk«, entgegnete sie.

Allein die Vorstellung, dass der Dämonenkönig sich unwohl fühlen könnte, gefiel ihr. Außerdem nahm bereits ein Plan Gestalt in ihrem Kopf an, wie sie die Festlichkeit nutzen konnte, um dem König zu zeigen, wie wenig die Menschen von den Dämonen hielten.

»Würde es denn Eure Stimmung lockern?«, hakte Lorcan nach.

Yvaine stemmte die Hände in die Hüfte. »Das wird sich zeigen. Ihr wisst es vielleicht nicht, aber in Sisun waren Feste wichtig und es gab immer viel Musik. Beim Tanz vergaßen die Menschen ihren Groll aufeinander und versöhnten sich.« Sie hob ihr Kinn herausfordernd an. »Möglicherweise fordert mich ja ein Dämon zum Tanz auf und lässt mich vergessen, wie unterschiedlich wir sind.«

Das Grinsen, das gerade noch sein Gesicht erhellt hatte, verschwand und Lorcan räusperte sich. »Wir sind nicht so unterschiedlich, wie Ihr vielleicht denkt«, erwiderte er.

»Das bleibt abzuwarten«, meinte sie und schlenderte an ihm vorbei zum Vorratsschrank.

Sie holte zwei Seshaibirnen heraus und warf Lorcan eine zu. Der Dämon fing sie mühelos aus der Luft und musterte Yvaine nachdenklich, während sie in die süße Frucht biss und sich den Saft mit den Fingern von den Wangen wischte.

Mit einem Mal freute sie sich auf das Fest. Weil sie den Hochkönig damit erzürnen konnte und Lorcan dazu benutzen würde, den Dämonen einen kleinen Denkzettel zu verpassen. Fast hätte sie geschmunzelt, aber sie konnte es sich gerade noch verkneifen.

»Dann werde ich Shar Cadmus ausrichten, dass wir das Fest am Tag der Ankunft begehen werden«, verkündete sie und verließ die Küche, ehe Lorcan etwas erwidern konnte.

Sie hatte, von den Feierlichkeiten abgesehen, noch einiges zu planen. Am Ende des Abends würden die Dämonen wissen, dass sie hier nicht willkommen waren und dass sie zu lange nicht bemerkt hatten, was sich direkt vor ihren Augen abspielte.

KAPITEL 7 - LORCAN

Cieran wird mich umbringen.« Lorcan seufzte, während er die bunten Banner und Girlanden aus den Wüstenblumen Sisuns betrachtete.

Überall erstrahlte die Farbe der königlichen Familie in dem satten Purpur, das auch Yvaine bei seiner Ankunft im Palast getragen hatte. Die Blumen, deren Namen Lorcan vergessen hatte, besaßen dieselbe Farbe und verströmten einen süßen Duft, der seine Sinne benebelte.

»Er wird dir danken, dass du die Königin davon überzeugen konntest, ihn zu empfangen«, meinte Eletta und grinste. »Und *dann* wird er dich umbringen.«

»Dir ist bewusst, dass du dich dann um alles kümmern musst, oder?«, hakte Lorcan nach und schnippte gegen Elettas Wange.

»So lange ich aus der Wüste rauskomme, soll mir das recht sein«, erwiderte sie und lachte, als er erneut versuchte sie zu treffen und ihre Wange verfehlte, weil sie auswich. Dann jedoch räusperte sie sich und strich über ihre Rüstung. »Ich sollte den Wachen letzte Anweisungen geben«, murmelte sie und hastete die Treppen hinab.

Lorcan kniff die Augenbrauen zusammen und wollte ihr nachrufen, als eine andere Stimme neben ihm erklang.

»Ihr seht unglücklich aus«, meinte Yvaine, die sich lautlos an ihn herangeschlichen hatte. Vernebelte der Duft der Blumen seine Wahrnehmung so sehr, dass er sie deswegen nicht bemerkt hatte? Oder hatte Eletta ihn so abgelenkt? »Gefallen Euch die Dekorationen nicht?«

Er wandte sich ihr zu und hielt den Atem an. Die Königin trug diesmal einen Sari in leuchtendem Purpur. Die Farbe unterstrich ihren dunklen Teint. Ihre offenen, hüftlangen Haare schimmerten im Licht des Tages wie schwarze Seide. Auf ihrer Stirn trug sie den liegenden Sichelmond von Sisun als Schmuckstein, der funkelte, als würde er Magie ausstrahlen.

Aber das, was Lorcan wirklich gefangen nahm, waren ihre dunklen Augen, deren Blau so tief und unergründlich war, dass er zu ertrinken drohte, jedes Mal, wenn er sich auch nur einen Wimpernschlag lang darin verlor.

»Sie sind schön«, stammelte er und räusperte sich. »Die Dekorationen, meine ich.«

Yvaine, die sonst keine Regung in ihrem Gesicht zeigte, hob ihre Mundwinkel zu einem Lächeln, das ihre Augen nicht erreichte.

»Es sind die Farben meiner Familie, der Stolz der Tiger von Sisun«, erklärte sie. »Wenn wir in diesen Farben dekorieren, erweisen wir unseren Gästen den höchsten Respekt.«

»Das heißt, Ihr wollt über einen Friedensschluss nachdenken?«, hakte Lorcan nach.

»Ich will mich erst mit der Gemahlin Eures Königs unterhalten und dann werde ich mir anhören, was ihr wirklich zu bieten habt«, entgegnete Yvaine. »Abgesehen davon scheint eine noch gefährlichere Armee als Eure nach den Leben der Menschen Sisuns zu trachten. Wie es aussieht, werde ich Eure Hilfe benötigen, um mein Volk zu schützen.«

Ihre Stimme klang kühl, obwohl sie immer noch lächelte. Lorcan ahnte, wie sehr es ihr missfiel, Hilfe von den Dämonen anzunehmen, deren Anwesenheit sie in ihrem Reich widerwillig dulden musste.

Das Erklingen der Fanfare ersparte ihm eine Erwiderung und Lorcan wandte sich dem Tor in der Außenmauer des Palastes zu, das gerade geöffnet wurde. Eletta eilte an seine Seite und neben Yvaine erschienen Cadmus und Gavril, der sich diesmal auf seine Krücken stützte.

Selbst auf die Entfernung konnte Lorcan Cierans Missmut erkennen, als er auf seinem Rappen neben Meira auf ihrer weißen Stute einritt. Die Menschen säumten den breiten gepflasterten Weg und neigten ihre Köpfe. Jubel hatte Lorcan nicht erwartet und er war auch froh darüber, dass er ausblieb, weil es sich falsch angefühlt hätte.

Hinter dem Königspaar ritten die beiden Prinzen

von Visha, die Lorcan noch immer nur mit Mühe voneinander unterscheiden konnte.

Als Cieran und Meira vor den Stufen zum Palast ankamen, reichte Lorcan Yvaine seinen Arm und führte sie hinunter. Der Blick des Dämonenkönigs bohrte sich in seinen und Lorcan überlegte, wie er Cieran nach seiner ermüdenden Reise erklären sollte, wieso ein Land, das ihn immer noch als Feind sah, eine Willkommensfeier für ihn ausrichtete, statt ihm die Erholung zu gönnen, die er vermutlich benötigte.

Der Hochkönig schwang sich vom Pferd und half seiner Frau aus dem Sattel. Die beiden hätten nicht unterschiedlicher sein können. Während Cieran nicht nur wegen seiner schwarzen Flügel Dunkelheit ausstrahlte, war Meiras Haar weiß wie Schnee und verlieh ihr mit den hellblauen Augen das Aussehen eine Winterfee. Trotz ihrer Unterschiede gaben die beiden ein wundervolles Paar ab.

Bei dem Gedanken sah Lorcan verstohlen zu Yvaine, die ihren Blick auf Meira geheftet hatte. Sie hatte ihre Hand noch immer nicht von seinem Arm gelöst, was Lorcan erstaunte. In den letzten Tagen war sie ihm vermutlich aus dem Weg gegangen. Zumindest hatte er sie kaum gesehen. Aber die Anziehung, die sie auf ihn ausübte, gewann durch ihre Nähe noch mehr an Stärke. Lorcan schob das Verlangen, sie an sich zu ziehen und herauszufinden, wie weich sich ihr Haar anfühlte, auf den süßen Blumenduft, der ihm wohl wirklich alle Sinne vernebelte.

Am Fuß der Treppe angekommen blieb Lorcan stehen und hielt dem finsteren Blick seines Königs stand. Die Fanfaren verklangen. Lorcan suchte nach passenden Worten, um Yvaine vorzustellen und das Fest zu erklären, da ergriff zu seiner Erleichterung Meira das Wort.

»Königin Yvaine«, sagte sie mit diesem sanften Lächeln, das ihr die Herzen der Menschen und Dämonen zufliegen ließ. »Ich freue mich, Euch endlich kennenzulernen. Der Ruf Eures Mutes ist selbst in Visha bekannt.«

Bei diesen Worten trat sie auf die Königin zu und ergriff ihre Hände, als wären sie alte Freundinnen. Yvaine blinzelte verwirrt, straffte dann aber ihre Schultern. Das Lächeln, das nun auf ihrem Gesicht erschien, ließ selbst ihre Augen strahlen.

»Königin Meira, ich freue mich ebenfalls, Euch hier willkommen zu heißen. Um die Ankunft des Hochkönigs und seiner Königin gebührend zu feiern, haben wir ein traditionelles sisunisches Fest vorbereitet. Es wird neben unseren köstlichen Speisen auch Tanz und Spiele geben, in denen jeder seine Geschicklichkeit beweisen und Preise gewinnen kann. Daran haben Eure Brüder gewiss viel Freude.«

»Wie wundervoll«, erwiderte Meira und wandte sich zu Cieran und den Prinzen um. »Findest du nicht auch, Liebster?«

Lorcan musste ein Grunzen unterdrücken, als er Cieran beobachtete. Sein Freund hatte bestimmt einige Worte für das bevorstehende Fest übrig, *wundervoll* gehörte aber garantiert nicht dazu.

Tatsächlich verschränkte Cieran die Arme vor der Brust und atmete geräuschvoll aus. Dann jedoch umspielte ein Lächeln seine Lippen, während er sich seiner Frau zuwandte.

»Ja, ganz wundervoll. Ich freue mich auf das traditionelle Fest«, sagte er.

Lorcans Mund klappte auf und als er zu Yvaine blickte, formte auch sie tonlose Worte, bevor sie ihre Lippen zusammenpresste und den Kopf hob.

»Dann kümmere ich mich um die letzten Vorbereitungen«, verkündete die Königin. »Wenn Ihr mich entschuldigen wollt.«

Sie löste sich von Meira und eilte, dicht gefolgt von Cadmus, zu einer Bühne.

»Vergebt meiner Schwester, sie ist ein wenig aufgewühlt nach dem, was vor zwei Nächten geschehen ist«, murmelte Gavril und neigte seinen Kopf.

»Ihr müsst Prinz Gavril sein«, stellte Meira immer noch lächelnd fest. »Das hier sind meine Brüder Kalòn und Léas. Es freut mich, auch Euch kennenzulernen.«

»Was ist vor zwei Nächten geschehen?«, wollte Cieran ohne Umschweife wissen und sah dabei Lorcan an.

»Lasst uns in den Palast gehen«, schlug Gavril vor und humpelte die Treppen hinauf.

Lorcan deutete eine Verneigung an, ebenso wie Eletta, als Cieran an ihnen vorbeischritt. Zu seiner Überraschung blieb Meira zurück und hakte sich bei Lorcan unter.

»Ich weiß, du bist selbst erst zwei Tage hier, aber … wie ist es dir bisher ergangen?«, fragte sie.

»Wenn du wissen willst, ob ich die Königin davon

überzeugen konnte, Dämonen nicht mehr zu hassen, lautet die Antwort nein«, entgegnete er und gab sich Mühe, heiter zu klingen.

»Was vermutlich daran liegt, dass du nicht du selbst bist«, meinte Meira in tadelndem Tonfall. »Du wirkst nicht so umgänglich, wie ich dich sonst kenne. Nicht so charmant und einnehmend …«

»Sprich das nicht zu laut aus, sonst denkt dein Mann wieder, ich würde ihm Konkurrenz machen«, unterbrach Lorcan sie mit einem schiefen Grinsen. »Das letzte Mal wollte er mich deswegen Latrinen reinigen lassen.«

»Siehst du, das ist der Lorcan, den ich kenne«, verkündete Meira. »Und er wollte dich die Latrinen aus einem anderen Grund reinigen lassen.«

»Nun, den wahren Lorcan kann ich Königin Yvaine nicht zeigen«, erklärte er.

»Weil du der Schrecken der Wüste bist?«, flüsterte Meira verschwörerisch.

»Woher weißt du das?«, fragte er überrascht.

»Denkst du wirklich, es gibt etwas, das Cieran vor mir verborgen hält?«, stellte sie die Gegenfrage. »Warum meinst du, wollte er, dass du herkommst?«

»Das wirst du mir erklären müssen«, brummte Lorcan. »Denn ich habe keine Ahnung.«

»Er hofft, dass du nicht nur mit Sisun Frieden schließen kannst, sondern auch mit dir selbst«, erklärte Meira. »Weil Cieran weiß, dass dich diese Schlacht verändert hat, und weil er hofft, dass die Wunden deiner Seele heilen können, wenn du dich mit den Menschen hier aussöhnst.«

»Das wiederum klingt nicht nach dem Cieran,

den ich kenne«, murmelte Lorcan. »Sondern nach seiner Königin.«

»Es war seine Idee«, entgegnete Meira mit einem Zwinkern. »Die Begründung, die ich dir genannt habe, ist in meine Worte gefasst. Er hätte es nie so poetisch ausgedrückt.«

»Ganz gewiss nicht.«

Lorcan schmunzelte und wischte sich das Grinsen aus dem Gesicht, als Cieran sich zu ihnen umwandte. Mittlerweile hatten sie den Palast betreten und Meira löste sich von Lorcan, um zu ihrem Mann zu gehen.

Natürlich wusste Cieran, dass Lorcan ihn niemals hintergehen und mit Meira eine Romanze beginnen würde. Lorcan würde das Vertrauen seines Freundes niemals auf diese Weise missbrauchen. Und Meira … Ihr Herz gehörte Cieran. Wenn er die beiden ansah, wurde Lorcan schwermütig. Er gönnte ihnen ihr Glück, aber er wusste, dass es so etwas für ihn nie wieder geben würde.

Lorcan schob den Gedanken fort und folgte Prinz Gavril und den anderen in einen Saal voller Kissen und Räucherschalen. Er schloss die Tür, nachdem alle eingetreten waren, und stellte sich dann neben Cieran, der seinen Arm um Meira gelegt hatte.

»Was ist vor zwei Tagen vorgefallen?«, fragte der Dämonenkönig und blickte von Gavril zu Lorcan.

»Die dunklen Bestien, die auch die Hafenstadt überrannt haben, sind in den Palast eingedrungen«, erklärte Lorcan, bevor Gavril es tun konnte. »Sie haben einen meiner Männer und einige Gardisten getötet. Wären sie nicht abgezogen, wären wir ihnen wohl hoffnungslos unterlegen gewesen.«

»Wieso sind sie abgezogen, wenn sie euch hätten bezwingen können?«, hakte Cieran nach.

»Das wissen wir nicht«, antwortete Lorcan. »Ein Signal ertönte und die Bestien verschwanden.« Er holte tief Luft. »Cieran, diese Wesen sind stärker, als aus den Berichten von Zevian hervorgegangen ist.«

Der Dämonenkönig wandte sich Eletta zu, die neben Lorcan stand. »Was weißt du über diese Wesen?«

»Nur, dass sie aus dem Nichts auftauchen, alles Leben auslöschen und dann verschwinden, als hätte es sie nie gegeben«, erklärte die Dämonin. »Zevian konnte auch nur die Toten untersuchen, die diese Wesen zurückgelassen haben. Bis vorgestern habe ich nie einem von ihnen gegenübergestanden.« Kurz wurde ihr Blick traurig. »Als Zevian zur Hafenstadt gereist ist, um mehr über die Wesen herauszufinden, haben sie ihn ebenfalls überfallen. Sie haben ihn umgebracht.«

Cieran schwieg und blickte betreten zu Boden. Zevian war ein langjähriger Freund gewesen. Lorcan hatte noch nicht die Zeit gehabt, ihm mitzuteilen, dass auch Zevian in der Hafenstadt sein Ende gefunden hatte.

»Also wissen wir nichts über diese Wesen«, murmelte Cieran schließlich.

»Wenn Ihr erlaubt«, mischte sich jetzt Gavril ein und alle Augen richteten sich auf ihn. »Ich habe eine Vermutung, was diese Wesen sind.«

»Und was wäre das?«, frage Cieran, als der junge Prinz schwieg.

»Wir nennen sie Kazzaner«, antwortete Gavril so

leise, dass man ihn kaum hören konnte. Er sah sich um, als hätte er Angst, belauscht zu werden. »Es gibt sie in unterschiedlichen Formen.«

»Inwiefern?«, wollte nun Lorcan wissen.

»Es ist schwierig zu erklären«, meinte Gavril. »An sich sind die Kazzaner die Hüter Sisuns. Die Magie der Wüste erschafft sie, um das Volk zu verteidigen. Sie entspringen dann dem Mut und dem Wunsch zu schützen. Aber so, wie diese Wesen aussehen, sind sie eher aus Hass geboren und verdunkeln die Magie, die tief in der schwarzen Wüste ruht.«

Bei seinen Worten breitete sich Gänsehaut auf Lorcans Rücken aus. Die schwarze Wüste von Kaz … an diesem Ort hatte er das Feuer, das all das Leid über Sisun gebracht hatte, gefunden. Es war eine besondere Magie, eingeschlossen in dem Gestein einer Grotte, die zum Reich der Dämonen führte. Lorcan hatte eigentlich gedacht, dass sie dämonischen Ursprungs war, aber er war nicht in der Lage gewesen, die Flammen zu kontrollieren, nachdem sie begonnen hatten, das Land zu verschlingen.

»Magie erschafft sie und eigentlich kann man sie nur mit ebenbürtiger Magie bezwingen«, meinte Gavril.

Lorcan blinzelte. Er hatte im Kampf gegen diese Wesen keine Magie verwendet. Allerdings besaßen seine Waffen eine eigene, schwache Magie. So hatte er die Biester also getötet.

»Die meisten Menschen halten es für ein Märchen, aber … in der Wüste von Kaz ruht eine uralte Magie«, sagte der Prinz.

»Wieso glaubt Ihr daran, wenn andere es für ein Märchen halten?«, fragte Meira behutsam.

»Weil viele Menschen auch nicht an Magie glauben und doch weiß ich, dass es sie gibt«, erwiderte Gavril. »Schließlich fließt sie auch durch meine Adern.«

»Was meint Ihr?«, wollte Meira nun wissen.

»Die königliche Familie von Sisun verfügt über Zauberkräfte«, erklärte Lorcan statt des Prinzen. »Es sind, soweit ich weiß, Mächte, die es ihnen erlauben, Illusionen zu erschaffen.«

Gavril nickte. »Hauptsächlich, ja«, stimmte er zu. »Wenn die Kräfte besonders stark sind, können sie aber auch anders eingesetzt werden.«

Meira umklammerte Cierans Unterarm und drehte sich zu ihm um. »Denkst du, wir finden hier den zweiten Schlüssel?«, fragte sie atemlos.

»Das wird sich weisen«, meinte Cieran nachdenklich. »Aber zuerst sollten wir uns um diese dunklen Kreaturen kümmern. Wie nanntet Ihr sie?«

»Kazzaner«, sagte Gavril geduldig. »Das, was ich bei dem Angriff gesehen habe, passt zu den Legenden, die sich um sie ranken.«

»Aber wenn sie Wächter sein könnten«, murmelte Meira und blickte dabei in die Ferne, »wieso greifen sie dann die Menschen von Sisun an? Kann der Hass die ursprüngliche Magie wirklich so stark verdunkeln?«

»Das werden wir herausfinden«, versprach Cieran und atmete dann geräuschvoll aus. »Aber erst müssen wir auf dieses Fest. Anschließend bitten wir die Königin um ein Gespräch.«

»Wenn du erlaubst, werde ich dem Fest fernbleiben und Nachforschungen anstellen«, schlug Lorcan vor.

Doch Cieran lächelte finster. »Oh nein, mein Freund. Wenn ich zu dem Fest muss, dann wirst du diese *Freude* mit mir teilen. Du wirst das tun, wofür ich dich hergeschickt habe.«

»Und das wäre?«, fragte Lorcan, obwohl er die Antwort längst kannte.

»Du wirst den Menschen hier beweisen, dass Dämonen nicht die finsteren Kreaturen sind, für die sie uns halten«, erwiderte Cieran und etwas Gefährliches blitzte in seinen Augen auf. »Am besten fängst du mit der Königin an. Und wo hättest du eine bessere Gelegenheit, ihr zu zeigen, was in uns steckt, als bei einem Fest, wo es offensichtlich Tanz und Spiel gibt?«

Lorcan stöhnte leise und sah zu Meira. Doch die lächelte nur sanft und nickte zustimmend. Also war es jetzt der Befehl seines Königs, Zeit mit Yvaine zu verbringen. Damit war sein Schicksal wohl endgültig besiegelt.

KAPITEL 8 - YVAINE

Mit steinernem Blick beobachtete sie die Speerwerfer, die ihr Können bei dem Wettbewerb zur Schau stellten. Früher galten die Speerkämpfer von Sisun als gefürchtet, heute durften sie wegen der Gesetze der Dämonen nur noch bei Festen mit ihren Waffen üben. Dementsprechend ungenau waren ihre Würfe auf die beweglichen Ziele. Erneut kroch Wut in ihr hoch. Solang die Dämonen hier die Macht besaßen, durfte ihr Volk nicht einmal an alten Traditionen festhalten.

Yvaine atmete geräuschvoll aus. Sie saß in der Mitte einer langen Tafel, umgeben von den Dämonen, die kaum von dem Essen kosteten, das sie hatte auftragen lassen. All das hier ermüdete sie mehr, als sie zugeben wollte. Sie griff nach einem Becher mit süßem Wein und trank ihn leer. Dabei blickte sie verstohlen zu dem Dämonenkönig zu ihrer rechten Seite. Er beachtete die Speerkämpfer kaum, seine Aufmerksamkeit galt Meira, die ihre Hand auf seine gelegt hatte und über seine Fingerknöchel strich.

Bisher hatte Yvaine keine Magie wahrnehmen können, die Meira an den Dämon band. Auch das Lächeln, das der sonst so finstere Fürst seiner Frau schenkte, wirkte aufrichtig. Konnte es wirklich sein, dass die beiden sich liebten? Dass keine Magie Meira dazu zwang, die Nähe des Dämons zu ertragen?

Sie zuckte zusammen, als Lorcan sich neben ihr räusperte und sie so aufforderte, sich ihm zuzuwenden. Im bereits schwächeren Licht der späten Nachmittagssonne wirkten seine Haare, als bestünden sie aus geschmolzenem Gold, durchzogen von glühendem Feuer. Ein gewinnendes Lächeln umspielte seine Lippen und Yvaine hielt den Atem an.

Trotz der ledernen schwarzen Flügel, die über seine Schultern ragten, sah Lorcan nicht aus wie ein Dämon. Zumindest nicht so, wie Yvaine sich einen Hochdämon vorgestellt hatte. In ihren Erinnerungen waren die Dämonen, die über den Palast hergefallen waren, entstellte Kreaturen gewesen, düster und voller Blut. Selbst Cieran, der eine Dunkelheit ausstrahlte, die Yvaine schaudern ließ, wirkte nicht so bedrohlich, wie sie erwartet hatte. Aber vielleicht lag das an Meira, deren Licht wohl jede Dunkelheit erhellen konnte.

»Ihr seht gelangweilt aus«, sagte Lorcan leise und schenkte ihr nach, als sie den leeren Kelch absetzte.

»Und Ihr scheint mich betrunken machen zu wollen«, erwiderte sie und deutete mit dem Kinn auf seinen Kelch. »Dabei trinkt Ihr selbst kaum von dem Wein.«

»Was nicht an dem Wein liegt, das versichere ich Euch«, erklärte er mit einem Zwinkern.

»Sondern?«

Lorcan seufzte. »Dämonen trinken kaum Alkohol, weil wir schneller betrunken werden.«

Ihre Miene hellte sich auf. »Sieh einer an. Heißt das, Ihr seid von dem Schluck vorhin bereits betrunken?«

Er lehnte sich nach vorn, sein Lächeln noch einnehmender als vorhin. »Und wenn es so wäre?«

Yvaine wusste, dass er mit ihr spielte. Sie hatte oft genug erlebt, wie Männer mit ihr umgingen, wenn sie etwas Bestimmtes wollten. Allerdings beherrschte sie dieses Spiel ebenfalls.

Lorcan hatte wohl seine Taktik geändert. Bisher hatte Yvaine das Gefühl gehabt, er würde ihr aus dem Weg gehen. Jetzt schien er ihre Nähe zu suchen. Diese Veränderung musste sie in jedem Fall für ihre Zwecke nutzen.

»Nun, dann müsste ich mir keine Sorgen machen, ob Ihr nach dem Wettbewerb mit mir tanzt«, meinte sie leichthin. »Weil ich Euch dann dazu überreden könnte.«

»Ihr müsst mich zu nichts überreden«, erwiderte er und einen kurzen Moment wirkten seine Augen ernst, bevor der Schalk zurückkehrte. »Es wäre mir eine Ehre, Euch auf die Tanzfläche zu führen. Allerdings kenne ich keine sisunischen Tänze.«

Yvaine schluckte die Worte, die auf ihrer Zunge lagen, hinunter. Natürlich wusste er nichts über die

Bräuche von Sisun. Er hatte das Land zerstört, damit sein König es unterwerfen konnte. Das durfte sie niemals vergessen. Nicht einmal dann, wenn er sie so anlächelte und in ihrem Inneren alles zu kribbeln begann. Lorcan war ihr Feind und würde es immer sein. Dass er ihr Leben gerettet hatte, änderte nichts für sie. Vermutlich würde er sogar versuchen, einen Vorteil aus dieser Schuld zu schlagen. Aber so leicht würde sie sich nicht manipulieren lassen.

»Sorgt Euch nicht«, sagte sie mit einem Schmunzeln. »Die richtigen Schritte sind bei uns nicht wichtig. Nur das Gefühl beim Tanzen.«

In dem Moment brandete Applaus auf und Yvaine erhob sich Beifall klatschend, ließ sich von einem Diener eine Seshaibirne aus purem Gold reichen und belohnte den Sieger des Wettbewerbs damit. Sie gönnte dem Mann einen Augenblick, um sich im Ruhm seines Triumphs zu sonnen. Dann ergriff sie das Wort.

»Damit sind die Wettkämpfe beendet und wir können zum angenehmen Teil des Abends übergehen«, verkündete sie und gab den Musikanten ein Zeichen.

Noch ehe die ersten Takte erklangen, sprangen einige Menschen auf. Sie stürmten auf die Tanzfläche und begannen, sich zu drehen und zu wiegen.

»Es scheint, als würden die Menschen von Sisun diesen Teil des Festes mögen«, stellte Meira mit einem Lächeln fest.

»Tanzen ist für uns wichtig«, erklärte Yvaine. »Es heißt, eine Frau solle ihren Gemahl erst erwählen, wenn sie mit ihm getanzt hat. Nur wenn sie dabei harmonieren, können sie eine glückliche Beziehung führen.«

Sie fühlte Lorcans Blick auf sich und wandte sich ihm zu. Der Dämon blinzelte, sah einen Moment zu Cieran und erhob sich dann. Galant verneigte er sich und bot ihr seine Hand an.

»Würdet Ihr mir diesen Tanz schenken?«, fragte er.

Sie ermahnte sich daran zu denken, dass er ebenso mit ihr spielte wie sie mit ihm. Trotzdem kribbelte ihre Haut, als sie seine Hand ergriff und mit ihm zur Tanzfläche schwebte.

Yvaine hatte diesen Tanz schon so oft mitgemacht. Es war eine schnelle Melodie, die viele Drehungen und Sprünge erlaubte. Dabei gab es keine feste Schrittfolge, wie es bei vielen Gesellschaftstänzen üblich war. Jeder bewegte sich so, wie es sich für ihn richtig anfühlte.

Yvaine betrachtete Lorcan und konnte ihr Schmunzeln nicht verbergen, als ihr bewusst wurde, wie unwohl er sich unter all den Menschen fühlen musste. Seine Miene wirkte ungewohnt verkniffen und sie meinte Schweiß auf seiner Stirn zu erkennen. Trotzdem fühlte sich seine Hand in ihrer erstaunlich angenehm an.

Als sie die Mitte der Tanzfläche erreichten, wollte sie die Führung übernehmen, doch da zog Lorcan sie bereits an sich, legte seine zweite Hand an ihre Hüfte und begann, sie zu drehen. Überrascht darüber, dass der Dämon dem Rhythmus der Musik folgen konnte, flog sie mehr in seinen Armen dahin, als selbst zu tanzen. Ein Gefühl von Freiheit und Sehnsucht überkam sie und sie wünschte sich, dass dieser Tanz nie enden möge. Einen kurzen Moment vergaß sie ihren Plan. Doch dann besann sie sich darauf, dass ihr Volk auf sie zählte und sie eine Pflicht zu erfüllen hatte. Sie bremste seinen Schwung, indem sie ihre Füße fester auf den Boden presste.

»Nicht so stürmisch«, sagte sie tadelnd und rang sich ein Lächeln ab, um den Schein zu wahren.

Während sie das tat, strich sie mit ihrer Hand über seinen Nacken und trug heimlich ein Pulver auf seine Haut auf, das sie brauchte, um Lorcan später unter ihren Bann zu stellen.

»Verzeihung, ich dachte, Ihr mögt es lieber stürmisch als ruhig«, erwiderte er mit einem Zwinkern.

Lorcan wirkte umgänglicher als an den Tagen zuvor und sie fragte sich einmal mehr, wie es dem Schrecken der Wüste gelang, sich so perfekt zu verstellen.

»Im Allgemeinen mag das zutreffen«, erwiderte sie neckisch.

Dann löste Yvaine sich mit einer ausladenden Geste von ihm, nur um sich mit einer Drehung wieder an ihn zu schmiegen. Lorcans Augen weiteten sich, als sie ihre Hand an sein Gesicht legte und ihm ihr verführerischstes Lächeln schenkte.

»Aber nur, wenn ich führen kann«, fügte sie hinzu.

Lorcan blinzelte, dann hoben sich seine Mundwinkel und das Prickeln in Yvaines Körper wurde stärker.

Er wirkte so menschlich. Sie sah in seine Augen und erkannte nichts Dunkles darin. Dann huschte ihr

Blick zu den schwarzen Flügeln. Er war ein Dämon und das durfte sie niemals vergessen. Trotzdem konnte sie nicht leugnen, dass er menschlicher war, als sie erwartet hatte. Er neigte sich nach vorn und seine Lippen berührten fast die Haut an ihrem Hals, während er sprach.

»Dann führt, meine Königin«, raunte er ihr ins Ohr. »Ich bin Euer ergebenster Diener.«

Ihre Beine wurden weich und erneut vergaß sie beinah den Plan, den sie sich für diesen Mann zurechtgelegt hatte. Es dauerte einen Herzschlag, bis Yvaine wieder Herrin über ihren Körper war und sich an das erinnerte, was sie tun musste. Sie änderte die Richtung und Lorcan folgte ihr bereitwillig. Die Musik hüllte sie beide ein und obwohl sie es nicht erwartet hatte, genoss Yvaine es, mit dem Dämon zu tanzen. Lorcan schien den Rhythmus der Melodie zu fühlen, genau wie Yvaine. Ganz gleich, wie sie ihre Schritte anpasste, er tat es ihr sofort gleich. Fast so, als würde er ihre Gedanken erahnen können.

Mit jedem Takt der Musik verschmolzen ihre Bewegungen mehr miteinander. Yvaine wurde mutiger, legte eine Hand in Lorcans Nacken und fuhr mit ihren Fingern durch seine blonden Haare. Eng wirbelten sie im Kreis. Ihr Körper glühte vor Hitze und sie kam Lorcan immer näher. Sie konnte das Pulsieren seines Herzens unter ihren Fingerspitzen fühlen, während sie in seinen blauen Augen versank.

In diesem Moment gab es nur sie und ihn, die Musik und das schwindelerregende Gefühl, ihm so nahe zu sein.

»Hebt mich hoch«, forderte sie ihn auf.

Noch ehe sie die Worte ausgesprochen hatte, legte er seine Hände an ihre Hüfte und sie stieß sich leicht mit den Füßen ab. Schwebend kreiste sie über seinem Kopf, schloss die Augen und nahm die Wärme, die ihre Körper genauso verband wie die Musik, deutlich wahr.

Ihre Zehenspitzen landeten federleicht wieder auf dem Boden und Yvaine rang um Atem, während sie die Lider langsam öffnete. Lorcan war stehen geblieben, und sie bemerkte, dass sie sich nicht länger auf dem Festplatz befanden. Es war ihr gar nicht aufgefallen, dass sie sich fort bewegt hatten und die Musik leiser geworden war.

Sie standen im Garten, von Büschen und Bäumen verborgen vor den Augen der Menschen, und die Geräusche um sie verblassten. Alles, was Yvaine hörte, war ihr eigener Herzschlag, der im selben Takt erklang wie das Pulsieren unter ihren Fingern.

Sie hob ihr Kinn leicht an, bis ihre Augen auf jene von Lorcan trafen. Er betrachtete sie auf eine Art, die trotz der Hitze in ihrem Körper einen Schauer über ihre Haut ziehen ließ. Sein Blick war verklärt, als stünde er vor etwas Heiligem, etwas Magischem, und keinem gewöhnlichen Menschen.

Er war der Schrecken der Wüste. Aber wenn sie ihn so ansah, fragte sie sich, ob er noch etwas anderes sein konnte. Ob das seltsame Ziehen in ihrem Magen mehr als Wut bedeutete. Es gab nur eine Möglichkeit, das herauszufinden, und nun, da sie unbeobachtet waren, konnte sie es wagen.

Yvainne rückte noch näher an ihn heran und hob ihm ihr Gesicht entgegen. Erst zögerte Lorcan, dann senkte er seinen Kopf und für einen flüchtigen Moment streiften seine Lippen ihre. Wie ein Feuerwerk knisterte etwas zwischen ihnen, ließ Hitze und Kälte über Yvaines Körper strömen.

Sie wollte mehr. Mehr von diesem Knistern, mehr von Lorcans Wärme, mehr von dem stummen Versprechen, das sie auf seinen weichen Lippen zu fühlen meinte.

Doch bevor sie sich auf die Zehenspitzen stellen konnte, um ihn richtig zu küssen, explodierte über ihnen tatsächlich ein Feuerwerk und Yvaine fuhr wie vom Blitz getroffen zurück.

Das Zeichen. Sie hatte bei dem Tanz die Zeit vergessen.

Immer noch hielt Lorcan sie fest und schien seine eigenen Schlüsse zu ziehen, warum sie sich von ihm gelöst hatte und ihn entsetzt ansah. Seine Miene wirkte wie die eines Kindes, das wusste, dass es etwas Falsches getan hatte.

»Hoheit, vergebt mir, ich …«

Aber sie ließ ihn nicht ausreden. Mit all ihrer verbliebenen Willenskraft stieß sie ihn von sich, hob den Sari, den sie trug, an und stürmte auf die sicheren Mauern des Palastes zu.

Sie musste fort, musste ihren Plan umsetzen. Auch wenn sie Lorcan nicht stehen lassen wollte. Nicht so. Obwohl er so viel Unglück über ihr Volk gebracht hatte. Etwas in ihr wollte ihn töten und gleichzeitig nicht verletzen. Doch am Ende war es für sie beide das Beste, wenn sie ihn einfach hier stehen ließ. Selbst dann, wenn der Stich in ihrer Brust ihr eine andere Wahrheit erzählen wollte.

KAPITEL 9 - LORCAN

Er wollte ihr hinterherlaufen, aber seine Beine waren wie festgefroren. Er sah ihr nach, wie sie zurück zum Festplatz rannte, bis sie aus seinem Blickfeld verschwunden war.

Lorcan stieß den Atem aus, den er bis zu diesem Moment angehalten hatte, und raufte sich die Haare. Was hatte er getan?

Er hatte nicht bemerkt, wie sie sich von den anderen Tänzern entfernt hatten. Erst als er Yvaine abgesetzt und seine Finger über die zarte Haut an ihrer Taille gestrichen hatten, war ihm bewusst geworden, dass sie nicht länger auf dem Platz standen. Er hätte sie sofort zurückbringen sollen, aber er hatte sich nicht von dem Anblick ihres leicht geröteten Gesichts lösen können, hatte sich in ihren dunklen Augen verloren und hatte gewusst, dass es um ihn geschehen war.

Sein Herz schlug selbst jetzt, bei der Erinnerung daran, wie sie sich in seinen Armen angefühlt hatte, schneller. Er hatte sich schon lange nicht mehr so zu einer Frau hingezogen gefühlt wie zu ihr. Deswegen hätte er sich fernhalten sollen, hätte ihr aus dem Weg gehen müssen. Sobald sie in seiner Nähe war, wollte er nichts mehr, als sie zu berühren. Aber das durfte er nicht.

Und jetzt hatte er sich ihr aufgedrängt. Lorcan stöhnte und verbarg sein Gesicht in den Händen. Wie hatte er es so weit kommen lassen können? Sonst hatte er sich doch auch im Griff.

Über ihm explodierte das Feuerwerk, während in seinem Magen alles zu Eis gefror. Er hatte den schlimmsten Fehler begangen, den er sich vorstellen konnte. Yvaine verabscheute ihn. Und er hatte ausgenutzt, dass sie beim Tanzen unvorsichtig geworden war, um seiner Sehnsucht nachzugeben.

Dann hielt er inne und rief sich den Moment, in dem seine Lippen ihre berührt hatten, wieder vor sein geistiges Auge. Yvaine war nicht zurückgewichen. Sie hatte sich ihm entgegengestreckt und dann hatte er sich zu ihr herabgebeugt.

Hieß das …, dass sie diesen Kuss ebenso gewollt hatte? Er musste sofort mit ihr reden und das klären. Seinetwegen durften die Friedensgespräche nicht scheitern.

Doch als er sich in Bewegung setzte, stellten sich seine Nackenhaare auf und er blieb wieder stehen. Immer noch hörte er das Feuerwerk über sich, aber ansonsten waren alle Geräusche verstummt. Lorcan wusste aus den vielen Schlachten, in denen er dem Tod gegenübergestanden hatte, dass es niemals ein gutes Zeichen war, wenn es zu still wurde.

So schnell er konnte hastete er zum Festplatz zurück. Sein Herz setzte einen Schlag aus, als er die Menschen sah, die wie zu Statuen erstarrt zu sein schienen. Magie knisterte in der Luft und hielt sie wohl alle gefangen. Nur die Dämonen waren von diesem Zauber offensichtlich nicht betroffen.

»Was ist hier los?«, fragte Cieran ihn, als Lorcan auf die Tafel zutrat.

»Ich habe keine Ahnung«, entgegnete er und blickte zu Meira, die sich langsamer bewegte als sonst. Ob die Magie bei ihr schwächer wirkte, weil sie nur zum Teil ein Mensch war?

»Sie sind alle erstarrt, als das Feuerwerk losging«, sagte Eletta.

Lorcan ließ seinen Blick über die Menge schweifen und suchte nach Yvaine. Aber entweder hatte sie sich in den Palast zurückgezogen oder sie hatte an einem anderen Ort Zuflucht gesucht, denn er konnte sie nicht entdecken. Er war sich nicht sicher, ob er darüber erleichtert oder besorgt sein sollte.

»Was sollen wir jetzt tun?«, wollte Lorcan wissen.

»Aus Sisun verschwinden!«, erklang eine tiefe Stimme über ihnen.

Lorcan fuhr genauso herum wie Cieran und die anderen Dämonen. Wo war die Stimme hergekommen?

Er hob seinen Blick zum Palast und entdeckte

eine Gestalt auf dem Dach, erleuchtet vom Feuerwerk, das hinter ihr explodierte. Durch das Licht konnte er die Person nicht richtig erkennen. Seine Hand wanderte zu seiner Hüfte, obwohl kein Schwert an seinem Gürtel hing. Cieran hatte zugestimmt, dass auf dem Fest Waffen nicht erlaubt waren. Das könnte ihnen jetzt zum Verhängnis werden. Lorcan betrachtete die Gestalt genauer. Sie wirkte anders als jene, die er bei seiner Ankunft in Sisun gesehen hatte. Der wehende Umhang war feuerrot und nicht zerschlissen und grau wie jener der Gestalt an der Mauer. Lorcan konnte keine dunkle Magie an dieser Person wahrnehmen. Und sie befehligte offensichtlich keine dunklen Kreaturen. Noch ging also keine unmittelbare Bedrohung von ihr aus.

»Wer bist du?«, rief Cieran mit vor Zorn bebender Stimme.

»Ich bin der Anführer der sisunischen Rächer«, entgegnete die Person. »Und ich werde euch Dämonen endgültig aus meiner Heimat vertreiben.«

Drei weitere Gestalten erschienen, die sich mit gezückten Schwertern hinter dem sogenannten Rächer aufbauten. Obwohl sie unbewaffnet waren, nahmen die Dämonen Kampfpositionen ein und hoben ihre Fäuste. Cieran stellte sich vor Meira, um sie zu schützen. Lorcan sah sich nach etwas um, das er als Waffe benutzen konnte, und entdeckte die Speere, die für den Wettkampf benutzt worden waren. Langsam bewegte er sich in die Richtung des Waffenständers, auf dem sie aufgereiht waren.

»Ihr habt das Volk und die Königin lange genug mit eurer Anwesenheit gequält«, erklärte die Person weiter. »Und jetzt schickt ihr uns diese dunklen Bestien, um uns endgültig zu zerstören.«

»Diese Kreaturen stammen nicht von uns«, erwiderte Cieran ungehalten. »Wir wollen euch helfen sie zu bekämpfen und Frieden mit euch schließen.«

Die Gestalt auf dem Dach ging nicht auf seinen Einwand ein, sondern hob den Arm. »Die Zeit für Rache ist gekommen.«

Kaum hatte sie die Worte gesprochen, fühlte Lorcan einen Druck auf seiner Kehle. Hitze breitete sich in seinem Körper aus und er gab ein Röcheln von sich, während er um Atem rang. Panisch umfasste er seinen Hals und zerrte an den unsichtbaren Seilen, die ihm die Luft abschnürten. Er sank auf die Knie, während Sterne vor seinen Augen tanzten. Welche Magie hatte hier Besitz von ihm ergriffen?

»Lorcan«, keuchte Eletta, die zu ihm geeilt war und seine Schultern umfasste.

Sie schien nicht von diesem Zauber betroffen zu sein, aber er erkannte die Angst in ihren Augen, während sie ihn anstarrte.

»Hört auf!«, brüllte Cieran, breitete seine Schwingen aus und stieß sich vom Boden ab.

»Das ist unsere letzte Warnung«, rief die Gestalt, die für Lorcan nur noch ein schwarzer Punkt am Himmel war. »Verschwindet, oder ihr werdet alle sterben.«

Noch ehe Cieran das Dach erreichte, erstarb das Licht des Feuerwerks und die Gestalt verschwand.

Die Magie löste sich von Lorcans Hals und er sog gierig die Luft ein. Die Musik spielte mit einem Mal weiter, als hätte sie nie aufgehört. Nur die Tänzer fielen um, weil ihnen der Schwung genommen worden war. Verwirrt murmelten die Menschen etwas Unverständliches und sahen sich um. Dann lachten sie und tanzten einfach weiter. Vielleicht hatten sie bereits zu viel süßen Wein getrunken, um sich zu wundern.

»Geht es dir gut?«, fragte Eletta besorgt und fiel Lorcan um den Hals.

Er ließ es zu, schloss seine zitternden Arme um sie und tätschelte beruhigend ihren Rücken. »Ich habe schon Schlimmeres überlebt«, krächzte er und sah Cieran an, als er neben ihm landete.

»Diese Magie war mächtig«, meinte der Dämonenfürst und sein Blick wanderte zu Eletta. »Sind diese Rächer schon einmal hier aufgetaucht?«

Eletta löste sich von Lorcan und schüttelte den Kopf. »Noch nie. Aber …« Sie hielt inne und biss sich auf die Unterlippe.

»Aber was?«, fragte Cieran scharf.

»Unsere Patrouillen sind immer wieder von Menschen angegriffen worden«, erzählte Eletta leise. »Die Soldaten meinten, sie wären wie Schatten über sie hergefallen, hätten ihre Waffen und Proviant gestohlen und wären dann wieder verschwunden.«

»Und das habt ihr nie gemeldet?«, knurrte Cieran.

»Zevian meinte, er wolle dich nicht damit belasten.« Elettas Stimme war nur noch ein Flüstern. »Sie haben niemanden ernsthaft verletzt und Zevian hielt sie deswegen für ungefährlich. Er dachte, er könnte es selbst lösen, aber … wir haben nie herausgefunden, woher die Angreifer kamen oder was sie wollten.«

»Offensichtlich wollten sie uns loswerden«, entfuhr es Cieran viel zu laut. »Außerdem haben sie Waffen gestohlen. Das bedeutet, sie bereiten sich vermutlich auf einen Angriff auf uns vor.«

Die Musik verstummte und alle Blickte richteten sich auf ihn. Meira erhob sich mit einem beschwichtigenden Lächeln und bedeutete Gavril, ebenfalls aufzustehen.

»Spielt weiter, das Fest ist noch nicht vorbei«, forderte der Prinz.

Die Musikanten zögerten einen Moment, nahmen ihre Tätigkeit dann jedoch wieder auf. Trotzdem starrten die Menschen beunruhigt zu den Dämonen.

»Lasst uns im Palast weitersprechen«, raunte Meira ihnen zu. Dann blinzelte sie. »Wo ist die Königin?«

»Ich weiß es nicht, sie … ist davongestürmt«, entgegnete Lorcan und senkte den Blick.

»Davongestürmt?«, wiederholte Cieran ungläubig und schüttelte den Kopf. »Du solltest auf sie Acht geben.«

»Den General trifft keine Schuld«, kam Gavril Lorcan zu Hilfe. »Meine Schwester hat ein sehr unberechenbares Temperament. Wenn sie fortwollte, hätte niemand sie aufhalten können.«

Lorcan schwieg und war froh, dass weder Cieran noch Meira das Thema vertieften.

»Schön, dann sollten wir über diese Rächer

reden«, knurrte der Dämonenfürst und deutete auf den Palast.

Angenehme Kühle umfing sie, als sie eintraten und Gavril zu einem Raum folgten, in dem sie ungestört reden konnten.

»Wo ist eigentlich Shar Cadmus?«, fragte Lorcan, nachdem er die Tür geschlossen hatte. »Ich habe ihn seit Beginn des Festes nicht gesehen.«

»Der Großwesir hält sich gerne von Feierlichkeiten fern«, entgegnete Gavril ungewohnt reserviert.

»Ihr mögt ihn nicht«, stellte Meira nachdenklich fest.

»Er hat meiner Familie stets treu gedient«, meinte der Prinz. »Aber er mischt sich meiner Meinung nach zu sehr in die Angelegenheiten der Königin ein und versucht sie zu beeinflussen.«

»Also werden wir auch ihn vom Frieden überzeugen müssen«, brummte Cieran und wandte sich Lorcan zu. »Um den Wesir kümmere ich mich. Du bleibst in der Nähe der Königin und du, Eletta, findest so viel wie möglich über diese Rächer heraus. Rede mit den Dämonen, die überfallen wurden. Alles, woran sie sich erinnern, könnte helfen. Wir können jemanden, der denkt, er würde seinem Volk einen Gefallen tun, wenn er uns bedroht, nicht gebrauchen.«

»Ja, mein König«, erwiderte Eletta geknickt. »Vergib mir, dass ich nicht früher etwas gesagt habe. Aber ich habe Zevian vertraut, und …«

»Fehler unterlaufen uns allen«, unterbrach Cieran sie. »Wichtig ist, dass wir uns jetzt bemühen, Sisun vor den dunklen Kreaturen zu bewahren. Dazu brauchen wir aber die Hilfe der Königin und der Bevölkerung. Wenn uns diese Rächer offen angreifen und die Menschen gegen uns aufbringen, wird es schwierig werden, für Sicherheit zu sorgen.«

»Sagt das bloß nicht so zu meiner Schwester«, murmelte Gavril. »Sie wird es als Drohung auffassen und Euch ebenfalls öffentlich angreifen.«

Lorcan straffte seine Schultern, als Cieran sich ihm zuwandte. »Du wirst dich weiterhin bemühen, ihr zu beweisen, dass wir nicht ihre Feinde sind.«

Wortlos neigte Lorcan seinen Kopf. Dann fing er Meiras Blick auf, die auf ihn zukam und ihn zur Seite führte, während Cieran mit Eletta die weitere Vorgehensweise wegen der Rächer und vermeintlichen Kazzaner besprach und Gavril Fragen zu den Wesen stellte.

»Was ist zwischen euch geschehen?«, fragte sie leise. »Ihr seid fortgetanzt und dann bist du allein zurückgekommen.«

»Ich fürchte, darüber kann ich mit dir nicht reden«, flüsterte Lorcan.

»So schlimm, ja?« Meira seufzte. »Soll ich mit ihr sprechen?«

»Ich wüsste nicht, wie das helfen könnte.« Diesmal seufzte Lorcan. »Ich werde nach ihr suchen. Und mir überlegen, wie ich mich entschuldigen soll.«

»Wofür willst du dich denn entschuldigen?«, hakte Meira nach.

Lorcan zwinkerte, weil er Meira nicht beunruhigen wollte. »Das ist mein Geheimnis.«

Damit verließ er den Raum. Es gab nur einen Ort, wo er Yvaine vermutete, und er hoffte, dass ihm der Zutritt nicht verwehrt blieb. Doch er würde nicht versuchen, die Tür zu finden, durch die er den Garten an seinem ersten Tag in Inej betreten hatte. Sein Balkon war der direkteste Weg. Falls ihm dieser magische Ort noch Einlass gewährte, würde er so am schnellsten hineingelangen und die Königin finden.

KAPITEL 10 - YVAINE

Das Pochen hinter ihren Schläfen wurde unerträglich und sie fuhr sich mit ihren Händen über die Wangen. Erleichtert atmete sie aus, weil ihre Fingerspitzen nicht blutgetränkt waren, wie sie es befürchtet hatte. Nicht wie bei ihrer Mutter damals. Sie hatte also noch nicht die Grenzen ihrer Macht erreicht.

Yvaine lehnte sich gegen einen der dicken Baumstämme im verborgenen Garten. Die Magie, die hier floss, war ein Teil von Yvaine. Ihre Familie besaß Kräfte, die aus der Wüste selbst stammten, und hatte diesen Ort damit erschaffen. Der Garten half Yvaine. Mit seiner Magie linderte er die Krämpfe, die sie erdulden musste, wenn sie zu viel Macht einsetzte. Yvaine nahm die Kräfte, die hier in jedem Baum, jeder Blume, jedem Blatt zu finden waren, in sich auf, wie sie es schon so oft getan hatte. Die Schmerzen ließen nach und sie schloss die Augen. Die Tränen konnte sie dennoch nicht zurückhalten. Schlimmer noch, sie sah Lorcan, der sich unter Schmerzen krümmte, jetzt noch deutlicher vor sich.

Wieso bereitete es ihr keine Freude, den Schrecken der Wüste zu quälen? Sie hatte den Plan selbst geschmiedet, selbst das Pulver, das ihn unter ihre Kontrolle brachte, aufgetragen, während sie getanzt hatten. Aber dann dabei zuzusehen, wie er auf die Knie fiel und sein Gesicht blau anlief, während er um Atem rang und versuchte, die Magie zu bekämpfen, hatte ihre Brust eng werden lassen. Dabei hatte sie damals geschworen, ihn selbst zu töten …

Sie war trotzdem froh, dass der Dämonenkönig den Zauber durch sein Eingreifen unterbrochen hatte. Sie wusste nicht, ob sie Lorcan sonst getötet hätte, weil man es von ihr erwartete. Weil sie es selbst von sich erwartet hatte, als sie sich auf das Fest und den Auftritt der Rächer vorbereitet hatte.

Allerdings hatte sie nicht damit gerechnet, dass sie den Tanz mit Lorcan genießen würde. Sie hatte sich vollkommen darin verloren. Yvaine hatte in ihrem Leben mit vielen Männern getanzt, doch mit keinem war es wie mit Lorcan gewesen. Bei keinem hatte sie sich so frei und erhitzt gefühlt. Sie berührte ihre Lippen, auf denen sie noch die Wärme des flüchtigen Kusses zu spüren meinte.

Yvaine atmete gedehnt aus. Sie musste an die Worte denken, die diese Dämonin, die ständig um Lorcan herumstreifte, gesagt hatte. *Die Menschen waren es doch, die in unser Reich eingedrungen sind und wehrlose Kinder abgeschlachtet haben.*

Natürlich kannte Yvaine die Geschichten über

den Angriff auf das Dämonenreich. Die sieben Höllenfeuer waren durch eine Passage in der Wüste von Kaz zugänglich und das hatten die Herrscher der Menschenreiche genutzt, um sich zu rächen. Zumindest hatte man ihr das erzählt. Allerdings wusste sie nicht, wofür sie sich gerächt hatten. Sie wusste nur, dass der Plan schief gegangen war und danach der Hochkönig der Dämonen angefangen hatte, die Welt der Menschen zu zerstören und zu unterwerfen.

Gewalt erzeugt nur neue Gewalt, hatte Lorcan zu ihr gesagt.

Er hatte reumütig geklungen und für den Bruchteil eines Herzschlages hatte sie ihm geglaubt, dass er unter seiner Entscheidung litt, das schwarze Feuer auf Inej losgelassen zu haben. Nein, sie hatte ihm länger geglaubt, obwohl sie es nicht wollte. Dieser Dämon hatte ihre Städte verbrannt und das Leben ihrer Eltern und ihres älteren Bruders gefordert. Sie hatte ihn dafür gehasst, sich ein Monster vorgestellt, das skrupellos jeden abschlachtete, der sich ihm in den Weg stellte.

Doch jetzt … sah sie einen Mann, der fast sanftmütig wirkte. Der ihr Leben gerettet und seines dabei riskiert hatte. Dessen Lippen sie immer noch auf ihren fühlte.

»Ihr wart fast zu spät«, riss eine Stimme sie aus ihren Gedanken.

Yvaine wandte den Kopf, obwohl sie wusste, wer gleich zwischen den Bäumen erscheinen würde.

»Aber ich habe es geschafft«, entgegnete sie atemlos und sah Cadmus an.

Der Wesir trat auf sie zu und ergriff ihre Hand.

Seine kühlen Finger fuhren über ihr Handgelenk und er schnaubte. »Ihr habt viel zu viel Magie verwendet«, verkündete er und ließ sie los.

»Ich habe die Menschen erstarren lassen und eine Illusion erzeugt, während ich die Kräfte eines Dämons brechen und ihm meinen Willen aufzwingen musste«, rechtfertigte sie sich. »Das ist nicht so einfach, wie es vielleicht aussieht. Ihr wisst sehr gut, dass ich Dämonen für gewöhnlich nicht mit meiner Magie belegen kann. Deswegen musste ich mit dem General ja auch tanzen, um das Pulver für den Zauber direkt auf seiner Haut aufzutragen.«

»Hoheit, Ihr dürft Euch nicht so in Gefahr bringen«, sagte Cadmus eindringlich. »Ihr seid die einzige Hoffnung für Sisun.«

»Daran müsst Ihr mich nicht jeden Tag erinnern.« Yvaine stieß sich vom Baum ab und taumelte einige Schritte vorwärts, nur um sich am nächsten Stamm abzustützen. Ihr Herz pumpte verzweifelt Blut durch ihren Körper und versuchte die unbändige Kraft ihrer Magie zu verteilen. Cadmus musste sie nicht daran erinnern, wie gefährlich ihre Macht sein konnte. Das wusste sie selbst nur zu gut.

Seit dem Tag, als Inej in Flammen gestanden war, hatte sie ihre Ausdauer, Magie zu wirken, gesteigert. Sie hatte sich nicht geschohnt und Illusionen erzeugt, bis ihr schwindlig wurde. Später hatte sie geübt, andere Magie zu wirken. Es gelang ihr mittlerweile, Gegenstände aus dem Nichts zu erschaffen und wieder verschwinden zu lassen. Mehrmals war sie dabei allerdings an ihre eigenen Grenzen gestoßen. Doch das hatte sie nicht davon abgehalten, weiterzumachen und stärker zu werden. Deswegen hatte sie auch gelernt, die Kräfte anderer Wesen in sich aufzunehmen, um schneller wieder Magie wirken zu können und weiterzuüben. Mitanzusehen, wie so vieles, was sie liebte, zerstört wurde, trieb sie an. Sie wollte Rache und sie lebte dafür, sie zu bekommen. Ihr Körper schmerzte, wenn sie zu viel Magie einsetzte, doch Yvaine war daran nicht zerbrochen. Bis jetzt.

»Denkt Ihr, Gavril hat recht?«, fragte sie heiser.

»Womit, meine Königin?«, hakte Cadmus nach.

Er gab sich keine Mühe, seine Geringschätzung aus der Stimme zu verbannen. Yvaine wusste nicht, warum der Wesir ihren Bruder so wenig achtete, oder wieso das offensichtlich auf Gegenseitigkeit beruhte. Aber sie wusste, dass Cadmus den Prinzen nicht ernstnahm.

»Dass diese dunklen Wesen Kazzaner sein könnten?« Yvaine flüsterte ihre Worte, aber sie war sich dennoch sicher, dass Cadmus sie verstand.

Der Wesir atmete geräuschvoll aus. »Kazzaner sind Märchenfiguren«, erwiderte er. »Diese dunklen Wesen nicht. Die Dämonen haben sie gewiss erschaffen, um uns zu brechen.«

Yvaine hob den Kopf und blickte dem Mann, dem sie am meisten vertraute, in die dunklen Augen. »Und wieso wolltet Ihr dann, dass die Dämonen hier im Palast untergebracht werden?«

»Damit wir beenden können, was Euer Vater begonnen hat«, sagte Cadmus. »Er und die anderen Regenten wollten uns dauerhaft von der Bedrohung befreien. Als ich erfuhr, dass der Hochkönig der

Dämonen herkommt, musste ich dafür sorgen, dass er in Eurer Nähe ist. Ihr werdet ihn, seine Gemahlin und die anderen ranghohen Dämonen töten. Damit erfüllt Ihr Euren Schwur und die Menschen aller Kontinente werden frei sein.«

»Königin Meira ist ein Mensch«, warf Yvaine ein und schluckte die bittere Galle hinunter.

»Eine Frau, die sich mit einem Dämon einlässt, sollte sein Schicksal teilen«, meinte Cadmus finster.

Ein seltsamer Stich in ihrer Brust ließ Yvaine um Atem ringen. Bisher hatte es sich richtig angefühlt, einen neuen Krieg zu beginnen. Der König von Hetho, ihrem Nachbarland, hatte ihr seine Unterstützung zugesichert. Gemeinsam wollten sie den westlichen Kontinent befreien und den Zugang zu den Höllenfeuern versiegeln. Sie würden ihren Plan in Gang setzen, sobald ihr Volk genug Waffen besaß, um sich gegen die Herrschaft der Dämonen zu erheben. Cadmus und sie hatten jahrelang über diesen Moment gesprochen.

Doch jetzt haderte Yvaine. Was, wenn sie sich falsch entschieden hatte, als sie dem Krieg gegen die Dämonen zugestimmt hatte? *Gewalt erzeugt nur neue Gewalt.* Lorcans Worte schwirrten wieder und wieder durch ihre Gedanken. War ihr Weg wirklich der richtige?

»Zweifelt Ihr daran?«, fragte Cadmus und erst da wurde Yvaine bewusst, dass sie die Worte laut ausgesprochen haben musste.

»Im Moment, ja«, entgegnete Yvaine.

Der Wesir hob sein Kinn und kniff die Augen

zusammen. »Liegt es möglicherweise an der Magie, die dieser Dämon auf Euch ausübt?«

»Magie?«, fragte Yvaine und ihr Herz schlug schneller.

Konnte es sein, dass sie sich zu Lorcan hingezogen fühlte, weil er sie unter einen Bann gestellt hatte? Aber das hätte sie doch bemerkt. Oder nicht?

»Ich habe Euch beim Tanzen beobachtet«, sagte Cadmus vorwurfsvoll. »Ihr seid ihm viel zu nahegekommen.«

»Ich musste ihn ablenken, um das Pulver aufzutragen und meinen Zauber zu wirken«, rechtfertigte sie sich.

»Seid froh, dass außer mir niemand auf Euch geachtet zu haben schien«, zischte der Wesir. »Es war zumindest weise, den Dämon fortzuführen. Sonst hätte das Volk vielleicht wirklich gedacht, dass Ihr ihm vertraut. Sorgt besser dafür, dass Ihr ab jetzt allein mit ihm seid, wenn Ihr ihn umgarnt.«

»Er muss mir vertrauen«, fuhr sie Cadmus an. Es gefiel Yvaine nicht, wie der Wesir mit ihr redete und wie wenig er auf ihre Bedenken einging.

Aber noch weniger gefiel ihr die Vorstellung, Lorcan etwas vorzumachen. Ihr war die Sehnsucht in seinem Blick nicht entgangen, die in ihrem eigenen Herzen ein Echo erzeugt hatte. Sie durfte ihm nicht nahekommen. Nicht so. Sie würde sich an ihm verbrennen.

Noch während sie das dachte, erklang ausgerechnet seine Stimme und Yvaine fuhr herum.

»Geht zu ihm«, zischte Cadmus, der sich zwischen die Bäume zurückzog. »Tut, was immer nötig ist. Lasst ihn glauben, dass er Euch vertrauen darf.«

Yvaine wartete, bis Cadmus verschwunden war, dann atmete sie tief ein, stieß sich von dem Stamm, an dem sie lehnte, ab und schwankte zu dem Pavillon zurück, der vor den dichten Bäumen stand.

Über ihr funkelten die ersten Sterne und zwei der drei Monde tauchten den Garten in ihr silbernes Licht. Als sie zwischen den Bäumen hervortrat, hörte sie das Schlagen von Flügeln und gleich darauf landete Lorcan eine Armlänge von ihr entfernt.

Sie musste sich zwingen, ihn anzusehen. Ihr schlechtes Gewissen umklammerte ihr Herz wie eine eisige Faust. An seinem Hals erkannte sie die Male, die ihre Magie hinterlassen hatte, und sie fühlte sich unendlich schuldig, ihm Schmerzen zugefügt zu haben. Dabei hatte sie jedes Recht dazu, nach allem, was er getan hatte. Zumindest versuchte sie sich das einzureden, um ihr Reuegefühl zu dämpfen. Es gelang ihr nicht.

»Den Göttern sei Dank«, raunte Lorcan und trat auf sie zu, als wollte er sie umarmen. Dann jedoch hielt er inne und senkte betreten den Blick. »Seid Ihr verletzt? Ist Euch etwas geschehen?«

Yvaine schüttelte den Kopf und begann ihre Finger zu kneten.

»Wieso seid Ihr hier?« Ihre Stimme war nicht mehr als ein Flüstern. Yvaine fühlte sich immer noch schwach.

Lorcan holte tief Luft. »Während des Festes sind die Menschen durch Magie eingefroren worden«, erzählte er und musterte sie.

Yvaine sog scharf den Atem ein. »Die Menschen wurden eingefroren?«, fragte sie und hoffte, es klang geschockt und überrascht.

Einen Moment schwieg Lorcan, dann nickte er. »Ich habe Euch nicht gesehen und hatte Sorge, dass Euch etwas zugestoßen sein könnte.« Er gab ein unsicheres Lachen von sich. »Aber zum Glück habe ich Euch vorher in die Flucht getrieben und niemand hat versucht, Euch etwas anzutun.«

»Warum denkt Ihr, dass Ihr mich in die Flucht getrieben habt?«, wisperte sie.

Das angespannte Lachen, das er sich abgerungen hatte, verstummte und Lorcan fuhr sich durch die Haare.

»Weil Ihr mich weggestoßen habt und dann davongestürmt seid, als würde Euch jemand nach dem Leben trachten?«, schlug er vor.

Ihre Brust wurde eng und das Pochen in ihren Schläfen nahm wieder zu. Wieso kümmerte es sie, dass er wie ein gescholtenes Kind aussah und das Leuchten in seinen Augen verschwunden war? Und warum wünschte sie sich, dass er seine Arme um sie schlang und ihr den Halt gab, nach dem sie sich so sehr sehnte? Sie hatte ihn nie bei einem Mann finden können. Warum dachte sie, dass es ausgerechnet bei ihm anders sein würde?

»Ich bin nicht vor Euch geflohen«, sagte sie mit brüchiger Stimme und griff sich stöhnend an die Schläfen.

Als ihre Knie nachgaben, schlossen sich Lorcans Arme um sie und er fing ihren Sturz ab.

»Yvaine?«, fragte er ängstlich. »Was ist mit Euch?«

»Ich habe wohl zu viel Wein getrunken«, log sie schnell und lehnte ihre Stirn an seine Schulter. »Vergebt mir, dass Ihr mich so sehen müsst.«

»Seid Ihr deswegen weggelaufen?«

Die Wärme in seiner Stimme ließ sie schaudern. Wie konnte er so anders sein, als sie ihn sich all die Jahre ausgemalt hatte?

»Deswegen und weil ich mich geschämt habe, Euch zu einem Kuss gezwungen zu haben«, erwiderte sie.

Lorcan schob sie ein Stück von sich und musterte sie mit diesen blauen Augen, die bis auf den Grund ihrer Seele zu blicken schienen. Ihr Herz schlug so laut, dass sie fürchtete, er würde es hören, und doch konnte sie ihn nicht wegstoßen oder den Blickkontakt unterbrechen.

»Ihr dachtet, Ihr hättet mich dazu gezwungen?«, fragte er.

Seine Mundwinkel zuckten verräterisch und Yvaine war froh, dass er nicht lächelte. Hätte er es getan, wäre es um sie geschehen gewesen.

»Ich habe Euch zu dem Tanz gezwungen und so, wie ich mich Euch entgegengestreckt habe, konntet Ihr nichts anderes tun, als …«

Sie ließ den Satz unvollendet, weil Lorcan jetzt tatsächlich schmunzelte und es ihr nicht mehr gelang, einen klaren Gedanken zu fassen. Ob sie doch unter seinem Bann stand? Nein. Sie bemerkte keine Magie oder etwas anderes, das sie zwang, sich zu ihm hingezogen zu fühlen.

»Ihr habt mich nicht gezwungen, Euch nahe sein zu wollen«, erklärte er immer noch lächelnd.

»Nicht?«, hauchte sie, weil ihre Stimme zu mehr nicht fähig war.

Lorcan beugte sich ein Stück nach vorn und Yvaine hielt den Atem an, als seine Lippen über ihren schwebten.

»Nein. Aber sagt mir, meine Königin … wollt Ihr denn in meiner Nähe sein?«

Sie hätte ihn fortschicken müssen. Um sein Vertrauen zu gewinnen, musste sie ihn nicht küssen oder seine Umarmung genießen. Aber zu verneinen wäre eine Lüge gewesen, die er durchschaut hätte, weil ihr ganzer Körper kribbelte, sobald er sie berührte.

Er war ihr so nah und sie hätte nur ihr Gesicht ein wenig heben müssen, um den Kuss zu bekommen, den sie sich so wünschte. Den sie mehr wollte als alles andere in diesem Moment. Aber durfte sie das?

Ihr Blick fiel auf die Male an seinem Hals und sie zitterte, bevor sie ihren Kopf senkte und ihr Gesicht an seiner Schulter vergrub. Lorcan atmete hörbar aus und strich dann über ihren Rücken. War er erleichtert, dass sie ihn nicht geküsst hatte?

»Erlaubt Ihr mir, Euch zu Eurem Gemach zu begleiten, um so für Eure Sicherheit zu sorgen?«, fragte er mit belegter Stimme.

Sie nickte kaum merklich und ließ zu, dass er sie hochhob. Als er auf die Tür zum Palast zuging, presste sie ihr Gesicht noch fester gegen seine Brust. Ihr verräterisches Herz schlug schneller, während sie seinen Geruch einatmete. Sie meinte, Lavendel an ihm wahrzunehmen und einen Duft, der sie an erloschene Kerzen erinnerte. Etwas Beruhigendes ging von ihm aus und Yvaine wünschte sich, sie könnte ihn bitten, heute Nacht bei ihr zu bleiben.

Aber es gab keine Zukunft für sie beide. Wenn ihr Plan aufging, würden die Dämonen Sisun bald verlassen oder hier sterben. Sie wollte, dass Lorcan sie verließ, bevor es zum Kampf kam. Sie war sich nicht sicher, ob sie es über sich bringen konnte, ihn zu töten. Oder irgendjemanden sonst. Doch die Sicherheit ihres Volkes war wichtiger als ihre Gefühle, die sie ohnehin nicht verstand.

Sie musste sich überlegen, wie sie ihr eigenes Herz schützen konnte. Weil es sonst früher oder später wegen eines Dämons brechen würde.

KAPITEL 11 - LORCAN

»Das könnt Ihr Euch gleich aus dem Kopf schlagen«, sagte Yvaine und ließ ihre Handfläche zur Bekräftigung lautstark auf die Tischplatte knallen.

Sie bot Cieran die Stirn und hielt seinem finsteren Blick stand, obwohl er sich bedrohlich vor ihr aufbaute. Lorcan, der neben seinem König stand, war sich nicht sicher, ob er ihren Mut bewundernswert finden oder sie dafür tadeln sollte. Jedenfalls war ihm klar, dass der Dämonenkönig kurz davor war, die Beherrschung zu verlieren.

»Es ist aber wichtig, Königin Yvaine«, knurrte Cieran und stützte sich auf dem Schreibtisch ab.

Das Möbelstück war riesig und gehörte ganz offensichtlich nicht nach Sisun. Die Menschen saßen hier auf dem Boden, bei diesem Tisch brauchte man aber Stühle. Er war vermutlich ein Geschenk aus dem nördlichen Reich Kyria. Auch einige andere

Möbelstücke in dem Raum stammten eindeutig nicht aus Sisun. Hinter Yvaine stand ein Bücherregal aus gräulichem Holz, das von Bäumen aus Thoris stammte. Eine riesige Karte der vier Kontinente hing in einem Rahmen aus Silber. Lorcan kannte die Machart. Die Menschen von Silova zeichneten auf diese Weise. Sisun war mit vielen Reichen eng verbunden. Und zwar ausgerechnet mit jenen, die den Dämonen besonders feindlich gegenüberstanden.

Jedenfalls schützte der Tisch Yvaine vor Cieran. Oder den Dämonen vor der Königin, die ihn genauso angriffslustig anstarrte wie er sie.

»Was Ihr fordert, ist ein Zugeständnis, das ich Euch nicht machen werde«, zischte Yvaine. »Ich werde keinen einzigen Soldaten abstellen, um nach den Rächern zu suchen. Es würde bedeuten, dass ich mein eigenes Volk verrate, um Euch zu helfen. Außerdem würden Eure Gesetze jeden Rächer wegen Hochverrats den Kopf kosten, weil sie sich gegen euch gestellt haben. Das werde ich nicht unterstützen. Ich werde nicht dafür verantwortlich sein, dass meine Untertanen ihr Leben verlieren.«

»Diese Rächer sind es, die Euer Volk verraten«, tobte Cieran. »Sie greifen Dämonen an, schüren den Hass unter den Menschen und helfen damit niemandem. Natürlich sind sie Hochverräter!«

Yvaine hob das Kinn trotzig an. »Das sagt Ihr. Mein Volk sieht das anders.«

Cieran gab ein bedrohliches Knurren von sich und seine Flügelspitzen bebten. In dem Moment wünschte Lorcan sich, dass Meira hier wäre, um den König zur Besinnung zu bringen. Aber die Königin war mit ihren beiden Brüdern, Prinz Gavril, Eletta und einer kleinen Armee aus Gardisten in die Stadt gegangen, um sich mit dem Volk zu unterhalten. Meira war wohl die Einzige, die es schaffen konnte, die Herzen der Sisuner für sich zu gewinnen. Nur leider fehlte sie jetzt hier.

Lorcan hatte gehofft, dass Cadmus, der neben seiner Königin stand, eingreifen würde. Aber der Wesir schwieg und beobachtete den Schlagabtausch zwischen Yvaine und Cieran unbeteiligt. Von ihm war also keine Unterstützung zu erwarten.

»Und ich sage Euch noch etwas, König Cieran«, fuhr Yvaine fort und lehnte sich weiter auf dem Tisch nach vorn.

Lorcan schluckte und konnte seinen Blick nicht von ihr lösen. Zwei Tage war es her, dass sie sich beinahe geküsst hatten. Zwei Tage, in denen er versucht hatte, nicht ständig an sie zu denken oder ihr über den Weg zu laufen, obwohl Cieran genau das von ihm verlangte. Zwei Tage, in denen Träume von ihr jene vom schwarzen Feuer verdrängt hatten und er sich nach ihr sehnte wie ein Verdurstender nach Wasser.

Jetzt stand sie in einem schlichten weißen Kaftan mit goldenen Verzierungen an Kragen und Ärmeln vor ihm und ihr Duft nach den Blüten Sisuns vernebelte seine Sinne. Und als sie sich vorbeugte und er einen Blick auf die weiche Haut ihres Dekolletees erhaschte, war er vollkommen von ihr gefangen.

»Ich denke, dass diese dunklen Kreaturen doch von Euch erschaffen wurden«, sagte Yvaine gefährlich leise. »Und dass ihr Angriff im Palast kein Zufall war.«

Lorcan sog scharf den Atem ein, als es knackte. Cieran hatte seine Nägel so tief in das Holz des Tisches gegraben, dass es unter seinen Fingern zerbarst.

»Wie kommt Ihr auf diese schwachsinnige Idee?«, knurrte Cieran. »Ein Dämon hat den Angriff mit seinem Leben bezahlt. Denkt Ihr wirklich, ich würde meine eigenen Leute willkürlich in den Tod schicken, nur um Euch etwas vorzuspielen?«

»Seit Ihr hier seid, gab es keine Angriffe mehr«, erwiderte Yvaine. »Auch scheint die Suche nach diesen Wesen für euch nur nebensächlich zu sein. Noch habe ich euch keine richtigen Schritte in die Wege leiten sehen. Allerdings habe ich vorhin die Nachricht erhalten, dass vorgestern auf der Straße von Osten her eine Karawane überfallen wurde. Es gibt angeblich keine Überlebenden, außer dem Boten, der Hilfe holen sollte.«

Cierans Miene veränderte sich und er zog seine Hände zurück, nur um dann krachend die Fäuste auf den Tisch zu schlagen. »Wieso habt Ihr das bisher nicht gesagt?«, fuhr er Yvaine an.

Sie zuckte gelassen mit den Schultern. »Weil ich es selbst eben erst erfahren habe und Ihr mit Euren lächerlichen Forderungen zu mir gekommen seid, ehe ich Euch informieren konnte«, erklärte sie. »Deswegen werde ich Euch keinen meiner Gardisten für die Suche nach den Rächern zur Verfügung stellen können. Ich muss mein Volk vor der dunklen Bedrohung schützen, gegen die Ihr offensichtlich nichts unternehmen wollt.«

»Versteht Ihr es nicht?«, tobte Cieran. »Ich kann mich nicht um alles gleichzeitig kümmern. Wenn ich meine Dämonen abziehe, um nach den dunklen Wesen zu suchen, ohne vorher diese Rächer gefangen genommen zu haben, wird es zu Unruhen kommen. Die Menschen von Sisun sind so trotzig wie ihre Königin.«

Lorcan betrachtete Yvaine, die seine Worte wohl als Kompliment auffasste. Immerhin lächelte sie breiter, sagte jedoch nichts dazu.

»Wenn es zu Unruhen kommt und meine Leute in der Unterzahl sind, könnten erneut blutige Kämpfe auflodern«, fuhr Cieran finster fort. »Ist es das, was Ihr wollt, Yvaine? Einen weiteren Krieg mit unnötigen Toten?«

»Wollt Ihr mir drohen, König Cieran?«, fragte sie gefährlich leise.

Lorcan fühlte das Knistern von Cierans Magie in der Luft. Es war an der Zeit, dass er eingriff.

»Wenn ich einen Vorschlag machen dürfte«, sagte er schnell und stieß dabei absichtlich einen der Stühle neben sich um.

Das Poltern unterbrach den angestrengten Blickkontakt von Cieran und Yvaine, die sich nun beide Lorcan zuwandten.

»Lasst einen Vertrauten der Königin und mich den Ort des Überfalls in der Wüste untersuchen«, fuhr Lorcan fort. »Wir sammeln Beweise, dass die dunklen Kreaturen nicht zu den Dämonen gehören, und legen sie der Königin vor. Sollte sie überzeugt sein, unterstützt sie uns dabei, die Rächer zu finden, die offensichtlich die Dämonen vertreiben wollen.«

Er nickte den beiden Monarchen auffordernd zu, bis Cieran gedehnt den Atem ausstieß. »Seid Ihr damit einverstanden, Yvaine?«, fragte er mürrisch.

Die Königin zögerte einen Moment und richtete ihre Augen auf Lorcan. Er wusste, dass sie auf jene Stelle sah, an der er verletzt worden war. Er konnte ihren Blick förmlich durch die Rüstung hindurch auf seiner Haut brennen fühlen.

»Das bin ich, unter einer Bedingung«, sagte sie schließlich und wandte sich wieder Cieran zu. »Ich selbst werde die Untersuchungen in der Wüste begleiten.«

»Was?«, fragten Cieran, Lorcan und auch Cadmus wie aus einem Mund.

»Habt Ihr den Verstand verloren?«, fragte Cieran gereizt. »Diese Wesen sind selbst für Dämonen schwer zu bezwingen. Das haben die letzten Angriffe bewiesen.«

Wieder umspielte ein kühnes Lächeln Yvaines verführerische Lippen und Lorcan schluckte. »Dämonen sind nicht unverwundbar, wie wir beide wissen. Es gab auch Menschen, die sie töten konnten.«

Cieran ballte die Hände zu Fäusten und Lorcan warf einen weiteren Stuhl um. Langsam gingen ihm die Möbelstücke aus, um die beiden davon abzuhalten, sich gegenseitig anzugreifen.

»Wir sind uns wohl alle einig, dass Ihr im Palast am sichersten seid«, meinte Lorcan versöhnlich an

Yvaine gewandt. »Überlasst die Untersuchung jemandem, dem Ihr vertraut.«

»Ihr wollt mich überzeugen«, erwiderte Yvaine und ein herausforderndes Funkeln lag in ihren Augen. »Und ich glaube am ehesten das, was ich selbst sehe. Also werde ich Euch begleiten.« Lorcan holte Atem für eine Antwort, doch Yvaine hob ihre Hand, um ihn am Sprechen zu hindern. »Das ist nicht verhandelbar. Nehmt mich mit oder findet die Rächer ohne meine Hilfe. Das ist mein letztes Wort.«

Lorcan blickte zu Cieran, der seine Lippen zu einem schmalen Strich zusammenpresste. »Schön«, zischte er und wandte sich Lorcan zu. »Ihr brecht noch heute auf. Triff deine Vorkehrungen.«

Hilfe suchend wandte sich Lorcan Cadmus zu, doch der Wesir schüttelte nur den Kopf. Lorcan stieß den Atem aus. Er hatte gehofft, durch diese Expedition mehr Abstand zwischen sich und Yvaine bringen zu können. Jetzt würde sie ihm noch näher sein als bisher. Und genau davor fürchtete er sich. Aber er hatte wohl keine Wahl.

»Wir machen hier Rast«, verkündete Lorcan, als eine weitläufige Oase, die beinah die Größe einer Siedlung hatte, vor ihnen auftauchte.

Die Sonne brannte, seit sie sich am Himmel erhoben hatte, unerbittlich auf sie herab. Zwar hatte Lorcan seine Rüstung längst gegen eine weite Hose und eine Tunika getauscht, dennoch trieb ihn die

Hitze an den Rand seiner Kräfte. Dagegen war ihm die Kälte von Visha fast angenehm erschienen.

»Schon wieder?«, brummte Léas, der dicht hinter ihm ritt.

Aus irgendeinem für Lorcan unerfindlichen Grund hatte Meira darauf bestanden, die beiden Prinzen mit ihm in die Wüste zu schicken. Und jetzt musste er nicht nur auf Yvaine aufpassen, die furchtlos an der Spitze des Zuges ritt, sondern auch auf die beiden unreifen Jungen. Zum Glück half ihm Eletta dabei, die es sich nicht hatte nehmen lassen mitzukommen. Sie schien die Prinzen nicht sonderlich zu mögen, aber das konnte Lorcan gleichgültig sein, solange sie die jungen Männer unter Kontrolle hatte.

Léas und Kalòn glichen einander äußerlich aufs Haar, ihr Verhalten jedoch war grundverschieden. Allerdings schien keiner der beiden den Ernst der Lage zu begreifen. Léas flirtete mit jeder Frau, die ihm über den Weg lief, während Kalòn zu viele aufdringliche Fragen stellte und nicht wusste, wann er schweigen sollte.

»Ja, schon wieder«, knurrte Lorcan. »Die Tiere brauchen Rast und wenn wir der Hitze des Nachmittags ein wenig entkommen, schadet es auch uns nicht.«

»So kommen wir nie an«, jammerte Léas.

»Es ist nicht mehr weit«, meinte Yvaine, die ihr Reittier zum Halten gebracht hatte.

Lorcan hatte eigentlich mit den dämonischen Pferden die Wüste durchqueren wollen. Die Tiere waren Hitze gewöhnt. Sie glichen gewöhnlichen

Pferden, allerdings besaßen sie eigene Magie und waren stärker. Doch Yvaine hatte Wüstenpferde vorgeschlagen. Die Farbe ihres Fells sah aus wie Sand in der Sonne. Ihre Hufe wirkten jedoch, als hätten sie Fächer darunter gespannt. Damit kamen sie in der Wüste erstaunlich schnell und leichtfüßig voran. Doch sie waren deutlich kleiner als die Pferde, die Lorcan gewohnt war, und es fiel ihm immer noch schwer, sich richtig in dem Sattel aufzurichten, ohne seine Flügel verkrampft halten zu müssen.

Yvaine hob einen Arm und wartete. Ein Kreischen zerriss die Luft und kurz darauf landete ein Wüstenbussard auf ihrer behandschuhten Hand. Der Vogel stieß einen weiteren hellen Schrei aus, als Yvaine über sein Gefieder strich und ihm ein Stück getrocknetes Fleisch aus einem Beutel an ihrer Hüfte reichte.

»Am Abend werden wir ein sicheres Tal erreichen und von dort können wir morgen zu den Überresten der Karawane aufbrechen«, fuhr sie fort.

»Großartig«, brummte Léas. »Dann waren wir ja nur zweieinhalb Tage unterwegs.«

»Wir sind hauptsächlich nachts geritten«, berichtigte Kalòn ihn. »Insgesamt waren wir dann knapp eineinhalb Tage unterwegs, die restliche Zeit haben wir gerastet.«

»Ich sagte doch, wir unterbrechen die Reise zu oft«, warf Léas genervt ein.

»Das ist wichtig«, verkündete Yvaine, ohne die Prinzen anzusehen. »Die Wüste fordert unsere Kräfte sonst zu sehr heraus.«

Sie schnalzte mit der Zunge und führte das

Wüstenpferd zur Oase. Dort stieg sie ohne Hilfe ab und ließ ihr Tier am Wasserloch trinken. Lorcan hielt ein wenig Abstand zu ihr, während er sie beobachtete.

Die Königin trug schlichte Kleidung, wie sie für das Wüstenvolk üblich war. Weite Hosen und eine Tunika in einem vergilbten Weiß, dazu ein Tuch, das ihr dunkles Haar verbarg und das sie während des Reitens vor ihr Gesicht schlug, um sich vor der Sonne zu schützen. Von ihren Augen abgesehen konnte Lorcan kaum etwas von ihrem Gesicht erkennen. Wenn er auf seine Hände blickte, die er sich am ersten Tag bereits verbrannt hatte, wusste er auch, wieso Yvaine ihren Körper trotz der Hitze fast vollständig mit Stoff bedeckte.

Die Sonne war unbarmherziger als der sengend heiße Sand. Es wunderte ihn, dass bisher noch niemand vor Hitze und Durst zusammengebrochen war.

»Wenn du sie weiterhin so anstarrst, fällt es bald jedem hier auf«, sagte Eletta leise neben ihm.

»Ich muss sie beschützen«, erwiderte Lorcan gereizt, während er versuchte, seinen Trinkschlauch vom Sattel zu lösen. Er fluchte, weil es ihm nicht sofort gelang. »Dazu muss ich sie im Auge behalten.«

»Natürlich, das ist der einzige Grund«, meinte Eletta mürrisch.

Lorcan war sich nicht sicher, ob sie zornig war oder – genau wie er selbst – einfach nur erschöpft. Er hatte in beiden Fällen keine Lust, sich zu rechtfertigen.

Also brummte er nur und machte sich daran, die

Wasserschläuche zu füllen. »Léas, Kalòn, kümmert euch um eure Vorräte!«, fuhr er die Prinzen an, die wie halbwüchsige Jungen miteinander balgten.

Die beiden Männer waren nur wenige Jahre jünger als ihre Schwester und da Meira so umsichtig und reif wirkte, hatte er erwartet, dass die Prinzen sich ähnlich verhalten würden. Aber seit er sie kannte, stellten sie nur Unfug an. Das konnte er gerade überhaupt nicht gebrauchen.

»Eletta, die Prinzen sind ab jetzt dein Problem. Ich halte mich von nun an raus«, sagte er deswegen.

»Das ist nicht dein Ernst«, zischte sie. »Nur weil ich dich wegen der Königin aufziehe, bestrafst du mich auf diese Weise?«

Lorcan grinste. »Du wolltest doch immer etwas über Menschen lernen. Bitte sehr, mein Geschenk an dich. Die beiden werden dich viel lehren. Sorg besser dafür, dass sie heil wieder in Inej ankommen.«

Die Dämonin rümpfte die Nase, während sie die Prinzen betrachtete. »Das könnte schwierig werden, weil ich sie eventuell selbst umbringen werde, wenn sie sich nicht benehmen.«

Lorcan zuckte mit den Schultern. »Dann erklärst du Meira, wo ihre Brüder abgeblieben sind.«

Nachdem er seine aufgefüllten Trinkschläuche am Sattel befestigt hatte, verteilte er die Aufgaben, wie die Essensausgabe oder die Versorgung der Pferde, an die zwei Dutzend Gardisten und die sieben Dämonen. Dann legte er sein Schwert an und schritt die erstaunlich weitläufige Oase ab, um sicherzugehen, dass hier keine Gefahr lauerte.

Lorcan lief über einen Pfad, der sich zwischen

den eng stehenden Bäumen und Sträuchern wand. Er ließ seinen Blick über das undurchdringliche Grün schweifen und lauschte. Die Stimmen der anderen waren längst verstummt. Hier war Lorcan allein. Fast zumindest.

Hinter ihm raschelte es, doch er erkannte die Person, die ihm folgte, ohne sich zu ihr umdrehen zu müssen, an dem Geruch von Rosen, der sie umgab.

»Bei den anderen seid Ihr sicherer«, meinte er, ohne stehen zu bleiben.

Yvaine schloss mühelos zu ihm auf. »Das mag sein, aber ich gehe lieber schweigend neben Euch her, als den Prinzen von Visha bei ihrem Gejammer zuzuhören«, verkündete sie und Lorcan wusste, dass sie dabei grinste.

Er verlangsamte seine Schritte, damit sie sich nicht anstrengen musste, um mit ihm mithalten zu können, schwieg allerdings.

»Geht Ihr mir aus dem Weg?«, fragte die Königin schließlich.

»Das ist auf einer Reise wie dieser unmöglich«, erwiderte er emotionslos.

»Und doch sprecht Ihr kaum mit mir«, stellte sie fest. »Liegt es daran, dass ich mich Euch aufgezwungen habe?«

»Wie kommt Ihr darauf?«, fragte er überrascht.

»Ich habe Euch das schon einmal gefragt, aber Ihr habt nicht wirklich geantwortet«, meinte sie und klang ein wenig verlegen. »Vermutlich wart Ihr zu höflich, um mir zu sagen, dass ich Euch bedrängt habe. Falls das also der Grund ist, wieso Ihr nicht mit mir redet, entschuldige ich mich in aller Form bei Euch.«

»Ihr habt Euch mir nicht aufgedrängt«, sagte er. »Offen gestanden dachte ich, dass Ihr diesen Kuss bereuen könntet, und wusste nicht, wie ich damit umgehen soll. Weil ich den Kuss nämlich auch wollte.«

Yvaine lachte gelöst und Lorcan zwang sich, sie nicht anzusehen. »Seht Ihr, wenn man darüber redet, wird es leichter«, meinte sie.

Lorcan beschleunigte seine Schritte wieder. Er wollte nicht mit ihr reden, sonst würde er vielleicht wieder mehr sagen, als er sich selbst gestatten sollte.

»Wieso flüchtet Ihr denn jetzt wieder?« Yvaine atmete schwer. »Ich dachte, wir hätten das geklärt.«

Lorcan blieb stehen und drehte sich zu Yvaine um.

»Ich halte nichts davon, dass Ihr Euch unnötig in Gefahr begebt«, erklärte er. »Ihr wisst, dass ich hier nach möglichen Gefahren suche. Ihr solltet mir dabei nicht folgen.«

»Also versucht Ihr nicht, mich loszuwerden, weil Ihr meine Nähe nicht mehr ertragt?«

Sie lächelte, aber in ihrer Stimme schwang Unsicherheit mit. Seit dem Abend, an dem sie getanzt hatten, fiel es Lorcan immer schwerer, seinem Verlangen, sie an sich zu ziehen und ihre Lippen mit seinen zu bedecken, nicht nachzugeben. Er nahm ihren verführerischen Duft wahr und wollte nichts lieber tun, als sich darin zu verlieren.

Aber das durfte er nicht. So sehr er es wollte, es stand ihm nicht zu.

»Ich hatte, wie bereits erwähnt, das Gefühl, dass Ihr meine Nähe nicht wollt«, erwiderte er.

Sie legte den Kopf schief und das Lächeln auf ihrem Gesicht vertiefte sich. »Bin nicht ich diejenige gewesen, die Euch gerade nachgelaufen ist?«, hakte sie nach.

Lorcan suchte nach Worten, als sich etwas in der Luft veränderte. Die Hitze des Tages schien abzunehmen und dunkle Schatten legten sich über das Blätterdach. Er zog sein Schwert und wollte nach Yvaine greifen, um sie hinter sich zu bringen.

Da schrie sie bereits auf. Der Boden unter ihren Füßen zitterte und brach auf. Ein schwarzer Skorpion, groß wie ein Pferd, kroch aus dem Loch. Sein Rückenpanzer glänzte im schwachen Licht und grünliche Flüssigkeit klebte an seinem Stachel, der größer als sein Kopf war.

Lorcan wich dem Stachel mit der nach ätzendem Gift riechenden Flüssigkeit aus und hieb mit seinem Schwert auf die Kreatur ein. Doch seine Klinge prallte vom Panzer des Skorpions ab und Lorcan verlor das Gleichgewicht.

Aus dem Loch im Boden schossen weitere Skorpione und versperrten ihm den Weg zur Königin.

Yvaine schrie noch einmal und stieß einen Fluch aus, als einer der Skorpione sie packte.

»Yvaine!«, brüllte Lorcan verzweifelt.

Panik stieg in ihm auf, als die Scheren des Skorpions sich um die Taille der Königin schlossen. Aber das Wesen drückte nicht zu, sondern setzte sie einem anderen Skorpion auf den klebrigen Rücken. Yvaine strampelte und wehrte sich, aber sie konnte sich nicht befreien. Der Skorpion gab ein Kreischen von sich, dann stürmte er los.

»Oh nein, das wirst du nicht!«, zischte Lorcan und rammte dem Skorpion vor sich die Klinge in eine Stelle am Hals, die nicht vom Panzer bedeckt war. Dann sprang er über den sterbenden Körper hinweg.

Prinz Gavril hatte erwähnt, dass die Kazzaner aus Magie bestanden und mit ebenbürtiger Magie bekämpft werden sollten. Also würde Lorcan es mit Feuer versuchen.

Seine Magie loderte an den Händen auf und er schleuderte Feuerbälle gegen die anderen Wesen. Er blieb nicht stehen, um zu sehen, ob seine Magie die Skorpione tötete, aber da sie ihm nicht folgten, ging er davon aus. Also warf er Feuerball um Feuerball, während er so schnell er konnte hinter Yvaine herrannte. Sobald er einen Platz erreicht hatte, wo die Bäume nicht mehr so dicht nebeneinanderstanden, breitete er seine Schwingen aus, stieß sich ab und schoss wie ein Pfeil auf den Skorpion zu.

Mit einem Zischen änderte das Wesen seine Laufrichtung, warf Yvaine ab, die über den Sand rollte, und richtete den Stachel auf. Lorcan schlug mit den Flügeln und wich dem Angriff aus. Der Skorpion bäumte sich auf und versuchte den Stachel in Lorcans Körper zu versenken. Aber Lorcan flog höher, bis er nicht mehr in Reichweite des Skorpions war. Er presste seine Hände zusammen, bis er die Glut auf seiner Haut fühlte. Dann formte er einen Ball aus Feuer und schleuderte ihn auf die Bestie.

Es knisterte und der Skorpion kreischte auf, als die Flammen seinen Körper umhüllten. Lorcan sah nicht hin, sondern flog auf Yvaine zu, schob seine Arme unter ihren Körper und hob sie hoch. Dann stieß er sich ab und flog mit ihr fort von dem halb verbrannten Skorpion und dem Gestank, den das Feuer verbreitete.

Yvaine presste ihr Gesicht an seine Schulter und vergrub ihre Finger in seiner Kleidung. Lorcan ließ seinen Blick über die Flammenherde schweifen. Nicht ein Skorpion hatte überlebt und es krochen auch keine neuen aus der Erde. Für den Moment waren sie also sicher.

»Seid Ihr verletzt?«, fragte er atemlos und landete am Rand der Oase. Diese Seite lag genau gegenüber von jener, an der sie angekommen waren. Niemand konnte sie hier sehen, also konnte Yvaine zur Ruhe kommen, ohne sich darum zu sorgen, dass sie vor ihrem Volk immer stark sein musste.

Behutsam stellte er Yvaine wieder auf die Füße. Sie schlang ihre Arme um ihn und hielt sich an ihm fest. Einen Moment überlegte Lorcan, die Umarmung einfach zu erwidern. Aber erst musste er wissen, ob es ihr gut ging.

Da Yvaine nichts sagte, löste Lorcan sich von ihr und tastete sie zögerlich ab. Er sog scharf den Atem ein, als sie ihre Hände an seine Wangen legte und ihm in die Augen blickte.

»Ich bin nicht verletzt«, hauchte Yvaine.

»Den Göttern sei Dank«, erwiderte er leise und rang darum, sie nicht wieder an sich zu ziehen.

Sie waren hier allein. Noch hatte niemand nach ihnen gesucht. Die anderen hatten vermutlich auch den Kampf mit den Skorpionen nicht mitbekommen.

KAPITEL 12 - YVAINE

Sein Stöhnen an ihren Lippen ließ einen Schauer durch ihren Körper gehen, den sie nicht erwartet hatte. Sie hielt sich an ihm fest, als würde sie nur so überleben können.

In dem Moment, als der riesige Skorpion sie gepackt hatte, war ihr Leben vor ihren Augen vorbeigezogen. Es gab wenig, das sie bereute. Immer hatte sie ihre Entscheidungen nach langer Überlegung getroffen und meist richtig gehandelt. Aber ein Gedanke hatte sich wie ein Stachel in ihr Fleisch gebohrt, als sie mit ihrem Leben abschloss. Sie bereute es aus irgendeinem ihr unerklärlichen Grund, Lorcan nie richtig geküsst zu haben.

Yvaine vergrub ihre Finger in seinem Haar und drängte sich enger an ihn. Sie wollte ihn spüren, wollte, dass dieser Kuss, so viel Hitze er auch jetzt schon in ihrem Körper erzeugte, noch intensiver wurde. Niemand würde je wissen, dass sie sich diesem Verlangen hingegeben hatte. Niemand, außer Lorcan und ihr. Und sie würde diese Erinnerung für immer in ihrem Herzen verschließen. Sonst würde sie daran zugrunde gehen, wenn sie ihr Land von der Besatzung durch die Dämonen befreite.

Hastig schob Yvaine die Gedanken beiseite und konzentrierte sich auf das Gefühl, das Lorcan in ihr auslöste. Das war nicht ihr erster Kuss, aber der erste, in dem sie sich vollkommen verlor. Sie hatte sich selbst beweisen wollen, dass ihre Schwärmerei für Lorcan genauso oberflächlich war wie bei den anderen Männern, die vor ihm gekommen waren. Dass sie sich wegen seines Äußeren zu ihm hingezogen gefühlt hatte und bei diesem Kuss der Bann der Anziehung brach.

Doch das Gegenteil war der Fall. Lorcans Berührung stillte eine tiefe Sehnsucht und gleichzeitig schürte sie ihr Verlangen nach mehr. Sein Körper gab ihr Halt und ließ ihre Knie zugleich weich werden, seine Lippen löschten ein Feuer in ihr und ließen ein anderes hoch lodern. Sie wollte ihm noch näher sein, mit ihm verschmelzen. Vielleicht konnte sie den Stich in ihrem Herzen dann besser ertragen.

Langsam löste sie ihre Hände von seinem Nacken und ließ sie seinen Rücken hinabgleiten. Als sie wieder seine Flügel berührte, bebte Lorcan und sein Atem ging schneller. Yvaine strich über die lederartige Haut, die sich erstaunlich angenehm anfühlte. Sie genoss es, dass Lorcan seine Finger in ihre Taille grub und das Stöhnen nicht mehr zurückhalten konnte.

Yvaine war keine geduldige Frau und sie wollte

nicht noch mehr Zeit vergeuden. Wer wusste schon, wann man ihr Verschwinden bemerken würde. Also ließ sie ihre Hände tiefer wandern, bis zu seinem Hosenbund. Doch bevor sie ihre Daumen darunter schieben konnte, rief jemand ihren Namen.

Wie vom Blitz getroffen ließ Lorcan sie los und machte einen Schritt zurück. Er rang genauso um Atem wie sie und sein Blick wirkte glasig. Seine von den Küssen geschwollenen Lippen lockten sie. Yvaine wollte die Entfernung zwischen ihnen beiden schließen und ihn einfach wieder an sich ziehen, als mehrere Leute vor ihr erschienen.

»Seid Ihr in Ordnung?«, fragte einer ihrer Gardisten. »Wir haben Schreie gehört und Feuer gesehen, und …«

Hinter ihm trat Eletta durch das Dickicht aus Ästen, betrachtete erst Yvaine, dann Lorcan, bevor sie losrannte und ihm um den Hals fiel.

»Den Höllenfeuern sei Dank, du lebst«, schluchzte die blonde Dämonin und vergrub ihr Gesicht an Lorcans Brust.

Bittere Galle stieg in Yvaine auf, als sie zusah, wie Lorcan der Dämonin zögerlich die Schultern tätschelte, statt sie von sich zu stoßen. Was lief zwischen den beiden? Waren sie einmal ein Paar gewesen? Oder vielleicht immer noch? Wieso küsste Lorcan dann Yvaine so sehnsüchtig und voller Verlangen?

Schnaubend wandte sie sich dem Gardisten zu. »Wir wurden von dunklen Kreaturen angegriffen, aber der General hat sie erledigt«, erklärte sie frostig. »Soweit ich es beurteilen kann, sind wir unverletzt.«

»Diese Kreaturen sind einfach erschienen?«, hakte einer der beiden Prinzen nach.

Yvaine wusste nicht, ob es Léas oder Kalòn war. Sie konnte die Männer nicht auseinanderhalten. Es war ihr allerdings auch gleichgültig. Sie verstand ohnehin nicht, warum Königin Meira darauf bestanden hatte, dass die beiden sie begleiteten. Vermutlich, weil sie ihre Brüder loswerden wollte. Wer konnte es ihr verübeln?

»Ja, sie sind aus dem Boden hervorgebrochen«, antwortete Lorcan. »Sie sahen aus wie riesige Skorpione und sie haben versucht, die Königin zu entführen.«

Die Prinzen öffneten ihre Münder vor Entsetzen, doch Yvaine winkte ab. »Es war nicht so schlimm, wie es jetzt klingt«, verkündete sie, obwohl das leichte Beben in ihrer Stimme sie wohl Lügen strafte. »Wir sollten dennoch nicht länger hier verweilen und zum Tal reiten.«

»Mit Verlaub, Hoheit«, warf der andere Prinz ein. »Sollten wir nicht umkehren? Wenn diese Wesen uns hier angreifen, sind wir alle in Gefahr.«

Yvaine sah zu Lorcan, der immer noch die Dämonin hielt. Seine Augen jedoch ruhten auf der Königin. Zorn wallte in ihr hoch wie kochendes Wasser in einem Topf und sie ballte die Hände zu Fäusten.

»Dann wird der General wohl mit seiner Magie für unsere Sicherheit sorgen müssen«, sagte sie finster. »Mit Feuer, das alles tötet, kennt er sich schließlich aus.«

Lorcan zuckte bei den Worten leicht zusammen

und Yvaines Herz wurde schwer. Einen Atemzug lang erwog sie, sich bei ihm zu entschuldigen. Aber dann starrte sie auf die Dämonin in seinen Armen und brennende Eifersucht schmolz ihre Reue dahin. Wenn sie einen Mann erwählte, sollte er sich nur für sie interessieren. Und Lorcan schien sich wohl mehrere Möglichkeiten offen zu halten.

Sie wandte sich ab und schritt erhobenen Hauptes zu den Reittieren zurück. Auch wenn das Gewicht auf ihrer Brust sie fast zu erdrücken drohte, würde sie niemals zeigen, wie sehr es sie schmerzte, Lorcan in einer Umarmung mit einer anderen zu sehen.

Die Sonne tauchte den Himmel in ein kräftiges Rot, als sie das Tal erreichten. Zwischen zerklüfteten Felsen aus rotbraunem Stein zog ein schmaler Bach seine Bahn. Vermutlich verlief der Großteil des Flusses unterirdisch, aber hier brach er an die Oberfläche und spendete Kühle und Wasser.

Als Kind war Yvaine mit ihrem älteren Bruder und ihrem Vater oft hiergewesen, weil die östliche Region ihres Reiches am fruchtbarsten war. Wenn der König dorthin geritten war, um alles zu begutachten und Entscheidungen über die Aussaat zu fällen, hatten sie stets hier Rast gemacht. Eine Ruine spendete Schutz für den Fall, dass ein Sandsturm aufzog. Dies war ein heiliger Ort, an dem man nicht kämpfte. Deswegen eignete er sich für ihr Lager und deswegen hatte ihr Vater sie jedes Jahr hierhergeführt.

Seit dem Tod ihres Vaters war Yvaine nicht mehr hiergewesen. Cadmus hatte die Reise während der Zeit, als sie offiziell noch nicht Königin gewesen war, für sie unternommen, damit sie verkleidet als ein ganz normales Mädchen, das bei einer Familie in Inej lebte, in Sicherheit blieb. Vielleicht hatte sie auch darauf bestanden, selbst nach den Überresten der Karawane zu sehen, weil sie sich in diesem Tal wieder mit etwas verbunden fühlen konnte, das es nicht mehr gab.

»Wir schlagen das Lager hier auf«, befahl sie, als sie von ihrem Wüstenpferd stieg. »Entzündet ein Feuer und bereitet das Essen zu.«

Sie übergab die Zügel ihres Tieres einem Gardisten und löste den Schal, der ihr Gesicht verbarg. Ihr Blick wanderte zu den Ruinen, die ein Stück vor ihnen lagen.

Einst hatte es hier einen Tempel der Mondgöttin gegeben, aber er war viele Jahre vor ihrer Geburt zerstört worden. Sie fragte sich, ob Dämonen schon damals hier gewütet hatten. Wer sonst hätte die Heiligkeit der Göttin angreifen sollen?

»Ich werde in den Tempel gehen«, verkündete sie an den Gardisten gewandt.

»Ihr solltet Euch nicht ohne Schutz vom Lager entfernen«, warf ausgerechnet Lorcan ein. Er war wie aus dem Nichts neben ihr erschienen und sein Blick suchte ihren. Doch Yvaine wandte sich schnaubend ab.

»Ihr könnt ja vor der Tür warten, wenn Ihr wollt.

Aber ich möchte zu der Göttin beten«, erklärte sie gereizt und ging auf die Ruine zu, ohne ihm die Möglichkeit zu geben, etwas zu erwidern.

Allerdings hörte sie seine schweren Schritte dicht hinter sich und ihr Herz schlug schneller. Dennoch blieb sie nicht stehen, sprang über das schmale Rinnsal Wasser, das zwischen ihr und dem verfallenen Tempel lag, und hielt auf das halb eingestürzte Tor zu.

Dieser Ort hatte auf sie immer eine eigene Magie ausgeübt. Schon als kleines Mädchen hatte sie hier dieselbe Ruhe gefunden, die sie jetzt spürte. Angenehme Kühle umfing sie, als sie den ersten Schritt in den Tempel setzte, und der Geruch nach längst vergangenen Zeiten ließ eine schwere Last von ihren Schultern fallen.

»Meine Königin, erlaubt mir …«, begann Lorcan, der hinter ihr eintrat. Er hielt inne, als Yvaine sich hastig zu ihm umdrehte.

»Ich bin nicht *Eure* Königin«, zischte sie. »Und ich erlaube nicht. Wartet hier auf mich, wenn Ihr schon nicht vor dem Tempel bleiben könnt. Dieser Ort ist meine letzte Zuflucht vor Euresgleichen.«

Sie rechnete damit, dass er betreten den Kopf senken würde, doch er straffte die Schultern und schritt auf sie zu.

»Yvaine«, hauchte er und seine Stimme erweckte erneut die Hitze in ihrem Körper, obwohl er sie nicht einmal berührte. »Bereut Ihr, was zwischen uns geschehen ist?«

Sie schwieg und presste ihre Kiefer zusammen. Lorcan schluckte schwer und atmete dann tief ein.

»In dem Fall bitte ich Euch um Vergebung, dass ich mich ungebührlich verhalten habe«, sagte er. »Nichts läge mir ferner, als Euch Kummer zu bereiten.«

»Ihr versteht offensichtlich nicht besonders viel von Frauen«, fauchte sie.

Er blinzelte und der verwirrte Ausdruck auf seinem Gesicht ließ ihr Herz noch schneller schlagen. Sie standen sich keine Armlänge voneinander entfernt gegenüber und alles, was Yvaine hätte machen müssen, um ihn zu berühren, wäre ihre Hand zu heben. Sein Duft nach Lavendel und Kerzen drang selbst durch den staubigen Geruch des Tempels an ihre Nase und ließ sie einen Moment schwanken. Sie wollte ihn berühren und dort weitermachen, wo sie vorhin unterbrochen worden waren.

Doch die Erinnerung an Eletta und wie Lorcan sie gehalten hatte, ließ erneut Eifersucht in ihr hochkochen. Allein dafür wollte sie ihn bestrafen, selbst, wenn sie sich damit ebenfalls verletzte.

»Ich weiß nicht, wie es bei den Dämonen ist, aber ich für meinen Teil möchte nicht eine von vielen Frauen sein, die ein Mann so küsst, wie Ihr es bei mir getan habt.«

Wieder blinzelte er und räusperte sich. »Ich verstehe nicht ganz, worauf Ihr hinauswollt, meine Königin.«

»Nennt mich nicht immer Eure Königin!«, fuhr sie ihn an und stemmte ihre Hände in die Hüfte. »Ich will auf Eure Liebschaft mit der Statthalterin hinaus.«

Lorcans Mundwinkel hoben sich. »Eletta? Ihr denkt, ich habe eine Liebschaft mit Eletta?«

»Was sollte ich sonst denken, wenn Euch die Dämonin um den Hals fällt und Ihr sie haltet, direkt nachdem wir uns so nahegekommen sind?«

Jetzt grinste er und befeuerte damit Yvaines Zorn.

»Ihr seid ein elender Mistkerl«, brüllte sie, drehte sich um und stapfte auf den Altar zu.

Sie kam jedoch nicht weit, denn Lorcan war mit zwei schnellen Schritten bei ihr und schlang seine Arme um sie. Seine Wärme drang durch den Stoff ihrer Kleidung, als er ihren Rücken an seine breite Brust zog.

»Seid Ihr eifersüchtig, meine Königin?«, hauchte er in ihr Ohr.

Sein Atem strich über ihre Wange und Yvaine zitterte vor Sehnsucht und Wut.

»Ich bin nicht Eure Königin. Und warum sollte ich eifersüchtig sein?«, entgegnete sie zornig. Sie wusste, dass sie sich von ihm lösen sollte, und tat es doch nicht. »Mit wem Ihr ins Bett geht, ist allein Eure Angelegenheit. Aber ich teile ungerne und da Ihr offensichtlich bereits eine Liebschaft habt …«

»Ihr seid meine Königin«, unterbrach er sie mit rauer Stimme. »Und ich habe keine Liebschaft mit Eletta.«

»Wieso seid Ihr dann so vertraut miteinander?«

Yvaine rang mit sich. Sie sollte Lorcan von sich stoßen, aber sie wollte nicht. Zu sehr genoss sie seine Nähe, wünschte sich, er würde trotz allem, was zwischen ihnen stand, seine Lippen auf ihre Haut pressen und die Glut in ihrem Inneren erneut entfachen.

»Eletta ist meine jüngere Schwester«, erklärte Lorcan leise.

»Was?«

»Wir haben nur noch einander und manchmal scheint sie mehr Angst um mein Leben zu haben, als gut für sie ist«, fuhr Lorcan fort und senkte seinen Kopf dabei tiefer. »Es gibt also keinen Grund, eifersüchtig zu sein, meine Königin. Ihr seid für mich die Einzige.«

Seine Lippen berührten die Haut an ihrer Halsbeuge kaum und doch löste er damit eine beinah unstillbare Sehnsucht in ihr aus. Sie schloss die Augen, hob ihr Kinn ein wenig an, damit Lorcan sie besser küssen konnte, und gab ein Seufzen von sich.

»Also bereut Ihr nicht, dass ich Euch auf diese Weise berühre?«, fragte er heiser, als seine Lippen wieder neben ihrem Ohr schwebten.

»Nein«, wisperte sie. Dann legte sie ihre Hände auf seine und führte sie unter die Tunika auf ihre nackte Haut. »Ich will von dir berührt werden.«

Lorcan gab ein Knurren von sich, als er seine Lippen wieder auf ihren Hals senkte und sie enger an sich zog. Sie konnte fühlen, wie sein Körper auf ihren reagierte, während er mit seinen Fingern ihre Taille hinaufwanderte und wie zufällig ihre Brust streifte.

Sie atmete stoßweise aus, während seine Hände ihre Brüste streichelten und seine Lippen eine glühende Spur auf ihrer Haut hinterließen. Ihr ganzer Körper prickelte und Hitze sammelte sich in ihrem Unterleib.

Yvaine wollte das. Sie wollte Lorcan. Einmal wollte sie etwas Unvernünftiges nur für sich tun. Niemand würde es je erfahren.

Hier würde sie niemand stören und Lorcan gehörte ihr ganz allein. Als er seinen Kopf leicht hob, drehte sie sich zu ihm um und bedeckte seine Lippen mit ihren. Lorcan gab dieses tiefe Seufzen von sich, das ihr eine Gänsehaut bescherte. Er zog sie enger an sich. Yvaine ließ ihre Hände an seinen Schwertgürtel wandern und öffnete ihn. Klirrend fielen die Waffen zu Boden und Yvaine schob ihre Finger in seinen Hosenbund.

Bevor sie jedoch den Verschluss seiner Beinkleider öffnen konnte, umfasste er ihre Handgelenke und löste seine Lippen von ihren.

»Yvaine, wir sollten nicht … Ihr seid die Königin, und …«

Sie hob ihren Blick, bis ihre Augen sich trafen. »Es ist mir gleichgültig, wer ich bin oder wer du bist«, sagte sie heiser. »Ich will das hier. Und ich dachte, du willst das auch.«

Sein Atem ging stoßweise, während er sie für eine quälende Ewigkeit betrachtete, wie ein Verdurstender einen Kelch voll kühlem Wasser ansehen würde.

»Ich will dich seit dem Moment, als ich dich aus dem Palast kommen sah«, gestand er leise. »Aber ich bin …«

Sie befreite ihre Hand aus seinem Griff und hob ihre Finger an seine Lippen.

»Sag es nicht«, bat sie ihn. »Hier bist du nur ein Mann und ich nur eine Frau. Keine Königin, kein

General. Du bist Lorcan und ich Yvaine. Und ich will alles von dir, Lorcan. Ich will, dass du mein bist und ich …« Sie strich mit ihrem Daumen über seinen Mund und genoss das Beben, das sie damit in ihm auslöste. »Ich bin dein.«

Sie hatte die letzte Silbe kaum ausgesprochen, da zog Lorcan sie an sich und bedeckte ihre Lippen mit seinen. Yvaine legte ihre Hände wieder an seine Hose und Lorcan drängte sie weiter in den Tempel hinein.

Nicht einen Moment dachte sie daran, was am nächsten Morgen passieren würde. Was zwischen ihnen geschah, änderte nichts an ihren Plänen. Aber sie wollte das hier. Sie würde diese Nacht nicht bereuen. Alles, was sie bereuen würde, wäre Lorcan fortzuschicken. Denn die Sehnsucht, die in ihren Adern pulsierte, konnte nur er stillen und das fühlte sie mit jedem Atemzug, den sie nahm, deutlicher.

Also hieß sie die Hitze, die er entfachte, willkommen und überließ ihm für diesen kurzen Augenblick die Kontrolle.

KAPITEL 13 - LORCAN

Ihre Hände wanderten an seine Hüfte und ihre Finger begannen an dem Verschluss seiner Hose zu nesteln. Also legte er seine Arme um sie und schob sie weiter in den Tempel hinein. Hier, direkt am Eingang, wollte er nicht bleiben. Sie waren ungeschützt und vermutlich würde man sie im Lager hören können.

Doch als er tiefer in das Heiligtum einer ihm fremden Göttin eindrang, kamen ihm Zweifel, ob dies der richtige Ort war. Also löste er seine Lippen von ihren und rang um Atem, bevor er sprach.

»Bist du sicher, dass wir hier sein dürfen?«, fragte er so ruhig wie möglich.

Yvaine zog eine Augenbraue hoch und lächelte verwegen. »Das ist der Tempel der Mondgöttin«, sagte sie. »Sie ist die Göttin der Liebe und Fruchtbarkeit. Ich bin sicher, sie hat nichts dagegen, wenn wir hier zusammen sind. Ihre Magie wird uns schützen.«

Ihre Hand strich über seine Brust und wieder hinunter zum Bund seiner Hose. »Wir entweihen diesen Ort also nicht, wenn du das fürchtest«, fügte sie hinzu.

Durch Löcher im Dach fielen die ersten silbernen Mondstrahlen und erhellten ihr Gesicht. Ihre Augen funkelten magisch, als würde Yvaine das Licht in sich aufnehmen und zu einem Zauber weben, dem Lorcan sich nicht entziehen konnte.

An der Art, wie sie ihn küsste, wie sie jetzt die Entfernung zwischen ihnen überwand und ihre Finger in seinem Nacken durch sein Haar gleiten ließ, wusste er, dass sie das hier nicht zum ersten Mal tat. Wäre es anders gewesen, hätte er vielleicht den letzten Rest seiner Willenskraft zusammengekratzt und wäre gegangen.

Yvaines Lächeln vertiefte sich, als sie einen Schritt zurück machte. Dann legte sie ihre Hände an den Saum ihrer Tunika. Anmutig hob sie den Stoff an, zog ihn sich über den Kopf und warf ihn achtlos auf den Boden. Ihr Blick war intensiv und drang bis tief in seine Seele.

Lorcan betrachtete ihren nackten Oberkörper im Mondlicht. Die weiche Haut, die perfekt geformten Brüste mit den dunklen Brustwarzen, die sich aufgerichtet hatten. Sein Atem ging schneller und er schluckte gegen die Trockenheit in seinem Mund an, als er ihr wieder ins Gesicht sah.

»Willst du mich nur anstarren?«, fragte sie neckisch. Aber er hörte die Unsicherheit in ihrer Stimme mitschwingen, auch wenn sie versuchte, sie zu verbergen.

Er ging zu ihr, legte seine Hände an ihr Gesäß und hob sie hoch. Yvaine schlang ihre Beine um seine Hüften. Lorcan presste eine Hand zwischen ihre Schulterblätter und umfing mit seiner zweiten ihre linke Brust. Dann senkte er seine Lippen auf ihre Haut hinab und begann an ihrer Brustwarze zu saugen.

Yvaines leises Stöhnen ließ ihn noch härter werden, als er es ohnehin schon war. Er konnte sich nicht erinnern, wann er eine Frau so sehr gewollt hatte wie sie.

»Bei der Göttin, hör auf mich zu quälen«, gab sie heiser von sich.

Er gab ihre Brust frei und legte den Kopf ein wenig in den Nacken. »Ich will das genießen«, raunte er. »Du nicht?«

»Ich will dich genießen«, erwiderte sie.

Lorcan lachte leise. »Geduld, meine Königin.«

»Sag das nicht«, wimmerte sie, als er sich ihrer zweiten Brust widmete. »Ich will nicht geduldig sein.«

Lorcan ging nicht darauf ein, biss zärtlich in ihre Brustwarze und genoss das Stöhnen, das aus Yvaines Kehle drang. Dass sie wild war und ungeduldig, wusste er. Aber er würde sie zumindest ein wenig zähmen müssen, wenn er sich nicht vollkommen an ihr verbrennen wollte.

Neben sich bemerkte er eine Art Lager aus unzähligen Decken. Im Gegensatz zum Rest des Tempels wirkte es nicht ganz so staubig und zerstört. Vielleicht hatten Reisende immer wieder Zuflucht in diesen Mauern gesucht und das hier zurückgelassen. Jetzt würde es Lorcan und Yvaine als Bett dienen.

Er wandte sich dem Lager zu und ging in die Knie. Behutsam legte er Yvaine auf den Decken ab. Sie ließ sich zurücksinken und betrachtete ihn, während er seine Tunika auszog. Als sie mit der Zunge über ihre Lippen fuhr, gab Lorcan ein Knurren von sich, warf sein Oberteil fort und stützte sich neben ihrem Kopf ab. Er bedeckte ihren Mund, drang mit seiner Zunge in sie ein und presste seinen Körper an ihren.

Yvaine hob ihm ihr Becken entgegen und legte ihre Hände in seinen Nacken. Als sie jedoch tiefer wanderten und fast seine Flügel erreichten, löste Lorcan sich von ihr und schob ihre Handgelenke über ihrem Kopf zusammen.

»Ich will deine Flügel berühren«, sagte sie flehentlich und wand sich unter seinem Griff.

»Das darfst du, aber nicht jetzt schon«, erwiderte er mit belegter Stimme. »Du hast bemerkt, dass mir deine Berührung Lust bereitet, oder?« Sie nickte zögerlich und zum ersten Mal färbten sich ihre Wangen dunkler. »Wenn du mich zu früh oder intensiv dort berührst, kann ich mich vielleicht nicht zurückhalten.«

Er presste seine Lippen an ihre Halsbeuge und sie atmete heiser aus.

»Ich will dich zum Beben bringen, meine Königin«, raunte er an ihrem Ohr.

»Wenn ich verspreche, deine Flügel erst zu berühren, wenn du es mir erlaubst«, sagte sie mit brüchiger Stimme, »erlöst du mich dann endlich?«

Seine Mundwinkel zuckten, als er ihre Hände losließ und sich aufrichtete. »Du bist wirklich ungeduldig, meine Schönste.«

Immer noch schmunzelnd öffnete er den Verschluss ihrer Hose und schob den Stoff über ihre Hüfte. Yvaine hob ihr Becken an und wollte sich an seiner Hose zu schaffen machen. Aber Lorcan schnalzte mit der Zunge und Yvaine ließ sich tatsächlich auf das Lager zurücksinken.

Er konnte ihr ansehen, wie viel Kraft es sie kostete, ihn nicht zu berühren. Ihre Finger vergruben sich in dem Stoff unter ihr und sie biss so fest auf ihre Unterlippe, dass er fürchtete, sie würde sich verletzen. Also öffnete er seine Hose und zog sie aus.

Dann beugte er sich über sie und seine Lippen fanden ihre erneut. Sie öffnete ihre Knie und er versank tiefer zwischen ihren Schenkeln.

Yvaine atmete heiser aus, als er in sie eindrang und stöhnte, als er sich zurückzog, nur um erneut in sie zu gleiten. Lorcan hatte sich Zeit nehmen wollen, aber jetzt, da ihre Wärme und Feuchtigkeit ihn umfingen, konnte er sich nicht mehr zurückhalten.

Seine Stöße wurden schneller und als Yvaine ihr Becken anhob, um ihn tiefer in sich aufzunehmen, presste er seinen Mund fester auf ihren, um sein gieriges Knurren zu dämpfen. Wenn sie so weitermachte, würde er jeden Moment kommen …

Yvaine vergrub ihre Fingernägel in seinen Schultern, wagte es aber nicht, seine Flügel zu berühren. Lorcan gab ihren Mund frei und fuhr mit seiner Zunge über ihren Nacken, was sie scharf den Atem ausstoßen ließ.

»Ich will dich reiten«, keuchte sie mit einem Mal.

Lorcan schmunzelte. Er hatte erwartet, dass sie irgendwann die Kontrolle einfordern würde. Ihm war es nur recht, so konnte er diese Vereinigung länger genießen. Er schob seine Arme unter ihrem Rücken hindurch, zog sie an sich und setzte sich mit ihr auf. Dann platzierte er sie auf seinem Schoß, legte seine Hände an ihr Gesicht und nahm ihre Lippen wieder in Besitz.

Yvaine verlor keine Zeit und begann sofort sich auf und ab zu bewegen, während sie sich an seinen Schultern festhielt. Die weiche Haut ihrer Brüste rieb über seinen Oberkörper und die Feuchtigkeit zwischen ihren Schenkeln trieb ihn fast in den Wahnsinn. Das hier war die Erfüllung all seiner Träume. Fast zumindest.

»Berühr meine Flügel«, sagte er. »Bitte.«

Yvaine zögerte nicht. Sie ließ ihre Hände über seinen Rücken gleiten und strich über den Ansatz seiner Flügel. Ein lustvoller Schauer durchströmte seinen Körper und sammelte sich in seinen Lenden. Er würde nicht mehr lange durchhalten, aber Yvaine schien es nicht anders zu gehen.

Ihr Atem ging stoßweise und ihre Lippen waren leicht geöffnet, während sie ihn ritt.

»Göttin«, keuchte sie und ihre Finger an seinen Flügeln zitterten. »Ich kann nicht mehr.«

»Dann komm«, raunte er.

Sie legte den Kopf in den Nacken und er umfasste ihre Hüften mit den Händen, ließ ihre Stöße tiefer und langsamer werden. Lorcan betrachtete aufmerksam ihr atemberaubendes Gesicht, als der

Höhepunkt sie überrollte und sie seinen Namen stöhnte.

Ihr Schoß bebte um ihn und er genoss die Lust, die sie ihm schenkte, presste seine Lippen an ihre Schulter und stieß ihren Namen aus, als er sich in ihr ergoss.

Yvaine sank gegen ihn und er schloss seine Arme um sie. Ihre Haut fühlte sich warm und feucht an und er sog ihren Geruch ein. Selbst, wenn sie nur diese eine Nacht miteinander teilten, würde er sie für immer verehren. Sie war eine Königin. *Seine* Königin. Und eine Göttin. Er würde sie für den Rest seiner Tage anbeten.

Als Yvaine zu zittern begann, öffnete Lorcan seine Flügel und schloss sie beide wie in einem Kokon darin ein. Yvaine hob ihren Kopf leicht und betrachtete ihn.

Lorcans Atem stockte, als er den sanften Ausdruck auf ihrem Gesicht erkannte. Sie lächelte und zum ersten Mal wirkte sie ruhig und gelöst, ohne einen Funken Hass oder Wut in sich. Er hatte noch nie etwas so Schönes wie sie gesehen.

Zärtlich strich sie mit ihren Fingern über seine Wangen und zeichnete seinen Mund nach. Dann beugte sie ihren Kopf, bis ihre Lippen seine fanden.

Dieser Kuss war anders als alles, was er je erlebt hatte. Er war voller Zärtlichkeit, Zuneigung und unendlich sehnsüchtig. Nicht fordernd wie die Küsse vorhin, sondern ein Versprechen von Vergebung und Liebe.

Er hatte gehofft, dass zwischen ihnen nur eine körperliche Anziehung bestand. Es hätte die ohnehin schon komplizierte Situation, in der sie sich befanden, etwas erleichtert. Aber in Wahrheit hatte er längst gewusst, dass es mehr sein würde. Zumindest für ihn. Und jetzt ahnte er, dass Yvaine ähnlich fühlen musste. Jedenfalls wünschte er es sich und gleichzeitig fürchtete er sich davor.

Doch egal, was er für sie empfand, einer Tatsache musste er sich früher oder später stellen. Für sie beide gab es keine Zukunft und das lag allein an seiner Vergangenheit.

KAPITEL 14 - YVAINE

Seine Flügel schützten sie vor der Kühle, die sich jetzt über sie senkte, doch sein Kuss ließ ihr Herz schmelzen. Es war lange her, dass sie sich so geborgen gefühlt hatte wie in diesem Augenblick.

Für gewöhnlich schickte sie die Männer, mit denen sie geschlafen hatte, fort, wenn sie mit ihnen fertig war. Sie brauchte ihre Nähe nicht, genauso wenig wie Zärtlichkeiten nach dem Höhepunkt. Mit Lorcan war es anders. Am liebsten hätte sie ihn nie wieder losgelassen, sich bis in alle Ewigkeit so an ihn geschmiegt und die Welt einfach ausgesperrt.

Doch sie wusste, dass so etwas nicht möglich war.

Yvaine hatte Lorcan für den schlimmsten aller Dämonen gehalten. Und jetzt fühlte sie sich bei ihm geborgen. Was bedeutete das? Musste sie ihre Meinung über Dämonen überdenken? Dazu war sie nicht bereit. Dieser Moment mit Lorcan änderte für sie nichts.

Trotzdem fragte sie sich, was er von ihr halten würde, wenn er herausfand, was sie insgeheim plante. Ob er sie verachten würde? Er hätte jedes Recht dazu. Aber sie hatte keine Wahl.

Sie wollte jetzt nicht daran denken. Dazu war später genug Zeit, wenn sie zurück in Inej waren.

Widerwillig beendete Yvaine den Kuss und Kälte kroch sofort über ihre Haut, obwohl Lorcan ihr immer noch Wärme schenkte. Sie lehnte ihre Stirn gegen seine und atmete schwer aus.

»Denkst du, sie werden irgendwann nach uns suchen?«, fragte sie.

Sie fühlte sein Lächeln, auch wenn sie es nicht sehen konnte. »Ich weiß, du willst nicht, dass ich es hier ausspreche, aber … du bist die Königin von Sisun und ich der General der Dämonen. Wir wurden vorhin von dunklen Kreaturen angegriffen und sind hier, um ein Gemetzel an einer eurer Karawanen aufzuklären.« Er seufzte. »Natürlich werden sie nach uns suchen, wenn wir nicht bald am Lagerfeuer erscheinen. Weil sie denken werden, dass wir in Gefahr sind, wenn wir zu lange fortbleiben.«

»Aber später können wir uns vielleicht nochmal davonschleichen?«, hakte sie nach.

Er runzelte die Stirn. »Hier her zurück, meinst du?« Lorcan schüttelte den Kopf. »Im Zeltlager sind wir sicherer. Falls die dunklen Kreaturen uns angreifen …«

»Wirst du mich beschützen?«, unterbrach sie ihn schnell.

»Yvaine.« Lorcan atmete geräuschvoll aus. »Natürlich werde ich das. Aber eventuell bin ich durch dich ein wenig abgelenkt.« Er strich mit seiner Hand eine lose Strähne hinter ihr Ohr. »Dir so nah zu sein vernebelt meine Sinne, meine Königin.«

In ihrem Inneren kribbelte es bei seinen Worten und ihre Augen brannten seltsam. Wieso rührte es sie so sehr, dass er sich derart zu ihr hingezogen fühlte? Sie hatte eigentlich nur mit ihm spielen und ihn unvorsichtig machen wollen. Jetzt musste sie sich eingestehen, dass zwischen ihr und Lorcan ein Band geschmiedet worden war, das ihr Herz schneller schlagen ließ. Sie wollte mehr von ihm. Niemand durfte es je erfahren, aber sie wollte Lorcan für sich, solang sie ihn haben konnte.

»Ich möchte die Nacht nicht ohne dich verbringen«, gestand sie ein wenig unsicher. »Wenn du das Lager nicht verlassen willst, könnte ich in dein Zelt kommen. Oder du in meines.«

Er lachte leise. »Du willst einen Dämon als deinen Leibwächter?«

»Schlimmer«, murmelte sie. »Ich will in den Armen eines Dämons einschlafen und wieder aufwachen.«

Das Gefühl seines Lächelns auf ihrer Haut verschwand und er räusperte sich. »Yvaine, ich weiß nicht, ob das eine gute Idee ist.«

»Wieso? Weil du der Schrecken der Wüste bist?«

Sie gab sich keine Mühe, die Gereiztheit aus ihrer Stimme zu verbannen. Gerade noch hatten sie sich gegenseitig Lust geschenkt und waren immer noch verbunden. Zum ersten Mal in ihrem Leben hatte sie das Bedürfnis, einfach nur gehalten zu werden. Und Lorcan wollte ihr das verwehren?

»Ganz genau«, erwiderte er schwach.

Yvaine knurrte, richtete sich auf und rückte von Lorcan ab. Der öffnete seine Flügel und die wohlige Wärme, die sie gerade noch umgeben hatte, verschwand.

»Du bist ein elender Heuchler«, zischte sie und stand auf.

Mit Wut im Bauch suchte sie ihre Kleidung und schlüpfte hinein. Lorcan rührte sich nicht, er beobachtete sie nur mit einem wehmütigen Ausdruck auf dem Gesicht.

»Wir haben gesagt, hier, im Tempel, sind wir nur eine Frau und ein Mann«, sagte er, während sie ihre Hose schloss. »Aber da draußen sind wir das nicht.«

»Weißt du, meinetwegen können wir das auch da draußen sein«, murmelte sie. »Solang es keiner bemerkt, versteht sich.«

»Yvaine, ich bin …«

»Bei der Göttin, ich weiß, wer du bist!« Sie wirbelte herum und funkelte ihn an. »Aber wenn ich darüber hinwegsehen kann, wieso du nicht?«

»Und wenn es doch jemand bemerkt?«, hakte er nach und richtete sich nun ebenfalls auf.

Der Anblick seines nackten Körpers ließ erneut Hitze durch ihre Mitte wallen. Aber es war nicht nur das Begehren in ihr, das sie hier gefangen hielt, obwohl sie eigentlich hätte davonstürmen sollen. Natürlich fühlte sie sich körperlich zu Lorcan hingezogen, doch das allein war es nicht. In seinen Armen hatte sie sich sicher gefühlt, als dürfte sie einmal in ihrem Leben Schwäche zulassen. Ausgerechnet bei ihm. Und er schob sie einfach von sich …

»Was würde dein Volk sagen, wenn du mit dem Mann, der deinem Reich so viel Leid zugefügt hat, gesehen wirst?«

»Darum sagte ich auch, dass niemand davon wissen darf!«, erwiderte sie trotzig. »Nicht, solange ich nicht weiß, ob ein Frieden möglich ist. Ich muss wissen, ob ich dir vertrauen kann. Und deinem König.«

»Willst du das denn?«, hakte er nach.

Yvaine blickte in seine blauen Augen, in denen eine tiefe Trauer lag. Sie hatte sich den Schrecken der Wüste kalt und brutal vorgestellt. Aber der Mann, der vor ihr stand, war nichts von dem. Konnte sie ihm deswegen vertrauen?

»Das wird die Zeit weisen«, erwiderte sie ausweichend und stemmte die Hände in die Hüfte. »Worauf wartest du noch? Wir müssen zu den anderen zurück.«

Lorcan ließ die Schultern sinken und wich ihrem Blick aus. »Wie Ihr wünscht, meine Königin«, sagte er und deutete eine Verbeugung an, bevor er seine Kleidung aufhob und sich anzog.

Im Lager war es vollkommen still. Nur die Schritte der Dämonen und Gardisten der ersten Nachtwache waren zu hören.

Yvaine lag auf ihrem Lager und starrte an die Decke des Zeltes. Lorcan hatte sie seit ihrer Rückkehr zu den anderen nicht mehr gesehen. Sie wusste, dass er viele Aufgaben zu erledigen hatte, trotzdem fühlte es sich so an, als würde er ihr aus dem Weg gehen.

Seine Worte hallten wieder und wieder durch ihre Gedanken. *Was würde dein Volk sagen, wenn du mit dem Mann, der deinem Reich so viel Leid zugefügt hat, gesehen wirst?* Ja, was würde es sagen?

Es war ja nicht so, dass sie Lorcan vor den Altar schleppen wollte. Sie wollte lediglich seine Nähe, solange es möglich war. Niemand würde es je erfahren, wenn sie vorsichtig genug waren. Früher oder später würde sie ihn sowieso verlieren. Durfte sie die Zeit bis dahin dann nicht mit ihm genießen? Ihr Volk stand für sie stets an erster Stelle. Aber war ihr deswegen ein wenig Freude verwehrt?

An ihrem Plan, Sisun von den Dämonen zu befreien, hatte sich auch nach diesem Abend nichts geändert. Lorcan mochte nicht so schlimm sein, wie sie immer angenommen hatte. Das traf deswegen nicht auf alle Dämonen zu. Allerdings musste sie sich eingestehen, dass sie Lorcan mehr mochte, als gut für sie war. Durfte sie überhaupt zulassen, dass die Verbundenheit zwischen ihnen stärker wurde?

Nein, damit würde sie ihnen beiden nur unnötig Schmerz zufügen. Vielleicht war es gut, dass Lorcan nicht zu ihr kam. Ihr Herz schlug jetzt schon viel zu schnell, wenn sie an ihn dachte. An dieses Lächeln, das ihre Knie weich werden ließ, und die hellblauen Augen, die aussahen wie der weite Himmel über ihnen. Sie würde jetzt bereits in ein tiefes Loch fallen, wenn sie ihren Plan umsetzte und die

Dämonen aus Sisun vertrieb. Hoffentlich kam es zu keinen Kämpfen. Sie wollte nicht um Lorcans Leben bangen.

In ihre Gedanken versunken bemerkte sie nicht, wie die Nacht sich dem Ende neigte und der Morgen graute, ohne dass sie Schlaf gefunden hatte. Yvaine erschrak heftig, als jemand ihr Zelt betrat.

Einen Moment hoffte sie, dass es Lorcan war, der doch noch zu ihr kam. Aber dann erkannte sie ausgerechnet Eletta, die in ihrer ledernen Rüstung vor ihr stand und sie mürrisch musterte. Ob die Dämonin wusste, was zwischen Yvaine und Lorcan vorgefallen war?

»Wir brechen gleich auf«, verkündete Eletta.

Yvaine betrachtete sie eingehend. Wie hatte ihr die Ähnlichkeit zwischen den Geschwistern bisher entgehen können? Auch Eletta besaß himmelblaue Augen und goldenes Haar. Aber im Gegensatz zu Lorcan wirkte ihr Gesicht immer verkniffen und feindselig.

»Ich soll Euch ausrichten, dass Ihr eine Rüstung tragen müsst«, fuhr die Dämonin fort.

»Wozu?«, hakte Yvaine nach und erhob sich von ihrem Lager.

»Weil der General um Eure Sicherheit besorgt ist und jeder, der zu der Stelle des Überfalls mitkommt, eine Rüstung und Waffen zu tragen hat«, entgegnete Eletta gereizt.

»Es wird unerträglich heiß werden«, warf Yvaine mindestens genauso gereizt ein.

»Lorcan wird Euch nicht mitnehmen, wenn Ihr keine Rüstung anlegt«, meinte Eletta.

»Er kann mich nicht daran hindern«, zischte Yvaine.

Die Dämonin lachte kehlig. »Er kann und er wird. Ob es ihm gefällt, ist eine andere Sache, aber Ihr werdet wohl seiner Anordnung Folge leisten müssen.«

Yvaine hätte gerne mit der Dämonin diskutiert und ihr einen Vortrag darüber gehalten, wie man mit einer Königin zu sprechen hatte. Stattdessen ballte sie die Hände zu Fäusten und sah Eletta herausfordernd an. »Nun, ich habe keine Rüstung bei mir«, sagte sie.

»Das haben wir erwartet«, entgegnete die Dämonin. »Ich bringe Euch eine Rüstung. Werdet Ihr sie anlegen?«

»Als ob ich eine Wahl hätte«, knurrte Yvaine. Ihr Atem stockte, als Lorcan im Zelteingang erschien.

Er hielt eine Rüstung in den Händen und senkte den Blick, nachdem er Yvaine kaum angesehen hatte.

»Die Dämonen haben uns ja noch nie eine Wahl gelassen. Alles, was sie können, ist zerstören und die Trümmer zurücklassen«, fuhr die Königin finster fort und beobachtete, wie Lorcans Schultern noch tiefer sanken. Genugtuung empfand sie nicht. »Also her mit der Rüstung, damit wir aufbrechen können.«

Sie streckte ihre Arme aus und Lorcan legte die lederne Kluft darauf ab. Eletta hob eine Augenbraue und blickte zu Lorcan, der räuspernd Worte stammelte, die Yvaine nicht verstand, und dann das Zelt verließ.

»Falls Ihr Hilfe benötigt …«, bot die Dämonin schließlich an.

»Die werde ich in jedem Fall benötigen«, knurrte Yvaine und zog sich ohne Scham vor der anderen Frau aus. »Weil ich so etwas Unpraktisches wie eine Rüstung noch nie getragen habe.«

Eletta erklärte ihr, wo sie welches Teil befestigen musste, und half ihr schließlich mit dem Brustpanzer, der mit Schnallen geschlossen wurde.

»Der General ist also Euer Bruder«, sagte Yvaine, als die Dämonin sich an dem Verschluss zu schaffen machte.

»Ja«, erwiderte Eletta. »Auch wenn er sich nicht immer so verhält. In meiner Ausbildungszeit hat er mich jeden Abend die verkrustetsten Töpfe reinigen lassen. Er durfte mich zwar nicht anders behandeln, weil er mein Vorgesetzter war, gewünscht hätte ich es mir dennoch. Oder er hat so getan, als wäre ich unsichtbar, wenn er mit seinen Freunden unterwegs war und sie mir begegnet sind.«

»Das haben Brüder so an sich«, murmelte die Königin. »Mein älterer Bruder hat meistens so getan, als wäre ich Luft. Aber wenn ich in Gefahr war …«

Sie hielt inne und blinzelte die Tränen fort. Es war ewig her, dass sie von Iason gesprochen hatte. Sie hatte gesehen, wie ein Dämon ihn vor dem brennenden Palast enthauptete, und sie betete inständig, dass es nicht Lorcan gewesen war.

»Erlaubt Ihr mir, Euch einen Rat zu geben?«, wollte Eletta wissen, nachdem sie die letzte Schnalle geschlossen hatte.

»Kommt darauf an«, erwiderte Yvaine.

»Ich gebe ihn Euch dennoch. Nach außen hin gibt Lorcan sich so, wie er war, bevor die Menschen unsere Familien getötet haben. Aber innerlich leidet er und gibt sich an so vielem die Schuld, für das er eigentlich nicht verantwortlich ist.«

»Und Euer Rat ist?«, hakte Yvaine nach.

»Er leidet noch immer unter dem, was er getan hat«, erklärte Eletta. »Lorcan lächelt viel, aber ich weiß, dass er tiefe Narben auf seiner Seele trägt. Wenn Ihr nicht bereit seid, die Vergangenheit ruhen zu lassen und ihm zu helfen, sich selbst zu vergeben, solltet Ihr Euch von ihm fernhalten.«

»Wieso erzählt Ihr mir das?«, wollte Yvaine wissen, als Eletta sich zum Gehen wandte.

»Weil ich bemerke, wie ihr beiden euch anseht«, verkündete die Dämonin und ihre Mundwinkel wanderten nach oben, als Yvaine die Augen aufriss. »Keine Sorge, außer mir wird es bestimmt niemandem auffallen. Wobei … Meira und Cieran vielleicht, aber die sind ja nicht hier.«

Damit verschwand sie aus dem Zelt und Yvaine starrte ihr einen Moment nach. Elettas Rede hatte einen dumpfen Schmerz in ihrer Brust hinterlassen. Sie hatte es Lorcan nicht immer leicht gemacht. Aber hatte sie mit ihren Worten die Narben auf seiner Seele wieder aufreißen lassen? Sie schüttelte den Kopf und zwang sich diese Gedanken zu verdrängen. Ihre Probleme waren so viel größer als verletzte Gefühle und sie würde sich nicht von Eletta verwirren lassen. Also atmete sie aus und trat aus dem Zelt.

Die Reittiere waren bereits gesattelt und ein Dämon verteilte Brot als Wegzehrung. Der Wüstenbussard, den Yvaine als Begleiter gewählt hatte, saß auf ihrem Reittier. Für gewöhnlich verwendete sie ihn, um Nachrichten zu überbringen. Aber diesmal hatte sie ihn ausgeschickt, um die Gegend zu erkunden.

Zwischen ihr und dem Vogel gab es eine magische Verbindung und sie konnte sehen, was er beobachtet hatte, wenn sie ihm in die Augen blickte. Als sie vor ihm stand, fluteten Bilder von toten Körpern und schwarzem Sand ihre Gedanken. Ein brennender Schmerz schoss durch ihre Glieder und Yvaine keuchte. Sie griff nach dem Sattel ihres Tiers und konnte sich dennoch nicht festhalten. Ihre Beine gaben unter ihr nach, aber sie fiel nicht. Jemand fing sie auf. Als sie den Kopf in den Nacken legte, traf ihr Blick auf jenen von Lorcan, der sie besorgt musterte.

»Fühlt Ihr Euch nicht wohl?«, fragte er und stellte sie langsam wieder auf ihre Beine.

Ihre Finger zitterten und Lorcan bemerkte es. Er legte seine Hand auf ihre und eine seltsame Ruhe überkam Yvaine in diesem Augenblick.

»Sei ehrlich«, flüsterte sie so leise, dass niemand außer Lorcan ihre Worte hören konnte. »Habt ihr etwas mit diesen dunklen Kreaturen zu tun?«

»Ich schwöre, dass diese Wesen nicht von uns stammen«, erwiderte er ebenso leise und hielt ihrem Blick stand. »Was hast du gesehen?«

»Woher weißt du, dass ich etwas gesehen habe?«

Er atmete tief ein und betrachtete den Wüstenbussard. »Weil ich die Magie gefühlt habe. Also, was hat er dir gezeigt?«

Sie schluckte gegen die Enge in ihrer Kehle. »Tod und Dunkelheit«, sagte sie zittrig.

»Willst du hierbleiben? Ich kann auch allein …«

»Nein«, unterbrach sie ihn. »Ich bin hier, um mich selbst zu überzeugen.«

Er seufzte tief. »Ich hatte befürchtet, dass du das sagen würdest.«

»Lass uns aufbrechen«, forderte sie und zog ihre Hand unter seiner heraus.

Lorcan machte einen Schritt zurück, dann gab er den Befehl an die anderen weiter. Yvaine schwang sich in den Sattel ihres Tieres und atmete tief durch. Sie war sich nicht sicher, ob sie bereit war, der Dunkelheit, die sie erwartete, gegenüberzutreten. Doch ein Blick auf Lorcan genügte, um sie zu beruhigen. Sie wollte ihm für den Moment vertrauen, denn solange er bei ihr war, fühlte sie sich sicher genug, um sich dem Anblick des Todes zu stellen.

KAPITEL 15 - LORCAN

Das Feuer der Sonne tauchte hinter einer Sanddüne auf und Lorcan kniff die Augen zusammen, um noch etwas erkennen zu können. Schon hier nahm er den Gestank von Verwesung wahr und etwas, das er tief in sich vergraben hatte, kroch wieder an die Oberfläche. Erinnerungen flackerten auf, von verstümmelten Körpern und Geschrei, das sein Blut hätte gefrieren lassen sollen. Stattdessen hatte es ihn angetrieben, noch unbarmherziger zu sein.

Seine Finger um die Zügel verkrampften sich und sein Atem kam stoßweise, während er erneut durchlebte, wie er Tod und Verderben über die Menschen Sisuns gebracht hatte. Er war nicht mehr dieser Mann. Zumindest hoffte er das. Aber seine Vergangenheit konnte er nicht ungeschehen machen. Und vielleicht gelang es ihm nie, sie vollständig loszulassen.

»Lorcan?«, riss Yvaines Stimme ihn aus der Dunkelheit, in die er zu fallen drohte.

Er stieß den Atem aus, den er angehalten hatte, und wandte sich ihr zu. In der Rüstung, die er ihr gegeben hatte, wirkte sie wie die Kriegerin, die er immer in ihr gesehen hatte. Aufrecht saß Yvaine auf ihrem Wüstenpferd und strahlte eine Kraft aus, die ihn faszinierte.

»Geht es Euch nicht gut?«, fragte sie wieder in der höflichen Anrede. Natürlich. Jeder konnte sie hier hören.

»Ich fühle eine dunkle Magie«, erwiderte er. Zumindest war das nicht ganz gelogen. »Wir müssen wachsam sein.«

»Untersuchen wir die Stelle deswegen bei Tag?«, hakte sie nach.

In ihrer Stimme lagen kein Vorwurf oder Spott, die sie sonst angeschlagen hatte, seit sie den Tempel verlassen hatten. Yvaine wirkte im Moment genauso angespannt, wie Lorcan sich fühlte. Was sie wohl wirklich gesehen hatte, als sie die Erinnerung des Wüstenbussards angezapft hatte?

»Das Tageslicht bringt Dinge zum Vorschein, die bei Nacht nicht sichtbar sind«, erklärte Lorcan. »Und umgekehrt. Weswegen wir nach unserer ersten Untersuchung den Rest des Tages in der Oase in der Nähe der Unglücksstelle verbringen werden, um auch in der Nacht nach Spuren von Magie zu suchen.«

Er meinte, sie kurz zusammenzucken zu sehen, doch dann richtete Yvaine sich wieder auf und nickte wortlos.

»Was auch geschieht, bleibt an meiner Seite«, fügte er leiser hinzu.

Einen flüchtigen Augenblick hoben sich ihre Mundwinkel, bevor sie wieder die unnahbare Königin wurde, die sie vorgab zu sein. Aber dieser Anflug eines Lächelns genügte, um eine tiefe Sehnsucht in ihm zu wecken. Eine, die er nicht haben durfte, und gegen die er dennoch nicht ankam. Er wollte sie berühren, nur für einen Herzschlag, wollte ihr sagen, dass er sie beschützen würde.

Lorcan löste bereits seine Hand vom ledernen Zügel, als ein ohrenbetäubender Schrei erklang und die Pferde scheuten. Er zog kräftig am Lederriemen seines Tieres und schaffte es nur mit Mühe, es zu beruhigen.

Yvaine konnte ihr Pferd schneller wieder unter Kontrolle bringen und richtete sich im Sattel auf. »Was war das?«, fragte sie und ihre Stimme überschlug sich dabei.

Lorcan antwortete nicht, sondern suchte den Himmel und dann die Dünen mit seinem Blick ab. Dunkelheit waberte über den Sand und schlang sich wie Ranken um die Fesseln der Pferde. Sein Tier bäumte sich auf und Lorcan ließ es losrennen. Er lenkte es auf die Sanddüne vor ihnen zu, hinter der er die Quelle der feindlichen Magie vermutete.

Als er die Hügelkuppe erreicht hatte, keuchte er und zog an den Zügeln, um sein Pferd zu bremsen. Schwarze Flammen fraßen sich durch den Sand und sandten eine enorme Hitze aus. Er hatte dieses Feuer einst selbst eingesetzt. Aber er hatte gedacht, er hätte danach die Magie, die es auslöste, versiegelt. Wie konnte das schwarze Inferno jetzt also hier toben?

»Lorcan!«, brüllte Eletta, deren Tier sich auf den Sandhügel quälte.

Er wandte sich ihr zu, brachte jedoch kein Wort heraus. Als sie ihn erreicht hatte und er wieder in das Tal hinabblickte, stockte ihm der Atem. Von dem Feuer, das gerade noch gewütet hatte, war nichts mehr übrig. Auch die Hitze war verschwunden. Alles, was unter ihnen lag, waren die Überreste einer Karawane, die bestialisch zerfleischt worden war.

»Bei den Höllenfeuern«, murmelte Eletta und presste ihre Lippen zusammen.

Lorcan schluckte schwer und wendete sein Pferd, um Yvaine, die gerade den Hügel hinaufritt, den Weg zu versperren.

»Ihr solltet Euch das nicht ansehen«, sagte er ernst.

Einen Moment zögerte sie, dann hob sie trotzig ihr Kinn. »Ich erwarte nicht, einen Blumengarten vorzufinden«, erwiderte sie und wich mit ihrem Tier aus.

Schnell lenkte Lorcan sein Pferd um und versperrte ihr abermals den Weg. »Yvaine«, raunte er und legte seine Hand auf ihre. »Bitte. Ihr wollt das nicht sehen.«

Immer noch war ihre Haltung trotzig, aber in ihren Augen veränderte sich etwas. Er erkannte das verräterische Schimmern und eine Verletzlichkeit, die sie wohl am liebsten für sich behalten hätte.

»Ich muss«, flüsterte sie. »Was ich will, war noch

nie wichtig. Das habe ich gestern einmal mehr erkannt.«

Es lag so viel Bitterkeit in ihren Worten, dass sie ihm einen Stich versetzten. Sie hatte sich seine Nähe gewünscht und er hatte sie von sich geschoben. Weil er sie schützen wollte und vermutlich auch sich selbst. Aber am meisten, weil sie nicht zu bedenken schien, was sie wirklich riskierten, wenn sie mehr Zeit miteinander verbrachten.

Trotzdem wollte er in diesem Moment nichts mehr, als ihr den Halt zu geben, nach dem sie bei ihm gesucht hatte. Aber selbst, wenn er das nicht für eine dumme Idee gehalten hätte, war das vor den Augen der anderen Reiter nicht möglich.

Lorcan presste seine Kiefer zusammen, weil er Yvaine nicht länger den Weg versperren konnte. Er hielt ihrem Blick stand, während er sein Pferd zur Seite lenkte und ihr Platz machte. Dann folgte er ihr die Anhöhe hinauf.

Ihre Schultern bebten und er hörte, wie sie schwer schluckte. Aber sie wandte sich nicht ab. Sie betrachtete die entstellten Körper im Tal, die von Bestien aufgeschlitzt und von der Sonne ausgedörrt worden waren, und hielt sich selbst als der Wind den Geruch von Verwesung zu ihnen trieb aufrecht im Sattel.

Lorcan bemerkte jedoch das Zittern, das sie mit aller Macht zu unterdrücken versuchte.

»Ich werde hinunterreiten, um diesen Ort zu untersuchen«, verkündete er. »Niemand muss mich begleiten. Ich stelle es jedem frei, ob er hierbleibt oder mit mir kommt.«

Er schnalzte mit der Zunge und sein Pferd setzte sich widerwillig in Bewegung. Eletta eilte an seine Seite, ebenso wie die Prinzen, was ihn sehr verwunderte. Und … Yvaine.

Als sie die Talsohle erreicht hatten, stieg Lorcan ab und schritt zwischen den Toten durch den schwarz gefärbten Sand. Er hatte keinen Zweifel mehr, dass hier nicht nur die dunklen Bestien gewütet hatten, sondern auch das schwarze Feuer.

Der Sand war rund um die Leichen geschmolzen und hatte sich zu Klumpen geformt. Lorcan wagte nicht, den Toten ins Gesicht zu blicken, denn er fürchtete, dass sie die Geister jener Menschen heraufbeschwören würden, die er auf dem Gewissen hatte.

Yvaine sank auf die Knie und hob mit ihren bebenden Händen einen der Sandklumpen auf. Ihre Lippen formten lautlose Worte, dann riss sie den Kopf hoch und starrte Lorcan an.

»Behauptet Ihr immer noch, dass diese Kreaturen nicht von Euch stammen?«, fauchte sie, schleuderte den Klumpen fort und erhob sich. »Soweit ich weiß, können nur Dämonen das schwarze Feuer und seine unbändige Kraft beschwören. Und das hier«, sie breitete ihre Arme aus, ohne ihren hasserfüllten Blick von Lorcan zu wenden, »ist den schwarzen Flammen geschuldet, die auch Inej zerstört haben.«

»Ich weiß, wie es aussieht«, erwiderte Lorcan so ruhig er konnte.

Seine Kehle war wie zugeschnürt, während er Yvaines Blick standhielt. Hatte er wirklich erwartet, dass sie ihm vertrauen würde? Vermutlich nicht. Dass sie so schnell an ihm und seinem Wort zweifelte, traf ihn jedoch härter, als jeder Schwerthieb es je gekonnt hätte.

»Aber ich schwöre Euch bei allem, was Ihr verlangt, dass dies nicht das Werk der Dämonen ist«, rang er sich ab. »Nachdem ich gesehen habe, was diese Magie bewirkt, habe ich sie versiegelt. Unerreichbar, tief in der Wüste Eures Reichs weggesperrt, selbst für den Hochkönig. Ich wollte nie wieder zulassen, dass eine solche Waffe gegen irgendein Lebewesen geführt wird.«

Die Härte schwand aus ihrem Blick, während sie ihre Arme vor der Brust verschränkte. »Warum?«, hakte sie nach. »Gebt mir einen Grund, Euch diese Worte zu glauben.«

Er presste seine Kiefer zusammen. Sollte er ihr von dem Anblick erzählen, wenn ein Mensch in den Flammen schmolz? Von dem Geräusch, das Haut machte, wenn sie kochend heiß das Fleisch aufbrach? Oder von dem Geruch, wenn Knochen zu Staub zerfielen? Von den Schreien, die er immer noch hörte, wenn er nachts die Augen schloss?

Yvaine schnappte nach Luft und presste sich die Hände auf die zarten Lippen. Offensichtlich hatte Lorcan all das laut ausgesprochen, obwohl er es nicht wollte.

»Vermutlich glaubt Ihr mir nicht«, sagte er heiser und ballte seine Hände zu Fäusten. »Aber wenn es in meiner Macht läge, würde ich all das, was geschehen ist, rückgängig machen. Ganz gleich, was die Menschen uns angetan haben, auf diese Art zu sterben verdient niemand.«

»Wieso habt Ihr es dann so lange wüten lassen?«, fragte sie mit bebender Stimme. »Ihr könnt doch nicht erst nach mehreren Tagen gesehen haben, welchen Schaden es anrichtet.«

»Weil ich es nicht mehr kontrollieren konnte«, erwiderte Lorcan atemlos. »Das Feuer entspringt einer Macht, die ich nicht wirklich beherrsche. Ich fand ses in der Wüste von Kaz und setzte es frei, weil seine Magie mächtig war. Aber … ich konnte das Feuer nicht mehr stoppen, ich konnte später nur seinen Ursprung versiegeln. Ich weiß bis heute nicht, was die Flammen schlussendlich aufgehalten hat.«

»Meine Mutter«, brachte Yvaine heraus und wandte sich ab. »Sie hat ihr Leben gegeben, um das Feuer zu löschen. Ohne sie wären wir alle …«

Sie hielt inne und senkte die Lider.

Lorcan ging zu ihr und obwohl sie nicht allein waren, legte er seine Finger unter ihr Kinn und übte leicht Druck aus, bis Yvaine ihn ansah.

»Es gibt keine Worte, um Euch um Vergebung zu bitten«, sagte er. »Und ich darf auch nicht erwarten, dass Ihr mir je verzeiht. Aber ich werde alles in meiner Macht Stehende tun, um zu verhindern, dass so etwas erneut geschieht.«

Er ließ seine Hand sinken, machte einen Schritt zurück und zog sein Schwert. Auf der Hügelkuppe wurden panische Befehle gebrüllt, aber Yvaine hob ihren Arm und die Gardisten verstummten. Wärme breitete sich in seiner Brust aus, weil sie ihm genug vertraute, um ihre Wachen davon abzuhalten, auf ihn zu schießen, wenn er eine Waffe vor ihr zog. Er beugte sein Knie und streckte ihr das Schwert auf seinen Handflächen ruhend entgegen.

»Ich schwöre Euch bei meinem Leben, dass die Dämonen nicht hinter diesen Angriffen stecken. Und ich schwöre Euch, dass ich diese dunkle Magie, die hier gewütet hat, bekämpfen werde. Damit Sisun nicht erneut von schwarzen Flammen verschluckt wird. So lange, bis die Gefahr gebannt ist, stelle ich mein Leben in Euren Dienst.«

Yvaine berührte die Klinge leicht mit ihren Fingerspitzen. Das Metall begann zu singen und sie zog die Hand hastig zurück. Aber Lorcan fühlte die Magie dennoch und er war sich sicher, dass Yvaine sie nicht absichtlich gerufen hatte.

»Ich werde mir Euer Angebot überlegen«, murmelte sie ausweichend und richtete ihren Blick auf einen Punkt hinter ihm. »Für den Moment genügt es mir, wenn Ihr Spuren findet, die uns Aufschluss darüber geben, woher die Kreaturen stammen. Damit niemand sagen kann, sie wären gefälscht, werde ich an Eurer Seite bleiben.« Yvaine wedelte mit den Fingern. »Und jetzt erhebt Euch.«

Sie wandte sich ab und entfernte sich ein paar Schritte. Lorcan stand auf und sah ihr einen Moment nach, ehe er seine Aufmerksamkeit wieder auf die Überreste der Karawane richtete. Er wusste nicht, wie er die Kreaturen aufspüren oder etwas finden sollte, das sie zu ihnen führte.

Du wirst sie nicht finden, flüsterte eine Stimme und Lorcan drehte sich in die Richtung, aus der sie zu kommen schien. Doch niemand stand dort. Alles, was er entdeckte, waren menschliche Überreste und schwarzer Sand. *Sie gehorchen jetzt mir, genauso wie das schwarze Feuer.*

Dunkle Magie ließ die Luft um ihn schwer werden.

»Zeig dich!«, knurrte Lorcan.

Aber er erhielt keine Antwort mehr. Nur die verwirrten Blicke von Eletta und den Prinzen.

Panik erfasste ihn. Von Yvaine fehlte jede Spur. War sie auf die Düne zurückgekehrt? Er hob seinen Blick zu den Gardisten. Aber dort befand sie sich nicht, ebenso wenig wie auf dem Weg, über den sie gekommen waren. Seine Kehle wurde eng. Er musste sie finden! Dunkle Magie loderte in der Luft und er durfte Yvaine nicht an sie verlieren.

»Wo ist die Königin?«, fragte er an Eletta gewandt.

»Gerade ist sie da entlang …«

Er ließ seine Schwester nicht aussprechen und stapfte in die Richtung, in die sie gewiesen hatte.

»Sollen wir mitkommen?«, rief Eletta.

»Nein, ich suche allein nach ihr. Kümmert Euch um die Untersuchung«, erwiderte er. Wenn er sie fand, wollte er ihr ohne Zuschauer erklären, wie gefährlich ihre Alleingänge waren. Nur so konnte er sichergehen, dass sie ihn verstand.

Überall türmten sich Sandhaufen auf, von geschmolzenem Glas durchzogen. Hinter jedem konnte eine dunkle Kreatur lauern. Zorn ließ seinen Magen verkrampfen. Wieso war Yvaine immer so unvorsichtig?

Als er ein Schluchzen hörte, beschleunigte er seine Schritte und umfasste den Griff des Schwertes an seiner Hüfte. Er fühlte Magie, die nicht an diesen Ort gehörte, und rannte so schnell er konnte. Dabei flehte er die Götter der Höllenfeuer an, dass er nicht zu spät kam, um Yvaine zu retten.

KAPITEL 16 - YVAINE

Ihr Magen rebellierte bei ihren letzten Worten an Lorcan bereits. Nicht wegen dem, was er gesagt hatte. Sein Angebot, sich in ihren Dienst zu stellen, ließ ihr Herz höherschlagen, als es sollte. Sie durfte ihm nicht diese Macht über sich geben.

Aber deswegen stieg nicht Übelkeit in ihr auf. Ihr Körper forderte Tribut für das, was ihre Augen gesehen hatten. Erinnerungen an das Inferno vor dreizehn Jahren drängten sich an die Oberfläche und ließen ihre Knie zittern. Sie musste fort von hier. Niemand sollte sehen, wie sehr sie das alles mitnahm. Ihre eigenen Leute nicht, ebenso wenig wie die Prinzen aus Visha oder die Dämonen. Und erst recht nicht Lorcan. Sie wollte vor ihm diese Schwäche nicht zeigen.

Also schritt sie zu einer Sanddüne und suchte dahinter Schutz. Dann atmete sie tief durch, versuchte die Übelkeit zurückzudrängen und versagte. Yvaine erbrach ihren Mageninhalt, bis nur noch bittere Galle hochkam. Tränen liefen über ihre Wangen, als sie daran dachte, wie das schwarze Feuer in der Stadt gewütet hatte. Wie sie mit ihrem älteren Bruder die Menschen zum Palast geführt hatte, um sie dort zu schützen. Er war noch einmal hinausgelaufen, als das Feuer schon nah war, und dann hatte sie zusehen müssen, wie ein Dämon ihn vor dem Palasttor enthauptet hatte. Sie sah, wie ihre Mutter auf dem Dach stand und ihre Magie wirkte. Sie hatte das Feuer gelöscht, das bereits an den Mauern des Palastes leckte und sie schwarz färbte. Dann war sie tot zusammengebrochen.

Blut war aus ihren Augen über ihr Gesicht gelaufen, als hätte ihr jemand die Haut aufgeritzt. Cadmus hatte erklärt, dass der Körper der Königin Tribut für die Macht gefordert hatte, die sie nutzen musste, um die Menschen zu retten. Yvaine würde diesen Moment niemals vergessen. Und erst recht nicht den Schmerz, ihre Mutter sterben zu sehen.

So lange hatte sie die Dämonen gehasst, sie verantwortlich für alles Schlechte gemacht, das ihr widerfahren war. Für Yvaine besaßen Dämonen keine Gefühle, keine Scham, keinen Gerechtigkeitssinn. Deswegen war es leicht, sie zu hassen und den Rächern zu gestatten, die Dämonen anzugreifen. Für sie war es der einzige Weg, ihr Reich und ihr Volk zu beschützen.

Aber Yvaine musste sich eingestehen, dass sie wohl schon seit Tagen ihre Meinung über die

Dämonen geändert haben musste. Sonst wäre sie Lorcan nie so nahegekommen wie letzte Nacht.

Als sie ihre Lider schloss, sah sie himmelblaue Augen vor sich und den bestürzten Ausdruck auf Lorcans Gesicht, als er über das schwarze Feuer sprach. Das konnte er nicht vorgetäuscht haben. Überhaupt hatte sie Seiten an ihm entdeckt, die sie für unmöglich gehalten hatte. Allein wenn sie an ihn dachte, beschleunigte sich ihr Puls. Sie empfand viel mehr für ihn, als sie sollte. Ihre gemeinsame Nacht hatte das Verlangen nach seiner Nähe nicht gestillt. Schlimmer, es hatte zugenommen, obwohl er ihr danach aus dem Weg gegangen war.

Selbst jetzt, da sie zwischen den Überresten eines fürchterlichen Gemetzels standen, wünschte sie sich nur, er würde sie halten und das Gefühl von Hilflosigkeit vertreiben, das sie bei dem Anblick bekam. Sie konnte ihr Volk nicht schützen. Nicht vor etwas so Bestialischem wie dem, was hier gewütet hatte. Vielleicht brauchte sie die Dämonen und durfte sie nicht vertreiben oder offen gegen sie kämpfen.

Bei dem Gedanken stockte ihr Atem. Wegen Lorcan kamen ihr tatsächlich Zweifel, ob es richtig war, ihren Plan umzusetzen.

Was, wenn diese dunklen Wesen, die hier gewütet hatten, wirklich nicht von den Dämonen stammten? Und wenn sie sogar das schwarze Feuer zurückbringen würden, das angeblich nicht einmal die Dämonen selbst kontrollieren konnten?

»Göttin, was soll ich tun?«, flüsterte sie flehentlich und stützte sich auf ihre Knie ab.

»Es gibt nur einen Weg«, kam eine Antwort, mit der sie nicht gerechnet hatte.

Yvaine riss ihre Augen auf und blickte in unendliche Dunkelheit, die sie Stück für Stück verschlang. Die Stimme, die zu ihr gesprochen hatte, klang nicht weich oder weiblich, wie Yvaine es bei der Göttin erwartet hätte. Es war ein Mann, der zischend mit ihr redete, und sie konnte nicht sagen, woher die Worte kamen.

»Wer bist du?«, fragte sie und richtete sich auf. »Und was soll die Dunkelheit?«

»Es gibt nur einen Weg«, wiederholte die Stimme ihre Worte, ohne auf Yvaines Fragen einzugehen. »Die Dämonen müssen sterben und du wirst den Tod über sie bringen.«

Yvaine hielt den Atem an. Ja, sie hatte anfangs gewollt, dass die Dämonen so litten, wie sie und ihr Volk unter ihrer Herrschaft gelitten hatten. Aber jetzt war sie sich nicht mehr sicher, ob ihr Plan der richtige war. Neues Blutvergießen würde ihren Schmerz nicht lindern. Im Gegenteil, es war möglich, dass sie noch mehr Qualen würde erleiden müssen.

»Und wenn ich das nicht mehr will?«, fragte sie heiser.

»Du wirst es wollen«, erwiderte die Stimme. »Hast du all das Leid vergessen? All die Gräuel?« Die Stimme ließ einen Herzschlag Stille verstreichen, ehe sie flüsterte: »Deinen Schwur?«

»Als ich ihn leistete, war ich ein kleines Mädchen«, rechtfertigte Yvaine sich und schauderte. Woher wusste diese Stimme davon?

Auf dem Totenbett ihres Vaters hatte sie ihm

versprochen, den Schrecken der Wüste eigenhändig zu töten. Aber selbst, wenn sie nicht mit ihm geschlafen hätte, wäre sie dazu nicht in der Lage gewesen. Lorcan war anders, als sie erwartet hatte.

»Ich bin nicht mehr sicher, ob ein neuer Krieg die Lösung ist«, murmelte sie.

»Närrisches Kind«, zischte die Stimme. »Lässt du dich wirklich von einem hübschen Gesicht blenden? Du wirst ihn töten und alle anderen Dämonen mit ihm.«

»Nein«, wimmerte Yvaine und rief nach ihrer Magie.

Aber nichts geschah. Sie stand immer noch in der tiefsten Schwärze, die sie je gesehen hatte, und alles, was sie umgab, war das frostige Lachen einer Stimme, die sie nicht kannte.

»Ich lasse dir keine Wahl, du dummes Kind«, sagte die Stimme.

Ein brennender Schmerz versenkte sich in Yvaines Brust und sie rang um Atem. Ein Schluchzen entkam ihrer Kehle, als etwas von ihr Besitz ergriff.

»Ich will das nicht mehr«, keuchte Yvaine. »Lass mich los.«

»Unsere Zeit wird kommen, Königin«, verkündete die Stimme, die immer leiser zu werden schien. »Du magst nicht selbst den Vertrag geschlossen haben, aber du wirst ihn erfüllen. Und wenn ich dich dazu zwingen muss, soll es so sein.«

Die Dunkelheit zog sich zurück. Yvaine sank auf ihre Knie und schluchzte leise, während ihre Stirn den heißen Sand berührte. Sie hatte zu ihrer Mondgöttin gebetet und die Antwort von einem anderen

Wesen empfangen. Was hatte wirklich zu ihr gesprochen?

Die Haut über ihrem Herzen fühlte sich heiß an, ansonsten war der Schmerz verschwunden. Nur die Angst war geblieben. Wie wollte dieses Wesen sie zwingen, ihrem Plan zu folgen?

»Yvaine«, riss Lorcans heisere Stimme sie aus ihren Gedanken.

Er fiel neben ihr auf den Boden, sein Schwert landete im Sand und seine Arme schlossen sich um ihren zitternden Körper. Sie regte sich nicht, ließ seine Berührung aber zu.

»Was ist geschehen? Bist du angegriffen worden?«, fragte er und sie erkannte die Sorge in seiner Stimme.

Gerade noch hätte diese Nuance in seinen Worten gereicht, um ein Kribbeln durch ihren Körper zu jagen. Jetzt fühlte sich alles stumpf an. Bedeutungslos. Als wäre es nicht sie, zu der er sprach.

»Ich habe den Anblick nicht mehr ertragen«, gestand sie leise.

Ein Klingeln drang durch den Schleier in ihrem Kopf und mit einem Mal waren die Gefühle wieder da. Sie spürte Lorcans Wärme und die Erleichterung, dass er sie hielt. Die Hitze in ihrer Brust war verschwunden und die Erinnerung an das, was gerade geschehen war, erschien ihr wie ein schnell verblassender Traum.

»Du darfst dich nicht entfernen«, sagte er ernst und doch zitterte seine Stimme dabei.

Hatte er sich so sehr um sie gesorgt?

»Ich weiß nicht, wie es Dämonen bei so etwas

geht«, brummte sie und hob den Blick, um ihm in die Augen sehen zu können. »Aber ich für meinen Teil bin gerne allein, wenn ich mich übergebe.«

Lorcans Miene wurde weich und er löste einen Arm um ihren Körper, nur um behutsam eine Träne aus ihrem Gesicht zu streichen. Sie hätte einem Mann wie ihm nie eine solche Zärtlichkeit zugetraut.

»Ich hätte dir den Anblick gern erspart«, murmelte Lorcan und sah sich dann um. »So sehr ich verstehe, dass du dich zurückziehen willst, kann ich nicht erlauben, dass du allein bist. Ich spüre eine fremde Magie und befürchte, dass wir hier nicht sicher sind.«

»Eine fremde Magie?«, wiederholte sie seine Worte.

Lorcan nickte, während er immer noch die Umgebung absuchte. »Ich habe etwas Dunkles wahrgenommen.« Er wandte sich wieder ihr zu. »Dir ist nichts aufgefallen?«

Yvaine wollte ihm von der seltsamen Stimme erzählen. Aber als sie die ersten Silben auf ihrer Zunge schmeckte, erstarrten ihre Lippen. Sie schluckte und versuchte es noch einmal, aber kein Laut drang aus ihrer Kehle.

Panik überkam sie. Wieso konnte sie Lorcan nicht erzählen, was sie erlebt hatte? Hatte sie diese Stimme mit einem Zauber belegt? So musste es sein, denn so sehr sie es wollte, es gelang ihr nicht, auch nur einen Laut von sich zu geben.

Lorcan musterte sie, während sie wie ein Fisch auf dem Trockenen die Lippen öffnete und schloss, bis sie den Kopf schüttelte. Er atmete geräuschvoll aus.

»Wir müssen dennoch achtsam sein«, meinte er. »Entweder bleibst du an meiner Seite oder du gehst zu den anderen zurück und mindestens drei meiner Dämonen werden dich beschützen.«

»Sieh an«, krächzte sie und war erleichtert, dass sie diese Worte aussprechen konnte. »Du denkst also, dass du die Kraft von drei Dämonen hast?«, fragte sie und versuchte neckisch zu klingen, was ihr nicht so ganz gelang.

»Wenn es um dich geht, dann ja«, erwiderte er ernst.

»Das musst du mir erklären.«

Sie hielt den Atem an, als er seinen Kopf neigte und seine Lippen über ihren schwebten. »Muss ich das wirklich?«, hauchte er.

»Ich bitte darum«, gab sie mit brüchiger Stimme zurück.

»*Theaia ema*«, wisperte er so leise, dass sie es kaum hörte. »*Ra nitiem.*«

»Was bedeutet das?«, fragte sie und seufzte, als seine Lippen ihre Stirn berührten. Der Blick, den er ihr dann schenkte, genügte, um ihr Herz über sich selbst stolpern zu lassen und die Dunkelheit, die sie gerade noch gefangen genommen hatte, zu verdrängen.

»Du kennst die Antwort«, entgegnete er, löste sich von ihr und tippte zärtlich auf jene Stelle über ihrem Herzen, die gerade noch wie Feuer gebrannt hatte.

Yvaine wollte etwas erwidern. Irgendetwas. Aber

ihre Gedanken fühlten sich seltsam leer an. Verstand sie die Bedeutung der Worte wirklich?

Sie öffnete ihren Mund und schloss ihn dann, bevor sie ihren Kopf schüttelte. Das Lächeln, das gerade noch Lorcans Gesicht erhellt hatte, veränderte sich und ließ ihn nicht mehr so strahlen.

»Schon in Ordnung«, murmelte er und zog sie dann mit sich auf die Beine. »Wir sollten zurückgehen. Ich muss die Überreste der Karawane noch untersuchen, aber ich kann die anderen Dämonen bitten, dich zur Oase zurückzubringen.«

»Und wie soll ich dann herausfinden, ob doch eure Magie hier im Spiel war? Oder woher das schwarze Feuer stammt?«, hakte sie nach.

Lorcan zuckte kaum merklich zusammen und räusperte sich. »Das wirst du eher in der Nacht feststellen können, wenn wir unsere Magie wirken, um die Kräfte, die hier eingegriffen haben, aufzudecken«, antwortete er. »Im Moment suche ich eher nach Spuren des Kampfes. Die Magie erwecke ich erst bei Nacht.«

»Warum erst dann?«

»Weil ich das Licht der Sterne und des Mondes brauche, um den Zauber wirken zu können, falls es zu gefährlich wird. Nachts bin ich stärker.«

Yvaine wollte nicht gehen. Aber sie fühlte sich unglaublich erschöpft. »Unter den Umständen ziehe ich mich zurück. Allerdings lasse ich meine Gardisten bei euch, damit sie mir Bericht erstatten können. Außerdem halte ich dich vermutlich nur auf.«

»Niemals«, widersprach er schnell.

Sie rang sich ein Schmunzeln ab. »Trotzdem. Ich

denke, du solltest dich auf die Spurensuche konzentrieren. Das kannst du nicht, wenn du dich ständig nach mir umsiehst. Und solang meine Gardisten alles beobachten, kann ich mir selbst gegenüber rechtfertigen, dass ich mich ins Lager zurückziehe.«

Lorcan ergriff ihre Hand, hob sie an seine Lippen und hauchte einen Kuss darauf. Yvaine schauderte leicht und hielt seinem intensiven Blick stand, der bis auf den Grund ihrer Seele zu dringen schien. Noch während sie das dachte, erklang eine zischende Stimme in ihrem Kopf.

»Er muss sterben, bevor er dein Geheimnis erkennt«, forderte sie.

Doch Yvaine blendete sie aus und das Stechen in ihrem Herzen, das die Stimme begleitete, verblasste. Was auch immer vorhin vorgefallen war, sie würde sich nicht einer formlosen Stimme unterwerfen. Sie würde ihre eigenen Entscheidungen treffen und im Moment glaubte sie nicht daran, dass die Dämonen für die dunklen Kreaturen verantwortlich waren. Falls das so blieb, musste sie mit Cadmus sprechen. Noch war es nicht zu spät, einen anderen Weg einzuschlagen, der ihr vielleicht endlich das brachte, wonach sie sich so lange gesehnt hatte.

KAPITEL 17 - LORCAN

Er wischte sich mit dem Handrücken über die Stirn und blickte in den wolkenlosen Himmel. Lorcan war froh, dass Yvaine sich tatsächlich zurückgezogen hatte. Er wollte ihr all das hier ersparen.

In den letzten Jahren hatte er viel Blut und Tod gesehen. Aber selbst ihm drehte sich bei dem Geruch von Verwesung der Magen um. Die Sonne, die erbarmungslos auf alles herabbrannte, machte es nicht besser.

»Wir werden hier nichts mehr finden«, sagte er deswegen und griff nach einer Schaufel. »Lasst uns den Toten die letzte Ehre erweisen.«

Lorcan wusste, dass die Menschen von Sisun ihre Verstorbenen dem Feuer oder dem Sand übergaben. Aber nach allem, was er mit der Wüste verband, wollte er keinen Scheiterhaufen errichten. Damit hätte er vermutlich die Geister seiner eigenen

Vergangenheit heraufbeschworen. Außerdem waren die Leichen von schwarzem Feuer geschmolzen worden. Er bezweifelte also, dass gewöhnliche Flammen die Körper zu Asche zerfallen lassen konnten.

Die beiden Prinzen von Visha murrten, als Eletta auch ihnen eine Schaufel reichte. Allerdings genügte ein strenger Blick der Dämonin, um sie dazu zu veranlassen, Gruben auszuheben. Lorcan war von seiner Schwester beeindruckt. Als er sie in Sisun zurücklassen musste, hätte er nie erwartet, dass sie je in der Lage sein würde, sich gegen jemanden wie die beiden Prinzen durchzusetzen. Aber nun schaffte sie mit ihren Blicken, was ihm nicht einmal mit Worten und Drohungen gelang: Léas und Kalòn gehorchten ihr.

Nachdem sie die Toten bestattet hatten, kehrten sie zum Rest der Aufklärungsgruppe in die kleine Oase zurück, die ein gutes Stück vom Ort der Tragödie entfernt war. Lorcan entdeckte Yvaine sofort, obwohl sie dieselbe Rüstung trug wie alle anderen auch. Sie lief unruhig zwischen einigen Gardisten auf und ab und riss den Kopf hoch, als einer der Männer ihr wohl mitteilte, dass die Dämonen zurückkehrten.

Ihre Blicke trafen sich und etwas in Yvaines Augen trieb Lorcan an, schneller zu gehen. Er war noch etwa drei Schritte von ihr entfernt, da fühlte er das Auflodern einer starken Magie und der Boden unter seinen Füßen begann zu beben.

Lorcan ruderte mit den Armen, als der Sand unter ihm wegrutschte, und schaffte es nur mit

Mühe, nicht umzukippen. Die Wüstenpferde bäumten sich auf und es war nur dem schnellen Eingreifen der Gardisten und Dämonen in der Nähe zu verdanken, dass die Tiere nicht durchgingen.

Ein heftiger Wind wirbelte den Sand in einem Sturm um Lorcan herum auf. Er hob die Arme und schützte sein Gesicht, bis der Wind erstarb und die Erde aufhörte zu beben.

Stille legte sich über die Gruppe. Noch nicht einmal die Pferde gaben einen Laut von sich. Nur der Sand, der flüsternd von ihnen herabfiel, durchbrach die unheimliche Ruhe.

»Was, bei der Göttin, war das?«, fragte Yvaine schließlich mit erstaunlich fester Stimme.

Sand rieselte von ihren schwarzen Haaren und zeichnete sich deutlich von ihrer dunklen Rüstung ab. Einen Moment war Lorcan von ihrem Anblick gefesselt, dann räusperte er sich und wandte sich Eletta zu. An der Art, wie sie ihn ansah, wusste er, dass auch sie erkannt hatte, was gerade geschehen war.

»Ich erwarte eine Antwort, General!«, forderte Yvaine und verschränkte die Arme vor der Brust.

Erst überlegte Lorcan, ob er es mit einem Scherz abtun und Yvaine die Lüge erzählen sollte, dass dies ein gewöhnliches Erdbeben gewesen war. Aber er war sich sicher, dass Yvaine die Magie gespürt haben musste, die dem Beben vorausgegangen war.

Also schritt er langsam auf sie zu und blieb in angemessenem Abstand vor ihr stehen. »Ich befürchte, das ist eine lange Geschichte, meine Königin«, sagte er und versuchte unbeschwert zu klingen.

»Ihr habt Eure Untersuchungen für den Moment abgeschlossen?«, hakte Yvaine nach und als Lorcan nickte, fuhr sie fort. »Und wenn ich Euch richtig verstanden habe, müssen wir jetzt bis zum Einbruch der Nacht warten, ehe Ihr weitere Nachforschungen anstellen könnt?« Wieder bejahte Lorcan und setzte zu einer Erwiderung an, doch Yvaine ließ ihn nicht zu Wort kommen. »In dem Fall haben wir wohl genug Zeit für eine Erklärung.«

Sie wandte sich ab und bedeutete Lorcan, ihr zu folgen. Lorcan sah sich um. Die Gardisten und Dämonen kümmerten sich um die Pferde, Eletta wandte sich den Prinzen zu und gab ihnen neue Aufgaben. Alle waren beschäftigt und Yvaine schritt auf einen Baldachin zu, der zumindest weit genug von den anderen entfernt war, dass sie sich dort einigermaßen ungestört unterhalten konnten. Die hellen Stoffbahnen hingen schlaff herab, weil kein Lüftchen die Hitze des Tages milderte. Hätten sie nicht Schutz im Schatten der Oase gefunden, wäre wohl auch dieses luftige Zelt nutzlos gewesen im Kampf gegen die Sonne.

Yvaine ließ sich auf dem mit Teppichen ausgelegten Boden nieder und gab Lorcan mit einer Handbewegung zu verstehen, es ihr gleichzutun. Er seufzte, versuchte seine Flügel so zu positionieren, dass sie nicht schmerzten, und ließ sich nieder. Lorcan hatte kaum Platz genommen, als ein Diener zu ihnen kam und aus einer Kanne lauwarmen Tee in kupferne Becher füllte.

»Also, General«, sagte Yvaine förmlich und nickte dem Diener zu, damit dieser sich zurückzog.

Trotzdem wusste Lorcan, dass sie unter dem Baldachin nicht vor allen neugierigen Blicken geschützt waren, weswegen er auch genug Abstand zu Yvaine wahrte. »Was war das eben? Und versucht nicht, mir zu erklären, dass es ein gewöhnliches Erdbeben war.«
Sie hob ihre Tasse an und betrachtete ihn über den Rand hinweg. »Es mag lange her sein, dass ich Zeugin eines solchen Bebens wurde. Dennoch bin ich sicher, dass es sich anders angefühlt hat und gewiss keinen Sandsturm heraufbeschwor.«

Lorcan zögerte. Er wusste sehr genau, was dieses Beben ausgelöst hatte. Nämlich die Magie, welche die Welt der Dämonen von den Menschen trennen würde. Cieran hatte vor Jahren diesen Vorgang mit einem Ritual begonnen, weil er dachte, damit das Richtige zu tun. Mittlerweile war er anderer Meinung, weihte aber kaum jemanden in diese Angelegenheit ein. Sie hatten die Magie verlangsamt und Lorcan hatte schon länger keine Zeichen mehr bewusst wahrgenommen. Aber dieses hier … dieses konnte er nicht ignorieren.

Allerdings wusste Lorcan nicht, ob er mit Yvaine darüber sprechen sollte. Immerhin war sie den Dämonen gegenüber immer noch misstrauisch und er bezweifelte, dass Cieran glücklich darüber wäre, wenn sie von der Magie erfuhr.

Dann fiel Lorcan ein, dass die königliche Familie von Sisun seit jeher als sehr weise galt. Es hieß, die Bibliothek von Inej habe ein Exemplar jedes Buches beherbergt, das jemals in einem der vier Kontinente geschrieben worden war, genauso wie sämtliche Schriften der sieben Höllenfeuer und jede Erzählung, die es je gegeben hatte. Unglücklicherweise war das Gebäude beim Kampf um die Stadt vollkommen niedergebrannt worden. Aber vielleicht … kannte Yvaine einige der Geschichten und wusste etwas über die Magie, die ihre beiden Welten zu trennen drohte. Oder über den Feuerschlüssel, den sie immer noch finden mussten, um die Trennung der Welten endgültig aufzuhalten.

Damit konnte er sein Gewissen Cieran gegenüber beruhigen. Also nahm auch Lorcan eine Tasse und trank einen Schluck des süßen Tees.

»Was wisst Ihr über die Erschaffung der vier Kontinente?«, fragte er, ohne Yvaine anzusehen.

»Was jeder weiß«, erwiderte sie und stellte den Becher klirrend ab. »Sie entstanden aus den Funken der sieben Höllenfeuer, die sich auf den Meeren niederließen und Land formten.« Yvaine legte den Kopf schief und wartete, bis Lorcan es schaffte, ihr ins Gesicht zu sehen. »Oder habt Ihr eine andere Erklärung? Eine, die weniger magisch klingt?«

Lorcan schmunzelte und verneinte. »Bei uns wird die Geschichte auch so erzählt.«

»Auch, dass es wohl ein Versehen der Dämonen war, die Kontinente der Menschen zu erschaffen?«, hakte sie nach.

»Um ehrlich zu sein, gab es laut unseren Überlieferungen damals keine Dämonen. Nur Magie und formlose Wesen.«

»Interessant«, meinte Yvaine. »Wie sind dann die Dämonen entstanden?«

»Das, meine Königin, weiß ich auch nicht so genau«, erwiderte Lorcan mit einem schiefen

Lächeln. »Manche Legenden erzählen davon, dass die Magie sie aus Steinen erschaffen hat, andere behaupten, dass die formlosen Wesen in den sieben Feuern ihre Körper selbst erschufen und je nach Ort ihre besonderen Merkmale erhielten.«

»Das würde erklären, warum es unterschiedliche Dämonen gibt, nicht wahr?«, murmelte Yvaine und bedachte Lorcan mit diesem intensiven Blick, der seinen ganzen Körper in Flammen aufgehen ließ.

Er räusperte sich und hob ein Stück Holz vom Boden auf. Dann begann er, damit eine grobe Karte der vier Kontinente in den Sand vor sich zu zeichnen. Das Meer umgab die äußeren Küsten der Kontinente. In die Mitte zeichnete er sieben Flammen, die für die Höllenfeuer standen. Laut den Aufzeichnungen der Menschen stürzte man in einen Abgrund, wenn man versuchte, das Dämonenreich zu betreten. Das entsprach nicht der Wahrheit. Die Höllenfeuer befanden sich nicht tief unter der Erde, wie die Menschen gern annahmen. Man konnte sie durch Portale betreten. Das Reich lag nur zum Teil unter der Erde. Es glich mehr einer Zwischenwelt, war nicht wirklich Teil des Menschenreichs, aber lag auch nicht jenseits der Grenze von Leben und Tod. Nur jemand, der wusste, wo sich die Eingänge in dieses Reich befanden, konnte es betreten.

»Warum ich Euch nach der Entstehung der Kontinente gefragt habe, hat folgenden Grund«, sagte er und deutete mit der Spitze des Holzstücks auf jene Stelle, an der sich die sieben Höllenfeuer befanden. »Die Landzungen der Kontinente berühren sich nicht. Sie verschwimmen an den Grenzen des Dämonenreichs. Deswegen könntet Ihr den nördlichen Kontinent nur per Schiff erreichen, nicht jedoch auf dem Landweg.«

»Das ist mir durchaus bekannt«, entgegnete Yvaine ein wenig gereizt. »Was hat das mit dem Erdbeben zu tun, das keines war?«

Lorcan seufzte und hob den Blick. Er wusste, dass er Yvaine nicht wirklich ablenken oder die Wahrheit verschleiern konnte. Außerdem verdiente sie seine Ehrlichkeit, auch wenn er nicht sicher wusste, ob er ihr dieses Geheimnis anvertrauen durfte.

»König Cieran war von dem Wunsch nach Rache getrieben, als er den Krieg gegen die Menschen begann«, erklärte Lorcan.

»Was hat das wieder …«

»Meine Königin, Ihr solltet diese Geschichte kennen«, unterbrach Lorcan Yvaine ernst. »Ihr müsst verstehen, was uns dazu getrieben hat, das zu tun, was geschehen ist.«

Sie biss sich auf die Unterlippe und nickte dann. Also fuhr Lorcan fort.

»Ich nehme an, Ihr kennt den Zugang in die Welt der Dämonen, der in der Wüste von Sisun liegt«, begann er und wartete, bis sie schweigend bejahte. »Vor etwa zwanzig Jahren verschafften sich die Menschen auf diesem Weg Zutritt in unser Reich mit dem Ziel, uns alle zu vernichten. Nur wählten sie keinen guten Zeitpunkt für ihr Vorhaben. Dämonen müssen in regelmäßigen Abständen in eine magische Zwischenwelt, um ihre Kräfte zu regenerieren. Da dies nur einmal alle paar Jahre möglich ist, gehen alle

Dämonen gleichzeitig. Sie trafen also nicht die Dämonen an, die sie töten wollten, sondern unsere menschlichen Partner, Frauen, die gerade entbunden hatten, Kinder und Kranke.«

»Menschliche … Partner?«, stammelte sie unbehaglich und hob ihre mittlerweile leere Tasse wieder an den Mund.

»Das wusstet Ihr nicht?«, hakte Lorcan nach.

Yvaine schüttelte den Kopf. »Dämonen sind unsterblich, Menschen nicht. Wieso solltet ihr …«

»Zum einen sind nicht alle Dämonen unsterblich, nur Hochdämonen«, unterbrach Lorcan sie. »Zum anderen schenken wir, wenn wir eine Frau erwählen, ihr einen Teil unserer Unsterblichkeit und unserer Magie. Dadurch werden sie etwas Ähnliches wie Dämonen.«

Als Yvaine schauderte, zog sich sein Magen zusammen. Trotzdem rang er sich ein Lächeln ab. Sie sollte nie wissen, wie sehr es ihn schmerzte, dass sie das, was er war, so verabscheute.

»Jedenfalls trafen sie auf unbewaffnete Männer und Frauen, kleine Kinder und unsere Alten, die früher oder später hinter den Schleier der Welten treten würden«, erklärte er ernst weiter. »Und anstatt Gnade walten zu lassen, haben sie unsere Familien getötet.« Er schluckte und rang darum, seinen Atem ruhig zu halten. Seine Hände bebten und er presste sie auf seine Oberschenkel. »Ich erspare Euch die Einzelheiten, aber als wir zurückkehrten, waren wir es, die durch Blut wateten. Niemand hatte diesen Angriff überlebt.«

Er ballte seine Hände zu Fäusten und öffnete sie

zitternd wieder. Lorcan sog scharf den Atem ein, als Yvaine seine Hände in ihre nahm. Er sah sich um. Niemand war in ihrer Nähe, niemand sah in ihre Richtung. Also ließ er diese Vertrautheit zu. Yvaines Berührung war so zart, so beruhigend. Einen Moment vergaß Lorcan seinen Schmerz.

»Habt Ihr auch … jemanden verloren?«, fragte sie fast flüsternd.

Die Erinnerungen kamen mit voller Wucht zurück. Lorcan zögerte einen Moment, dann nickte er. Bevor er nach Sisun gekommen war, hatte er lange nicht mehr an Navalie gedacht. An das Mädchen, das sie gewesen war, als sie sich zum ersten Mal getroffen hatten, und das Lächeln, das sie ihm immer geschenkt hatte. Sie war so zart und zerbrechlich gewesen, still und sanftmütig. Ganz anders als Yvaine.

Lorcan schloss die Augen. Er wollte die Königin nicht mit seiner verstorbenen Gemahlin vergleichen. Das wäre für beide ungerecht.

Yvaine strich über seine Hände und Lorcan sah ihr wieder ins Gesicht. In ihren dunkelblauen Augen lagen ein tiefes Mitgefühl und Verständnis, das er nicht ertrug. Also blickte er wieder weg.

»Der König war gebrochen, als er die enthaupteten Leichen seiner Söhne und den geschundenen Körper seiner Frau fand. So erging es uns allen«, fuhr Lorcan mit brüchiger Stimme fort. »Cieran war immer ein wenig aufbrausend und jähzornig. Deswegen schlugen seine Trauer und Hilflosigkeit schnell in Rachedurst um. Und uns anderen ging es genauso. Wir wollten das, was uns angetan wurde, nicht ungesühnt lassen.«

»Wieso habt Ihr diese Geschichte nicht öffentlich gemacht, als ihr mit den Friedensverhandlungen begonnen habt?«, hakte sie nach.

Er lachte freudlos. »Hätte es etwas geändert?«

Sie hielt inne, zog ihre Hände jedoch nicht zurück. Aber ihr Schweigen war für Lorcan Antwort genug. Es hätte nichts geändert.

»Auch hier erspare ich Euch lieber die Einzelheiten«, fuhr er schließlich mit seiner Erzählung fort. »Was wir getan haben, ist nicht zu entschuldigen. Wir wollten Schmerz mit Schmerz vergelten, aber die Menschen sind unseren Kräften unterlegen. Das wussten wir immer. Trotzdem ließen wir keine Gnade walten. Auf einen toten Dämon kamen etwa hundert tote Menschen. Meistens sogar mehr. Ganz gleich, wie viele Städte wir überrannten, wie viele Reiche wir unterwarfen … das, was in uns zerbrochen war, wurde nie wieder ganz.«

»Was hat sich also geändert?«, fragte sie nach einer Weile des Schweigens.

Lorcan zwang sich dazu, ihr wieder ins Gesicht zu blicken. »Ich kann nur für mich sprechen«, antwortete er flüsternd. »Ein besonderes Erlebnis hat meine Meinung über meine Rache und die Menschen verändert und von dem Moment an habe ich versucht, Cieran dazu zu bewegen, dem Frieden eine Chance zu geben.« Yvaine öffnete ihren Mund, aber Lorcan ließ sie nicht zu Wort kommen. »Wir schweifen jedoch ab. Worauf ich hinauswollte, war der Grund für das Beben vorhin. Und der beruht auf dem Hass, den wir so lange für die Menschen empfunden haben.«

»Ich verstehe nicht«, murmelte sie.

»Nachdem wir den ersten Kontinent unterworfen hatten, fanden ein paar Dämonen in einer Ruine in der Hauptstadt von Thoris einige uralte Schriftrollen«, erklärte Lorcan. »In einer davon entdeckten wir eine Anleitung für ein Ritual, um die Welt der Menschen von jener der Dämonen dauerhaft zu trennen.«

Er deutete mit dem Kinn auf die Zeichnung der Kontinente.

»Das Ritual begann am südlichen Kontinent«, fuhr Lorcan fort. »Mit einem Opfer von königlichem Blut an einer Klippe wurde ein Zauber in Gang gesetzt, der die Platten der Kontinente verschieben und den Eingang zum Dämonenreich versiegeln sollte. Danach mussten wir den westlichen Kontinent erobern und auch hier wurde königliches Blut im Sand der Wüste vergossen, um das Ritual voranzutreiben.«

Yvaine schluckte. »Mein Bruder …«

»Ja«, hauchte Lorcan.

Er verschwieg, dass es eigentlich sie hätte sein sollen, deren Blut vergossen wurde. Cieran hatte die Königskinder nie töten lassen, die er für das Ritual gefangen genommen hatte. Er wollte sie schonen, bis er alle Reiche erobert hatte, um sie dann vor ihren Eltern hinzurichten. Dass Prinz Iason gestorben war, lag an dem Dämon, dem Lorcan den Prinzen zur Bewachung ausgeliefert hatte und der seine persönliche Rache an Sisun nehmen wollte.

»Im Osten gingen wir nicht anders vor. Im Norden sollte es enden«, fuhr Lorcan fort. »Allerdings hieß es in der alten Schriftrolle, dass das Ritual nur mit dem Blut einer besonderen Prinzessin beendet werden konnte. Wir waren nicht sicher, ob wir diese Prinzessin finden würden, doch dann hörten wir von Meira und ihren Fähigkeiten …«

»Er wollte sie umbringen?«, fragte Yvaine entsetzt.

Lorcan schüttelte den Kopf. »Nein, das wollte er nie. Er brauchte nur ein wenig Blut und einen Stein, den er mit ihrer Hilfe aus einem verschollenen Tempel bergen musste, um den Zauber zu vollenden. Die Platten hatten sich zu diesem Zeitpunkt bereits kaum merklich verschoben und dieses besondere Blut und die Magie des Steins sollte sie endgültig schließen und versiegeln.« Er seufzte. »Allerdings wäre der Preis hoch gewesen. Die Menschenwelt hätte das Sternenlicht und das Feuer verloren und wir das Licht der Sonne.«

»Ihr habt doch gesagt, nachts seid Ihr stärker. Oder habe ich das falsch verstanden?«, hakte sie nach.

»Einer uralten Legende zufolge sind Dämonen Nachtwesen und Menschen Geschöpfe des Tags. Es mag eine alte Geschichte sein, aber meine Kräfte fühlen sich tatsächlich stärker an, wenn die Nacht hereinbricht. Es fällt mir leichter, mich in der Dunkelheit mit den Mächten des Höllenfeuers zu verbinden und meine Magie zu rufen«, antwortete er. »Allerdings hätte uns eine Trennung dennoch geschwächt. Unsere Feuer mögen stark sein, aber auch wir brauchen das Licht der Sonne, um leben zu können. Außerdem wären jene Dämonen, die es nicht rechtzeitig in unsere Welt geschafft hätten, ohne jegliche Magie zurückgeblieben. Wir hätten die Verbindung in die Dämonenwelt zerstört und somit sämtliche Magie in der Menschenwelt. Und es wäre unmöglich gewesen, den Zauber umzukehren.«

»Das Ritual ist nie abgeschlossen worden …«, überlegte Yvaine laut. »Heißt das, die Kontinente bewegen sich immer noch?«

»In Visha gibt es einen alten Tempel der Wintergöttin«, erwiderte Lorcan ausweichend. »Die Hüter dort erklärten uns, dass es zwei Schlüssel gibt, um die Magie aufzuhalten. Königin Meira war der eine und sie hat getan, was sie konnte, um die Trennung der Welten zu verlangsamen. Aber den zweiten haben wir bisher nicht gefunden und deswegen scheinen sich die Erdplatten tatsächlich noch zu bewegen. Das Ritual ist noch nicht umgekehrt worden, also schreitet es voran. Und das Erdbeben war eine Folge dieser Magie.«

Er neigte sich ein Stück nach vorn und senkte seine Stimme noch weiter, obwohl sich niemand in ihrer Nähe befand.

»Yvaine, kennst du eine Legende über die Trennung der Welten, in der dieses Ritual und die beiden Schlüssel erwähnt werden?«

»Ein Blutritual, in dem die Kinder der Regenten getötet werden?«, fragte sie finster und schüttelte den Kopf. »Nein. Ich würde dir ja erlauben, unsere Schriften durchzusehen, aber leider hat ein Feuer sie vor dreizehn Jahren zerstört.«

Er hielt ihrem Blick stand, obwohl er den Zorn darin erkannte.

»Könnte irgendjemand noch etwas darüber wissen?«, hakte er vorsichtig nach. »Bitte, es ist wichtig. Die Trennung der Welten wird trotz Meiras Magie früher oder später abgeschlossen. Und wenn es so weit ist, werden unsere beiden Welten darunter leiden und viele Menschen und Dämonen sterben. Vielleicht sogar alle.«

»Wenn ich dir helfen könnte, würde ich es tun«, gab sie nach einer Weile zu. »Ich werde Gavril und Cadmus zu Rate ziehen, wenn wir zurück sind. Vielleicht wissen sie etwas. Mein Bruder steckt seine Nase in jedes Buch, das er findet, und der Shar ist weise.«

Lorcan gab sich Mühe, sich nicht anmerken zu lassen, was er über den Wesir dachte. Mit diesem Mann stimmte etwas nicht und Lorcan wusste nicht genau, was es war. Aber ihm gefiel die Art nicht, wie Cadmus Yvaine ansah.

»Vertraust du ihm?«, wollte er deswegen wissen. »Was ich dir gerade erzählt habe, darf nicht jeder wissen. Dass ich es dir gesagt habe, war vielleicht schon mehr, als mir zustand, und …«

»Er hat mein Leben mehr als einmal gerettet und half mir auf den Thron, als die Besatzungstruppen der Dämonen nach einem neuen Herrscher für Sisun suchten«, unterbrach sie ihn schroff und zog ihre Hände fort. Obwohl die Sonne immer noch herabbrannte, fühlten sich die Stellen, die sie berührt hatte, mit einem Mal kalt an. »Ja, ich vertraue ihm. Mehr als irgendjemand anderem. Er hat sich um meinen

Bruder und mich gekümmert, als wir alles verloren haben. Cadmus hat uns beschützt und versteckt, als die Dämonen nach uns suchten. Niemand sonst hätte das getan.«

»Ich denke, da irrst du dich«, murmelte Lorcan, aber Yvaine schien es nicht gehört zu haben.

Sie erhob sich und klopfte sich den Sand von den Knien. »Ich danke Euch für Euer Vertrauen, General«, sagte sie frostig. »Wenn Ihr meine Hilfe in dieser Angelegenheit wollt, müsst Ihr also jetzt mir vertrauen.«

Lorcan stand ebenfalls auf, kreuzte seinen rechten Arm über der Brust und neigte seinen Oberkörper leicht. »Ich vertraue Euch, meine Königin.«

Yvaine verdrehte die Augen. »Hört endlich auf, mich so zu nennen. Wir beide wissen, dass Ihr nur einem König dient.«

Sie verließ den Baldachin und Lorcan blieb allein zurück. »Sag das meinem Herz«, flüsterte er und atmete einmal tief durch, bevor er Yvaine folgte.

KAPITEL 18 - YVAINE

Spätestens jetzt, da die ersten Sterne den dunkelvioletten Himmel säumten, war Yvaine dankbar die schwere Rüstung der Dämonen zu tragen. Sobald die Nacht die Wüste einnahm, senkte sich eine unangenehme Kühle über die sandige Ebene und ließ sie frösteln. Zumindest redete Yvaine sich ein, dass ihr Zittern nur an der angebrochenen Nacht und den niedrigen Temperaturen liegen konnte.

Sie musste an die Stimme denken, die vorhin zu ihr gesprochen hatte. Einen Moment hatte sie erwogen, Lorcan davon zu erzählen, nachdem er zu ihrem Lager zurückgekehrt war. Doch das Erdbeben und seine Geschichte zur Weltentrennung hatten sie davon abgehalten. Außerdem wusste sie nicht, ob es ihr diesmal gelungen wäre. Immerhin hatte sie direkt nach dem Auftauchen der Stimme versucht, ihm davon zu berichten, und war gescheitert. Abgesehen davon war sie mittlerweile nicht sicher, ob sie sich das alles nicht eingebildet hatte. Sie fühlte nichts mehr von dem Brennen in ihrer Brust. Vielleicht hätte sie sich einfach nur lächerlich gemacht vor Lorcan. Und sie wollte keine Schwäche zeigen. Das durfte sie nie und in diesem Moment noch weniger als sonst. Also verdrängte sie den Gedanken an die Stimme wieder und konzentrierte sich auf das, was ihnen bevorstand.

Yvaine stieg vom Pferd und reichte einem Gardisten, der bei den Tieren bleiben würde, die Zügel. Dann machte sie sich mit ihren Begleitern zu Fuß daran, die Sanddüne zu erklimmen.

Verstohlen sah sie immer wieder zu Lorcan, der neben ihr lief, während sie zu der überfallenen Karawane zurückkehrten. Wieder einmal musste Yvaine sich eingestehen, dass die Dämonen erstaunlich menschlich wirkten. Selbst jene, die mit Hauern im Gesicht oder scharfen Zähnen wie Raubtiere ausgestattet waren.

Niemals hatte sie den Gerüchten, dass die Menschen den Krieg durch ihr Handeln begonnen hatten, Glauben geschenkt. Allein der Gedanke, dass ihr eigener Vater, der gütigste und weiseste Mann, den sie je gekannt hatte, einem solchen Vorhaben zugestimmt hatte, verursachte ihr heftige Magenschmerzen. Er hatte aber seine Erlaubnis geben müssen, wenn der Eingang in Sisun genutzt worden war, um das Reich der Dämonen zu betreten. Vielleicht hatte Lorcan sich geirrt und es war nicht dieser Zugang gewesen, den die Menschen benutzt hatten. Oder ihr Vater hatte nicht gewusst, was die anderen Regenten im Sinn hatten.

Einen Moment hatte sie sogar gedacht, Lorcan würde sie anlügen. Aber der Schmerz, den sie in seinen Augen erkannt hatte, schnürte ihr, sobald sie daran dachte, die Kehle zu. Dieser Mann hatte etwas verloren, das ihm viel bedeutet hatte.

Bei dem Gedanken legte sich ein seltsames Gefühl über sie, das sie sofort wegschob. Dies war weder der Zeitpunkt noch der Ort, um darüber nachzudenken, warum sie dieses Stechen in ihrer Brust wahrnahm, wenn sie sich vorstellte, dass Lorcan eine andere Frau so halten könnte, wie er sie gehalten hatte.

Yvaine keuchte, als Lorcan seinen Arm ausstreckte und sie so zum Stehen brachte. Sie hatte nicht bemerkt, wie sie die Sanddünen erklommen hatten, die sie von den Überresten der Karawane trennten. Wie hatte sie so achtlos sein können?

Lorcan ließ seinen Arm sinken und blickte starr nach vorn. Sie hatten keine Fackeln mitgenommen, aber Yvaine nahm an, dass er auch so alles erkennen konnte, im Gegensatz zu ihr.

»Wie werdet Ihr jetzt vorgehen?«, fragte sie, weil Lorcan einfach nur den Sand abzusuchen schien.

»Ich werde einen Offenbarungszauber wirken«, erklärte er leise.

»Und wie funktioniert er?«, hakte sie nach, da Lorcan sich immer noch nicht rührte.

»Das ist schwer vorauszusehen«, erwiderte er und wandte sich ihr zu. »Diese Magie ist unkontrollierbar. Es wäre möglich, dass sie uns den Angriff zeigt oder eine Spur offenbart, wohin die Angreifer sich verzogen haben. Vielleicht ruft sie aber auch die überlebenden Kreaturen zurück an diesen Ort.«

Yvaines Magen verknotete sich, trotzdem straffte sie ihre Schultern und hielt Lorcans Blick stand. »Wieso nutzt Ihr dann ausgerechnet diesen Zauber?«, wollte sie wissen.

»Weil es keine andere Möglichkeit gibt, Beweise zu finden, die Euch überzeugen«, verkündete er ernst und gab mit einer Armbewegung den Befehl an seine Dämonen, die Sanddüne hinunterzusteigen.

Yvaine griff zögerlich nach seinem Unterarm und Lorcan, der sich gerade ebenfalls in Bewegung setzen wollte, hielt inne.

»Ich werde mit Euch gehen«, sagte sie.

Er hob eine Augenbraue. »Es wäre besser, wenn Ihr hierbleibt. Ich weiß nicht, welche Auswirkungen der Zauber haben wird, und hier oben seid Ihr sicherer.«

Yvaine hob ihr Kinn trotzig an. »Sagtet Ihr nicht, dass ich an Eurer Seite am sichersten bin, weil Ihr mich besser beschützen werdet, als drei Dämonen zusammen es könnten?«

Seine Mundwinkel wanderten nach oben und er gab ein Grunzen von sich, als wollte er ein Lachen unterdrücken. Dann neigte er sich leicht nach vorn und Yvaine hielt den Atem an, weil sein Gesicht ihrem so nahe kam.

»Die Götter sind mir wohl gnädig, da sie mich auf Eurer Seite kämpfen lassen«, sagte er leise. »Ich möchte niemals in einer Schlacht gegen Euch bestehen müssen, weil ich Euch nie gewachsen sein werde.«

Bevor Yvaine etwas erwidern konnte, griff Lorcan behutsam nach ihrer Hand und führte sie sicher den Hang hinab. Als sie unten ankamen, stellte Yvaine fest, dass sich etwas verändert hatte. Es dauerte einen Moment, bis sie erkannte, was es war.

»Ihr habt die Toten bestattet«, stellte sie überrascht fest.

»Das war das Einzige, das wir für sie noch tun konnten«, murmelte Lorcan. »Damit ihre Seelen Frieden finden. Ich hoffe nur, wir wecken sie nicht auf, wenn wir den Zauber einsetzen.«

Er machte einen Schritt nach vorn, doch Yvaine umklammerte seinen Arm und Lorcan wandte sich ihr mit überraschtem Gesichtsausdruck zu. Sie wollte ihn daran hindern, den Zauber zu wirken. Aber wenn sie jetzt verkündete, dass sie die Dämonen für unschuldig hielt, gab es kein Zurück mehr. Dann musste sie mit König Cieran zusammenarbeiten und den Frieden annehmen, den er vorschlug.

Sie fürchtete sich vor dem, was der Zauber wecken konnten. Außerdem wollte sie keinen weiteren Kampf mehr. Doch kaum hatte sie das gedacht, erhob sich ein Brennen in ihrer Brust und Yvaine konnte nicht mehr atmen.

»Es gibt nur diesen Weg!«, zischte wieder eine Stimme in ihrem Kopf. *»Lass ihn den Zauber wirken und sieh zu, was er offenbart.«*

»Ist alles in Ordnung?«, fragte Lorcan besorgt.

Yvaine öffnete ihren Mund, aber kein Wort drang über ihre Lippen. Ihr Körper reagierte nicht mehr auf ihre Befehle und sie konnte nur zusehen, wie sie Lorcans Arm losließ. »Beginnt mit dem Zauber«, hörte sie sich selbst sagen, obwohl sie nie vorgehabt hatte, ihn dazu aufzufordern.

Lorcan betrachtete sie mit zusammengezogenen Augenbrauen, dann nickte er und schritt auf die Gruppe Dämonen zu, der auch Eletta angehörte. Dort sank er in die Hocke und berührte mit seinen Fingern den Sand.

Eletta ging zu Yvaine. »Kommt bitte«, sagte sie. »Wir müssen Euch schützen.«

Wieder konnte Yvaine nicht über ihren eigenen Körper gebieten. Sie wollte zu Lorcan und ihn davon abhalten, den Zauber zu wirken. Dennoch folgte sie der Dämonin zu den anderen. Lorcans tiefe Stimme echote in ihrer Brust, während er Worte in einer Sprache sang, die sie nicht kannte. Sie fühlte die Magie, die er rief, auf ihrer Haut knistern. Funken stoben durch die Dunkelheit und entzündeten ein hellblau loderndes Feuer auf dem Sand.

Die Kraft, die ihren Körper gefangen gehalten hatte, klang ab und Yvaine keuchte, als die Flammen sich über den Boden zogen. Sie wollte zurückweichen, doch Eletta hielt sie fest.

»Eine Falle«, fauchte Yvaine und wollte sich von der Dämonin losreißen.

»Seht doch hin!«, fuhr Eletta sie an und deutete auf das Feuer, das hochloderte und geisterhafte Gestalten erschuf.

Yvaine hielt inne und betrachtete die Männer und Reittiere, die hier Rast gemacht hatten.

»Wieso … sind sie nicht bis zur Oase weitergezogen?«, fragte sie leise. »Hier gibt es keinen Schutz. Niemand, der bei Verstand ist, würde hier warten.«

»Und doch wirken sie nicht, als wären sie besorgt«, murmelte einer der Prinzen, der neben

Yvaine stand. »Ob sie hier auf jemanden gewartet haben?«

»Wieso können wir sie nicht reden hören?«, brummte der andere Prinz.

»Weil das nur Schatten vergangener Momente sind«, brummte Eletta zurück. »Es kostet Lorcan schon genug Kraft, diese Bilder zu erzeugen.«

Yvaine wandte sich von den Geistergestalten ab und beobachtete Lorcan, der immer noch den Boden berührte. Die hellblauen Flammen, die ihnen die Männer der Karawane zeigten, schlossen ihn ein und sein Körper bebte. Sie wollte zu ihm gehen, doch Eletta hielt sie zurück.

»Wenn Ihr den Flammen zu nahe kommt, werden sie Euch vielleicht verschlingen«, warnte die Dämonin. »Seht lieber zu, was die Geister uns erzählen können.«

Eigentlich hätte Yvaine sie zurechtweisen und ihr klar machen müssen, dass sie von der blonden Dämonin keine Befehle annehmen würde. Doch ein Blick auf Lorcans gekrümmte Gestalt genügte und ihr Widerwille schwand. Also richtete sie ihre Aufmerksamkeit auf die Männer aus blauem Licht, die miteinander scherzten und lachten.

»Wieso zeigt die Magie uns das?«, murmelte sie und hielt den Atem an, als zwischen den Männern eine vermummte Gestalt erschien.

Das Licht veränderte sich und aus dem hellen Blau wurde ein leuchtendes Rot. Aber selbst, wenn die Farben gleichgeblieben wären, hätte sie diese Kleidung erkannt. Die Gestalt trug den Umhang der Rächer. Aber das war unmöglich. Die Rächer würden niemals unschuldige Menschen angreifen. Das hier musste eine Illusion sein.

»Die Rächer«, keuchte Eletta und wich einen Schritt zurück.

»Aber wieso?«, fragte einer der Prinzen verwirrt.

»Shh!«, zischte Yvaine und starrte die Person an. »Es ist wirklich ein Rächer«, fügte sie leise hinzu.

Sie konnte das Gesicht nicht erkennen, weil es wie immer unter der Kapuze verborgen blieb. Die Person schien sich mit den Männern zu unterhalten. Erst lachten sie, dann veränderte sich der Ausdruck auf ihren Mienen. Die ersten sprangen auf und zogen Schwerter, doch noch ehe sie sich auf die Person stürzen konnten, erschienen riesige Skorpione aus dem Sand und töteten die Männer und Tiere.

Yvaine presste ihre Lippen zusammen, um bei dem Anblick der Sterbenden nicht laut zu schreien. Sie ballte ihre Hände zu Fäusten und starrte die vermummte Gestalt an, die vollkommen ruhig dabei zusah, wie diese Männer erst von den dunklen Kreaturen zerfleischt und dann von schwarzen Feuerzungen eingehüllt wurden.

Der Kampf tobte keine fünf Atemzüge, aber er schien ewig zu dauern. Tränen brannten in Yvaines Augen und sie versuchte verzweifelt eine Erklärung für das zu finden, was sie sah. Wenn es stimmte, was die Magie ihr offenbarte, hatte einer ihrer eigenen Verbündeten sie verraten. Aber … wieso? Oder manipulierte Lorcan den Zauber? Würde er so weit gehen, um Yvaine vom Plan seines Königs zu überzeugen?

In dem Moment wandte die Gestalt sich ab,

schritt auf sie zu und stolzierte durch sie hindurch. Eisige Kälte ließ Yvaine um Atem ringen und Schmerz breitete sich in ihrem Körper aus.

»Ihn zu töten ist der einzige Weg«, verkündete eine ihr mittlerweile vertraute Stimme. *»Eines Tages wirst du mir dankbar sein.«*

Das blaue Licht erstarb und Yvaine schüttelte das beklemmende Gefühl, das in ihre Glieder gekrochen war, ab. Ihr Blick wanderte zu Lorcan, der auf seine Hände und Knie gefallen war und immer noch zitterte.

Als sie sich auf ihn zu bewegte, erhob sich ein hohes Kreischen. Yvaine wusste inzwischen, was dieses Geräusch bedeutete. Gänsehaut breitete sich auf ihrem Körper aus. Gleich würde eine dunkle Kreatur erscheinen. Sie sah sich panisch um und richtete ihren Blick dann auf den Boden. Würde das Wesen aus dem Sand brechen?

Die Dämonen zogen ihre Waffen. Die Dunkelheit schien noch düsterer geworden zu sein und die Kälte der Nacht noch frostiger. Etwas bewegte sich durch den aufgewirbelten Sand, aber sie konnte es nicht erkennen.

Jemand packte Yvaines Arm. Sie keuchte und wollte sich losreißen. Dann erkannte sie Lorcan und atmete erleichtert aus. Seine Haut wirkte im Mondlicht blasser als sonst und Schweißperlen schimmerten auf seiner Stirn. Er schob sie hinter sich und zog sein Schwert.

»Bildet einen Kreis!«, befahlt er den Dämonen. »Nehmt die Menschen in die Mitte.«

»Wir können kämpfen«, fuhr ein Prinz ihn an.

»Eure Schwester reißt mir persönlich den Kopf ab, wenn Euch etwas zustößt«, gab Lorcan zurück.

Sein Blick streifte kurz über Yvaine und er schien darauf zu warten, dass auch sie einen Einwurf vorbrachte. Aber Yvaine schwieg, weil der Boden unter ihren Füßen zu beben begonnen hatte und sie die Magie fühlen konnte, die sich bereit machte, sie anzugreifen.

Die Dämonen stellten sich Seite an Seite in einem Kreis zusammen. Yvaine konnte die Angst, die selbst die Dämonen einhüllte, spüren. Was auch immer auf sie zukam, es konnte nicht von ihnen stammen. Solche Furcht konnte man nicht spielen.

»Lorcan«, wisperte sie.

»Ihr müsst Euch nicht fürchten«, sprach er beruhigend auf sie ein. »Ich werde Euch beschützen. Das schwöre ich.«

Aber Yvaine konnte das Beben seines Körpers deutlich spüren. Er hatte sich vermutlich an den Rand seiner Kräfte gebracht. Wie sollte er kämpfen?

Dennoch legte sie eine Hand auf seine Schulter. »Ich vertraue Euch«, flüsterte sie.

Lorcan wandte sich ihr zu, ein warmes Lächeln als Antwort auf den Lippen. Dann sah er wieder nach vorne und umfasste den Griff seines Schwertes fester, als Sand direkt vor ihnen aufwirbelte. Der Boden teilte sich und ein riesiger Wurm schoss mit einem Kreischen hoch.

Er erhob sich in die finstere Nacht. Sein dunkler Körper zeichnete sich kaum vom Himmel ab. Doch Yvaine fühlte die Magie, die von ihm ausging, und den Hass, der ihn nährte.

»Ausweichen!«, rief Lorcan, drehte sich um, packte Yvaine und riss sie mit sich.

Mit heftigem Getöse landete der riesige Körper an jener Stelle, wo sie gerade noch gestanden hatten. Es grenzte an ein Wunder, dass alle Dämonen und Menschen es geschafft hatten, dem Sandwurm zu entkommen. Gestein wirbelte auf und Lorcan schirmte Yvaine mit seinen Flügeln ab. Ihr blieb keine Zeit, um durchzuatmen. Der Dämon sprang auf, riss sie ebenfalls auf ihre Füße und griff nach Yvaines Hand.

»Lauf«, sagte er und rannte los.

Yvaine schaffte es kaum, mit ihm mitzuhalten, und hätte Lorcan nicht ihre Hand fest umklammert, wäre sie vermutlich einfach stehen geblieben. Sie keuchte und wehrte sich nicht, als Lorcan sie wieder hinter sich schob, sich breitbeinig aufstellte, das Schwert hob und ihre Hand losließ.

»Was auch immer geschieht, berühr mich nicht«, befahl Lorcan.

Ehe sie auch nur ein Wort hervorbringen konnte, strahlte der Dämon eine Hitze aus, die sie kaum ertrug. Also wich sie einen halben Schritt zurück. Dunkle Flammen loderten über Lorcans Körper und bündelten sich an seinem Schwert. Auch die Skorpione hatte er mit Magie bekämpft, doch diese war anders.

Yvaine wich noch weiter zurück, weil sie dachte, es wäre das schwarze Feuer, das sie so fürchtete. Aber als sie genauer hinsah, erkannte sie, dass die Flammen dunkelblau waren.

Lorcan ging leicht in die Knie, dann stieß er sich

vom Boden ab, breitete seine Schwingen aus und stürzte sich mit dem Schwert voran auf das dunkle Ungetüm, das sich über den Boden wand. Als die Klinge in die schwarze Haut drang, brüllte das Wesen auf und fing Feuer.

Lorcan schlitzte es auf und trat schwankend zurück, während das Wesen röchelnd versuchte, die Flammen zu löschen. Sein Körper riss dabei immer weiter auf und irgendwann rührte es sich nicht mehr.

Zögerlich ging Yvaine auf Lorcan zu, der immer noch eine unerträgliche Hitze ausstrahlte. Sie hob ihre Hand, als sie dicht hinter ihm stand. Doch da fuhr er herum und wich vor ihr zurück.

»Fass mich nicht an«, keuchte er.

Seine Beine gaben unter ihm nach und er fiel auf seine Knie. Als sie wieder näherkam, hob er abwehrend seine Hände.

»Bleib weg von mir«, flehte er. »Lauf so weit weg, wie du nur kannst. Ich weiß nicht, ob ich die Magie aufhalten kann.«

»Was meinst du?«, fragte sie und Panik schnürte bei seinem Anblick ihre Kehle zu.

Lorcan antwortete nicht, sondern drehte den Kopf. »Eletta, bring sie fort.«

Die Dämonin erschien hinter ihm. Als Yvaine die Sorge auf ihrem Gesicht erkannte, begannen ihre Hände zu zittern.

»Was ist mit ihm?« Sie wich den Händen der Dämonin aus. »Redet mit mir, oder ich schwöre Euch, ich werde es Euch unmöglich machen, mich hier fortzubringen.«

Eletta gab ein Schnauben von sich. »Dämonen bündeln Magie der Höllenfeuer, wenn sie mehr Kraft brauchen, als ihnen zur Verfügung steht«, sagte sie hastig. »Sie bitten dann die Quelle unserer Macht darum, ihnen mehr Kraft zu schenken. Doch wenn sie zu viel davon rufen, kann es sein, dass sie ihre Körper zerstört. Lorcan kann die Macht nicht mehr ablegen, sie strömt ungebremst durch seinen Körper und …«

»Nein«, stieß Yvaine aus und blickte zu Lorcan, der in dem Moment zur Seite kippte und sich krümmte.

»Kommt jetzt, wie müssen fort, bevor …«

»Wagt es nicht, mir etwas vorzuschreiben«, unterbrach sie Eletta.

Yvaine rannte los und Eletta hielt sie nicht auf. Lorcans Augen weiteten sich, als sie näher kam.

»Was tust du?«, fragte er atemlos und starrte sie an.

Yvaine sank neben ihm auf die Knie. Die Hitze schmerzte sie, aber sie wusste, dass dies die einzige Chance war, Lorcan zu retten. Bei dem Gedanken musste sie beinahe lachen. Sie, die Königin von Sisun, war bereit, ihr Leben zu riskieren, um den Schrecken der Wüste zu retten.

Doch die Vorstellung, Lorcan sterben zu lassen, ließ ihr Herz schwer werden. Nein, sie durfte das nicht zulassen.

»Es wird alles gut«, redete sie beruhigend auf ihn ein.

Sie hatte anderen Wesen schon Magie abgenommen. Schwache Magie. Naturkräfte. Das, was

Lorcan durchströmte, war etwas vollkommen anderes. Aber sie musste es versuchen.

»Yvaine, bitte …«

»Shhhh«, machte sie und legte ihre Hände an seine Wangen.

In dem Moment veränderte sich etwas. Die Dämonen, die kampfbereit um sie standen, erstarrten. Yvaine nahm sich nicht die Zeit, nach der Ursache zu suchen. Lorcan war wichtiger.

Sie presste ihre Lippen zusammen und atmete gegen die sengende Hitze, die an ihrer Haut leckte und sich in ihre Muskeln fraß. Dann zog sie die Macht, die Lorcan durchströmte, an sich, bis sie das Gefühl hatte zu platzen.

Aber es schien zu wirken. Der Dämon kühlte ab und atmete ruhiger, während ein berauschendes Gefühl von Unsterblichkeit ihren Körper flutete. Mit dieser Macht konnte niemand sie bezwingen. Sie würde die Dämonen selbst zu Fall bringen, ihr Reich vor jedem Eindringling schützen. Wenn sie nur genug Magie in sich aufnehmen könnte …

»Yvaine, du musst loslassen«, sagte Lorcan flehend.

»Ich … kann nicht«, gab sie zurück.

»Doch, du kannst«, raunte er und richtete sich auf. »Du kannst und du wirst.«

Er umfasste ihre Handgelenke und löste ihre Finger von seinem Gesicht. Yvaine wehrte sich, sie wollte diese Macht nicht aufgeben, wollte alles für sich haben, obwohl unbändige Schmerzen ihren Körper zittern ließen.

»Du bist nicht gierig«, hauchte Lorcan, als er ihre

Arme an ihre Seite presste und Yvaine an sich zog. »Du warst immer selbstlos. Gib die Magie frei.«

»Woher willst du das wissen?«, fuhr sie ihn an und wollte ihn von sich stoßen.

Aber Lorcan hielt sie zu fest. »Weil du damals der Grund warst, warum ich die Menschen nicht länger hassen konnte«, flüsterte er, bevor seine Lippen ihre fanden.

Yvaine riss die Augen auf, während seine Worte in ihr Bewusstsein drangen. Die Magie ebbte ab und strömte aus ihrem Körper, ließ sie kraftlos zurück. Der Schmerz in ihrem Inneren hinderte sie daran zu atmen. Sie sank in Lorcans Arme und hieß die Ohnmacht willkommen, die die Glut linderte. Eigentlich sollte sie es bereuen, dass sie ihn gerettet hatte. Doch das konnte sie nicht. Sie hatte das Richtige getan. Ihr Volk durfte es nur niemals erfahren.

KAPITEL 19 - LORCAN

Die Nacht war längst dem Morgen gewichen, als sie das Lager bei der Tempelruine erreichten. Lorcan kümmerte sich persönlich um die bewusstlose Yvaine und ließ sie nur aus den Augen, während Eletta ihr die Rüstung auszog und sie in bequemere Kleidung hüllte. Danach blieb er allein bei der Königin und niemand stellte Fragen.

Lorcan konnte seine Lider kaum noch offenhalten, aber er zwang sich dem Drang nach Schlaf nicht nachzugeben. Die Sonne stieg höher. Hitze verdrängte die Kälte. Dann versank der glühende Himmelskörper erneut hinter den Sanddünen und der Abend brach an. Lorcan nickte immer wieder ein, schreckte aber sofort hoch und fühlte sich schrecklich, weil er sich der Erschöpfung hingegeben hatte. Er musste wach bleiben.

Die ganze Zeit saß er neben Yvaines Lager und

hielt ihre bandagierte Hand. Er führte seine Finger immer wieder an die pulsierende Stelle an ihrem Handgelenk, um sich selbst zu beruhigen.

Dass Yvaine Magie besaß, wusste er. Und er hatte auch vermutet, dass sie die Kräfte anderer Lebewesen in sich aufnehmen konnte. Deswegen schien sie den Garten im Palast ständig aufzusuchen. Aber was sie heute geschafft hatte, war etwas ganz anderes. Sie konnte dämonische Kräfte kontrollieren. Mit seiner Magie war es ihr sogar möglich gewesen, alle anderen um sie herum erstarren zu lassen. Doch wie war es ihr überhaupt gelungen, diese unbändige Kraft an sich zu bringen?

Diese Tatsache beschäftigte ihn mehr als das, was sein eigener Zauber ihm offenbart hatte. Darüber würde er nachdenken, sobald Yvaine wach war. Jetzt musste er zu allen Göttern beten, dass sie ihrem Körper nicht seinetwegen zu viel zugemutet hatte.

Die Magie, die sie ihm abgenommen hatte, war zu mächtig; als dass ein gewöhnlicher Mensch sie ertragen könnte. Und sie hatte viel davon aus seinem Körper gezogen, um ihn zu retten. Er wusste immer noch nicht, wie sie das überlebt hatte. Aber er war jedem göttlichen Wesen, das schützend seine Hand über sie gehalten hatte, dankbar.

Lorcan entzündete eine Öllampe, als das Lager wieder in die Dunkelheit der Dämmerung eingehüllt wurde. Er betrachtete Yvaines fahles Gesicht und flößte ihr ein paar Tropfen Wasser ein.

Wieso hatte sie sich einer solchen Gefahr ausgesetzt?

Wenn es umgekehrt gewesen wäre und die

Magie, die sie wirkte, gedroht hätte, Yvaine zu zerstören, hätte er keinen Atemzug lang gezögert und ihr geholfen. Allerdings hatte Lorcan sich mittlerweile eingestanden, dass er mehr für Yvaine empfand, als gut für ihn war. Weil sie als Königin von Sisun diese Gefühle niemals erwidern durfte.

Trotzdem hatte sie sich schwere Verbrennungen an ihren Händen zugezogen und lag jetzt mehr tot als lebendig vor ihm. Was hatte sie sich nur dabei gedacht?

»Komm zu mir zurück«, flüsterte er, als vor dem Zelt das Lagerfeuer entzündet wurde.

Je länger es dauerte, bis jemand nach dem Gebrauch von starker Magie das Bewusstsein wieder erlangte, um so gefährlicher war es für den Geist. Lorcan kannte sich mit magiebegabten Menschen zu wenig aus und wusste nicht, wie er Yvaine helfen sollte. Es gab nichts, was er tun konnte, und diese Hilflosigkeit fraß ihn innerlich auf.

Seine Verzweiflung wurde immer schlimmer, je weiter die Nacht voranschritt. Yvaine schwebte seinetwegen in Gefahr und er war vollkommen machtlos. Lorcan vergrub das Gesicht in den Händen und hielt den Atem an, als Yvaine leise wimmerte.

Er sah auf und starrte in ihr Gesicht. Ihre eben noch unbewegliche Miene wirkte jetzt schmerzverzerrt und sie warf den Kopf hin und her. Träume schienen sie zu quälen. Lorcan wollte sich nicht vorstellen, was die Bilder des Kampfes in ihr ausgelöst haben mochten. Hätte er sich gestattet zu schlafen, hätten ihn wohl ebenfalls schlimme Albträume heimgesucht.

Die Königin keuchte und vergrub ihre Finger in den Laken. Lorcan konnte das nicht länger mitansehen. Er erhob sich von seinem Sitzplatz neben dem Lager und legte seine Hände an ihre Schultern, um sie behutsam zu schütteln.

»Yvaine, wach auf«, sagte er leise.

Tatsächlich riss sie die Augen auf und starrte ihn einen Herzschlag lang verwirrt an. Dann breitete sich ein Lächeln auf ihren Lippen aus und sie hob ihre Hand an seine Wange.

»Lorcan«, krächzte sie.

Die Art, wie sie ihn ansah, ließ seinen ganzen Körper prickeln. Und als sie ihre Finger in seinem Nacken verschränkte und ihn zu sich zog, gab er nach und beugte sich über sie. Yvaine seufzte, als ihre Lippen sich fanden und ihre Zunge forderte bei ihm Einlass. Lorcan gewährte ihn ihr. Sie löste ihre Hände von seinem Nacken und ließ sie zuerst zum Kragen seiner Tunika wandern, bevor ihre Finger den Saum umfassten und daran zogen.

»Was hast du vor?«, fragte er, nachdem er sich von ihr gelöst und sich auf seine Hände neben ihrem Kopf gestützt hatte.

»Muss ich dir das wirklich erklären?«, fragte sie, richtete sich auf und stahl einen Kuss von seinen Lippen.

»Du warst einen ganzen Tag bewusstloss«, warf er ein und drückte sie behutsam auf ihr Lager zurück. Dann wurde er ernst. »Weißt du eigentlich, wie leichtsinnig das war, was du getan hast? Du hättest sterben können.«

Sie kniff die Augenbrauen zusammen und reckte

ihr Kinn, wie sie es immer tat, wenn sie ihm die Stirn bieten wollte. »Und wenn ich es nicht getan hätte, wärst du gestorben«, entgegnete sie trotzig. »Statt mich zu tadeln, solltest du mir danken.«

»Du hast dein Leben riskiert«, knurrte er bedrohlich, aber Yvaine zuckte nicht einmal mit der Wimper. »Warum hast du das getan?«

»Weil …«, setzte sie an und sog dann scharf den Atem ein.

Obwohl es trotz der Öllampe im Zelt dunkel war, konnte er das verräterische Glänzen in ihren Augen erkennen. Er war sich nur nicht sicher, was die Tränen verursachte, die sie zurückzudrängen versuchte.

»Weil?«, hakte er nach, nachdem sie eine Weile geschwiegen hatte.

»Weil es falsch gewesen wäre, dich sterben zu lassen«, hauchte sie. »Und weil ich …« Yvaine ließ den Saum seiner Tunika los und fuhr sich über das Gesicht. »Die Göttin stehe mir bei«, murmelte sie, bevor sie ihn wieder ansah. »Ich wollte nicht, dass du stirbst. So, ich habe es gesagt. Und jetzt …«

Ihre Finger wanderten zu dem Knopf an seiner Hose, doch Lorcan umfing ihre Handgelenke mit einer Hand. Sie zischte und starrte auf die Verbände. Lorcan war sich nicht sicher, ob sie Schmerzen hatte, nahm es aber an.

»Du kannst unmöglich jetzt mit mir schlafen wollen«, sagte er ungläubig.

»Doch. Weil ich den Anblick von dem Kampf und deinem zuckenden Körper vergessen will. Ich möchte die Erinnerung durch eine andere ersetzen und du wirst mir jetzt dabei helfen.«

»Yvaine.« Lorcan seufzte, schob seinen Arm unter ihren Rücken und zog sie an sich. Dann legte er sich mit ihr auf die Seite, deckte sie mit seinem Flügel zu und schlang seinen zweiten Arm um sie. »Das ist nicht der richtige Zeitpunkt. Man kann uns draußen hören und abgesehen davon bist du geschwächt und ich habe Angst, dass ich dir wehtun könnte.«

»Du würdest mir nicht …«

»Nicht mit Absicht«, unterbrach er sie schnell. Ein Gefühl von Zufriedenheit erfasste ihn mit einem Mal. Sie vertraute ihm und er wollte das ganz sicher nicht ausnutzen. »Aber dein Körper hat zu viel Magie in sich aufgenommen. Meinetwegen. Und es wäre möglich, dass du Schmerzen hast, wenn du dich zu viel bewegst. Deine Hände sind verbrannt und auch das wird dir wehtun. Außerdem kannst du kaum noch deine Lider offenhalten.«

»Das stimmt doch gar nicht«, brummte sie und lehnte ihre Stirn an seine Schulter.

Lorcan hauchte einen Kuss auf ihren Scheitel. »Lass uns warten, bis wir wieder im Palast sind. Heute will ich dich einfach nur halten, *Theaia ema.* Ich kann dir die Erinnerungen nicht nehmen, aber ich kann für dich da sein, wenn sie deinen Schlaf stören.«

»Du gehst nicht fort?«, fragte sie mit einem Gähnen und ihr Kopf fühlte sich noch schwerer an seiner Brust an.

»Nicht, solange du mich nicht fortschickst«, murmelte er an ihrem Scheitel.

»Dann bleib«, gab sie von sich und atmete tief aus.

Lorcan strich über ihren Rücken, bis er sicher war, dass sie schlief. Dann sog er ihren Geruch ein, schloss seine Augen und ergab sich in einen leichten Schlaf, aus dem jedes Seufzen von Yvaine ihn hochschrecken ließ.

Als der nächste Tag erneut dem Abend wich, gab Yvaine den Befehl, die Zelte abzubrechen. Sie hatte in Lorcans Armen geschlafen und war nach ihrem Erwachen entschlossen gewesen, die Wüste zu verlassen.

Während um ihn die Pferde beladen wurden, zog Lorcan Yvaine zur Seite. »Bist du sicher, dass du schon bereit bist, so weit zu reiten?«, fragte er leise, damit niemand hörte, wie vertraut er mit ihr sprach.

»Ich will in den Palast zurück«, erwiderte sie und strich verstohlen über seine Unterarme.

»Wenn es darum geht, dass du mit mir allein sein willst, dann können wir uns in den Tempel schleichen«, warf er ein.

Yvaine blinzelte, dann breitete sich ein Grinsen auf ihren Lippen aus. »So verführerisch die Vorstellung, dich in mein Bett zu holen, auch ist, sie ist nicht der Grund, dass ich von hier fortwill.« Sie schnippte gegen seine Schulter. »Das männliche Ego«, murmelte sie grinsend und wurde dann ernst. »Ich will aus der Wüste raus. Weg von dem, was ich hier gefunden habe. Vielleicht gelingt es mir, den Anblick wieder zu vergessen.«

Lorcan behielt seine Gedanken für sich. Er wusste, dass man manche Dinge niemals vergessen konnte, ganz gleich, wie sehr man es versuchte.

»Dann treibe ich die Leute an, das Lager schneller abzubrechen«, sagte er stattdessen und verneigte sich.

»Danke«, erwiderte Yvaine und schlang ihre Arme um sich.

Es war Lorcan schon zuvor aufgefallen, dass sie zitterte. Am liebsten hätte er sie an sich gezogen, aber das ging hier nicht, solang alle sie sehen konnten. Also sorgte er dafür, dass sie schneller aufbruchbereit waren, und half Yvaine dann in den Sattel ihres Tieres. Daran, dass sie es zuließ, erkannte er, wie schwach sie war.

»Wenn du eine Pause brauchst, sag es mir«, flüsterte er ihr zu. »Wir müssen nicht reiten, als wäre etwas hinter uns her.«

»Und wenn doch etwas Jagd auf uns macht?«, fragte sie leise und eine seltsame Angst lag auf ihren Zügen.

»Selbst dann nutzt es niemandem, wenn du dich zu sehr schindest«, erwiderte er. »Versprich mir, dass du dich nicht an den Rand der Erschöpfung bringst, nur um uns nicht aufzuhalten.«

Yvaine schnaubte als Antwort und nickte dann. Also stieg auch Lorcan auf sein Pferd und lenkte es neben ihres.

Sie ritten die Nacht hindurch, bis die Sonne den Himmel glutrot färbte. Lorcan hatte jene Oase, in der sie von den dunklen Skorpionen angefallen worden waren, gemieden und war froh, als sie eine weitere erreichten, in der sie für den Tag ihr Lager errichten konnten.

Yvaine zog sich zurück, nachdem die Zelte aufgebaut waren, und Lorcan verteilte die Aufgaben an die Wachen. Die Pferde wirkten unruhig, ebenso wie die Menschen.

»Was ist los?«, fragte er einen der Gardisten.

»Ein Sandsturm zieht auf«, erwiderte dieser.

Lorcan hob eine Augenbraue. »Woher wisst Ihr das?« Er ließ seinen Blick über die Wüste schweifen. Nichts wirkte verändert.

Der Mann blähte seine Nasenflügel. »Der Geruch in der Luft ist anders. Sturmgeschwängert.«

Lorcan atmete tief ein und bemerkte, dass sich tatsächlich etwas an den Düften der Wüste verändert hatte. In die Trockenheit hatte sich etwas Herbes gemischt. Hätte der Gardist ihn allerdings nicht darauf hingewiesen, wäre es ihm nicht aufgefallen.

»Keine Sorge, General, wir haben schon viele Sandstürme überstanden«, sagte der Mann schließlich. »Die Tiere sind gesichert und die Zelte gut befestigt. Wir werden den Sturm unbeschadet überstehen.«

Es lag kein Hohn oder Spott in der Stimme des Mannes. Also hob Lorcan seine Mundwinkel und klopfte ihm auf die Schulter. »Dann vertraue ich auf Euer Wissen. Habt Dank.«

»Keine Ursache«, entgegnete der Gardist und erwiderte das Schmunzeln, bevor er sich wieder seinen Aufgaben zuwandte.

Seit der Untersuchung der Karawane verhielten sich die Menschen den Dämonen gegenüber anders. Ob sie erkannt hatten, dass etwas viel Bedrohlicheres als die Dämonen in ihrer Nähe war? Vielleicht war dieser gemeinsame Feind wirklich das, was sie brauchten, um Frieden zu schließen. Die Zeit würde es weisen.

Lorcan betrachtete den Himmel. Die Luft fühlte sich eiskalt an und der Wind zerrte bereits an seiner Wüstenkleidung. Sand ließ ihn um Atem ringen und er kniff die Augen zusammen. Selbst im Licht des anbrechenden Tages konnte er die Sandwand erkennen, die von dem Sturm aufgepeitscht wurde und sich in ihre Richtung schob. Bevor er ihr Lager erreichte, zog Lorcan sich in sein Zelt zurück, genau wie alle anderen.

Die Planen blähten sich im Wind, der heftig daran rüttelte, und obwohl der Gardist ihm versichert hatte, dass nichts geschehen konnte, wurde Lorcan unruhig. Er konnte doch nicht einfach hier sitzen und sich verstecken.

Doch in dem Moment, da er auf den Zelteingang zuschritt, wurde die Plane geöffnet und Yvaine schlüpfte hindurch. Sie hatte zwar ein Tuch über dem Kopf, das auch ihr Gesicht verhüllte, doch er erkannte sie dennoch sofort.

Sand rieselte vom Stoff ihrer Kleidung auf den Teppich unter ihren Füßen und sie löste das Tuch und ließ es fallen.

»Niemand hat mich gesehen«, kam sie seiner Frage zuvor und bewegte sich auf ihn zu.

Sie blieb dicht vor ihm stehen, hob ihre Hände und ließ sie sinken, als er sich nicht rührte.

»Ich bin nicht hier, weil ich etwas Bestimmes von dir will«, fuhr sie fort.

»Das habe ich auch gar nicht …«

»Oder weil ich Angst vor dem Sturm habe«, fiel sie ihm ins Wort.

Ihre Stimme klang fest, aber Lorcan bemerkte das Beben ihrer Finger. Behutsam legte er seine Hände auf ihre Schultern.

»Natürlich nicht«, murmelte er und zog sie an sich.

Yvaine schmiegte ihren Kopf an seine Brust und seufzte. »Ich kann nicht schlafen«, gestand sie. »Immer, wenn ich die Augen schließe, sehe ich, wie ein Rächer die dunklen Kreaturen auf die Menschen der Karawane hetzt.«

Lorcan schob sie ein Stück von sich, um ihr ins Gesicht blicken zu können. »Ein Rächer?«, hakte er nach.

Yvaine nickte. »Hast du die Bilder denn nicht gesehen?« Ihre Miene wirkte verkniffen. »Kann es sein, dass der Zauber nicht richtig gewirkt hat?«

»Weswegen fragst du?«

»Weil ich nicht glaube, dass ein Rächer die Karawane überfallen hat und für diese dunklen Kreaturen verantwortlich ist«, erwiderte sie. »Also bist du sicher, dass der Zauber so gewirkt hat, wie er sollte?«

Lorcan schluckte. Etwas stimmte hier nicht. Er selbst hatte jene Gestalt im zerschlissenen Umhang und mit den roten Augen gesehen, der er bei seiner Ankunft in Inej begegnet war. Wieso hatte Yvaine einen Rächer erkannt? Er musste Eletta und die anderen fragen, was sie gesehen hatten. Offensichtlich hatte die Magie zumindest zwei Versionen des Geschehens offenbart. Vielleicht hatte jemand die Erinnerungen, die im Sand zurückgeblieben waren, verändert und nur er hatte das wahre Geschehen gesehen, weil er die Magie gewirkt hatte. Er musste sich sicher sein, was er glauben durfte.

»Lass uns nicht jetzt darüber reden«, riss Yvaine ihn aus seinen Überlegungen. »Darf ich bleiben? Solange der Sturm tobt, wird sich niemand hinauswagen, falls du befürchtest, dass uns jemand entdeckt.«

»Ich hätte dich auch sonst nicht fortgeschickt«, erwiderte er und führte sie zu seinem Lager.

Lorcan löste den Schwertgürtel und legte ihn griffbereit auf den Boden. Dann schlüpfte er aus den Stiefeln und zog Yvaine mit sich auf die Decken und Kissen. Sie drehte ihm den Rücken zu und er schloss seine Arme um sie, deckte sie beide mit seinem Flügel zu.

»Darf ich?«, fragte Yvaine, als sie ihre Finger an die ledrige Haut hob.

»Nur zu«, sagte er.

Behutsam strich sie über seine Schwingen. »Ich habe immer gedacht, dass sich eure Flügel kalt und glitschig anfühlen, weil sie immer so seltsam glänzen. Dabei sind sie warm und erstaunlich weich.«

Er konnte ihr Gesicht nicht sehen, aber an der Art, wie sie sprach, erkannte er, dass sie es ernst meinte. Sie ekelte sich nicht vor dem, was er war. Zumindest hoffte er das.

»Manchmal muss man seine Meinung wohl ändern«, flüsterte sie. Bevor Lorcan etwas erwidern konnte, sprach sie weiter. »Wenn wir die nächste Nacht durchreiten, sollten wir Inej am frühen Nachmittag erreichen. Sofern wir keine Pausen einlegen. Ich bin noch nicht bereit, mich mit König Cieran über die Rächer und den Frieden zu unterhalten. Zuerst möchte ich mit Cadmus und meinem Bruder über alles sprechen, was ich gesehen habe.« Sie räusperte sich. »Denkst du, du könntest mir einen Tag Zeit bei deinem König verschaffen?«

»Ich gehe davon aus, dass Cieran ohnehin zuerst mit mir allein reden möchte, um meine Einschätzung zu erfahren«, erwiderte Lorcan und ließ seine Finger durch ihr seidig weiches Haar gleiten. »Also wirst du nicht direkt nach unserer Ankunft mit ihm sprechen müssen.«

»Gut, dann schicke ich meinen Bussard voraus, wenn wir von hier aufbrechen«, meinte sie. »Damit sie wissen, dass wir zurückkommen.«

»Einverstanden«, murmelte Lorcan und vergrub sein Gesicht an ihrem Scheitel. »Schlaf jetzt. Ich wache über dich.«

»Du siehst selbst aus, als könntest du Schlaf brauchen«, warf sie ein.

»Ich werde mich ausruhen. Aber wenn ich weiß, dass ich wachsam sein sollte, ist mein Schlaf nicht tief.« Er zog sie enger an sich. »Du bist hier sicher.«

»Ich weiß«, hauchte sie und strich mit ihren immer noch geröteten Fingern über seinen Unterarm.

Dann sagte sie nichts mehr und schlief in seinen Armen, während Lorcan keinen Schlaf fand.

Die Sonne stand hoch am Himmel, als die Stadtmauern von Inej in Sicht kamen. Lorcan hätte nie gedacht, dass er eine solche Erleichterung bei diesem Anblick empfinden würde.

Yvaine hatte die Reisegruppe angetrieben und er war froh, dass er die Wüste hinter sich lassen konnte. Die Wachen an den Toren ließen sie passieren, weil sie ihre Königin erkannten, und Lorcan atmete auf, da die Stadt in ihrer Abwesenheit nicht im Chaos versunken war, wie er befürchtet hatte. Die Straßen sahen genauso aus wie an dem Tag, als sie abgereist waren. Nichts deutete darauf hin, dass die dunklen Kreaturen hier eingefallen oder die Rächer für Aufruhr gesorgt hatten.

Als sie den Palast erreichten, standen nicht nur Cadmus und Gavril an der Treppe, um sie zu empfangen, sondern auch Cieran und Meira. Lorcan wertete das als gutes Zeichen, denn Yvaine hatte die Nachricht über ihre Ankunft ihrem Bruder oder Wesir zukommen lassen und dieser hatte dann Cieran informiert. Zwar hielten die vier deutlich Abstand zueinander, aber immerhin benahmen auch sie sich friedlich.

»Willkommen zurück«, sagte Cieran, als Lorcan zu ihm ging und seinen Kopf neigte. »Du riechst fürchterlich.«

Lorcan grinste. »Man mag es kaum glauben, aber in der Wüste ist es heiß und es gibt kaum Bademöglichkeiten.«

Cieran klopfte ihm auf die Schulter und wandte

sich dann der Königin zu, die gerade ihren Bruder umarmte. »Hoheit, ich freue mich, dass auch Ihr wohlbehalten zurückgekehrt seid.«

»Das verdanke ich Eurem General«, entgegnete Yvaine und suchte Lorcans Blick. »Ich werde mich nach meiner Unterredung mit dem Wesir und meinem Bruder erkenntlich zeigen.«

Lorcan neigte seinen Kopf leicht und hoffte, dass niemandem das Schmunzeln auffiel, das er damit zu verbergen versuchte.

»Ich werde mich erst morgen mit Euch befassen können und bitte um Verständnis«, fügte Yvaine an Cieran gewandt hinzu.

»Natürlich. Ich möchte mich ebenfalls erst mit dem General und der Statthalterin beraten«, erwiderte der Dämon.

Yvaine nickte und ging mit Gavril und Cadmus zuerst in den Palast. Lorcan sah ihr nach und musste sich zwingen, seinen Blick von ihr zu lösen und seine Aufmerksamkeit wieder Cieran zu schenken.

Der Dämonenkönig schmunzelte auf eine Art, die Lorcan nicht gefiel. Ob Cieran ahnte, was sich zwischen Yvaine und Lorcan entwickelt hatte?

»Kommt, wir haben Speisen und Getränke für euch vorbereitet«, verkündete Meira.

Cieran bot ihr seinen Arm an und führte sie in den Palast zurück. Dort betraten sie einen angenehm kühlen Raum, in dem ein Tisch voller Obst und Wasserkrüge stand. Léas und Kalòn stürzten sich auf die Erfrischungen, während Lorcan erzählte, was geschehen war, vom Tag ihres Aufbruchs, über den ersten Angriff der dunklen Kreaturen, bis zu der Karawane und dem Offenbarungszauber.

»Sagt mir«, forderte er die Prinzen und Eletta auf, nachdem er geendet hatte, »ob ihr einen Rächer gesehen habt, der die dunklen Kreaturen auf die Männer der Karawane gehetzt hat.«

»Was denn sonst?«, fragte Léas.

»Ich habe jene Gestalt gesehen, die mir bei meiner Ankunft in Inej begegnet ist«, meinte Lorcan. »Aber es scheint, dass ich der Einzige bin, dem es so erging.«

»Die Königin hat ebenfalls einen Rächer gesehen«, bestätigte Eletta. »Sie sah aus, als könnte sie es selbst nicht glauben. Vermutlich war das auch der Grund, warum sie dir helfen wollte.«

Bevor Lorcan sie aufhalten konnte, erzählte seine Schwester von dem Angriff des riesigen Sandwurms und wie Lorcan beinahe von der Magie zerstört worden wäre.

»Sie hat … sich selbst in Gefahr gebracht, um dich zu retten?«, hakte Meira nach, als die Dämonin ihre Erzählung beendet hatte.

»Sieht so aus«, entgegnete Lorcan ausweichend. Aber er ahnte, dass Meira ihre eigenen Schlüsse zog, weil sie für einen Wimpernschlag lächelte.

»Denkst du, sie wird uns ihr Vertrauen schenken und gemeinsam mit uns gegen die Rächer vorgehen?«, wollte Cieran wissen. Er mied Lorcans Blick. Das war verdächtig.

»Das kann ich nicht abschätzen«, meinte Lorcan nach einer Weile und musterte Cieran eindringlich.

»Aber ich nehme an, dass ihr Hass uns gegenüber ein wenig geschwunden ist.«

»Gut, dann werden wir das Gespräch morgen abwarten«, verkündete Cieran.

»Gibt es sonst noch etwas, das ich wissen sollte?« Lorcan ließ seinen Freund dabei nicht aus den Augen.

»Nein«, entgegnete Cieran sofort. Trotzdem war Lorcan sicher, dass er etwas verschwieg. »Nichts, das nicht bis morgen warten könnte. Du siehst fürchterlich aus und bist dem Tod wohl nur dank der Hilfe der Königin entgangen. Ich muss dir nicht sagen, wie leichtsinnig es von dir war, so viel Macht der Höllenfeuer nutzen zu wollen?«

»Glaub mir, ich hätte es nicht getan, wenn es eine andere Möglichkeit gegeben hätte«, entgegnete Lorcan.

»Das ist mir bewusst«, sagte Cieran. »Deswegen ruht euch jetzt aus. Die letzten Tage haben euch bestimmt viel abverlangt.«

»Du hast keine Ahnung«, knurrte Léas. »Noch einmal schickst du mich nicht auf so eine Reise.«

»Sprich gefälligst in einem angemessenen Ton mit dem König«, zischte Eletta.

Zu Lorcans Überraschung hob Léas abwehrend die Hände und stammelte eine Entschuldigung, während Eletta ihre Fäuste in die Hüfte stemmte und ihn finster ansah.

»Ihr seid müde«, ging Meira mit ihrer sanften Stimme dazwischen. »Wir haben euch Bäder herrichten lassen. Erholt euch. Wir sprechen morgen weiter.«

Mit einer Handbewegung hob sie die Versammlung auf, hakte sich jedoch bei Lorcan unter, als dieser zur Tür ging.

»Du und die Königin also«, flüsterte sie.

»Ich weiß nicht, was du meinst«, antwortete er leise.

»Oh doch, das weißt du«, sagte sie mit einem Lächeln. »Ich will nur, dass du weißt, wie sehr ich mich freue. Und ich werde Cieran noch nichts davon erzählen, falls er es nicht ohnehin schon bemerkt hat. Das könnte alles noch komplizierter machen.«

»Komplizierter, als es ohnehin schon ist, kann es nicht mehr werden«, brummte Lorcan.

»Hab Vertrauen«, bat Meira ihn.

Er lächelte, löste ihren Arm von seinem und beugte sich über ihre Hand zu einem formvollendeten Handkuss. Dann verließ er den Raum und eilte zu seinem Gemach. Er wollte nichts mehr, als ein Bad nehmen, bevor er versuchte, Yvaine in diesem Gewirr aus Räumen und Gärten zu finden. Nicht, weil er unbedingt mit ihr ins Bett wollte. Sondern weil sie ihm bereits mehr fehlte, als er je für möglich gehalten hatte.

KAPITEL 20 - YVAINE

Mit anderen Worten, die Dämonen haben Euch keinen Beweis liefern können, dass sie unschuldig sind«, fasste Cadmus zusammen, nachdem Yvaine geendet hatte.

Die Königin ruhte auf einem Lager aus Kissen und trank bedächtig den lauwarmen Tee, den Gavril ihr gereicht hatte. Ihr Körper fühlte sich nach der anstrengenden Reise und vor allem der starken Magie, die sie eine Weile in sich aufgenommen hatte, immer noch geschwächt an und sie hoffte, dass sie nach einem Bad weniger zittern würde.

Zumindest war der sengende Schmerz und die Magie dieser fürchterlichen Stimme, die wohl versucht hatte, Besitz von ihr zu ergreifen, verschwunden, seit sie Lorcan gerettet hatte. Diesen Teil der Geschichte hatte sie bewusst ausgelassen. Lorcan zu retten war richtig gewesen. Gavril hätte es vermutlich verstanden, Cadmus hingegen nicht. Und von der Stimme berichtete sie nichts, weil sie auch hier keine Schwäche zeigen wollte. Außerdem hätte es zu Fragen geführt, die sie nicht beantworten konnte. Yvaine fehlte im Moment die Kraft, um mit ihrem Wesir zu diskutieren.

»Ihr wart nicht dabei«, erwiderte sie mit fester Stimme. »Ihr habt ihre Angst nicht gesehen. Die Dämonen haben sich vor dem, was uns angegriffen hat, gefürchtet. Und sie waren überrascht, als sie eine Person im Umhang der Rächer vor sich sahen.«

»Warum sollte einer unserer eigenen Leute dort draußen sein?«, fragte Cadmus aufgebracht. »Ich sage Euch, dieser sogenannte Offernbarungszauber ist nichts als eine Täuschung der Dämonen, genau wie ihre vermeintliche Angst.«

Yvaine suchte nach einer Erwiderung und fand keine. Sie musste zugeben, dass sie dem Zauber nicht traute. Sie wollte an Lorcan glauben und dass er sie nicht belog. Aber was sie gesehen hatte, ergab keinen Sinn. Irrte sie sich doch so sehr in Lorcan? Hinterging er sie, indem er ihr einen falschen Schuldigen lieferte? Das konnte sie sich nicht vorstellen. Aber sie wusste einfach nicht, was sie gerade glauben sollte.

»Welchem Rächer traut Ihr zu, sich mit dieser dunklen Magie zu umgeben und Menschen unseres Reichs mit diesen Kreaturen abzuschlachten?«, fuhr Cadmus zornig fort.

»Niemandem«, entgegnete Yvaine und hob die Hand, um den Wesir daran zu hindern weiterzusprechen. »Ich sage nur, was ich beobachtet habe. Ich bleibe dabei, dass ich die Angst der Dämonen für echt halte. Allerdings bezweifle ich, dass der Zauber uns die Wahrheit offenbart hat. Die Frage ist, ob die Dämonen ihn verfälscht haben oder jemand anderes uns hintergeht. Doch das kann ich jetzt nicht beantworten. Ihr wisst, dass ich jedem einzelnen Rächer mein Leben anvertrauen würde, selbst wenn ich nicht weiß, wer hinter den Umhängen und Masken verborgen ist.«

»Gewiss«, meinte Cadmus mit zusammengepressten Zähnen und neigte sein Haupt, während Gavril geräuschvoll ausatmete. Der Wesir schien es nicht zu bemerken, sondern betrachtete Yvaine aufmerksam. »Ihr seht erschöpft aus, Hoheit. Ich hoffe, die Dämonen wollen Euch heute nicht zu einer Entscheidung drängen. Denn ich bin weiterhin der festen Überzeugung, dass sie Euch nicht die Wahrheit gezeigt haben.«

»Nein, ich denke, sie werden sich heute selbst beratschlagen und überlegen, was sie uns anbieten wollen«, sprach Yvaine ihre Gedanken aus.

»Ihr zieht es doch nicht in Betracht, Euch mit ihnen zu verbünden?«, hakte Cadmus finster nach. »Bedenkt, dass sie als erstes die Rächer ausschalten wollen, und dass sie die Frauen und Männer des Hochverrats …«

»Ich erwäge, sie um Hilfe zu bitten, um die dunklen Kreaturen zu bezwingen«, unterbrach Yvaine ihn. »Und zwar bevor sie nach den Rächern suchen. Sollte sich herausstellen, dass die Dämonen wirklich nichts mit diesen Wesen zu tun haben und uns dabei helfen, unser Land sicher zu machen, werden die Rächer in einem öffentlichen Brief verkünden, dass sie sich zurückziehen und den Friedensgesprächen nicht länger im Weg stehen. Dann können die Dämonen sie nicht verfolgen und niemand wird des Hochverrats angeklagt.«

»Das könnt Ihr nicht tun«, knurrte der Wesir. »Denkt daran, was diese abscheulichen Bestien diesem Land angetan haben. Was sie Eurem Vater und Bruder angetan haben. Warum Eure Mutter heute nicht hier ist …«

»Sagt mir, Cadmus«, unterbrach Yvaine seinen Redeschwall und richtete sich kerzengerade auf. Sie brauchte nicht neue Zweifel, davon besaß sie bereits genug. Was sie wollte, waren Antworten. »Was wisst Ihr über den angeblichen Überfall auf die Dämonenwelt, bei dem die Familien der Dämonen von Menschen getötet wurden?«

Sie musterte den Wesir, dessen Miene unverändert blieb. Nur das zu schnelle Heben und Senken seines Brustkorbs verriet, dass ihm diese Frage nicht gefiel.

»Bisher habt Ihr es immer als Gerücht abgetan«, fuhr Yvaine fort. »Aber langsam frage ich mich, ob nicht doch mehr Wahrheit in den Erzählungen steckt, als ich bis jetzt angenommen habe.«

Cadmus atmete geräuschvoll aus und vergrub die Finger im Stoff seines Kaftans. »Es war nur eine Frage der Zeit, bis sich die Dämonen erhoben hätten, um uns zu zerstören«, sagte er gereizt. »Sie haben wohl bei einer Tradition der Prinzen aller Reiche eingegriffen, diese übel zugerichtet und zum Sterben zurückgelassen. Die Regenten der Menschenreiche waren sich deswegen einig, dass man ihnen zuvorkommen musste, bevor sie einen Krieg gegen uns beginnen konnten. Aber der Plan ist, wie wir alle wissen, schief gegangen.«

»Was für eine Tradition war das und wieso haben die Dämonen sich eingemischt?«, wollte Yvaine wissen. Der Wesir zuckte nur mit den Schultern und schwieg. Yvaine stieß den Atem aus. Dann würde sie jemand anderen fragen müssen. Lorcan vielleicht, wenn es sich ergab. »Wie hatten sie vor, die Dämonen zu töten? Sie sind stärker als wir und ihre Körper heilen schneller. Man hätte sie alle enthaupten müssen und ich bezweifle, dass das gelungen wäre.«

»Nicht, wenn sie wach gewesen wären, das ist richtig«, antwortete Cadmus. Yvaine biss sich auf die Unterlippe. »König Luan von Visha hatte die Idee, sie mit einem Schlafzauber zu belegen. Keiner konnte ahnen, dass sie nicht in ihren Städten sein würden, sondern sich wie Feiglinge versteckten und ihre menschlichen Familien schutzlos zurückließen.«

»Die alle von den Angreifern getötet wurden!«, fuhr Yvaine ihn an.

Sie bemerkte erst, dass sie aufgesprungen war, als Gavril neben sie trat und sie am Arm berührte.

»Menschen, die sich mit Dämonen einlassen, sind nicht besser als dieser Abschaum«, erklärte Cadmus so unbeteiligt, als würde er über das Wetter sprechen. »Sie hatten den Tod verdient.«

»Sie waren wehrlos«, entgegnete Yvaine aufgebracht.

»Und das rechtfertigt alles, was sie mit uns gemacht haben?« Jetzt sprang auch Cadmus auf. »Was ist in Euch gefahren? Sympathisiert Ihr mit diesen Kreaturen? Haben sie einen Zauber auf Euch gelegt?«

»Ich versuche zu verstehen, wie es zu dem Krieg unserer Völker gekommen ist«, verkündete Yvaine und reckte ihr Kinn. Sie atmete tief durch, während sie ihre Hände schloss und wieder öffnete. Es dauerte mehrere Atemzüge, bis sie ihre Stimme wieder unter Kontrolle hatte. »Also, wieso dachten die Regenten damals, dass ein Krieg mit den Dämonen unvermeidlich sein würde?«

»Das müsstet Ihr die Könige der damaligen Zeit fragen«, erwiderte Cadmus und strich über den Ärmel seines Kaftans. »Zu dumm nur, dass keiner von ihnen mehr am Leben ist.«

»Nein, aber Ihr müsst es auch wissen«, meinte Gavril. »Immerhin wart Ihr damals ein Berater meines Vaters.«

»Ich wurde nicht in diese Dinge eingeweiht«, sagte Cadmus gereizt. »Aber wenn Ihr mich fragt, dann waren die Angriffe, die auf die Grenzregionen stattfanden, oder die Zauber, die ganze Ernten zerstörten und Flüsse über die Ufer treten ließen, der Auslöser. All das stammte von dämonischer Magie und es gab nie Überlebende, die man hätte befragen können. Solche Angriffe hatten vor vielen Generationen bereits einen Krieg eingeläutet, der unzählige Menschenleben gekostet hatte. Aber den Ausschlag gab wohl das Ereignis mit den Prinzen. Dämonen mischen sich immer in Dinge ein, die sie nichts angehen.« Er verschränkte die Arme vor der Brust. »Es ist egal, was die Dämonen dazu veranlasst hat, den Krieg zu beginnen. Es ändert nichts. Die Dämonen sind gewalttätige Wesen, denen man nicht trauen darf.«

Yvaine straffte ihre Schultern. »Ich danke Euch für Eure Meinung, Wesir. Falls es sonst nichts gibt, das ich wissen sollte, ersuche ich Euch, mich jetzt zu entschuldigen. Ich muss mich ausruhen.«

Cadmus gab ein Brummen von sich, weil ihm sehr wohl bewusst sein musste, dass Yvaine ihn gerade hinauswarf. Er wandte sich Gavril zu. »Ich denke, heute gibt es nichts, womit wir die Königin belasten müssen«, sagte er verschwörerisch.

Yvaine sah zu ihrem Bruder, der kaum merklich nickte. Cadmus verließ den Raum. Gavril jedoch blieb zurück. Yvaine fragte sich, was Cadmus gemeint hatte. Aber die Reise und die Geschehnisse der letzten Tage hatten ihr mehr zugesetzt, als sie gedacht hatte, und sie sehnte sich nach Ruhe. Außerdem vertraute sie darauf, dass Gavril ihr alles erzählen würde, was sie wissen musste. Auf ihren Bruder war stets Verlass.

»Die Reise hat deine Ansicht zu den Dämonen also verändert«, stellte Gavril leise fest.

Yvaine entging das Schmunzeln auf seinem Gesicht nicht. Sie hatte nie verstanden, wie ihr Bruder den Dämonen hatte vergeben können. Sie mochten seine Beine nicht selbst gebrochen haben, aber er war im Feuer fast von einem Balken erschlagen worden und seitdem konnte er nicht mehr richtig gehen. Wie er es überhaupt aus dem brennenden Saal, in den er gelaufen war, hinausgeschafft hatte, wusste weder Yvaine noch ihr Bruder selbst. Aber er lebte und dafür war sie dankbar.

Sonst wäre sie vollkommen allein in dieser Welt gewesen.

»Ich habe festgestellt, dass auch ich nicht immer recht habe«, murmelte sie.

»Sag das noch einmal, ich habe es nicht gehört«, zog er sie auf und Yvaine versetzte ihm einen leichten Stoß gegen die Schulter.

»Jedenfalls sind diese dunklen Kreaturen gefährlich und so, wie ich es sehe, können wir sie allein nicht bezwingen«, meinte sie und schloss einen Moment die Augen.

Sie suchte nach der Dunkelheit, die von ihr Besitz ergriffen hatte, und atmete erleichtert aus, als sie nichts davon in ihrer Brust fühlen konnte. Dann öffnete sie die Lider wieder und räusperte sich.

»Ich werde mich jetzt in meine Gemächer zurückziehen und mich von der Reise erholen«, verkündete sie. »Es sei denn, du möchtest mir doch noch etwas sagen.«

Gavril schüttelte den Kopf. »Das hat wirklich Zeit bis morgen. Außerdem wurde bereits ein Bad für dich vorbereitet«, entgegnete ihr Bruder.

Er begleitete sie bis zu dem Korridor, der zu ihren Gemächern führte. Dort verabschiedete Gavril sich und ging zu seinen Zimmern.

Yvaine schritt langsam auf die Doppeltür ihres Gemachs zu, gab sich Mühe, sie nicht zu stürmisch zu öffnen, und betrat ihre Räume. Drei Dienstmägde empfingen sie, halfen ihr sich zu entkleiden und in die Wanne zu legen.

»Den Rest schaffe ich allein«, sagte Yvaine und wedelte mit der Hand. »Ihr seid für heute entlassen.«

Die Mägde warfen sich verwirrte Blicke zu, verbeugten sich dann allerdings wortlos und verließen den Raum.

Yvaine sank tiefer in das nach Rosenblüten und Milch duftende Wasser, genoss die Wärme und das Gefühl, den Sand endlich von sich abzuspülen. Sie wusch sich die Haare, benutzte das duftende Öl der Caudis Rose, um sie geschmeidig zu machen, und stieg dann aus der Wanne.

Sie trocknete sich ab und schlüpfte in ein seidiges weißes Nachtkleid, das über der Brust verschnürt wurde. Dann warf sie sich einen fast durchsichtigen Morgenrock über, kämmte ihr Haar und betrat ihren begehbaren Kleiderschrank.

Die Nacht war längst über Inej hereingebrochen. Es sollte kaum jemand in den Korridoren unterwegs sein. Trotzdem würde sie nicht durch die Flure des Schlosses laufen, sondern einen anderen Weg wählen.

Yvaine kannte jeden Geheimgang und jedes Versteck in diesem Schloss. Gavril waren auch viele bekannt, aber einige hatte selbst er nicht entdeckt. Yvaine wusste, wie sie unbemerkt zu Lorcan gelangen konnte, und zögerte nicht, den Kerzenhalter an der Wand ihres Schrankzimmers zu drehen, der eine verborgene Tür in der Wand öffnete. Mit einer kleinen Öllampe ausgerüstet betrat sie den kühlen schmalen Gang, der fast alle Zimmer des Palastes miteinander verband.

Ihr Herz schlug wie wild, als sie nach einer Weile vor der Mauer stehen blieb, hinter der Lorcans Gemach lag. Sie stellte die Lampe ab und legte ihr Ohr an den eiskalten Stein. Wenn sie sich nicht irrte, befand sich die verborgene Tür direkt neben seinem Bett. Sollte also jemand bei ihm sein, müsste sie Stimmen hören können.

Aber hinter der Mauer blieb alles still. Also berührte sie jenen Stein, der den Mechanismus auslöste, und wartete, bis die Tür weit genug offen stand, um hindurch zu gehen.

Das Zimmer lag vollkommen dunkel vor ihr, nur durch die offene Balkontür drang silbernes Mondlicht. War Lorcan noch nicht von seiner Besprechung zurück?

Yvaine betrat den Raum und keuchte, als vor ihr die Klinge eines Schwertes aufblitzte. Lorcan stand seitlich von ihr und ließ die Waffe sinken, weil er sie vermutlich erkannt hatte.

»Wartest du immer mit einem Schwert auf Frauen?«, fragte sie spöttisch und drehte sich zu ihm.

Sie fühlte seinen Blick auf sich, spürte förmlich, wie er ihren Körper mit den Augen berührte, bevor er geräuschvoll ausatmete.

»Es kommt eher selten vor, dass eine scheinbar gewöhnliche Wand aufgeht und sich jemand in mein Zimmer schleicht«, erwiderte er mit rauer Stimme.

»Hätte ich durch die Tür kommen sollen?«, wollte sie neckisch wissen. »Über den Balkon zu klettern wäre dir sicher auch nicht recht gewesen.«

Yvaine nahm sich Zeit, Lorcan zu betrachten. Er trug eine helle Tunika und dunkle Hosen. Keine Uniform, keine Rüstung. Wären seine Flügel nicht über seinen Schultern aufgeragt, hätte er ein ganz gewöhnlicher Mann sein können. Obwohl … eigentlich war er das.

»Soll ich wieder gehen?«, fragte sie, da er nicht auf ihre Worte einging und sich auch nicht auf sie zubewegte. »Ich hatte nur gedacht, dass wir …«

Lorcan legte einen Finger auf seine Lippen und deutete zur Verbindungstür in den Nebenraum. »Eigentlich wollte ich dich aufsuchen«, gestand er leise. »Hier scheinen die Wände Ohren zu haben. Wenn sie nicht gerade aufgehen, und Königinnen heraustreten.«

»Wer sollte uns denn belauschen?«, hakte sie nach.

»Im Nebenzimmer befinden sich einige Dämonen. Du weißt, dass sie ziemlich gut hören?«, stellte er die Gegenfrage.

»Oh«, machte sie.

Endlich lächelte er und ihr Herz flatterte wie wild bei dem Anblick. Ohne zu zögern griff sie nach seiner Hand und zog ihn auf die offene Mauer zu.

»Dann bringe ich dich an einen Ort, wo uns niemand stören oder belauschen kann«, verkündete sie. Yvaine schloss die Geheimtür, nachdem sie hindurchgeschlüpft waren, und hob die Öllampe auf. »Es ist mein liebster Ort im Palast, weil niemand ihn kennt. Noch nicht einmal mein Bruder.«

Lorcan blieb unvermittelt stehen und da Yvaine seine Hand nicht freigeben wollte, hielt auch sie an.

»Wieso willst du ihn dann mir zeigen?«, fragte er so ernst, wie sie ihn noch nie erlebt hatte.

»Weil … nun, ich möchte mit dir zusammen sein«,

erklärte sie ausweichend. »Dort sind wir ungestört. Es ist die beste Wahl.«

»Verstehe.« Lorcan seufzte und rang sich ein Lächeln ab.

Yvaine wollte etwas hinzufügen, aber nichts klang in ihren eigenen Ohren richtig. Wie hätte sie Lorcan erklären sollen, dass sie dieses Geheimnis mit ihm teilen wollte, weil er ihr wichtig war? Er würde vielleicht die falschen Schlüsse ziehen. Das angestrengte Lächeln, das er sich abrang, ertrug sie trotzdem nicht.

Um ihn nicht länger ansehen zu müssen, setzte sie sich in Bewegung, führte ihn durch die Gänge und über mehrere Treppen, bis sie in einen verborgenen Raum im Dach des Palastes gelangten. Ein riesiges glasloses Fenster ließ Mondlicht in das mit Kissen und Teppichen ausgelegte Zimmer dringen, das alles silbern erhellte. Yvaine brachte für gewöhnlich frische Blumen und Getränke her, aber heute hatte sie noch keine Zeit gehabt. Und so empfing sie nur ein vertrockneter Strauß auf einem kleinen Tisch.

»Normalerweise ist die Verpflegung hier besser«, scherzte sie, ließ seine Hand los und entzündete einige Kerzen. »Aber ich war so in Eile zu dir zu kommen, dass ich nicht daran gedacht habe, hier zuerst für Ordnung zu sorgen, und …«

Sie brach ab, als sie seine Wärme hinter sich spürte, bevor er seine Hände an ihre Taille legte. Yvaine lehnte sich gegen seine breite Brust und nahm seinen Geruch in sich auf.

Es waren kaum sieben Stunden vergangen, seit

sie Lorcan zuletzt gesehen hatte. Aber seine Nähe hatte ihr bereits schmerzlich gefehlt.

»Solange du hier bist, habe ich alles, was ich brauche«, raunte er in ihr Ohr.

Ein angenehmes Prickeln ließ sie schaudern. Yvaine legte den Kopf in den Nacken, als Lorcan den Stoff ihres Morgenmantels zurückschob und ihren Hals küsste. Gänsehaut überzog ihren Körper und sie umklammerte seine Hände mit ihren, um sich an ihm festzuhalten.

Lorcan hielt in seiner Bewegung inne. Er drehte ihre Hand behutsam um und betrachtete ihre gerötete Haut.

»Du hast mir noch nicht erklärt, warum du dich meinetwegen so in Gefahr gebracht hast«, murmelte er.

Ihr Herz setzte einen Schlag aus und sie räusperte sich, um Zeit zu gewinnen, damit ihre Stimme sich festigen konnte. »Ich erkläre es dir, wenn du mir sagst, wovon du gesprochen hast, als ich dir die Magie entzogen habe.« Sie fühlte, wie er sich hinter ihr verkrampfte. »Du weißt schon. Du hast gesagt, dass ich der Grund war, warum du aufgehört hast, die Menschen …«

Er wirbelte sie herum und schloss seine Arme um sie. »Dann reden wir eben nicht«, entschied er, bevor er seine Lippen auf ihre senkte.

Yvaine erhob keinen Einspruch. Sie hatte kein Bedürfnis, mit ihm über ihre Gefühle zu sprechen. Immerhin wusste sie selbst nicht genau, was in ihr vorging. Nur, dass sie wohl gerade dabei war, ihr Herz an einen Dämon zu verlieren.

Lorcan schob den Stoff ihres Morgenmantels noch weiter zurück und Yvaine ließ ihn über ihre Arme gleiten, bis er auf dem Boden landete. Sie öffnete seufzend ihren Mund für ihn. Seine Finger strichen über ihre Brust und er massierte die aufgerichteten Brustwarzen durch den Stoff ihres Nachtkleides.

Sein Kuss war fordernder als gewöhnlich und Yvaine teilte das Verlangen, das sie schmeckte, mit ihm. Sie drängte sich näher an ihn. Yvaine spürte seine harte Erregung an ihrer Hüfte und hielt den Atem an.

Im Tempel der Mondgöttin hatte sie keine Zeit gehabt, Lorcan wirklich zu betrachten. Das wollte sie jetzt nachholen. Deswegen legte sie ihre Hände an seinen Hosenbund und zerrte ungeduldig an den Knöpfen, bis sie sich öffneten. Dann schob sie den Stoff über seine Hüfte, löste sich von ihm und sah ihm in die Augen.

Sie sank vor ihm auf die Knie und hielt den Blickkontakt mit ihm. Dann umfasste sie seinen Schaft mit einer Hand. Er war prall und hart und sie wollte ihn mit ihren Lippen umschließen.

Sie fuhr mit der Zunge über seine Spitze. Lorcan biss sich auf die Unterlippe und sog den Atem ein. Er legte den Kopf in den Nacken und gab einen kehligen Laut von sich, der die Hitze in ihrer Mitte entfachte, als sie ihn in ihrem Mund aufnahm.

Yvaine blickte immer noch zu ihm auf, obwohl Lorcan die Augen geschlossen hatte, während sie ihn mit ihrem Mund und ihrer Hand massierte. Sie sah auch nicht weg, wenn sie an ihm leckte oder saugte und ihm ein heiseres Stöhnen entlockte.

Es hatte ihr immer gefallen, die Kontrolle zu haben. Aber bei Lorcan erregte sie dieses Gefühl noch mehr. Er war es gewohnt, Befehle zu erteilen, doch bei ihr gab er nach und ließ sie gewähren. Andere Männer hätten längst Yvaines Kopf zwischen ihre Hände genommen und versucht, ihr ein anderes Tempo aufzuzwingen. Lorcan hielt sich lediglich an ihren Schultern fest und gab sich ihr hin.

»Bei den Göttern, Yvaine«, keuchte er nach einer Weile, in der es sie mindestens ebenso erregt hatte, ihn zu verwöhnen, wie Lorcan selbst. »Wenn du nicht aufhörst …«

»Ich werde erst aufhören«, erwiderte sie mit rauer Stimme, »wenn du fertig bist.«

Er öffnete seine Augen und betrachtete sie mit glasigem Blick, während sie ihre Lippen wieder um ihn schloss. Lorcans Atem ging zittrig und allein die Art, wie er sie ansah, ließ die Hitze in ihrer Mitte fast unerträglich werden. Aber sie würde noch auf ihre Kosten kommen.

Sie umfasste seinen Schaft fester und saugte wieder an ihm, als Lorcan zu beben begann und sein Stöhnen nicht mehr unterdrücken konnte. Yvaine nahm Lorcans Erregung tief in ihrem Mund auf und strich mit ihrer Zunge darüber, bis sein warmer Saft sich in ihr ergoss.

Noch nie hatte sie einem Mann erlaubt, in ihrem Mund zu kommen, aber bei Lorcan war alles anders. Sie saugte an ihm, massierte ihn mit ihrer Hand, um sein Nachbeben zu verlängern und genoss das Geräusch seines heiseren Atems.

In ihrer Mitte pochte ihr eigenes Verlangen immer unerträglicher, trotzdem nahm sie sich Zeit, ihn zu verwöhnen. Er strich über ihre Wange. Sie erwiderte seinen Blick und gab ihn frei.

Yvaine umfasste den Saum seiner Tunika und zog sie mit sich hoch, als sie aufstand. Lorcan streifte den Stoff ab und warf ihn auf den Boden. Dann nahm er ihre Lippen in Besitz, hob Yvaine hoch und trug sie zu dem Lager aus Kissen.

Er unterbrach den Kuss nicht, während er die Verschnürungen ihres Nachtkleides öffnete und die dünnen Träger von ihren Schultern schob. Der Stoff glitt bis zu ihrer Hüfte hinab und Yvaine wollte ihn mit ihren Händen ganz hinunterzerren, doch Lorcan umfasste ihre Handgelenke.

Er löste seine Lippen von ihren und rang genauso um Atem wie sie. Obwohl Yvaine ihre Hüfte ungeduldig bewegte, schien Lorcan keine Eile zu haben. Ein Schmunzeln umspielte sein Gesicht. Dann küsste er ihren Hals und arbeitete sich quälend langsam zu ihren Brüsten hinunter.

Er umschloss ihre Brustwarze mit dem Mund und gab ihre Handgelenke frei, um ihren Körper mit den Händen zu berühren. Sie stöhnte heiser. Yvaine hatte nicht gedacht, dass sie noch erregter sein könnte, aber Lorcan schürte das Feuer in ihrem Inneren mit jedem Kuss, den er auf ihre Haut hauchte.

Als er endlich bei ihrer Hüfte ankam und sie ihr Becken anhob, damit er das Nachthemd abstreifen konnte, wurde sie wieder ungeduldig. Sie wollte ihn in sich aufnehmen und öffnete ihre Beine für ihn. Doch anstatt wieder hinaufzuwandern, brachte er seinen Kopf über ihre Mitte.

»Du musst nicht …«

»Shhh«, unterbrach er sie und betrachtete sie einen quälend langen Moment.

Wollte er, dass sie ihn anflehte, sie zu berühren? Yvaine befeuchtete ihre Lippen, doch in dem Moment senkte Lorcan sein Gesicht herab und seine Zunge umkreiste ihre empfindlichste Stelle.

Yvaine vergrub die Finger in den Kissen und sank zurück auf das Lager, während Lorcan an ihrer Perle saugte. Ihre Knie öffneten sich noch weiter und ihr Körper bäumte sich bei jeder Berührung auf.

Die Hitze in ihrem Unterleib schwoll an. Doch jedes Mal, wenn sie dachte, sie würde endlich ihren Höhepunkt erreichen, veränderte Lorcan die Position oder den Rhythmus. Yvaine verlor beinahe das Bewusstsein, fühlte nur noch ihre Lust, die sie aus ihrem eigenen Körper zu reißen drohte.

»Lorcan, bitte«, flehte sie heiser. »Lass mich kommen.«

Sie musste ihn nicht ansehen, um das Schmunzeln zu erkennen, das auf seinen Lippen lag. Yvaine stöhnte. Seine Zunge strich rhythmisch über ihre empfindlichste Stelle und das Feuer in ihrer Mitte schlug in ein Inferno um. Sie drückte ihren Rücken durch und klammerte sich verzweifelt an den Kissen fest. Endlich erlöste Lorcan sie und Yvaine konnte ihre Lust hinausschreien. Als würde ein Sturm sie mit sich nehmen, schwebte sie, fühlte ihren eigenen Körper nicht mehr, nur das Verlangen, das endlich gestillt war und Wellen von purem Glück durch ihre Adern pumpte.

Ihre Sinne kehrten langsam zurück. Sie hob den Kopf, um Lorcan anzusehen. Er betrachtete sie wie etwas Heiliges, etwas, das er anbeten musste. Ihr Herz zog sich vor Rührung zusammen und Tränen brannten in ihren Augen.

»Bei den Göttern, Yvaine«, hauchte Lorcan und richtete sich auf.

Er legte eine Hand an ihr Gesicht und strich die Tränen fort, die über ihre Wangen liefen.

»Habe ich … ich wollte nicht …«, stammelte er besorgt.

Sie schlang ihre Arme um seinen Hals und küsste ihn. Es war ihr gleichgültig, dass er nach ihr schmeckte, so wie es ihn nicht gestört hatte, als sie nach ihm geschmeckt hatte.

»Du hast nichts falsch gemacht«, sagte sie.

»Warum weinst du dann?«, fragte er immer noch besorgt.

»Weil ich noch nie so glücklich war«, gestand sie und rang sich ein Lächeln ab.

Lorcan wirkte verwirrt und sie hätte es ihm gern besser erklärt, aber sie konnte nicht. Deswegen ließ sie ihre Hände über seinen Oberkörper streichen, bis sie bei seiner Mitte ankam.

Sie genoss es, wenn er die Kontrolle an sie abgab. Aber genauso wollte sie diese auch ihm überlassen. Das gelang ihr selten. Aber bei Lorcan wollte sie sich verlieren können. Sie drehte sich in seinen Armen herum und drängte auf der Seite liegend mit ihrem Gesäß gegen seine Erregung.

Einen Moment zögerte er, dann schlang er seine Arme um sie und zog sie näher an sich. Er hob ihr oberes Bein an und drang in sie ein. Yvaine seufzte. Lorcan zog sich zurück, nur um erneut zuzustoßen und tiefer in sie zu gleiten.

Während er seinen Rhythmus fand, zeichneten seine Finger Kreise über ihrer immer noch geschwollenen Perle und entlockten ihr heisere Laute. Sein Körper schmiegte sich perfekt an ihren und seine Arme gaben ihr den Halt, den sie bisher so vermisst hatte.

Er presste seine Lippen an ihre Halsbeuge und sein heiserer Atem sandte Schauer durch ihren Körper.

»*Theaia ema*«, flüsterte er wieder und wieder, als würde er zu einer Göttin beten.

Yvaine hatte es für unmöglich gehalten, aber Lorcan tief in sich zu fühlen, während seine Finger ihre empfindlichste Stelle massierten, ließ ihren Körper erneut beben. Sie hatte jegliches Gefühl für Zeit und Raum verloren. Alles, was sie wahrnahm, waren die rhythmische Bewegung von Lorcan, sein heißer Atem in ihrem Nacken und die Lust, die er ihr schenkte. Sie presste sich gegen ihn und keuchte seinen Namen, als die Hitze in ihrem Körper sich in einem weiteren Höhepunkt ergoss.

Lorcan dämpfte sein Stöhnen an ihrer Schulter und zog sie enger an sich. Sein Atem kam stoßweise und er verlangsamte seine Bewegungen. Sie fühlte sein Beben tief in sich. Er löste seine Lippen von ihrer Schulter und küsste ihren Hals. Sie schauderte und spürte, wie sein Höhepunkt nach und nach abklang. Yvaine seufzte tief und schmiegte sich noch mehr in seine Arme.

Diesmal breitete Lorcan nicht seine Flügel über ihnen beiden aus, sondern zog eine Decke über ihre verschwitzten Körper, bevor er seine Arme erneut um sie schloss und seine Lippen an ihr Ohr brachte.

»Ra nitiem, Theaia ema«, hauchte er und küsste ihre Schläfe.

Sie musste dringend herausfinden, was diese Worte bedeuteten. Denn sie wollte glauben, dass er ihr gestand, was sie nicht auszusprechen wagte. Nämlich, dass sein Herz ihr genauso gehörte, wie ihm das ihre.

Yvaine schloss die Augen und atmete tief Lorcans Duft ein. Was auch immer die nächsten Tage bringen mochten, solang sie abends in seinen Armen einschlief, würden sie jedes Hindernis überwinden können, das sich ihnen in den Weg stellte. Daran wollte sie glauben. Nur so konnte sie diesen Funken Glück, der ihr jetzt endlich gehörte, bewahren.

KAPITEL 21 - LORCAN

Der Gesang von Vögeln ließ ihn aus seinem Schlaf hochschrecken. Es dauerte einen Moment, bis Lorcan erkannte, wo er sich befand, und dass der Tag noch nicht richtig angebrochen war. Vor dem glaslosen Fenster färbte sich der Himmel purpurn und außer den Vögeln, die sich wohl einen guten Morgen wünschten, nahm er kein Geräusch wahr. Sie hatten also noch Zeit, bevor jemand nach ihnen suchen würde.

Sein Blick fiel auf Yvaine, die in seinen Armen schlief. Ihr Gesicht wirkte friedlich und weich und als er einen Kuss auf ihre nackte Schulter hauchte, seufzte sie und ein Lächeln umspielte ihre Lippen.

Lorcan zog die Decke höher, damit Yvaine nicht fror. Es war erstaunlich kühl in dieser Dachkammer geworden, was wohl dem großen offenen Fenster geschuldet war. Aber Yvaines Wärme ließ ihn davon kaum etwas bemerken.

Er lehnte seinen Kopf an ihren und schloss die Augen, um diesen paradiesischen Moment zu genießen. Es lag Jahre zurück, dass er im Schlaf nicht von Albträumen heimgesucht worden war. Doch heute Nacht, als er neben diesem perfekten Geschöpf geschlafen hatte, war er verschont geblieben.

Ich weine, weil ich noch nie so glücklich war, hörte er Yvaines Worte in seinen Gedanken.

Er konnte ihr nur zustimmen. Lorcan hatte sich schon lange nicht mehr so glücklich gefühlt wie jetzt. Yvaine tat ihm gut, schien die Last, die er seit Jahren auf seinen Schultern trug, leichter zu machen. Er hatte sein Herz schon vor ihrer ersten gemeinsamen Nacht an sie verloren. Das wusste er jetzt.

Bisher hatte er gedacht, es würde seinen Untergang bedeuten, wenn er diese Gefühle zuließ. Doch jetzt sah er einen winzigen Funken Hoffnung, dass diese wundervollen Tage nicht ihre einzigen sein würden. Er wusste noch nicht, wie es ihnen gelingen sollte, zusammen zu sein. Aber wenn sie darüber hinwegsehen konnte, dass er der Schrecken der Wüste war, dann würden sie einen Weg finden. Vielleicht konnte er wirklich auf ihre Vergebung hoffen und damit die Schatten seiner Vergangenheit endgültig hinter sich lassen.

Als sie sich in seinen Armen regte, hauchte er einen Kuss auf ihre Schläfe. »Guten Morgen, meine Königin«, raunte er.

Sie drehte sich um, sah ihm ins Gesicht und lächelte. Allein dieser Anblick genügte, um sein Herz schmelzen zu lassen. Es gab für ihn keinen Zweifel mehr, er hatte sich in Yvaine verliebt und war ihr auf Gedeih und Verderb ausgeliefert.

»Es ist noch früh, du kannst noch ein wenig schlafen«, schlug er mit rauer Stimme vor und strich durch ihr seidig weiches Haar. Es duftete nach den Blumen von Sisun. Am liebsten hätte er die Augen selbst wieder geschlossen und seine Sinne von Yvaine benebeln lassen.

»Ich würde wirklich gern für immer hierbleiben«, erwiderte sie und fuhr mit ihrem Finger über seine nackte Haut. »Aber wir beide wissen, dass das nicht geht. Ich muss an mein Volk denken.«

Lorcan seufzte. »Ja, das weiß ich nur zu gut«, meinte er erschöpft. »Es gibt zu viele Dinge, die noch geklärt werden müssen. Allen voran …«

»Allen voran die Frage, ob ihr die dunklen Kreaturen aufspüren könnt«, unterbrach sie ihn. Sie sah aus, als wollte sie noch etwas hinzufügen. Ehe Lorcan nachhacken konnte, schnalzte sie mit der Zunge und ihre finster gewordene Miene entspannte sich wieder. »Aber das hat Zeit bis später. Ich will jetzt weder über Politik noch Allianzen oder mögliche Kriege sprechen.« Sie schmiegte sich an ihn und ihre Lippen berührten sein Kinn. »Ich möchte noch einen Moment, in dem ich dich einfach halten und deine Wärme spüren kann, ohne darüber nachzudenken, was uns später erwartet. Schenkst du ihn mir?«

Er schloss seine Arme um sie und breitete seine Flügel über sie beide aus, um ihnen diese Abgeschiedenheit zu geben. »Ich schenke dir, was immer du möchtest«, raunte er.

»Oh, sei vorsichtig mit dieser Aussage«, warnte

sie ihn mit einem Grinsen. »Vielleicht fordere ich unmögliche Dinge von dir.«

Lorcan bedeckte ihre Lippen mit seinen, genoss das wilde Schlagen seines Herzens, als Yvaines Wärme seine Haut überzog, bevor er sich von ihr löste.

»Ganz gleich, was du willst, ich werde es möglich machen«, versprach er.

Ihr Lächeln wurde traurig und bevor er etwas hinzufügen konnte, küsste sie ihn. »Ich werde daran denken, wenn es so weit ist«, murmelte sie und lehnte ihre Stirn an seine Schulter.

Einen Moment schwiegen sie, dann rückte Yvaine von ihm ab und er gab sie frei. Sie stand auf und hob ihr Nachtkleid auf, das irgendwo unter den Decken und Kissen verschwunden war.

»Hast du diese Art Kleidung öfter an?«, fragte er, als auch er nach seinen Hosen suchte.

»Manchmal«, erwiderte sie und warf ihm einen neckischen Blick zu. »Hauptsächlich dann, wenn ich als Mondgöttin Dämonen verführen will.«

»Ach, machst du das regelmäßig?«, hakte er nach und hoffte, es klang genauso neckisch. Ihre Worte schürten eine Eifersucht, die ihm nicht zustand, und er wollte nicht, dass sie es bemerkte.

»Du bist der erste Dämon. Und ich bin mir ziemlich sicher, dass du auch der letzte bist«, erklärte sie und schritt auf ihn zu.

Sie hielt den zerknüllten Stoff vor ihre Brust und blickte zu ihm auf. Ihre dunkelblauen Augen schimmerten wie der Sternenhimmel und Lorcan bekam kaum noch Luft. Seine Brust fühlte sich viel zu eng für sein Herz an.

»Ich hätte dich nicht als Mondgöttin gesehen«, sagte er, um diese seltsame Spannung zu lösen. Er war nicht bereit, über seine Gefühle zu sprechen, und er wusste, dass sie es auch nicht war. So bot er ihnen beiden eine Ausflucht.

»Wirklich? Dabei stammt meine Familie angeblich von ihr ab«, meinte Yvaine und machte einen Schritt zurück. »Wenn man den Legenden von Sisun Glauben schenken will.«

»Viele Legenden beruhen auf Tatsachen«, meinte er und beobachtete sie, wie sie in ihr Nachtkleid schlüpfte und die Schnüre vor ihrer Brust wieder verknotete. »Aber eine Mondgöttin hätte ich in dir dennoch nicht gesehen.«

»Weil du mich für unwürdig hältst?«, hakte sie nach und betrachtete nun ihn, während er in seine Hose schlüpfte und die Tunika über seinen Kopf zog. Magie weitete die Schlitze, die für seine Flügel vorgesehen waren, und schloss sie, nachdem er das Kleidungsstück losließ.

»Du bist bestimmt nicht unwürdig, aber … ich stelle mir eine Mondgöttin kühl und eher zurückhaltend vor. Nicht so temperamentvoll und leidenschaftlich wie dich.«

»Das war ja beinah ein Kompliment«, murmelte sie und hob den Morgenrock auf.

Er schloss die Entfernung zwischen ihnen, berührte leicht ihre Schultern und wartete, bis sie sich zu ihm umdrehte. »Es ist ernst gemeint. Du bist vielleicht stur und manchmal ein wenig hitzig, aber du hast die Kraft eines Tigers in deinem Herzen und deine Leidenschaft ist atemberaubend.« Er strich ihr eine Strähne ihrer dunklen Haare hinter das Ohr. »Genau wie deine Schönheit.«

»Nun, dann bin ich vielleicht der Sonnenaspekt der Mondgöttin«, brachte sie atemlos hervor, bevor sie sich auf ihre Zehenspitzen stellte und einen Kuss auf seinen Mundwinkel hauchte. »Die Göttin verkörpert nämlich sowohl den Mond als auch die Sonne.«

»Das passt besser«, raunte er und lehnte seine Stirn an ihre.

Yvaine griff nach seinen Händen und schien etwas sagen zu wollen. Dann atmete sie geräuschvoll aus und ließ ihn los. »Komm, ich bringe dich zurück in dein Zimmer. Wenn wir noch länger bleiben, finde ich vielleicht nicht mehr die Kraft, diesen Ort zu verlassen.«

Er nickte und folgte ihr die Treppen hinab. Yvaine entzündete die Öllampe und führte sie durch die verwinkelten Gänge. Ohne sie wäre Lorcan in dem Irrgarten aus Korridoren verloren gewesen.

Vor einer Wand blieb sie stehen, presste ihre Finger gegen einen Stein, der unter ihrer Berührung tatsächlich in der Mauer versank und eine Tür offenbarte. Yvaine schritt voraus in das Zimmer, das genauso aussah, wie er es gestern verlassen hatte. Die Balkontür stand immer noch offen und sein Schwert lag auf einem Stuhl neben dem Bett.

»Sieht so aus, als hätte bisher niemand mein Verschwinden bemerkt«, meinte er. »Ich hoffe, es ist bei dir ähnlich.«

»Niemand wagt es, mein Zimmer zu betreten,

solange ich nicht um Hilfe rufe oder jemanden zu mir läute«, entgegnete sie, legte ihre Hände an seine Hüfte und blickte zu ihm auf. »Ich werde mit Gavril über die Trennung der Welten sprechen.«

»Nur mit deinem Bruder?«, hakte er nach. »Was ist mit Cadmus?«

»Cadmus wird uns in dieser Angelegenheit nicht helfen, selbst wenn er etwas weiß«, gestand sie und wich seinem Blick aus. »Ich denke, er ist nicht einverstanden damit, dass ich erwäge, euch mein Vertrauen zu schenken. Also möchte ich ihn vorerst nicht in diese Sache einweihen.«

»Aber er war es doch, der wollte, dass wir hierbleiben.«

Yvaine seufzte und ließ den Kopf sinken. »Ja, das ist richtig«, war alles, was sie dazu sagte.

Ihre Schultern hingen herab und Lorcan erkannte, dass sie etwas bedrückte. Er wollte nicht, dass sie sich so fühlte.

Also legte er eine Hand an ihr Kinn und hob es an. »Eine Königin sollte ihren Kopf nie so sinken lassen«, meinte er mit einem schiefen Schmunzeln. »Ganz gleich, welche Gründe der Wesir hatte, ich vertraue dir.«

Ein zaghaftes Lächeln stahl sich auf ihr Gesicht. »Gavril wird vermutlich in den Schriften meines Volkes nach Antworten suchen, die das Feuer im Palast überstanden haben. Vielleicht könnte ein Dämon, der ebenfalls in dieses Geheimnis eingeweiht ist, ihm helfen?«

»Ich werde meine Schwester darum bitten«, schlug Lorcan vor.

»Gut. Das Frühstück wird kurz nach Sonnenaufgang serviert. Ich werde Gavril in den Speisesaal bringen und die beiden können gleich mit der Aufgabe beginnen.«

»Das wird Eletta zwar nicht gefallen, aber dann muss sie eben einmal vor dem Mittag aufstehen.« Lorcan zwinkerte, froh darüber, dass die Anspannung von Yvaine abgefallen zu sein schien.

»Gavril wird auch nicht ganz glücklich sein«, fügte sie hinzu und das Lächeln, das gerade noch traurig gewirkt hatte, ließ ihr Gesicht jetzt erstrahlen. »Das Los jüngerer Geschwister, oder?«

Lorcan lachte zustimmend.

Dann wurde Yvaine wieder ernst. »Es wäre möglich, dass wir in dem Gespräch heute nicht einer Meinung sein werden«, sagte sie leise, als hätte sie Angst vor seiner Reaktion.

»Das macht nichts. Manchmal ist man nicht derselben Meinung«, entgegnete Lorcan aufrichtig. »Solange wir uns am Abend versöhnen, ist alles in Ordnung.«

»Würdest du das denn wollen?« Yvaine klang verunsichert.

»Ich möchte dich heute Abend wiedersehen, wenn es das ist, was du wissen willst«, verkündete er. »Wirst du zu mir kommen? Ich finde deine Gemächer niemals in dem Gewirr aus versteckten Gängen. Das Dachzimmer könnte ich wegen des Fensters vielleicht im Fliegen finden. Aber es wäre mir lieber, wenn ich nicht um den Palast fliegen muss und du mich dort hinführst.«

»Natürlich«, versprach sie, stellte sich auf ihre

Zehenspitzen und küsste ihn flüchtig. »Ich werde hier sein.«

»Darauf freue ich mich«, sagte er und gab sie frei.

Zögerlich schritt Yvaine auf die Geheimtür zu, ohne ihren Blick von Lorcan zu lösen. Erst als sie in dem Gang verschwand, wandte sie sich ab.

Lorcan wartete, bis die Wand sich wieder geschlossen hatte. Dann atmete er aus und fuhr sich durch die Haare. Der Wesir schien also etwas im Schilde zu führen, aber er hatte dem älteren Mann ohnehin nie wirklich über den Weg getraut.

Die Frage war, ob Yvaine sich für Cadmus oder die Dämonen entscheiden würde, wenn sie vor die Wahl gestellt wurde. Er konnte nur hoffen, dass ihre Absicht, ihnen bei der Weltentrennung zu helfen, ein gutes Zeichen war und keine Falle. Aber er hatte es ernst gemeint. Er vertraute Yvaine. Nur war ihm nicht entgegangen, dass sie etwas zu bedrücken schien. Er hatte jedoch keine Ahnung, was es sein konnte. Hoffentlich konnten sie das noch klären. Doch jetzt musste er mit Eletta sprechen.

Schnell schlüpfte er aus seiner Kleidung, wusch sich und zog frische Sachen an. Dann schnallte er sich den Schwertgürtel um und verließ sein Zimmer.

Elettas Gemach lag zwei Räume neben seinem.

Als er die Tür erreichte, klopfte er laut genug, dass sie ihn selbst im Tiefschlaf hören musste. »Eletta, ich bin es«, sagte er. »Wir müssen reden.«

Von drinnen kam nur ein seltsames Gemurmel und etwas fiel geräuschvoll um. Lorcan zögerte nicht, er legte eine Hand an den Griff seiner Waffe und stieß die Tür auf.

Ein spitzer Schrei und ein Anblick, den er nie sehen wollte, empfingen ihn. Eletta presste die Bettdecke vor ihren nackten Körper, während Léas hinter dem Bett in Deckung ging.

»Was, bei allen Höllenfeuern …«, knurrte Lorcan, trat in das Zimmer und warf die Tür hinter sich zu.

»Es ist nicht …«

»Sag nicht, es ist nicht das, wonach es aussieht«, unterbrach Lorcan das Gestammel seiner Schwester.

Ihr Mund öffnete und schloss sich geräuschlos, dann straffte Eletta ihre Schultern und ihr Blick wurde finster. »Ich bin erwachsen, Bruder, und ich kann tun und lassen, was und mit wem ich will.«

Lorcan blinzelte überrascht, weil Eletta tatsächlich den Mut hatte, ihm die Stirn zu bieten. Ein Schmunzeln breitete sich auf seinen Lippen aus. Offensichtlich hatte er seine Schwester unterschätzt.

»Ja, das bist du«, sagte er und ließ die Hand, die immer noch über dem Schwertgriff schwebte, sinken. »Vergib mir, dass ich nicht erkannt habe, dass aus dem Küken ein Schwan geworden ist.«

Selbst in der Dämmerung bemerkte er, dass ihre Wangen sich dunkel färbten.

»Ich würde ja gehen und so tun, als hätte ich nichts gesehen, aber ich brauche deine Hilfe«, fuhr Lorcan fort. »Können wir also bitte reden? Allein?«

Sein Blick fiel auf den brünetten Haarschopf, den er über den Rand der Matratze ausmachte.

»Ich werde mir schnell etwas im Waschraum anziehen«, schlug Eletta vor. »Dann können wir reden.«

Sie raffte die Decke um sich und eilte zu der Tür,

die sie schwungvoll hinter sich schloss. Léas erhob sich, inzwischen zumindest mit einer Hose bekleidet, stammelte unverständliche Worte und eilte auf den Ausgang zu.

Als er auf Lorcans Höhe war, packte dieser den Prinzen an der Schulter und presste ihn gegen die Wand.

»Nur, damit das klar ist«, knurrte er Léas an. »Wenn du ihr wehtust, werde ich dein Leben auf grausame Weise beenden.«

»Ich ihr wehtun?« Der Prinz lachte verlegen. »Dir ist bewusst, dass sie mich mit bloßen Händen töten könnte, bevor ich überhaupt bemerke, was sie vorhat. Oder?«

»Dein Ruf ist nicht gerade der Beste, was Frauen betrifft«, warf Lorcan ein. »Ich weiß, dass du dich mindestens durch das halbe Schloss von Dolunay geschlafen hast. Wenn du also ein weiteres Abenteuer suchst, solltest du es ihr sagen, bevor Gefühle ins Spiel kommen.«

»Denkst du, sie ist in mich verliebt?«, blaffte Léas. »Für sie bin ich doch auch nur ein Abenteuer. Wenn diese elenden Verhandlungen hier zu Ende sind, werde ich sie vermutlich nie wiedersehen. Das wissen wir beide. Solange wir hier sind, haben wir einfach Spaß miteinander.«

Lorcan verstärkte seinen Druck auf die Schulter des Prinzen, doch der gab zu seiner Überraschung keinen Laut von sich. »Wenn ihr euch einig seid, werde ich euch nicht im Weg stehen.«

Er ließ Léas los und der Prinz richtete seinen Kragen. »Weißt du, irgendwie ist deine Einstellung heuchlerisch. Immerhin machst du doch dasselbe mit der Königin von Sisun.«

»Wie kommst du auf diese absurde Behauptung?« Lorcan lachte, aber selbst in seinen Ohren klang es künstlich.

»Weil ich nicht blind bin. Ich sehe die Blicke, die ihr euch zuwerft.«

»Und was für Blicke sollten das sein?«, hakte Lorcan skeptisch nach.

»Als würdet ihr einander mit den Augen verschlingen wollen«, antwortete Léas mit triumphierendem Grinsen. »Falls ihr es also noch nicht getan habt, wird es wohl nicht mehr lange dauern. Ihr solltet nur aufpassen, dass dieser Cadmus nichts mitbekommt. Der Kerl hat etwas an sich, das mich frösteln lässt.«

»Danke für die Warnung«, brummte Lorcan.

»Für dich jederzeit … *Schwager.*« Léas lachte auf, als Lorcan ihn wieder packen wollte und ins Leere griff. »Nichts für ungut. Ich bin dann mal weg, bevor du mir doch den Kopf abreißt.«

Immer noch lachend verließ er das Zimmer. Eletta schien darauf gewartet zu haben, denn kaum war er fort, ging die Tür zum Waschraum auf und sie trat bekleidet heraus.

»Hör zu, ich …«, begann sie und hielt inne, als Lorcan seine Hand hob.

»Du hast recht. Was du mit wem auch immer tust, geht mich nichts an«, verkündete er. »Ich will nur nicht, dass er dir weh tut. Du kennst seinen Ruf nicht, und …«

»Und du wohl meinen nicht«, unterbrach sie ihn

mit einem schiefen Grinsen. »Keine Sorge. Léas ist nur eine weitere Kerbe in meinem Bettpfosten.«

Lorcan kniff die Augen zusammen. »Bei den Göttern, lass uns nicht darüber reden. Es fällt mir immer noch schwer, in dir nicht mehr meine kleine Schwester zu sehen, die ich vor der Welt beschützen muss.«

Eletta lachte gelöst. »In Ordnung. Wofür brauchst du meine Hilfe?«

Nachdem Lorcan seine Schwester eingeweiht hatte, brachte er sie zum Saal, in dem das Frühstück serviert wurde. Yvaine und Gavril waren bereits anwesend und die vier aßen schweigend. Dann verließen der Prinz und die Dämonin den Raum und Lorcan war mit Yvaine allein. Ehe er etwas zu ihr sagen konnte, traten jedoch Cieran und Meira ein.

Yvaine entschuldigte sich und zog sich zurück. Lorcan konnte ihr nicht folgen, ohne sich zu verraten. Er war froh, dass Meira ihn nicht auf Yvaine ansprach und Cieran nur über seine Strategie für das anstehende Gespräch redete. Lorcan bemühte sich, seinen Worten zu folgen, aber seine Gedanken drifteten immer wieder zu Yvaine ab.

Ob er Cieran erzählen sollte, dass er sein Herz an die Konigin von Sisun verloren hatte und sie ihm gegenüber zumindest Zuneigung empfand? Nur so hätte er offen mit ihm über Cadmus und die Andeutung, die Yvaine gemacht hatte, sprechen können.

Doch noch während er das dachte, trat der Wesir

neben Yvaine ein. Lorcan blickte zu ihr, aber sie starrte nur einen Punkt irgendwo hinter Cieran an.

»Ich dachte, wir treffen uns für das Gespräch später in einem anderen Raum«, sagte der Dämonenfürst, während er aufstand und Meira hochhalf.

»Es wird keine Gespräche geben«, erwiderte der Wesir.

Lorcan erhob sich und sah zu Yvaine, deren Blick für einen kurzen Moment zu ihm wanderte, bevor sie zu Boden starrte. Sein Magen zog sich zusammen. Was ging hier vor?

»Nicht, solange diese dunklen Kreaturen immer noch mein Volk angreifen«, stammelte die Königin. »In unserer Abwesenheit hat in der Stadt ein Kampf mit ihnen stattgefunden.«

Lorcan wirbelte zu Cieran herum, der seine Arme vor der Brust verschränkte. »Ganz recht, und meine Dämonen haben ihr Leben riskiert, um das Unheil abzuwenden.«

»Die Königin möchte erst mit den überlebenden Menschen reden«, sagte Cadmus finster. »Euer Trick in der Wüste mit diesem Zauber hat nicht funktioniert. Sie glaubt nicht daran, dass ein Rächer die dunklen Kreaturen befehligt. Euer Plan ist also gescheitert und …«

»Ich kann für mich selbst sprechen«, zischte Yvaine und sah dann Cieran an. »Es stimmt, ich hege Zweifel an dem, was der Offenbarungszauber gezeigt hat.«

»Warum?«, wollte Lorcan wissen.

Er hatte etwas anderes gesehen als die anderen. Aber Yvaine wusste das nicht. Sie schien an dem

Zauber selbst zu zweifeln und an der Aufrichtigkeit der Dämonen. Das versetzte Lorcan einen Stich.

Doch Yvaine sah weiterhin nur Cieran an und richtete ihre Worte auch an ihn. »Begleitet mich bitte zu dem Ort und erzählt mir, was vorgefallen ist. Danach will ich mit den Menschen reden. Mir ist zu Ohren gekommen, dass die Dämonen die Kreaturen nicht wirklich verletzt haben.«

»Ihr glaubt also immer noch, dass wir hinter den Angriffen stecken?«, fragte Lorcan fassungslos. »Sagt Ihr mir wenigstens, wieso Ihr an dem Zauber zweifelt?«

Yvaines Augen weiteten sich einen Moment, dann räusperte sie sich. »Ich möchte keine Unterstellungen vorbringen. Deswegen will ich es selbst sehen und mit den Menschen sprechen, bevor ich mir eine Meinung bilde. Aber ich habe Euch schon gesagt, dass es mir schwerfällt zu glauben, was ich gesehen habe.«

Lorcan wandte sich zu Cieran um. »Warum hast du mir nichts gesagt?«

»Gestern wollte ich dich damit nicht belasten. Ich wollte es dir gerade erzählen, aber da wurden wir bereits unterbrochen.«

Lorcan schnaubte. Yvaine hatte von einem Angriff erfahren und jemand hatte ihr gesagt, dass es aussah, als würden die Dämonen mit den Bestien unter einer Decke stecken. Sie schien dem nicht ohne Zweifel Glauben zu schenken, aber für abwegig hielt sie es auch nicht. Außerdem traute sie dem Zauber nicht, den Lorcan gewirkt hatte. Und das verletzte ihn mehr, als er sich selbst eingestehen wollte.

»Wenn Ihr so weit seid, brechen wir auf«, verkündete Cadmus und wandte sich ab.

Yvaine blieb einen Moment stehen, warf Lorcan einen entschuldigenden Blick zu, und folgte dem Wesir dann.

Dass Lorcan seine Hände zu Fäusten geballt hatte, bemerkte er erst, als Meira seine Finger löste. »Sie meint es nicht böse«, sagte sie an die beiden Dämonen gewandt. »Sie will nur das Beste für ihr Volk.«

»Das ist mir bewusst«, entgegnete Cieran finster. »Nur merkt sie dabei nicht, dass sie den falschen Leuten vertraut.«

»Vertrauen ist so eine Sache«, warf Meira sanftmütig ein und schenkte ihrem Mann ein Lächeln. »Man muss es sich manchmal erst verdienen und geduldig sein, oder?«

Cieran atmete geräuschvoll aus und nickte dann. »Zum Glück habe ich dich an meiner Seite, sonst wäre es um meine Geduld schnell geschehen.« Er legte einen Arm um ihre Schulter. »Willst du mitkommen oder hierbleiben?«

»Ich komme natürlich mit euch«, verkündete Meira und schmiegte sich an ihn.

Lorcan betrachtete die beiden mit einer seltsamen Wehmut, die sein Herz schwer werden ließ. Ob er sich heute Morgen, als er Yvaine gehalten hatte, doch nur etwas vorgemacht hatte? Gab es wirklich Hoffnung für sie beide? Oder war die Kluft zwischen ihren beiden Völkern tatsächlich so groß, dass nicht einmal sie beide sie überwinden konnten?

Bei der Vorstellung fühlten sich seine Schultern

bleischwer an. Er wollte Yvaine nicht verlassen. Aber vielleicht schickte sie ihn ohnehin fort, ganz gleich, wie die Friedensverhandlungen ausgehen würden.

Mit diesen düsteren Gedanken folgte er Cieran und Meira hinaus zu den Reittieren, um in der Stadt mit den Menschen zu sprechen.

KAPITEL 22 - YVAINE

Während des Ritts durch die Stadt wagte sie es nicht, Lorcan anzusehen. Der Ausdruck auf seinem Gesicht, als Cadmus die Dämonen mit dem erneuten Angriff der dunklen Kreaturen konfrontiert hatte, schmerzte sie mehr, als sie gedacht hätte. Nein, sie wollte ihn jetzt nicht betrachten, weil sie wusste, dass sie ihn verletzt hatte.

Statt zu erklären, dass sie an einer Verbindung der Dämonen mit den Angreifern zweifelte, hatte sie ihrem Wesir den Rücken gestärkt. Natürlich handelte sie logisch. Ihr Volk stand an erster Stelle und Yvaine musste das tun, was für Sisun das Richtige war. Sie hätte es aber anders ausdrücken können. Wäre sie an Lorcans Stelle gewesen, hätte sie sich betrogen gefühlt. Genauso musste es ihm jetzt gehen.

Als sie am Rand der Stadt ankamen, stockte Yvaine der Atem. Die Mauern, die Inej schützend umgaben, lagen in Trümmern neben den vollkommen zerstörten Häusern. Eine tiefe Schwärze überzog das sandsteinfarbene Mauerwerk und ihr Herz blieb einen Moment stehen. Nur schwarzes Feuer konnte eine solche Verwüstung hinterlassen.

Bevor sie aus dem Sattel steigen konnte, stand Lorcan bereits neben ihr. Er streckte ihr seine Arme entgegen und wartete darauf, dass sie ihm gestattete, ihr zu helfen. Yvainc sah sich verstohlen um. Cadmus war gerade damit beschäftigt, Befehle zu erteilen, und beachtete sie nicht.

Also rutschte sie in ihrem Sattel nach vorn und ließ sich von Lorcan bei der Hüfte umfassen und auf den Boden aufsetzen.

»Du hast erkannt, was hier gewütet hat, oder?«, flüsterte er in ihr Ohr, als er sie einen Moment länger hielt, als nötig war.

Sie nickte nur, löste sich von ihm und schritt auf die verwüsteten Häuser zu. Das war nicht der richtige Moment, um mit Lorcan zu reden. Sie wollte ihm vertrauen, aber sie fürchtete, dass ihre Gefühle für ihn sie beide in Schwierigkeiten bringen würden. Cadmus durfte nicht ahnen, wie sehr sich Yvaine zu Lorcan hingezogen fühlte. Er würde ihr unterstellen, dass sie dadruch keine richtigen Entscheidungen mehr treffen konnte. Und Yvaine wollte sich nicht dafür verteidigen müssen, dass sie einmal an ihr eigenes Glück dachte. Cadmus schöpfte schon Verdacht, dass sie wegen dem Dämon an allem zu zweifeln begonnen hatte. So lang sie den Wesir nicht überzeugen konnte, dass es richtig war, mit den Dämonen Frieden zu schließen, mussten sie vorsichtiger sein. Das würde sie Lorcan ebenfalls sagen müssen.

»Große Göttin«, murmelte sie, als sie die Spuren des Kampfes betrachtete.

In dem verkohlten Stein entdeckte sie tiefe Kratzspuren von Wesen, die größer als Tiger sein mussten. Was für eine Kraft besaßen diese Kreaturen wohl, wenn sie mit ihren Klauen Stein aufreißen konnten?

»Wir trafen ein, als die Kreaturen die Häuser in Brand steckten«, sagte Cieran, der in gebührendem Abstand hinter ihr stand.

Yvaine drehte sich zu dem Dämonenkönig um. Sie sah ihn an und nicht Lorcan, der sich neben ihm befand. »Ihr wart ebenfalls hier?«, wollte sie wissen.

»Es ist meine Pflicht jene zu schützen, die es nicht selbst können«, erwiderte er ernst.

»Rührend, nachdem Ihr hier vor einigen Jahren ein Blutbad habt anrichten lassen«, warf Cadmus zynisch ein.

Cieran atmete knurrend aus, ging aber nicht auf den Vorwurf ein. »Einige Menschen hatten zu dem Zeitpunkt bereits den Tod gefunden, ebenso wie ein Dämon. Es grenzt an ein Wunder, dass nicht mehr Leute gestorben sind.«

Es fühlte sich falsch an, hier zu stehen. Yvaine wollte nicht an diesem Ort sein, wollte nicht den verhassten Geruch von verbranntem, geschmolzenem Sand einatmen. Trotzdem ließ sie die Menschen rufen, die Zeugen des Kampfes geworden waren. Ihre Gardisten errichteten ein Sonnensegel, unter dem sie Platz nehmen würde, um mit den überlebenden Frauen und Männern sprechen zu können.

Sie war froh, dass Meira an ihre Seite trat. Die Königin von Visha verbreitete eine angenehme Ruhe, trotz all der Zerstörung. Cadmus führte ein lautstarkes Gespräch mit Cieran, von dem Yvaine dennoch kaum ein Wort verstand. Zu laut pochte ihr Herz. Hier stimmte etwas nicht. Sie fühlte die bedrohliche Magie, die immer noch unheilvoll über ihnen hing.

»Wart Ihr ebenfalls hier?«, wollte Yvaine von der Königin Vishas wissen.

»Als mein Gemahl hörte, dass die dunklen Kreaturen erschienen waren, bat er mich, im Palast zu bleiben«, erwiderte diese.

Yvaine lachte ungläubig. »Er *bat* Euch darum?« Sie wandte sich Meira zu, die ihrem Blick standhielt.

»Ganz recht. Und weil ich wusste, dass er genug Schwierigkeiten haben würde, blieb ich zurück.« Sie senkte die Lider. »Wenn ich mir die Zerstörung hier ansehe, war die Entscheidung richtig.«

Einen Moment zögerte Yvaine, dann trat sie näher an Meira heran. »Seid Ihr wirklich freiwillig mit dem Dämonenfürsten vermählt?«, fragte sie leise. »Falls nicht, kann ich Euch Asyl gewähren. Ich könnte Euch verstecken und …«

»Hoheit«, unterbrach Meira sie sanft und lächelte. »Ich danke Euch für Eure Fürsorge, aber ich liebe meinen Gemahl aus tiefstem Herzen. Kein Zauber und keine Drohung binden mich an ihn. Ich würde keinen Tag ohne ihn verbringen wollen.«

»Es stört Euch nicht, dass er ein Dämon ist?«, hakte Yvaine nach und für den Bruchteil eines Herzschlags wanderte ihr Blick zu Lorcan, der mit verschränkten Armen neben Cieran stand. Er presste seine Kiefer fest zusammen und starrte Cadmus an.

»Wir beide wissen, dass die Dämonen viel Leid über die Menschen gebracht haben«, entgegnete Meira ernst. »Der Schmerz, der ihnen zugefügt wurde, rechtfertigt nicht, was sie getan haben. Aber ich glaube daran, dass jeder von ihnen seine Taten bereut und bereit ist, Seite an Seite mit den Menschen zu kämpfen. In Visha halten die Dämonen und mein Volk zusammen, weil wir bereit waren, einander zu vergeben und füreinander in der größten Not einzustehen. Aber auch ich musste erst hinter die Dunkelheit blicken, um zu erkennen, wie ähnlich die Dämonen und wir uns sind.«

»Wie konntet Ihr das?«, wollte Yvaine wissen und sah wieder zu Lorcan. Ihr Herz schien die Antwort bereits zu kennen, denn es schlug noch schneller, nur weil sie ihn betrachtete. Trotzdem wusste sie nicht, ob sie Lorcan jemals vollständig vergeben konnte.

»Ich habe festgestellt, dass es etwas Mächtigeres gibt als Hass«, antwortete Meira und sah zu Cieran.

Yvaine erkannte die Liebe in ihrem Blick, die Zuneigung, die nicht gespielt sein konnte. Lorcan hatte gemeint, die beiden würden ihre Leben für den anderen geben. Jetzt wusste Yvaine, dass es stimmen musste.

»Ihr habt durch die Dämonen tiefes Leid erfahren«, sagte Meira mit einem Mal und wandte sich wieder Yvaine zu. »Deswegen zögert Ihr, ihnen zu vertrauen, oder?«

»Sie haben meinen Bruder enthauptet, meinen Vater getötet und sind schuld, dass meine Mutter vor

Anstrengung gestorben ist«, erklärte Yvaine mit brüchiger Stimme.

»Ein unwiederbringlicher Verlust«, entgegnete Meira und berührte Yvaine sanft an der Schulter. »Ich verstehe Euren Zorn. Aber mit Zorn kann man Brücken nur einreißen, nicht errichten.« Sie deutete kaum merklich in Richtung ihres Mannes, aber Yvaine wusste, dass Meira Lorcan meinte. »Er ist ein guter Mann mit einem großen Herzen. Vielleicht könnt Ihr einander heilen und gemeinsam die Vergangenheit hinter euch lassen.«

Yvaine dachte über eine Erwiderung nach, als ein seltsamer Geruch in ihre Nase drang. Sie erkannte diese herbe Note sofort und wandte sich dem Loch in der Mauer zu. Ein Sandsturm zog auf und er schien schon sehr nahe zu sein. Sie spürte bereits den kalten Wind auf ihrer Haut. Der Geruch vom verbrannten Sand musste ihre Sinne getrübt haben. Anders konnte sie sich nicht erklären, dass sie erst jetzt erkannt hatte, dass sich ein Sturm zusammenbraute.

Der Wind zog noch heftiger an und wirbelte den Sand zu ihren Füßen auf.

»Sind Stürme in dieser Jahreszeit ein häufiges Phänomen?«, fragte Meira, die sich ein Tuch um den Kopf schlang, um ihr Gesicht dahinter zu verbergen.

Yvaine kniff die Augen zusammen. »Wieso fragt Ihr?«

»Weil vor zwei Tagen, kurz vor dem Angriff der dunklen Kreaturen, ebenfalls ein Sandsturm getobt hat«, antwortete die Königin.

»Es gab auch hier einen Sturm?« Yvaine keuchte und sah zu Lorcan, der sich ebenfalls zu ihr gewandt hatte und ihren Blick auffing. Magie knisterte in der Luft und ließ Yvaine innerlich zittern. Deswegen hatte sie den heftigen Wind nicht eher bemerkt! Es war kein gewöhnlicher Sturm, sondern musste von einer anderen Macht geschickt worden sein.

In dem Moment erklang ein hohes Kreischen. Es war Yvaine mittlerweile so vertraut, dass ihr Körper sofort zu zittern begann. Aus dem aufgewirbelten Sand sprangen schwarze Raubkatzen hervor, deren Augen so leer waren wie ein ausgetrockneter Brunnenschacht. Ohne zu zögern, stürzten sie sich auf die Gardisten, die ihnen am nächsten standen.

Cieran, Lorcan und Eletta griffen zu ihren Waffen. Immer mehr Raubkatzen lösten sich aus dem Sturm. Yvaines Gardisten konnten nichts gegen die Kreaturen ausrichten und Cieran hatte darauf verzichtet, Dämonen mitzunehmen, weil er ihr beweisen wollte, dass er ihr vertraute. Das rächte sich jetzt. Zu dritt waren die Dämonen den dunklen Kreaturen nicht gewachsen. Sie musste etwas unternehmen, sonst waren die Menschen hier verloren.

Der Wind wurde stärker und Meira kämpfte um ihr Gleichgewicht. Yvaine schob sie mit dem Gesicht an ein Haus. »Haltet Euch an der Mauer fest«, forderte sie die andere Königin auf.

Als sie sicher war, dass keine dunkle Kreatur nah genug war, um Meira gefährlich zu werden, duckte sie sich und schlich in eine schmale Gasse, wo sie sich gegen das Haus presste und zu Atem kam.

»Eletta, bring die beiden Königinnen in den Palast!«, hörte sie Lorcans Stimme und schloss die Augen.

Wenn niemand sie fand, würden die anderen vermutlich denken, dass sie irgendwo Schutz gesucht hatte. Niemand würde ahnen, wo sie wirklich war.

Sie legte die Hände auf ihre Brust und rief ihre Magie. Aus dem weißen Sari, den sie trug, wurden eine leuchtend rote Tunika und Hose sowie ein Umhang. Ein Tuch, das die untere Hälfte ihres Gesichts verdeckte, legte sich um ihren Hals und sie zog zwei Schwerter aus der Luft.

Für gewöhnlich kostete sie eine solche Verwandlung kaum Kraft, doch jetzt brannte ihre Haut, als hätte sie sich an der Magie versengt. Immer noch hingen ihr die Tage in der Wüste nach. Lorcan zu retten, hatte sie mehr Energie gekostet, als sie gedacht hatte. Sie fühlte sich geschwächt. Trotzdem durfte sie jetzt nicht zögern.

Mit bebendem Armen hob sie eine Klinge an und betrachtete ihr Spiegelbild. Dunkel geschminkte Augen waren alles, was man von ihrem Gesicht noch erkennen konnte. Niemand würde sie für die Königin von Sisun halten. Yvaine hatte sich in eine Rächerin verwandelt.

Sie nahm beide Schwerter in eine Hand, hob ihre Finger unter das Tuch an den Mund und pfiff so laut sie konnte. Der Wind verschluckte das Geräusch, aber sie wusste, dass die anderen sie hören würden. Sie hatten sie immer gehört. Ihre Magie hatte die anderen Rächer wissen lassen, wenn Yvaine sie brauchte.

Yvaine kannte die Namen oder unverhüllten Gesichter der anderen Rächer nicht und sie hoffte, dass niemand von ihnen wusste, wer sie wirklich war. Sie hatten immer mit versteckten Zeichen gearbeitet, wenn sie sich treffen wollten, und dann nur das Nötigste besprochen. Trotzdem hatte sie den anderen Männern und Frauen immer vertraut. Deswegen wusste sie, dass sie kommen und den Menschen helfen würden.

Einmal noch atmete sie tief durch, verließ die Gasse und hob ihre Schwerter. Ein zerfetzter Körper lag unter einer der schwarzen Raubkatzen und Yvaine wandte schnell den Blick ab. Weil Cadmus die Menschen gerufen hatte, die mit ihr hätten sprechen sollen, waren zu viele unbewaffnete Leute auf der Straße unterwegs und leichte Beute für die Bestien.

Die Dämonen waren hoffnungslos in der Unterzahl und die Gardisten richteten mit ihren Waffen kaum Schaden bei den Kreaturen an. Trotzdem zögerte Yvaine nicht und sprang einer Bestie in den Weg, die sich auf eine junge Frau stürzen wollte. Mit einem Schrei rammte Yvaine dem Wesen die Klinge in den Leib. Die Raubkatze fauchte laut auf und wich zurück.

»Lauf, bring dich in Sicherheit«, rief Yvaine der Frau mit verstellter Stimme zu.

»Habt Dank«, keuchte die Frau und rannte davon.

Yvaine stieß einen Fluch aus, als die Bestie sich erneut auf sie stürzte. Sie ließ sich fallen und schlitzte dem Monster, das über sie hinwegsprang, den Bauch mit ihren Schwertern auf. Allerdings landete die Kreatur hinter ihr auf den Pfoten, drehte sich um und griff erneut an, als hätten die Klingen sie nicht einmal berührt.

Fauchend schlug das Biest nach ihr, doch Yvaine wich aus und konnte mit ihrem Schwert eine Pfote der Raubkatze abtrennen. Bevor die Bestie landete, war diese allerdings wieder nachgewachsen.

»Göttin, steh mir bei«, flehte Yvaine, während sie ihre Schwerter fester umfasste.

Die Magie, die ihr vielleicht geholfen hätte, dieses Wesen zu bezwingen, reagierte nicht auf sie. Vielleicht hatte sie ihre Kräfte durch die Verwandlung überstrapaziert. Ihre Waffen waren allerdings wirkungslos. Damit sie hier unbeschadet fortkam, mussten sämtliche Götter ihre schützenden Hände über sie halten.

Yvaine versuchte ihren Atem zu beruhigen und beobachtete die Kreatur, die sich sprungbereit machte. So lange Yvaine sie zumindest von den Menschen um sich ablenkte, war das hier nicht umsonst.

Die Kreatur sank in die Knie und setzte zum Sprung an, da zischte ein Pfeil durch die Luft und bohrte sich dem Biest in den Kopf. Gleich darauf landeten fünf in rot gekleidete Personen rings um Yvaine und hoben ihre Schwerter.

»Die Rächer!«, rief ein Mann in ihrer Nähe.

Die Dämonen fuhren zu ihnen herum. Doch ihnen blieb kaum Zeit, sie anzusehen, weil sie sofort wieder von dunklen Kreaturen angegriffen wurden.

»Bringt die Menschen in Sicherheit, dann helft den Dämonen«, befahl sie den anderen.

Die zögerten kurz, dann nickten sie und verteilten

sich, um den unbewaffneten Menschen zu helfen. Yvaine wirbelte zu der Raubkatze herum, die von dem Pfeil nur abgelenkt, aber nicht verletzt worden war. Das Biest sprang und Yvaine wich zurück, vollführte eine Drehung und stieß gegen jemanden.

Als sie ihren Kopf drehte, blieb ihr Herz stehen. Sie blickte ausgerechnet in die himmelblauen Augen jenes Mannes, den sie jetzt meiden sollte, weil er sie auch verkleidet erkennen könnte. Lorcan musterte sie einen Moment zu lange, bevor er sich wieder auf das Biest vor sich konzentrierte.

Yvaine wollte fort, aber die schwarze Raubkatze drängte sie zu Lorcan zurück. So stand sie Rücken an Rücken mit dem Dämon, der mit seinem Schwert und Magie gerade eine Raubkatze zu Sand zerfallen ließ.

Ihre Arme wurden schwer und es gelang ihr kaum noch, die Angriffe der Bestie abzuwehren. Einen Moment war sie unachtsam, weil die Flügel von Lorcan ihren Rücken berührten. Das nutzte die Raubkatze aus, stürzte sich auf sie und versetzte ihr einen Schlag auf die rechte Seite.

Yvaine unterdrückte einen Schrei, als die Krallen des Wesens ihre Haut aufschlitzten, taumelte jedoch gegen Lorcan und landete dann auf ihrem Gesäß. Das Geräusch von zersplitternden Knochen hallte in ihren Ohren, als der Dämon sein Schwert zwischen die Augen der Bestie trieb. Mit einem letzten Schrei fiel die Raubkatze zu Boden und blieb dann regungslos liegen, bevor sie sich in Sand verwandelte, den der Wind vertrug.

Sie wagte es nicht aufzublicken, als Lorcan sich

über sie beugte, das blutbesudelte Schwert in seiner Hand. Instinktiv wich sie vor ihm zurück und er hob abwehrend die Hände.

»Ich werde dir nichts tun«, sagte er und kam auf sie zu.

Panik schnürte ihre Kehle zu. Er durfte sie nicht erkennen. Wenn er noch näher kam, dann …

Ein Signalhorn ertönte und Lorcan wandte den Kopf in Richtung Wüste. Yvaine erkannte das Geräusch. Sie hatte es im Palast gehört, kurz bevor die dunklen Bestien sich zurückgezogen hatten. Das war ihre Chance.

Obwohl ihre Beine sich weich wie Wachs anfühlten, stand sie auf und hastete in eine Seitengasse. Sie presste sich gegen die Hauswand und verbarg sich in deren Schatten. Yvaine ließ die Kleidung der Rächer verschwinden und ihren weißen Sari wieder erscheinen. Ihr Herz schlug wie wild, während sie überlegte, was sie tun sollte. Der Stoff ihrer Kleidung klebte an ihrer Seite. Sie musste nicht hinsehen, um zu wissen, dass Blut ihn tränkte. Der Schmerz wurde immer deutlicher spürbar. Eben noch hatte Panik ihn verschleiert, aber jetzt fühlte sie die tiefe Wunde an ihrem Arm und ihren Rippen.

»Sie ziehen sich zurück«, hörte sie Cieran sagen und war sicher, dass er mit Lorcan sprach. »Hast du die Königin gesehen?«

Die Antwort darauf wartete Yvaine nicht ab, sondern hastete, so schnell es ihr gelang, die Wand entlang bis zur nächsten breiten Straße. Sie musste in den Palast und sich dort verstecken. Dann konnte sie sich um ihre Wunde kümmern und sich danach in der

Nähe des Palastes finden lassen. Sie konnte nur hoffen, dass man ihr glauben würde, wenn sie behauptete, sie wäre von etwas am Kopf getroffen und von ein paar Menschen in Sicherheit gebracht worden.

Aber Lorcan hatte gesehen, wie diese Bestie einen Rächer verletzt hatte. Er würde die Wunde bestimmt wiedererkennen, wenn er sie bemerkte, auch wenn sie jetzt wieder ihre eigene Kleidung trug. Bei dem Gedanken, dass sie ihm ab jetzt aus dem Weg gehen musste, zog sich ihr Herz schmerzhaft zusammen. Er würde es falsch verstehen, aber welche Wahl hatte sie?

Darüber konnte sie sich immer noch Gedanken machen, wenn sie den Palast erreicht hatte. Sie sandte ein Dankgebet an die Göttin, als sie ein verirrtes Reittier entdeckte, es mühelos einfangen und beruhigen konnte und dann darauf zum Palast zurückritt. Tränen brannten in ihren Augen. Sie hatte alles falsch gemacht.

Ihr war jetzt klar, dass die Dämonen nichts mit den Kreaturen zu tun haben konnten. Diese Magie, die sie, kurz bevor die dunklen Bestien erschienen waren, gefühlt hatte … sie war anders als jene, die sie Lorcan abgenommen hatte. Wie hatte sie es bisher nicht bemerken können?

Sie hatte zugelassen, dass Cadmus ihre Zweifel immer wieder schürte. Er hatte behauptet, dass Lorcan sie mit dem Offenbarugszauber belogen hatte, und sie hatte ihm nicht so vehement widersprochen, wie sie sollte. Die Person, die sie gesehen hatte, hätte sich auch bewusst als Rächer verkleiden können. Doch statt in diese Richtung zu denken, hatte sie gleich wieder gezweifelt. So lange hatte sie ihrem eigenen Zorn erlaubt, sie zu beherrschen. Deswegen hatte sie nicht erkennen können, dass die Dämonen in diesem Fall nicht ihre Feinde waren. Aber jetzt war es für diese Erkenntnisse vielleicht zu spät. Wenn Lorcan herausfand, dass sie zu den Rächern gehörte, würde er ihr nie wieder vertrauen. Sie würde ihn verlieren und ihr würde keine Zeit bleiben, ihn zurückzugewinnen. Als Rächerin war sie laut den Gesetzen der Dämonen, die auch für sie galten, eine Verräterin. Lorcan müsste sie ausliefern und Cieran würde sie zum Tod verurteilen. Was würde dann aus ihrem Volk werden? Yvaine schluchzte leise. Sie war so dumm gewesen.

Zumindest waren ihr die Götter bei ihrer Flucht hold. Sie gelangte ungesehen zum Palast, weil der Sturm die Menschen in ihre Häuser getrieben hatte. Yvaine sprang von ihrem Pferd, ließ es davonrennen und hielt auf die Palastmauer zu. Der Wind pfiff ihr um die Ohren, bis sie die schützende Wand erreichte. Dort öffnete sie einen Geheimgang und schlich in den Palast hinein. Sie stahl Nahrung und Verbandszeug aus der leeren Küche, bevor sie sich in die geheime Dachkammer zurückzog.

Dort würde sie bleiben, bis der Abend hereinbrach. Niemand würde sie hier finden.

Als sie ankam, legte sie ihre Beute auf den Boden und lehnte sich gegen die kühle Wand, um durchzuatmen. Ihre rechte Seite brannte wie Feuer und Schweiß lief ihr über die Stirn. Sie fühlte sich schwach und hoffte, dass die Bestie sie nicht vergiftet hatte. Der Blutverlust allein war gefährlich genug. Sie durfte keine Zeit verlieren und musste sich um ihre Wunde kümmern. Aber ihr fehlte die Kraft dafür.

Mit einem Mal wurde es im Raum dunkler. Yvaine keuchte, als sie Lorcan am Fenster erkannte, der sich durch die große runde Öffnung schwang. Er landete geräuschvoll auf dem Boden und sein Blick war so finster, wie Yvaine ihn noch nie gesehen hatte.

Sein Kiefer mahlte, als er auf sie zukam, und seine Augen wirkten eiskalt, während sie sich in ihre bohrten. Er wusste es. Etwas zu leugnen, würde nichts daran ändern. Das Blut auf ihrer Kleidung verriet sie und vielleicht hatte er auch ihre Magie wahrgenommen, als sie während des Kampfes so dicht neben ihm gestanden hatte.

»Ich kann es erklären«, sagte sie atemlos.

»Wieso sollte ich dir auch nur ein Wort glauben?«, knurrte er und baute sich vor ihr auf.

Yvaine schluckte. Sie wusste, wie das für ihn aussehen musste. Alle hatten bei seinem Offenbarungszauber einen Rächer gesehen, der die Kreaturen gerufen hatte, um die Karawane anzugreifen. Sie hatte Beweise gefordert, um die Dämonen zu unterstützen, hatte sich nicht für sie stark gemacht, als Cadmus erneut Vorwürfe vorbrachte, und sich geweigert, über den Frieden zu verhandeln. Für ihn musste Yvaine eine Heuchlerin sein.

Am schlimmsten war für sie die Kälte, die sie in den sonst sanftmütigen Augen von Lorcan erkannte. Dunkelheit ging von ihm aus, die sie verdiente. Lorcan hatte jedes Recht, sie von nun an zu hassen.

»Hör mich trotzdem an. Bitte«, flehte sie und kämpfte die Tränen zurück. »Ich will nicht, dass du denkst …«

»Dass ich was nicht denke?«, fuhr er sie an, weil sie den Satz unvollendet ließ.

Sie biss auf ihre Unterlippe, damit sie nicht bebte, und drängte das Schluchzen zurück, das in ihrer Kehle brannte.

»Ich darf dich an deine eigenen Worte erinnern, als wir uns kennenlernten«, sagte er mit gefährlich tiefer Stimme. »Du bist die Königin von Sisun, aber dein Reich wird von Dämonen besetzt. Die Gesetze der Dämonen gelten auch für dich. Du bist eine Rächerin und hast die Dämonen angegriffen und Waffen gestohlen, hast geholfen Unruhen zu schüren und dafür gesorgt, dass die Menschen die Dämonen hassen. Was du getan hast, ist Hochverrat.«

»Das weiß ich«, erwiderte sie leise. »Und ich will nicht um mein Leben betteln. Aber ich …« Sie brach ab und rang mit ihrem eigenen Atem. »Bitte, lass es mich trotzdem erklären.«

Sie wollte ihm sagen, dass sie nichts mit den Kreaturen zu tun hatte. Dass sie ihm nie hatte weh tun wollen. Wenn sie den Mut dazu aufbrachte, würde sie ihm gestehen, was sie für ihn empfand, auch wenn es nichts an dem änderte, was er mit ihr machen musste. Lorcan musste sie Cieran übergeben und der würde ihren Kopf fordern, weil es die Gesetze verlangten. Aber sie wollte nicht sterben, ohne Lorcan zu sagen, dass ihre Gefühle für ihn echt waren. Vermutlich war das selbstsüchtig und er würde ihr nicht glauben. Aber sie würde dieses Geheimnis nicht mit in den Tod nehmen.

Lorcan wandte den Kopf zur Seite und griff nach einer Sanduhr.

»Du hast Zeit, bis das letzte Korn gefallen ist«, knurrte er. »So lange höre ich dir zu. Bereit?«

Sie hielt seinem Blick stand und richtete sich so weit wie möglich auf. Jetzt hatte sie nichts mehr zu verlieren. Ihr Leben war vorbei und ihr Herz gehörte längst Lorcan, ob er es haben wollte oder nicht. Alles, was geschehen konnte, war, dass er es in unzählige Stücke zerbrach, wenn er ihren Worten keinen Glauben schenkte.

KAPITEL 23 - LORCAN

Bereit?«, fragte er und hielt die Sanduhr so fest, dass sie beinahe zerbrach.

War er bereit für das, was sie ihm sagen würde? Wie hatte er so blind sein können? Es ergab jetzt alles Sinn. Yvaine hatte nur mit ihm gespielt. Sie hatte gewusst, wer er war, und hatte dennoch seine Nähe gesucht, und ihn abgelenkt von dem, was sie vorhatte. Das alles musste Teil ihres Planes gewesen sein, die Dämonen aus Sisun zu vertreiben.

Die Dunkelheit in seinem Herzen schwoll an und ließ die altbekannte Wut hochlodern.

Lorcan kämpfte mit aller Macht dagegen an und wartete darauf, dass Yvaine zu sprechen begann. Er hatte ihr Zeit zugesagt, um sich zu erklären. Aber auch er brauchte diesen Moment, in dem sie beide schwiegen, um sich unter Kontrolle zu bringen und sich zu sammeln. Er war immer noch wütend, doch zu dem Zorn gesellte sich auch Vernunft. Yvaine hatte vielleicht mit ihm gespielt, aber sie hatte sein Leben gerettet, als er so gut wie verloren gewesen war. Allein deswegen schuldete er es ihr, sie anzuhören.

Sein Blick fiel auf ihren Arm und den dunklen Blutfleck, der sich auf ihrem Oberkörper ausbreitete. Sie so zu sehen, versetzte ihm einen Stich. Yvaine musste Schmerzen leiden und am Ende ihrer Kräfte sein. Eigentlich wollte er sie auf das Lager betten, ihre Wunden versorgen und sie halten. Selbst jetzt, da es offensichtlich war, dass sie seine Gefühle nicht erwiderte. Es nie getan hatte. Aber dann dachte er an diese Nacht, als sie ihm gestanden hatte, wie glücklich sie war. Es hatte so … echt ausgesehen.

Lorcan knurrte, um die Erinnerungen zu vertreiben. Er brauchte einen klaren Kopf. Sie durfte ihn nicht wieder einlullen und seine Sinne vernebeln. Er hätte ihr nie trauen dürfen.

Wieso hatte er sich ausgerechnet in sie verlieben müssen?

Yvaine holte tief Luft und nickte. »Bereit«, hauchte sie.

Lorcan drehte die Sanduhr um und hielt sie fest. Er musste etwas zwischen seinen Fingern spüren, um sich davon abzuhalten, zu Yvaine zu gehen und sie zu berühren. Weil es das war, was er eigentlich wollte.

»Als ich ein Kind war, litten die Menschen von Inej ständig Hunger«, begann sie mit brüchiger Stimme zu erzählen. »Die Handelswege in die fruchtbare Region im Osten waren nach dem Krieg unpassierbar, die Wasserstraße ist es heute noch. Etwas verstopft sie und es ist uns nicht gelungen, das

Problem zu beheben. Jedenfalls gab es keine Möglichkeit, Nahrung herzubringen. Cadmus hat uns damals vor den Dämonen versteckt und uns wie gewöhnliche Kinder angezogen. Ich weiß nicht, wie er es geschafft hat, aber er hat immer genug Essen gefunden, damit mein Bruder und ich nicht verhungerten. Viele hatten weniger Glück.«

Lorcan erinnerte sich an Cierans Befehl, die Menschen nicht mit Lebensmitteln zu versorgen. Er wollte sie quälen und sah erst viel später ein, dass dieses Vorgehen nicht richtig war. Es hatte lange gedauert, bis er bereit gewesen war, Lebensmittel zu verteilen. Bis dahin hatten bestimmt genug Menschen den Hungertod gefunden.

»Aber die Dämonen besaßen Lebensmittel«, fuhr Yvaine fort. »Irgendwann habe ich mich mit einem roten Umhang vermummt und bin in ihre Vorratskammer eingebrochen. Ich habe mitgenommen, was ich tragen konnte, und unter den Menschen verteilt. Es dauerte nicht lange, bis andere Kinder sich ebenfalls in rote Umhänge hüllten und mit mir kamen.«

»Ich nehme an, es sind dieselben wie heute auch?«, fragte Lorcan.

Yvaine schluckte und sank ein Stück tiefer an der Wand herab. Lorcan hätte sie am liebsten aufgefangen, hielt sich allerdings zurück.

»Ich kenne ihre Namen nicht. Wir haben unsere Gesichter nicht einmal voreinander enthüllt«, erwiderte sie.

»Das soll ich dir glauben?«, blaffte er.

»Es ist die Wahrheit. Du kannst mich auf jede erdenkliche Art foltern. Nicht einmal wenn ich es wollte, könnte ich dir einen Namen nennen. Ich weiß nicht, ob es dieselben sind wie damals, oder ob einige aufgehört haben und neue dazu gekommen sind. Ich habe sie nie rekrutiert oder gebeten, für mich zu kämpfen. Keiner von ihnen weiß, wer ich bin. Sie wollten wie ich nur den Menschen von Inej helfen.«

»Seit einigen Jahren gibt es aber genug Nahrung. Trotzdem habt ihr nicht aufgehört, Dämonen zu überfallen«, knurrte Lorcan.

»Richtig. Wir haben begonnen, Waffen zu stehlen«, gab Yvaine zu. »Auch nachdem ich Königin wurde, gab es immer wieder Auseinandersetzungen mit den Dämonen. Ich wollte, dass die Menschen sich verteidigen können.« Sie schluckte. »Und ich wollte, dass sie auf einen neuen Krieg vorbereitet sind, wenn er unvermeidbar sein sollte.«

Er presste die hölzerne Umrahmung der Sanduhr zusammen, bis es gefährlich knackte. »Du hast damit den Zorn geschürt.«

»Ich dachte damals, dass ich das Richtige tue«, erwiderte sie schwach. »Heute würde ich es vielleicht anders machen. Aber damals wollte ich, dass mein Volk sich schützen konnte.«

»Weiter«, forderte Lorcan, als sie ihn nur mit glasigen Augen anstarrte. Schon mehr als die Hälfte des Sandes war durchgelaufen und er wollte wissen, welche Geheimnisse sie noch vor ihm hütete.

Er durfte sich nicht von seinem Mitgefühl beirren lassen, wenn er erkennen wollte, ob sie die Wahrheit sagte. Tief in seinem Inneren wollte er glauben, dass er ihr irgendetwas bedeutete und nicht nur ein Mittel zum Zweck war. Doch um herauszufinden, ob er richtig lag, musste er abweisend bleiben und nicht seinem Herzen folgen, das ihn anflehte, Yvaine, die kaum noch stehen konnte, endlich zu helfen. Die Anstrengungen der letzten Tage schwächten sie und die Wunde war vielleicht nicht tödlich, aber Yvaine verlor trotzdem viel Blut und würde bald ohnmächtig werden. Er wollte sie nicht quälen, aber noch kannte er nicht alle Antworten.

»Ich muss dir etwas gestehen, auf das ich jetzt mit Abscheu zurückblicke«, fuhr sie fort. Ihr Atem klang rasselnd und ihre dunklen Haare klebten vom Schweiß an ihrer Stirn. »An jenem Abend, als du die Rächer zum ersten Mal gesehen hast, habe ich dich unter einen Zauber gestellt.«

Lorcan verschränkte die Arme vor der Brust. »Beim Tanz, nicht wahr?«

Sie nickte. »Ich habe ein Pulver auf deine Haut aufgetragen und einen Zauber gewirkt, damit ich dich unter meine Kontrolle bringen kann. Bei Dämonen wirken meine Kräfte sonst nicht.«

»Deswegen waren die Dämonen in der Lage, sich zu bewegen, und alle anderen nicht«, meinte er und hob eine Augenbraue. »Aber in der Wüste hast du auch die Dämonen erstarren lassen. Das warst doch du, oder nicht?«

Ihr Mund klappte auf und wieder zu. »Jetzt, wo du es sagst … das ist seltsam.« Sie blickte auf ihre Hände, dann schüttelte sie den Kopf. »Vielleicht bin ich einfach stärker geworden. Aber das ist jetzt unwichtig. Was ich dir sagen muss, ist … dass ich es war, die dir die Kehle durch Magie zugeschnürt hat.«

Lorcan presste seine Kiefer so fest zusammen,

dass es knackte. Natürlich hatte sie das. Magie hatte ihn festgehalten und in Sisun trugen nur die Mitglieder der königlichen Familie solche Kräfte in sich. Gavril war erstarrt gewesen. Blieb also nur Yvaine.

Er fühlte sich verraten und eine tiefe Wut klammerte sich um sein Herz. Dann wurde ihm bewusst, dass sie sich damals kaum gekannt hatten. Jetzt wussten sie mehr übereinander, aber wie viel davon war echt gewesen?

»Ich habe mich vom ersten Moment an schuldig gefühlt«, sagte sie, stieß sich von der Wand ab und fiel auf die Knie.

Lorcan zuckte, wollte ihren Sturz abfangen und ließ sie doch auf den Kissen aufkommen. Sie durfte jetzt keine Macht über ihn haben, und wenn er sie berührte, war er verloren. Er hatte nur etwas mehr als zwei Wochen mit Yvaine verbracht und trotzdem … trotzdem schmerzte sein Herz bei ihrem Anblick und er wünschte sich, dass sie für ihn empfand, was er für sie fühlte.

»Es tut mir so leid«, schluchzte sie. »Ich wollte dir nie weh tun. Ich meine, zu dem Zeitpunkt wollte ich es, weil du meinem Volk so viel Leid zugefügt hast. Aber da kannte ich dich noch nicht richtig. Ich habe damals noch nicht so für dich empfunden wie jetzt.«

Er musste seinem Atem gebieten ruhig zu bleiben, obwohl sein Herz wie von Sinnen zu schlagen begann.

»Was genau meinst du denn für mich zu empfinden?«, fragte er kühl. Sie durfte nicht merken, dass er bereit war, ihr zu glauben. Noch nicht.

Yvaine schnappte nach Luft wie ein Fisch auf dem Trockenen und blickte zu ihm auf. »Ich habe keinen Namen dafür«, hauchte sie zittrig.

»Dann beschreib es«, forderte er sie auf. Er fühlte sich furchtbar, sie zu quälen, aber er musste die Wahrheit kennen, wenn er je wissen wollte, ob er ihr vertrauen durfte.

»Ich habe mich nie sicher gefühlt«, gestand sie zögerlich. »Auch nicht, nachdem ich Königin geworden war und von unzähligen Gardisten bewacht wurde. Und ganz gleich, wie viele Personen um mich waren, ich war immer einsam.«

Sie presste ihre bebenden Lippen einen Moment zusammen und schien gegen ihre Tränen zu kämpfen. Lorcan wollte so gern glauben, dass sie echt waren.

»Aber dann hast du mich in den Armen gehalten und zum ersten Mal, seitdem meine Stadt zerstört wurde, habe ich mich geborgen und nicht länger allein gefühlt.« Sie fuhr sich mit ihrer zitternden Hand über die Wange. »Als wir aus der Wüste zurückkamen, waren wir nur wenige Stunden getrennt, aber es hat sich wie eine Ewigkeit angefühlt. Nicht bei dir zu sein, hat mir mehr Schmerzen zugefügt, als irgendeine Wunde es je könnte. Wenn ich bei dir bin, kann ich endlich wieder richtig atmen und ich kann mich fallen lassen.«

Sie schniefte und Lorcans Herz begann zu brechen, während er seine steinerne Miene aufrecht zu erhalten versuchte.

»Ich weiß selbst, wie lächerlich das für dich klingen muss«, sagte sie schließlich. »Wahrscheinlich würde ich dich auslachen, wenn unsere Rollen vertauscht wären. Aber ich will mein Leben damit nicht retten. Ich will nur nicht sterben und dich in dem Glauben zurücklassen, dass ich nichts für dich empfunden habe. Denn so ist es nicht.« Wieder schluchzte sie und Lorcans Magen zog sich zusammen. »Verstehst du, was ich dir zu sagen versuche?«, wisperte sie so leise, dass er es kaum hören konnte.

»Ja, Yvaine«, antwortete er, ließ die längst abgelaufene Sanduhr fallen und sank vor ihr auf die Knie. Sein Blick ruhte auf dem riesigen Blutfleck an ihrer rechten Seite. »Und jetzt zieh dich aus.«

Sie hob ihr Kinn und sah ihn verwirrt an. Dann schluckte sie schwer und legte ihre Finger an die besudelten Stoffbahnen ihres Saris.

»Was, bei den Göttern, denkst du denn, habe ich jetzt mit dir vor?«, hakte er nach und seufzte. »Ich werde mich dir nicht aufzwingen und dich dann ausliefern. Verflucht, so gut müsstest du mich doch kennen.«

»Aber wieso …«

»Du verlierst viel zu viel Blut und ich muss deine Wunde versorgen«, unterbrach er sie. »Ich nehme an, das Biest hat dir die halbe rechte Seite aufgeschlitzt und du wirst bald das Bewusstsein verlieren, wenn ich nichts unternehme. Damit ich dir helfen kann, musst du aber deine Kleidung ablegen.«

»Warum willst du mir helfen? Ich bin doch ohnehin so gut wie tot.«

Behutsam legte er eine Hand an ihre Wange. »Denkst du, ich lasse die Frau, in die ich mich verliebt habe, auf dem Schafott sterben?«

»Ich … was hast du gesagt?«, stammelte sie.

»Du hast mich schon verstanden, aber ich wiederhole es gerne.« Lorcan strich ihre Tränen fort und rang sich ein Lächeln ab. »Ich bin in dich verliebt, Yvaine, Königin von Sisun, Tigerin der Wüste. So nennt man das Gefühl, das du beschrieben hast.«

»Heißt das, du glaubst mir?«, hauchte sie mit tränenerstickter Stimme. »Aber wie kannst du mir das vergeben, was ich getan habe?«

Lorcan küsste zärtlich ihre Stirn. »Du wolltest dein Volk beschützen. Und obwohl ich so viel Leid über dich, deine Familie und dein Land gebracht habe, hast du es geschafft, mir zu vergeben.«

Sie starrte ihn an und schluchzte leise. »Ja, das habe ich. Weil du nicht das bist, für das ich dich mein Leben lang gehalten habe. Aber du hast mich nie hintergangen. Ich habe dein Vertrauen missbraucht.«

»Lass mich deine Wunde versorgen, dann reden wir weiter«, sagte er.

Sie nickte und umfasste den Sari. Mit schmerzverzerrtem Gesicht begann sie die Stoffbahnen zu lösen. Lorcan kam ihr zu Hilfe, zog an dem blutdurchtränkten Stoff und warf das besudelte Kleidungsstück fort. Mit angehaltenem Atem betrachtete er ihren Arm und ihre Seite. Yvaine musste große Schmerzen haben. Er würde behutsam vorgehen müssen.

»Die Dämonen der verschiedenen Höllenfeuer besitzen unterschiedliche Kräfte«, erklärte er, während er den Arzneikasten, den sie hergebracht hatte, öffnete. In ihm drängte alles zur Eile, aber er wollte Yvaine nicht beunruhigen, also sprach er langsam weiter und hielt seine Bewegungen kontrolliert. »Hochdämonen sind wieder mit anderen Fähigkeiten gesegnet. Heilen gehört leider nicht dazu. Deswegen muss ich deine Wunde wohl nähen, um die Blutung zu stillen. Der Schnitt ist zu tief.« Er seufzte. »Was hast du dir dabei gedacht, dich diesen Biestern zu stellen?«

»Ich wollte die Menschen retten«, sagte sie und ließ sich von ihm seitlich auf die Kissen betten. »Es waren zu viele Kreaturen für euch drei. Ihr hättet sie nicht beschützen können.«

»Da hast du vermutlich recht«, gestand er und entzündete eine Kerze, an der er eine Nadel desinfizierte. »Ich finde kein Betäubungsmittel in dem Kasten.«

»Ich schaffe es auch so«, verkündete sie mit schwacher Stimme. »Aber du kannst mir erzählen, wie du mir den Vertrauensbruch vergeben kannst. Vielleicht lenkt mich das ab.«

»Einverstanden«, sagte er und säuberte zuerst die Wunde an der Seite, bevor er eine scharf riechende Flüssigkeit darüber träufelte. Yvaine keuchte und seine Hand zitterte. Behutsam begann er, seine Naht zu setzen. »Ich habe dir in der Wüste, als ich dachte, ich würde dich an die Magie verlieren, gestanden, dass du der Grund bist, warum ich die Menschen nicht mehr hassen konnte.«

»Ich erinnere mich«, murmelte sie und zischte, als er die Nadel durch ihre Haut stach.

»Inej brannte. Ich hatte gegen deinen Vater gekämpft, der damit geprahlt hatte, dass er meine Frau persönlich umgebracht hat.« Lorcan hielt inne und sah Yvaine in die Augen.

Ihre Augen weiteten sich. »Es tut mir so leid«, wisperte sie.

»Du bist nicht dein Vater«, antwortete er und setzte Stich um Stich. »Das weiß ich längst. Aber lass mich fortfahren. Dein Vater war fort, deine Mutter unauffindbar. Mein Auftrag lautete, die Königskinder gefangen zu nehmen. Jeder Dämon brüllte die Befehle weiter und ich bin mir sicher, ihr habt sie gehört, als ihr euch versteckt habt.«

»Es war nicht zu überhören. Auch nicht, nachdem Iason gefangen genommen wurde«, sagte sie und eine Träne löste sich aus ihrem Augenwinkel.

»Das hat dich aber nicht daran gehindert, immer wieder aus deinem sicheren Versteck zu kommen und andere Menschen zu suchen, um sie zu retten«, meinte er.

Yvaine drehte ihren Kopf leicht, um ihn ansehen zu können. »Woher weißt du das?«

Er schloss die Naht ab und betrachtete ihr Gesicht einen Wimpernschlag lang, bevor er sich der Wunde an ihrem Arm widmete. »Weil ich eigentlich genau darauf gewartet habe, um dich gefangen zu nehmen«, gestand er. Sie sog scharf den Atem ein, doch Lorcan ließ sie nicht zu Wort kommen. »Aber als ich sah, wie viel du riskierst, konnte ich es nicht. Weil du mich überrascht hast.«

»Überrascht?«, fragte sie leise.

»Ja. In meinen Augen waren die meisten Menschen selbstsüchtig und unbarmherzig. Ich dachte nicht, dass auch nur ein Funken Gutes in euch stecken kann. Doch ausgerechnet die Prinzessin von Sisun, dem Reich, das ich am meisten hasste, weil sein König meine Familie zerstört hatte, war selbstlos und brachte sich in Gefahr, um anderen zu helfen.« Er stieß den Atem aus. »Vermutlich habe ich deinen jüngeren Bruder deswegen unter dem brennenden Balken herausgezogen und in Sicherheit gebracht, statt ihn zu Cieran zu bringen.«

»Du hast Gavril gerettet?« Yvaine gab ein Ächzen von sich, als Lorcan auch die zweite Wunde mit einer scharf riechenden Flüssigkeit übergoss.

»Er kam dir irgendwann nach, weil er sich Sorgen um dich gemacht hat«, erklärte er. »Gavril war damals vielleicht drei oder vier Jahre alt. Er rannte in einen Saal und kurz darauf stürzte die Decke ein. Ich habe es nicht übers Herz gebracht, ihn sterben zu lassen.«

Yvaine schluchzte leise und vergrub ihr Gesicht in den Kissen. »Bitte sag mir, dass nicht du Iason enthauptet hast«, flehte sie.

Lorcan drehte sie behutsam auf den Rücken, bis sie ihn mit tränenverschleiertem Blick ansehen musste. »Ich habe deinen Bruder gefangen genommen und einem Dämon übergeben, der auf ihn aufpassen sollte. Wäre ich in der Nähe gewesen, als dieser Dämon entschieden hat, ihn hinzurichten, hätte ich seine Enthauptung verhindert«, schwor er. »Cieran wollte die Königskinder töten. Aber nicht sofort. Er hielt sie alle gefangen, weil er sich an ihren Eltern rächen wollte, wenn die Zeit reif war. Ich glaube aber, dass er es nie über sich gebracht hätte, Kinder hinzurichten. Jedenfalls war der Tod deines Bruders an diesem Abend weder Cierans Wunsch noch meiner. Das Blut aus einer oberflächlichen Wunde hätte für das Ritual genügt.«

Sie gab einen erstickten Laut von sich. Lorcan schob seine Arme unter ihren Körper und zog sie an sich. Er hob eine Decke hoch und legte sie um ihre Schultern, als sie zu zittern begann und ihr Gesicht an seiner Brust vergrub.

»Ich wusste schon bevor ich deinen Mut bewundert habe, dass es falsch war, das schwarze Feuer über Sisun zu bringen. Aber ich war so wütend und ich hatte nichts mehr zu verlieren. Dachte ich zumindest«, raunte er nah an ihrem Ohr. »Als ich meine Frau tot in unserem Haus fand, ist etwas in mir zerbrochen. Sie war ein Mensch und ich habe sie so sehr geliebt.« Er strich über Yvaines Rücken. »Ich dachte, ich würde nie wieder etwas Vergleichbares empfinden. Aber wenn ich dich ansehe, weiß ich, dass ich auch hier falsch lag.«

»Lorcan«, wisperte sie und schmiegte sich enger an ihn.

»Mir ist immer noch nicht klar, wieso Cieran dachte, ich würde es schaffen, meine Vergangenheit zu überwinden, wenn ich die Friedensgespräche führe«, sagte er nach einer Weile. »Aber jetzt bin ich ihm dankbar, denn so habe ich dich gefunden und mein Herz an dich verloren. Und vielleicht kann ich auf diese Weise wiedergutmachen, was ich verbrochen habe.«

Er sog den Duft ihrer Haare ein. Erst dann sprach er weiter.

»Wir müssen mit Cieran reden«, meinte er. »Ihm alles beichten.«

»Ich weiß«, erwiderte sie, atmete tief ein und richtete sich auf. »Ich bin bereit mich seinem Urteil zu stellen.«

»Pantela ema«, brummte er. »Er wird kein Urteil über dich sprechen.«

»Ich habe Hochverrat begangen, und …«

»Überlass Cieran mir«, unterbrach er sie. »Er mag jähzornig sein, aber er ist gerecht. Erklär ihm alles und dann lass mich für dich sprechen, auch wenn dir das schwerfällt. Ich lasse nicht zu, dass er deinen Kopf fordert.« Er beugte sich vor und hauchte einen Kuss an ihre Schläfe. »Der gehört nämlich genauso mir wie dein Herz und deine Seele. Und ich gehöre dir.«

Yvaine hielt sich an ihm fest, während neue Tränen über ihre Wangen liefen. »Wie soll ich dir je danken?«

Lorcan schloss seine Arme erneut um sie und zog sie an sich. »Versprich mir, dass du von jetzt an ehrlich zu mir bist«, bat er. »Keine Geheimnisse mehr, keine Kämpfe ohne mich. Lass mich dir von jetzt an helfen.«

»Falls ich diesen Tag überlebe«, murmelte sie an seiner Schulter, »werde ich dem Frieden mit den Dämonen zustimmen und gemeinsam mit euch Jagd auf die dunklen Kreaturen machen. Ich glaube immer noch nicht, dass ein Rächer diese Wesen befehligt, aber ich weiß jetzt, dass ihr es auch nicht macht.«

»Vorher müssen wir uns allerdings um Cadmus kümmern«, meinte Lorcan finster. »Aber darüber reden wir, wenn wir Cieran überzeugt haben.« Er betrachtete ihre beiden Wunden. »Ich würde dir gerne mehr Zeit zur Erholung geben, doch wir müssen schnell handeln, bevor Cieran wegen deines Verschwindens seine eigenen Schlüsse zieht.«

»Ich bin bereit«, verkündete sie und Lorcan half ihr aufzustehen. »Können wir nur zuerst in mein Gemach? Ich möchte dem König nicht halbnackt gegenübertreten.«

Lorcan schlang seine Arme unter ihren Schultern und Knien durch und hob sie hoch. »Sag mir den Weg und ich bringe dich hin.«

Sie lehnte ihren Kopf an seine Brust und erklärte ihm den Weg durch die Gänge. Während er sie in ihr Zimmer trug, überschlug er in Gedanken, was er sagen konnte, um ihr Leben zu retten. So zuversichtlich, dass Cieran Gnade walten lassen würde, wie er es ihr weismachen wollte, war Lorcan in Wirklichkeit nicht. Der Dämonenkönig wollte Frieden und Yvaine hatte gegen die immer noch gültigen Gesetze verstoßen und Hass geschürt. Es wäre vernünftig, Yvaine zu bestrafen. Lorcan hätte an Cierans Stelle die Königin vermutlich einsperren lassen. Allerdings hoffte er, dass Meira ihm beistehen und sein Freund durch ihre gemeinsame Fürsprache einlenken würde.

Sonst musste er sich einen anderen Weg überlegen, wie er Yvaine retten konnte. Denn er hatte nicht vor, sie zu verlieren, ganz gleich, was geschah.

KAPITEL 24 - YVAINE

Ihr Magen flatterte und sie vergrub ihre Finger in dem purpurnen Stoff des Saris, den sie für dieses Gespräch gewählt hatte. Auf Schmuck oder aufwendige Frisuren hatte sie verzichtet, allerdings trug sie die Farbe der königlichen Familie und ein feines goldenes Muster wertete ihr gewickeltes Kleid, das ihre Wunden verbarg, auf. Sie wollte dem Dämonenkönig als Ebenbürtige gegenübertreten, auch wenn sie sich so schwach und unsicher fühlte wie vor vielen Jahren, als sie sich verstecken hatte müssen.

Yvaine wusste nicht, woher sie die Kraft nahm, einen Schritt vor den anderen zu setzen. Ihre Beine zitterten und sie war froh darüber, dass Lorcan dicht hinter ihr ging. Sie wusste, er hätte sie aufgefangen, falls sie gefallen wäre. Allein das verlieh ihr den Mut weiterzugehen.

Schon von weitem hörte sie aufgebrachte

Stimmen und als sie die Empfangshalle erreichten, entdeckte sie ihren Bruder neben den Dämonen und Cadmus ihnen gegenüber. Zu ihrer Überraschung war es nicht König Cieran, der lautstark seine Empörung kundtat, sondern der Wesir.

»Wenn der Königin etwas zugestoßen sein sollte, mache ich Euch persönlich dafür verantwortlich«, brüllte Cadmus förmlich. »Dann mögen Euch Eure Götter gnädig sein, wenn sich der Zorn des Volkes entfesselt und wir das tun, was …«

»Großwesir!«, unterbrach Yvaine Cadmus mit gebieterischer Stimme.

Alle Blicke wanderten zu ihr und Lorcan, der hinter ihr stehen geblieben war und ihr jetzt die Sicherheit gab, die sie brauchte.

»Überlegt Euch Eure Worte, bevor Ihr Drohungen ausstoßt«, maßregelte sie Cadmus.

»Hoheit, den Göttern sei Dank«, sagte der Wesir und verneigte sich.

Yvaine war froh, dass er nicht näher kam. Sie hatte gebührenden Abstand zu den anderen gehalten, weil ihr der Schweiß auf der Stirn stand und ihre Finger zitterten, sobald sie den Sari losließ.

»Ich war krank vor Sorge«, fügte Cadmus hinzu.

»Als ob«, zischte Gavril und schritt auf Yvaine zu. Er musterte sie, sagte zum Glück kein Wort und stellte sich hinter ihr auf, als wollte er ihr so ebenfalls den Rücken stärken.

Yvaine ging nicht auf Cadmus ein, sie wandte sich Cieran zu, der seine Arme vor der Brust verschränkte und sie argwöhnisch musterte. Bevor sie etwas sagen konnte, trat Meira mit dem für sie typischen Lächeln auf sie zu und ergriff ihre Hände.

»Ich bin froh, dass Euch nichts geschehen ist. Ohne Eure Hilfe wäre ich vielleicht vom Sturm fortgerissen worden«, sagte sie laut genug, dass jeder es hören konnte. »Ich hatte befürchtet, dass Ihr meinetwegen verletzt worden seid.«

Dann wurde ihre Miene ernst und Yvaine wusste, dass Meira bemerkt hatte, wie stark sie zitterte. Ob sie durch den Stoff der Kleidung hindurch die verbundenen Wunden erkennen konnte? Ahnte sie vielleicht, dass Yvaine selbst eine Rächerin war?

Falls es so war, ließ sie es sich nicht anmerken. Sie lächelte erneut, bevor sie sich neben Yvaine stellte.

»König Cieran, ich möchte mit Euch sprechen«, sagte Yvaine und hoffte, dass ihre Stimme nicht so brüchig klang, wie sie sich anfühlte. »Es geht um die Verhandlungen, die Ihr mit mir führen wollt.«

»Ein interessanter Zeitpunkt«, entgegnete Cieran finster. »Aber da sich die dunklen Kreaturen zurückgezogen haben, ist er wohl genauso gut wie jeder andere.«

»Er ist nicht gut gewählt«, warf Cadmus ein und näherte sich Yvaine, bis sie die Hand hob und er erneut stehen blieb. Seinen Blick konnte sie nicht recht deuten. Überraschung lag darin, aber auch Zorn. »Hoheit, erst müssen wir unsere Strategie besprechen, und …«

»Ich möchte mit dem König und seinem General allein sprechen«, unterbrach Yvaine ihren Wesir.

»Was?«, fragte dieser und seine Miene verfinsterte sich noch mehr. »Was hat das zu bedeuten?«

»Diese Verhandlung kann ich allein führen«, erklärte Yvaine.

»Aber Hoheit, das ist nicht klug«, meinte Cadmus tadelnd. »Ihr solltet nicht allein gegen zwei Dämonen bestehen müssen.«

»Nun, dann werde ich an ihrer Seite sein«, verkündete Meira. »Immerhin bin ich ein Mensch und eine Königin, auch wenn mein Gemahl ein Dämon ist.« Sie wandte sich immer noch lächelnd Yvaine zu. »Sofern Ihr mich dabeihaben möchtet.«

»Von Herzen gern«, entgegnete Yvaine erleichtert. Sie hatte gehofft, dass Meira ihr beistehen würde, hätte aber nie gewagt, sie direkt darum zu bitten.

»Dann sollten wir keine Zeit verlieren«, meinte die Königin von Visha, trat auf Yvaines andere, unverletzte Seite, und legte einen Arm um ihre Schultern.

»Hoheit, ich muss protestieren«, versuchte es Cadmus erneut. »Diese Art von Verhandlung sollte ich an Eurer statt führen.«

»Ich möchte, dass Ihr Euch um die Menschen von Inej kümmert, die bei dem Angriff verletzt wurden oder ihre Habseligkeiten verloren haben«, wies Yvaine ihn an. »Gold und Lebensmittel können ihren Verlust und ihren Schmerz nicht aufwiegen, aber ich möchte, dass sie versorgt sind.« Sie wandte sich Gavril zu. »Darf ich dich bitten, dass du dem Großwesir hilfst?«

Ihr Bruder schien zu verstehen, dass sie ihn

brauchte, um Cadmus zu überwachen und von hier fernzuhalten. Er nickte, humpelte bereits auf das Palasttor zu und gab den Gardisten Befehle.

Cadmus presste seine Lippen fest zusammen und einen Moment fürchtete Yvaine, er würde sich weigern. Aber der Wesir wahrte sein Gesicht und neigte seinen Kopf. »Sehr wohl, Hoheit«, knurrte er.

Yvaine dankte den Göttern, dass dieses Gespräch beendet war und Meira sie in ihr Arbeitszimmer begleitete. Zum ersten Mal in ihrem Leben war Yvaine erleichtert, auf einem Stuhl statt dem Boden sitzen zu können. Sie nahm auf dem mit Samt bezogenen Möbelstück Platz und schmiegte ihren Rücken an die Polsterung der Lehne.

Das Atmen fiel ihr schwer und sie wischte sich verstohlen mit dem Handrücken über die Stirn. Cieran schloss die Tür und blieb vor ihrem Tisch stehen.

Lorcan hatte sich hinter Yvaine gestellt und seine Hand auf ihre Schulter gelegt. Der Dämonenkönig bemerkte diese Geste sofort und verschränkte seine Arme erneut vor der Brust, während Yvaine ihre Hand auf die von Lorcan legte.

»Wie es scheint, habt Ihr meinen General für Euch eingenommen«, meinte Cieran und blickte von Lorcan zu Yvaine. »Habt Ihr deswegen vor einzulenken und Frieden zu schließen?«

Meira, die in ihrem hellblauen Kleid wie eine Wintergöttin an der Seite des dunklen Dämons aussah, berührte Cierans Hand. »Wäre es so schlimm, wenn das der Grund ist?«, fragte sie mit einem Lächeln.

»Nur, wenn sie den Frieden wieder bricht, sobald die beiden sich das erste Mal streiten«, entgegnete der König.

»Bevor wir über einen möglichen Frieden sprechen«, sagte Yvaine mit rasselndem Atem, »muss ich Euch ein Geständnis machen. Und ich würde Euch bitten mir bis zum Ende zuzuhören.«

Cieran trat näher und musterte sie mit seinen erschreckend warmen Augen. »Ihr seid verletzt«, stellte er schließlich fest.

Yvaine sagte nichts dazu, sondern begann zu erzählen. Von der Gründung der Rächer, um Lebensmittel zu stehlen, bis zu ihrem Plan, einen Krieg gegen die Dämonen zu beginnen, sobald die Rächer genug Waffen gestohlen hatten. Sie gestand, dass sie nicht an Frieden geglaubt hatte und immer noch vorgehabt hatte, ihren Plan umzusetzen, nachdem die dunklen Kreaturen ihr Volk angegriffen hatten und Lorcan für die Verhandlungen erschienen war. Sie ließ kein Detail aus, auch nicht den Zauber, mit dem sie Lorcans Kehle zugeschnürt hatte.

Cierans Miene verfinsterte sich mit jedem Wort mehr, er unterbrach sie allerdings kein einziges Mal. Als sie fertig war, stützte er sich auf dem dunklen Schreibtisch zwischen ihnen ab und sein Blick wanderte zu Lorcan.

»Da du vollkommen ruhig hinter ihr stehst, nehme ich an, du hast das alles bereits gewusst«, knurrte er.

»Sie hat es mir vorhin gestanden«, erwiderte Lorcan ruhig.

»Und obwohl du ganz offensichtlich etwas für sie

empfindest, bringst du sie her, statt sie zur Flucht zu bewegen?«, hakte Cieran nach. »Du weißt, dass ich sie wegen Hochverrats anklagen muss. Und welche Strafe sie erwarten könnte.«

»Ich bin bereit, jede Strafe, die Ihr für angemessen haltet, anzunehmen«, erklärte Yvaine aufrichtig. »Aber bevor Ihr Euer Urteil sprecht, lasst mich Euch versichern, dass ich erkannt habe, wie falsch mein Verhalten der letzten Jahre war. Ich bereue nicht, dass ich Lebensmittel gestohlen habe, als mein Volk hungerte. Aber es war nicht richtig, die Konflikte zwischen Menschen und Dämonen anzufachen, anstatt sie zu beschwichtigen. Besonders als die dunklen Kreaturen uns angriffen. Ich war von meinem Hass und meinem Rachedurst geblendet und habe nicht erkannt, dass die Dämonen uns beschützt haben und diese Wesen nicht von ihnen stammen können.«

Cieran schnaubte und setzte zu einer Erwiderung an, da legte Meira ihre Hand auf seine. »Manchmal ist man von Hass und Trauer so eingenommen, dass man beinahe wie ein Gefangener lebt. Nicht wahr, Liebster?«

Der Dämon blickte seine Gemahlin an. Er schüttelte den Kopf, brummte etwas, das Yvaine nicht verstand, und rieb sich mit der Hand über die Stirn.

»Ich verstehe, wenn Ihr mir dennoch nicht vertraut«, meinte Yvaine. »Deswegen werde ich mich Eurem Urteil beugen.«

»Aber ich nicht«, verkündete Lorcan und machte einen Schritt vor, bis er auf derselben Höhe stand, wie Yvaine saß.

Cieran ließ seine Hand sinken und musterte ihn. »Was hast du gesagt?«

»Yvaine hat dir gestanden, was sie getan hat«, erklärte Lorcan. »Sie hätte auch schweigen und mich bitten können, dir nichts zu verraten. Aber sie hat sich dir gestellt, weil Lügen nun einmal ein schlechtes Fundament für ein Bündnis sind. Das beweist, dass man ihr vertrauen kann.« Er drehte seinen Kopf und Yvaine riskierte einen Blick in sein Gesicht. »Ich vertraue ihr.«

Sie konnte nicht anders, sie lächelte, obwohl es in diesem Moment vollkommen unpassend war.

Lorcan zwinkerte, dann wandte er sich erneut Cieran zu. »Solltest du aber entscheiden, dass du sie hinrichten willst, werde ich einen Weg finden, sie in Sicherheit zu bringen.«

Yvaine hielt den Atem an, während ihre Brust zu eng für ihr wild schlagendes Herz wurde. Sie hätte nie erwartet, dass Lorcan sich so offen gegen Cieran stellen würde, erst recht nicht nach allem, was sie ihm angetan hatte. Aber hier stand er, an ihrer Seite, bereit sich gegen seinen Freund und König zu erheben, um sie zu retten.

»Abgesehen davon verehren die Bürger von Sisun ihre Königin«, warf Meira ein. »Du müsstest einen Grund für ihre Hinrichtung nennen. Wenn die Menschen erfahren, dass Yvaine nicht nur ihre Königin ist, sondern auch die Anführerin der Rächer, die sie vor dem Verhungern bewahrt haben, werden sie sie wie eine Göttin anbeten. Und dann wird es erst recht zu Aufständen und Kämpfen kommen, weil sie sich rächen werden.«

»Wie es scheint, habt ihr meine Meinung wohl schon festgelegt«, brummte Cieran und wandte sich Yvaine zu, die immer noch den Atem anhielt. »Nur, damit das klar ist. Ihr mögt Lorcan überzeugt haben, aber mein Vertrauen müsst Ihr Euch erst noch verdienen. Der einzige Grund, warum ich Euch nicht vor ein Gericht stelle und Eure Verurteilung zum Tod riskiere, ist der, dass ich Frieden mit den Menschen will und eine Hinrichtung diesen Prozess erschweren würde. Euer Bruder hat ein aufrechtes Herz, aber er wird nie ein Anführer sein. Ihr aber schon und deswegen brauche ich Euch an meiner Seite.«

Yvaine atmete aus und nickte. »Ich werde Euer Friedensangebot öffentlich annehmen und dafür sorgen, dass die Rächer nicht länger Dämonen angreifen. Sofern Ihr mir zusichert, dass Ihr uns helft, die dunklen Kreaturen zu bekämpfen.«

Cieran lachte finster. »Ihr stellt Forderungen, obwohl ich Euch das Leben schenke?«

»Sie muss ihr Volk schützen«, warf Meira ein. »Das macht eine Anführerin aus. Oder siehst du das anders?«

»Außerdem bin ich bereit alles zu tun, um Euch bei der Suche nach dem zweiten Schlüssel zu helfen«, verkündete Yvaine.

Lorcan zuckte leicht zusammen, als Cieran seine Nägel in das Holz des Schreibtisches bohrte und ihn mit seinen Blicken tötete. »Du hast es ihr erzählt?«

»Sisun galt als das Reich mit dem größten Wissensschatz«, erklärte Lorcan erstaunlich ruhig. »Ich hatte die Hoffnung, dass ich hier einen Hinweis finde.«

»Und wenn wir einen finden, werden wir ihn euch liefern«, fügte Yvaine hinzu. »Werdet Ihr uns also helfen, die dunklen Kreaturen zu verbannen?«

Cieran richtete sich auf und streckte ihr schließlich die Hand hin. »Ich hätte Sisun auch ohne Gegenleistung beigestanden«, sagte er, als Yvaine einschlug.

»Ich danke Euch«, erwiderte Yvaine. »Dann lasse ich das Volk zusammenrufen, um den Frieden zu verkünden, und …«

»Ihr solltet Euch heute schonen und um Eure Wunden kümmern«, unterbrach Cieran sie. »Wir verkünden, dass morgen ein Fest gefeiert wird.«

»Ein Fest?« Lorcan lachte. »Du hasst Feste.«

»In diesem besonderen Fall werde ich einem zustimmen«, meinte Cieran. »Es sollen alle Bürger eingeladen werden und Ihr werdet vor der Eröffnung den Friedensvertrag verlesen und mit mir unterzeichnen.«

»Ich nehme an, Ihr lasst ihn mir vorab zukommen?«, hakte Yvaine nach.

»Natürlich. Ihr sollt nichts unterschreiben, das Ihr nicht gelesen habt«, stimmte Cieran zu und seine Miene wurde wieder ernst. »Eine letzte Sache noch. Habt Ihr einen Verdacht, wer von den Rächern hinter den Angriffen der dunklen Kreaturen stecken könnte?«

»Wenn ich es wüsste, würde ich es Euch sagen«, entgegnete Yvaine nachdenklich. »Ich habe nie Magie an ihnen wahrgenommen und ich zweifle daran, dass ein echter Rächer sich so gegen sein eigenes Volk wenden würde.«

»Und wenn es kein Rächer war?«, warf Lorcan ein. »Immerhin habe ich keinen Rächer gesehen.«

»Hast du nicht?«, fragte Yvaine überrascht und Lorcan schüttelte den Kopf. »Sondern?«

»Die Person, die ich bei meiner Ankunft am Tor gesehen habe«, erwiderte er. »Ich bin nicht sicher, ob sie ein Mensch ist … etwas Dunkles haftete ihr an.«

Cieran tippte mit seinen Fingern auf die Tischplatte. »Ich werde noch mehr Späher in die Stadt entsenden und hoffe, sie finden diesmal mit Hilfe von Magie Spuren, die uns zu den Verantwortlichen führen können.« Er richtete seinen Blick auf Lorcan. »Ich nehme an, du wirst dafür sorgen, dass die Königin sicher ist und nicht über Nacht verschwindet?«

»Wenn du mir zusicherst, dass du sie nicht hinrichtest, verspreche ich dir im Gegenzug, dass ich ihr nicht zur Flucht verhelfen werde«, meinte Lorcan ungewöhnlich ernst.

»Du hast mein Wort«, sagte Cieran feierlich. »Als König und als Freund.«

Seine Mundwinkel wanderten nach oben, während er Lorcan den Arm entgegenstreckte. Die beiden Männer umfassten ihre Unterarme und Cieran klopfte Lorcan mit einem Grinsen auf die Schulter.

Yvaine hatte den Dämonenkönig noch nie so gelöst gesehen. Und das, obwohl sie ihm gerade ihren Hochverrat gestanden hatte. Vielleicht hatte sie auch ihn falsch eingeschätzt.

»Soll ich Euch einen Heiler schicken?«, wollte Cieran wissen.

»Lorcan hat meine Wunden versorgt«, entgegnete Yvaine. »Es wird also nicht nötig sein …«

»Ihr solltet dennoch Magie in Anspruch nehmen«, meinte Meira mit einem Zwinkern. »Dann seid Ihr morgen wieder vollkommen gesund.«

Ohne auf ihre Zustimmung zu warten, rief Cieran einen der Dämonen zu sich und kurze Zeit später stand ein Heiler neben Yvaine.

Hitze kroch über ihre Haut, obwohl der Dämon mit Schuppen im Gesicht und an den Händen ihren Körper nicht berührte und sie die Magie nur fühlte und nicht sah. Sie hielt den Atem an und unterdrückte ein Ächzen, als die Stelle, an der Lorcan sie genäht hatte, zu brennen und ziehen begann. Der Schmerz wurde unerträglich, doch bevor Yvaine den Heiler anflehen konnte aufzuhören, klang die Hitze ab.

Yvaine tastete ihre Rippen ab. Es war nicht einmal eine Narbe zurückgeblieben.

»Habt Dank«, murmelte sie und der Dämon, der ein wenig nach Fisch roch, verneigte sich.

»Ich nehme an, du brauchst keine Hilfe, wenn du dich um die Sicherheit der Königin kümmerst?«, wollte Cieran von Lorcan wissen.

»Nein«, entgegnete er mit einem schiefen Grinsen.

Dann hielt Lorcan Yvaine seine Hand hin und half ihr aufzustehen. Zwar schmerzte die Wunde nicht mehr, doch wegen des Blutverlusts fühlte sie sich dennoch unsicher auf den Beinen.

»Ich weiß nicht, wie Cadmus reagieren wird, wenn er von dem Friedensschluss erfährt«, sagte sie und stützte sich mehr auf Lorcan, als sie eigentlich wollte. Aber ohne ihn hätte sie es kaum zur Tür geschafft.

»Der Wesir ist noch nicht aus der Stadt zurückgekehrt«, erwiderte Cieran, nachdem er mit einem seiner Leute gesprochen hatte. »Ich habe die Anweisung gegeben, mich zu informieren, sobald er den Palast wieder betritt. Wenn Ihr mir den Vorschlag gestattet: Ich würde ihn erst morgen einweihen, damit er die Unterzeichnung nicht sabotieren kann. Vielleicht solltet Ihr für ihn unauffindbar sein bis dahin.«

Ein Lächeln umspielte Yvaines Lippen. »Das sollte kein Problem sein.«

Nervös blickte sie aus dem Fenster, als die Sonne den Horizont bereits berührte. Lorcan war schon viel zu lange fort, um Vorräte zu holen. Vermutlich brachte er so viel Essen mit, dass sie drei Tage hier verbringen konnten.

Sie zog den dünnen Morgenmantel vor der Brust zusammen und lehnte sich auf dem Lager zurück. Immer noch fühlte sie sich ein wenig schwindelig, sobald sie aufstand. Aber ansonsten schien die Magie der Dämonen ihr wirklich zu helfen. Niemals hätte Yvaine geglaubt, dass sie den Dämonen so dankbar sein könnte. Oder sich in einen von ihnen verlieben würde.

Bei dem Gedanken schlug ihr Herz schneller. Es gab keinen Zweifel, sie hatte sich, trotz all der Dinge, die zwischen ihnen standen, in Lorcan verliebt. Sein

Geständnis, dass sie der Grund für seinen Wandel war, ließ selbst jetzt noch Tränen der Rührung in ihren Augen brennen. Und er hatte Gavril vor dem sicheren Tod bewahrt. Genau wie sie.

Ob Cieran sie heute verschont hätte, wenn Lorcan sich nicht so für sie starkgemacht und erklärt hätte, dass er ihr vertraute? Wäre sie dann eine Gefangene des Dämonenkönigs gewesen? Sie schauderte. Was wäre aus ihrem Volk geworden, wenn man sie verurteilt hätte? Es hätte vermutlich ein Blutvergießen gegeben. Statt Frieden hätte sie mit ihren Plänen Verderben über ihr Land gebracht. Sie war Lorcan mit einem Mal noch dankbarer. Er hatte Sisun gerettet.

Der Raum verdunkelte sich einen Moment. Yvaine sah zum Fenster zurück und setzte sich auf. Lorcan landete auf dem Boden, die Arme voller Lebensmittel, und das Licht kehrte zurück.

»Wie lange möchtest du dich hier verstecken?«, fragte sie amüsiert und betrachtete seine Beute.

»Wenn es nach mir geht, bis ans Ende der Zeit«, erwiderte er und legte alles auf einem niedrigen Tisch ab. »Aber das ist wohl nicht möglich. Noch nicht.«

»Würdest du dich nicht langweilen, wenn wir für immer hierblieben?«, wollte sie wissen und mit einem Mal verspürte sie eine seltsame Angst. Was, wenn er irgendwann nicht mehr mit ihr zusammen sein wollte und einfach ging? »Immerhin hast du die vier Kontinente bereist. Du hast so viel gesehen. Ist es dann nicht seltsam, für immer an einen Ort gebunden zu sein?«

Lorcan legte den Kopf schief und ging zu ihr.

Behutsam berührte er ihre Wange, nachdem er sich neben ihr niedergelassen hatte. »Solange du an meiner Seite bist, wird mir nie langweilig sein«, murmelte er. »Ich habe mich seit Jahren nach einem Ort gesehnt, an dem ich mich wieder zuhause fühle.« Lorcan lächelte und Yvaines Körper begann zu kribbeln, als er raunend weitersprach. »Wer hätte geahnt, dass zuhause kein Ort, sondern eine Person sein kann.«

Sie seufzte tief, schlang ihre Arme um ihn und küsste ihn stürmisch. Lorcan kippte mit ihr zur Seite, zog sie an sich und erwiderte den Kuss, allerdings zurückhaltend. Yvaine löste sich von ihm und blickte ihm verwirrt in die Augen.

»Du wärst heute fast gestorben«, erklärte er heiser. »Und wenn du mich so küsst, dann weiß ich nicht, ob meine Selbstbeherrschung ausreicht. Vor allem, wenn du so ein Nachtkleid trägst.«

Sie blickte an sich herab zu dem seidigen Stoff, der ihren Körper umspielte, und den feinen Bändchen, die ihn an der Seite zusammenhielten.

»Du übertreibst, ich wäre nicht fast gestorben. Und was hat das eine mit dem anderen zu tun?«, hakte sie nach. Yvaine zwirbelte ein Band zwischen ihren Fingern und warf ihm einen neckischen Blick zu.

»Du brauchst Ruhe«, entgegnete er und beobachtete, wie sie das erste Band löste.

»Ich brauche dich«, verkündete sie, ließ den Stoff über ihre Schulter gleiten und entblößte ihre Brust. »Weil ich mich nur bei dir richtig lebendig fühle.«

Sie umfasste das zweite Band und sah Lorcan

wieder in die Augen, während sie es löste und das Nachtkleid herabrutschte. Nur noch der fast durchsichtige Morgenmantel hing über ihren Schultern und sie streifte ihn langsam ab.

Lorcan zögerte einen kurzen Moment, dann umfasste er ihre Taille, zog sie an sich und bedeckte ihre Lippen mit seinen. Yvaine öffnete ihre Beine und setzte sich auf seinen Schoß. Sie stöhnte an seinem Mund, als sie seine Erregung durch den Stoff seiner Hose spürte.

»Wie es scheint, brauchst du auch mich«, raunte sie, nachdem er ihre Lippen freigegegben hatte.

»Ich brauche dich mehr als die Luft zum Atmen, *Theaia ema*«, erwiderte er und wollte sie erneut küssen, doch sie legte eine Hand auf seine Brust.

»Sagst du mir endlich, was das bedeutet?«

Lorcan lachte leise. »Es bedeutet ›meine Königin‹.«

Sie verzog ihren Mund. »Ich habe dir doch gesagt, du sollst mich nicht so nennen.«

»Aber du bist meine Königin«, entgegnete er und umfasste ihr Gesicht mit seinen Händen. »Ich habe es ernst gemeint, als ich Cieran sagte, ich würde dich in Sicherheit bringen, wenn er sich entschließt, dich zu töten. Er mag mein Freund und der König der Dämonen sein, aber du bist meine Königin. Dir gehört mein Herz, meine Seele und meine Treue.«

»Lorcan«, seufzte sie und schmiegte sich an ihn. »Das ist … ich weiß nicht, was ich darauf sagen soll.«

»Du musst nichts sagen, *Theaia ema*«, hauchte er nah an ihrem Ohr. »Ich weiß auch so, was du empfindest.«

Ihre Lippen fanden seine. Sie schob ihre Hände unter seine Tunika und strich über seine vernarbte Brust. Er war ein gefürchteter Krieger, ein Dämon, mächtig und gefährlich. Aber unter ihren Fingern fühlte sie nur die Haut des Mannes, in den sie sich verliebt hatte. Und den sie nie wieder gehen lassen wollte.

Also schob sie die Tunika hoch, zog sie ihm über den Kopf und wartete dann geduldig darauf, dass Lorcan dieses Mal die Führung übernahm.

KAPITEL 25 - LORCAN

Nur für einen Wimpernschlag löste er seine Lippen von ihren, um sich die Tunika über den Kopf ziehen zu lassen. Doch selbst das kam ihm zu lang vor und als er Yvaine endlich wieder küssen konnte, hatte er das Gefühl, beinahe ertrunken zu sein ohne die Lebenskraft, die sie ihm schenkte.

Ihre nackte Haut auf seiner schürte das Feuer in seinem Inneren. Er hatte vorgehabt, sie zu schonen, aber wenn sie ihm auf diese Weise nahe war, konnte er es unmöglich bei Küssen belassen.

Die Angst, sie zu verlieren, mischte sich mit dem Verlangen, sie zu spüren. Den Göttern und Cierans Einsicht war es zu verdanken, dass sie beide jetzt hier zusammen sein konnten. Lorcan hatte sich in dem Moment, als Cieran verkündet hatte, Yvaines Leben zu verschonen, vorgenommen, jeden Augenblick mit ihr zu genießen.

Er ließ seine Hände über ihren warmen Körper gleiten, über die weiche Haut, die nach Caudis Rosen duftete und seine Sinne benebelte. Seine Finger berührten ihre Hüften. Lorcan zog sie enger an sich und stöhnte an ihren Lippen, als sie über seine harte Männlichkeit rieb.

Yvaines Finger fuhren durch sein Haar, über seinen Nacken bis hin zu den Ansätzen seiner Flügel. Aber diesmal berührte sie die empfindliche Stelle nicht. Lorcan gab dennoch ein Knurren von sich, schlang seine Arme um sie und hob sie hoch, ohne den Kuss zu unterbrechen. Diesmal würde er die Zügel in die Hand nehmen.

Yvaine hielt sich mit ihren Beinen an seinen Hüften fest und schlang ihre Arme um seinen Nacken. Lorcan schritt mit ihr auf eine freie Wand zu, bis ihr Rücken dagegen lehnte.

»Hast du Schmerzen?«, fragte er atemlos.

»Nein. Mach weiter«, forderte sie heiser.

Lorcan konnte nicht anders, er grinste. Yvaines Leidenschaft überraschte ihn immer wieder aufs Neue. Als er sicher war, dass sie sich für einen Moment selbst an ihm festhalten konnte, ließ er sie los, streifte seine Hose ab und umfasste dann ihr Gesäß mit seinen Händen.

Er drängte sich gegen sie und Yvaines Finger umklammerten seinen Nacken noch fester, als er ihr Becken anhob und in sie eindrang. Sie drückte ihren Rücken durch und nahm ihn noch tiefer in sich auf. Lorcan kämpfte gegen das Verlangen an, fester zuzustoßen. Er wollte diesen Moment genießen und vor allem Yvaine keine Schmerzen zufügen.

Er löste eine Hand von ihrem Gesäß, umfasste ihre Handgelenke und hob sie über ihren Kopf. Yvaine presste ihre Beine enger um seine Hüften und gab einen heiseren Laut voller Begierde von sich, als er sich zurückzog, nur um erneut in sie einzudringen. Obwohl sie sich ihm entgegenstreckte, löste Lorcan seine Lippen von ihren und betrachtete sie.

Sie erwiderte seinen Blick und in ihren dunklen Augen schimmerte ein Verlangen, das er noch nie an ihr gesehen hatte. Jedes Mal, wenn sie zusammen waren, stillte er seine Sehnsucht nach ihr und gleichzeitig wollte er mehr. Ob es ihr ähnlich ging?

Lorcan ließ ihre Hände los, um ihr Becken ein wenig mehr anzuheben. Er wollte sie ganz ausfüllen, sie vollkommen in Besitz nehmen.

»Darf ich deine Flügel berühren?«, fragte Yvaine heiser und ließ ihn nicht zu Wort kommen. »Ich möchte, dass du dich ganz verlierst. So, wie ich mich vollständig verliere, wenn du in mir bist.«

Er presste seine Lippen auf jene weiche Stelle, wo der Hals in die Schulter überging, und Yvaine keuchte.

»Du kannst mit mir machen, was immer du willst«, raunte er in ihr Ohr.

Sie ließ ihre Finger über seinen Nacken wandern, die Schultern hinab, bis sie die Ansätze seiner Flügel berührte. Lorcan unterdrückte ein Stöhnen, als Yvaine darüberstrich und noch mehr Hitze in seine Mitte strömte, während er sich in ihr bewegte.

Yvaines Atem ging schneller und Lorcan richtete sich auf, um sie ansehen zu können. Ihr Kopf war in den Nacken gelegt, ihre Augen geschlossen und der Mund leicht geöffnet. Sie gab einen heiseren Laut von sich, jedes Mal, wenn Lorcan sich zurückzog und zustieß. Allein das trieb ihn an den Rand seiner Beherrschung und er biss sich auf die Unterlippe. Er wollte sehen, wie sie zu ihrem Höhepunkt kam, obwohl er es selbst kaum noch aushielt. Ihre Hände an seinen Flügeln lösten ein fast schmerzhaftes Verlangen aus, in ihr zu kommen, dem er nicht nachgeben wollte. Noch nicht.

Ihr Körper spannte sich an und Yvaine ließ ihren Kopf noch weiter in den Nacken fallen. Sie hauchte seinen Namen, als die Anspannung von ihr abfiel und ihre Beine zu beben begannen. Lorcan nahm den Anblick ihrer dunkel gefärbten Wangen in sich auf, das heisere Stöhnen, das Pulsieren um ihn.

Yvaine vergrub ihre Finger in seinen Schultern, als sie den Gipfel ihrer Lust erreichte. Ihr Nachbeben brachte ihn noch mehr an den Rand seiner Beherrschung. Er presste seine Lippen an ihren Hals.

Für einen Moment hatte er das Gefühl, nur noch aus Ekstase zu bestehen. Seine Stöße wurden langsamer, tiefer und er kostete es aus, wie auch sein Körper sich zuerst anspannte und dann losließ. Als er den Gipfel erreicht zu haben schien, berührte Yvaine seine Flügel und eine unerwartete Woge aus Begierde und Sehnsucht mischte sich in das tiefe Gefühl von Befriedigung, das er verspürte, während er in ihr kam.

Lorcan löste seine Lippen von ihrem Hals und küsste Yvaine. Er sog ihren Duft ein und genoss die letzten Nachbeben seines Höhepunktes. Sie presste ihre Beine wieder fester gegen seine Hüfte und ihr Stöhnen vibrierte an seinem Mund.

Yvaine schlang die Arme um seinen Nacken und strich durch sein Haar, während ihr Kuss weicher wurde. Dann seufzte sie und Lorcan löste seine Lippen von ihren, bevor er seine Stirn an ihre legte.

»Ich will keine Nacht mehr ohne dich verbringen«, sagte sie nach einer Weile. »Wenn der Friedensvertrag morgen unterschrieben ist, möchte ich mich auch nicht mehr verstecken. Wir werden es langsam angehen müssen, aber ich will, dass die Menschen wissen, mit wem ich zusammen bin.«

Er schloss die Augen. »Denkst du wirklich, dass das eine gute Idee ist?«, fragte er vorsichtig und öffnete seine Lider um sie zu betrachten. »Du bist die Königin und ich bin nicht nur irgendein Dämon, sondern …«

Sie legte ihren Finger an seine Lippen und die Worte erstarben.

»Niemand hat gesagt, dass es leicht wird«, murmelte sie. »Und vielleicht wird es eine Weile dauern, bis die Menschen es akzeptieren oder erkennen, dass du mich nicht mit Magie dazu zwingst, an deiner Seite zu sein. Aber du bist diesen Kampf wert.« Sie ließ ihre Hand sinken. »Es sei denn natürlich, du willst deinen König begleiten, wenn er wieder abreist.«

Lorcan schüttelte den Kopf. »Es gibt keinen Ort, an dem ich lieber wäre als bei dir«, sagte er ernst.

»Dann ist es entschieden«, verkündete sie. »Ab morgen hören wir auf, dieses Geheimnis zu hüten.«

Er schwieg, stellte sie behutsam auf ihre Beine und machte einen Schritt zurück, damit sie zu Atem kommen konnte. Es rührte ihn, dass sie die Stärke aufbringen wollte, sich gegen die Widerstände zu stellen, die sie zu erwarten hatten. Allerdings war er sich immer noch nicht sicher, ob es klug war, sich öffentlich als Paar zu zeigen. Die Menschen könnten eine flüchtige Berührung oder ein offenes Lächeln bereits falsch auffassen.

Yvaine mochte ihm vergeben haben für das, was er getan hatte. Doch er selbst konnte es sich nicht verzeihen und die Menschen von Sisun würden es vielleicht nie gutheißen, dass ausgerechnet er der Mann an der Seite ihrer Königin sein sollte.

»Ich möchte verhindern, dass irgendeine andere Frau auf die Idee kommt, sie könnte dich mir wegnehmen«, erklärte sie, als sie die Entfernung zwischen ihnen schloss und mit einem neckischen Lächeln zu ihm aufsah. »Du gehörst mir allein.«

Er hob seine Mundwinkel. »Ist das so?«, hakte er amüsiert nach.

»Gestern hast du mir gesagt, du würdest mir alles schenken, worum ich dich bitte«, erinnerte sie ihn. »Oder waren das nur leere Worte?«

Das schiefe Grinsen auf seinem Gesicht erstarb. »Nein, das habe ich ernst gemeint«, entgegnete er.

»Also, dann gehörst du jetzt … mir?«, fragte sie und klang dabei fast schüchtern. »Nur mir?«

Er hauchte einen Kuss auf ihre Stirn und Yvaines warmer Atem strich über seine Brust, als sie seufzte. »Ja, *Theaia ema*, ich bin dein.«

»Und ich bin dein«, erwiderte sie und schmiegte

sich an ihn. Dann hob sie ihren Kopf und holte tief Luft. »Lorcan, ich …« Sie biss sich auf die Unterlippe und atmete geräuschvoll aus. »Nicht so wichtig.«

Lorcan wollte nachhacken, doch Yvaine sank gegen ihn. Behutsam hob er sie hoch. »Ich fürchte, ich habe dir gerade zu viel abverlangt«, murmelte er an ihrer Schläfe.

»Aber ich bereue es nicht«, erwiderte sie mit einem schwachen Lächeln. »Und dank der dämonischen Magie fühle ich mich fast wieder vollkommen gesund.«

»Unsere Magie kann nur Wunden heilen«, erklärte er, während er sie behutsam auf das Lager bettete. »Dass du so schnell wieder zu Kräften gekommen bist, liegt nur an dir.«

Er reichte ihr einen Kelch mit Wasser, den sie in einem Zug leerte.

»Ich würde sagen, es liegt auch an deiner Pflege«, warf sie ein. »Immerhin hast du dich den ganzen Tag um mich gekümmert.«

Lorcan schmunzelte und wollte nach einem Korb mit Obst greifen, aber sie umfasste seinen Unterarm.

»Ich kann heute nichts mehr essen«, sagte sie mit einem Lachen. »Du hast mich vorhin bereits gemästet. Darum habe ich auch nicht verstanden, warum du neues Essen holen wolltest.« Sie zog ihn zu sich. »Komm, leg dich neben mich. Ich möchte in deinen Armen einschlafen. Sofern das in Ordnung ist.«

»Nichts wäre mir lieber«, erwiderte er, legte sich neben sie und breitete eine Decke über ihr aus.

»Sind deine Flügel, nachdem wir miteinander

geschlafen haben, empfindlicher?«, wollte sie wissen, während sie sich an ihn schmiegte.

»Nein. Warum?«

»Weil du uns nicht mit ihnen zudeckst …«

»Ich wollte nur sicher gehen, dass du genug Wärme bekommst. Es wird in der Nacht recht kalt«, meinte er. »Und ich wusste nicht, ob du es überhaupt magst, wenn ich meine Flügel über dir ausbreite.«

»Doch«, entgegnete sie schnell. »Ich mag das Gefühl, von dir beschützt zu werden.« Sie berührte zögerlich die dunkle Haut seiner Schwingen. »Es gibt nichts an dir, das ich nicht mag.«

Er zog die Decke bis zu ihren Schultern und breitete dann seine Flügel über sie beide aus. Yvaine seufzte und schloss die Augen.

»Wenn du da bist, fühle ich mich sicher«, murmelte sie verschlafen.

»Und du nimmst mir die Albträume«, erwiderte er leise und war sich nicht sicher, ob sie seine Worte noch gehört hatte.

Sie musste erschöpfter gewesen sein, als sie hatte zugeben wollen, wenn sie so schnell einschlief. Lorcan schmunzelte und strich ihr die leicht zerzausten Haare aus dem Gesicht. Kein Schatz der Welt konnte wertvoller sein als jener, den er in diesem Moment in seinen Armen hielt. Er bezweifelte zwar noch immer, dass die Menschen Sisuns ihn akzeptieren würden, aber er wollte alles tun, um ihre Meinung ihm gegenüber zu ändern. Lorcan wusste nicht, wie Cieran dazu stehen würde, doch seine Entscheidung war gefallen. Selbst wenn Yvaine ihre

Meinung änderte und ihre Beziehung für immer geheim halten wollte, würde er nicht gehen. Er wollte seine Königin beschützen und das konnte er nur, wenn er in Sisun blieb. Bei Yvaine. Der Frau, neben der er jeden Morgen aufwachen wollte.

KAPITEL 26 - YVAINE

Als sie die Augen aufschlug, war Lorcan bereits wach. Er starrte in die Richtung des runden Fensters, das hinter ihr lag. Das Zimmer wirkte düster. Der Morgen konnte noch nicht angebrochen sein.

Yvaine regte sich leicht und presste ihre Lippen dann auf seine Brust. Erst da schien Lorcan zu bemerken, dass sie nicht mehr schlief.

»Guten Morgen«, murmelte er und schenkte ihr ein Lächeln, als sie ein Stück zurückrutschte, um ihn anzusehen.

»Bist du schon lange wach?«, wollte sie wissen und kämpfte mit ihren widerspenstigen Haaren.

Lorcan lachte und half ihr, die Strähnen aus ihrem Gesicht zu streichen. »Sieht so aus, als hätten deine Haare einen ebenso unbeugsamen Willen wie du, meine Königin.«

»Dann passen sie ja zu mir«, meinte sie leichthin und hob ihm ihr Gesicht entgegen.

Lorcan beugte sich zu ihr herab und hauchte einen Kuss auf ihre Lippen. Diese zärtliche Berührung reichte aus, um sie daran zu erinnern, was sie für ihn empfand. Gestern war sie so berauscht von ihren Gefühlen für ihn gewesen, dass sie ihm beinah gestanden hätte, dass sie ihn liebte. Doch bevor die Worte über ihre Lippen gekommen waren, hatte sie sich unsagbar dumm gefühlt. Wie ein übermütiges Kind, das von etwas sprach, das es gar nicht verstand. Sie wollte nicht, dass er sie für unbedarft oder einfältig hielt. Deswegen hatte sie es nicht ausgesprochen. Ihm zu zeigen, wie viel er ihr bedeutete, war für sie etwas vollkommen anderes, als es ihm tatsächlich zu sagen. Obwohl Lorcan ihr seine Gefühle bereits gestanden hatte, war sie noch nicht bereit dazu.

Auch das fand sie dumm, und doch konnte sie es nicht ändern. Sie wollte das nicht falsch machen. Es sollte etwas bedeuten, wenn sie es aussprach, und nicht einfach so dahingesagt sein.

»Wie fühlst du dich?«, fragte er, nachdem er den Kuss beendet hatte.

»Bereit für alles, was heute geschehen wird«, erwiderte sie so sicher es ihr gelang.

Lorcan schmunzelte. »Ich bin einmal mehr froh, dass wir auf derselben Seite stehen«, meinte er. »Gegen die Tigerin von Sisun möchte ich nicht bestehen müssen.« Zärtlich strich er über ihre Wange. »Aber du kannst immer ehrlich zu mir sein.

Dieser Tag wird dir viel Kraft abverlangen und wenn du meine Stärke brauchst, musst du es nur sagen.«

»Das ist neu für mich«, gestand sie. »Früher durfte ich nicht schwach sein oder zweifeln.«

Sein Blick wurde noch weicher und Yvaine ertrug das Mitgefühl, das sie darin erkannte, nicht. Deswegen räusperte sie sich lautstark.

»Wann denkst du, wird König Cieran mir den Entwurf für den Friedensvertrag überbringen?«, änderte sie das Thema, um ihre bedrückte Stimmung zu verbergen.

Er atmete geräuschvoll aus. Ob ihn der Themenwechsel störte? »Wahrscheinlich liegt er bereits in deinem Gemach«, meinte er und klang tatsächlich enttäuscht. Sie wollte seine Hilfe wirklich annehmen. Aber so schnell konnte sie ihre alten Angewohnheiten nicht ablegen. »Sollen wir nachsehen?«

»Ich dachte, wir sollen uns verstecken«, warf sie ein.

»Nun, ich denke, Cadmus wird nicht dort auf dich warten. Zumal Cieran neben deinen Wachen vermutlich auch seine eigenen Soldaten vor der Tür postiert hat. Der Wesir wird also dein Gemach nicht betreten können«, erklärte Lorcan. »Außerdem muss ich dich früher oder später ohnehin zurückbringen. Du wirst dich umziehen müssen, bevor die Verkündung am späten Vormittag stattfindet.«

»So früh?«, keuchte sie. »Ich dachte an Abend.«

»Cieran war der Meinung, du wärst damit einverstanden«, sagte Lorcan. »Aber wenn es später stattfinden soll …«

»Nein, er hat recht«, unterbrach sie ihn. »Je früher das geschafft ist, desto besser.«

Lorcan legte einen Finger unter ihr Kinn und hob es an. »Hast du Zweifel, meine Königin, oder wieso lässt du deinen Kopf schon wieder viel zu tief hängen?«

»Ich weiß, dass dieser Frieden richtig ist. Wir haben zu lange gegeneinander gekämpft und es wird Zeit, dass wir einander vergeben und von vorne beginnen«, entgegnete sie. »Wir beide haben diesen Schritt gewagt und ich bin froh darüber. Es ist dennoch eine schwere Last, weil ich nicht weiß, wie mein Volk meine Entscheidung aufnehmen wird.« Sie rang sich ein Lächeln ab. »Aber wie ich gestern schon festgestellt habe, hat niemand gesagt, dass es einfach wird, das Richtige zu tun.«

»Ich möchte nur nicht, dass du dich zu irgendetwas gezwungen fühlst«, sagte Lorcan ernst.

»Das tue ich nicht. Zum ersten Mal seit langem bin ich vollkommen von meiner Entscheidung überzeugt.« Sie rang sich ein Lächeln ab. »Und jetzt sollten wir nachsehen, ob König Cieran mir den Vertrag schon geschickt hat.«

Lorcan stand auf, half ihr auf die Beine und legte den Morgenmantel um Yvaines Schultern. Dann schlüpfte er in seine Kleider und folgte Yvaine in den kühlen Korridor.

So oft war sie diesen Weg schon entlanggegangen, stets allein. Sie hatte sich vor der Welt versteckt, wenn ihr die Last, die sie als Königin tragen musste, zu viel wurde oder sie durchatmen musste. Ob es ab jetzt mit Lorcan an ihrer Seite anders sein würde?

Am Anfang zumindest nicht, weil ihre Beziehung sicher auf Widerstand stoßen würde. Aber sie wusste, dass sie sich auf ihn verlassen und ihm vertrauen konnte. Gemeinsam würden sie diese Zeit überstehen.

Yvaine öffnete die Geheimtür in ihr Gemach. Lorcan ging vor und suchte den Raum ab. Erst als er sicher zu sein schien, dass keine Gefahr drohte, holte er sie. Sie entdeckte auf dem Tisch, den sie zum Schreiben nutzte, tatsächlich eine versiegelte Pergamentrolle.

Yvaine entzündete eine Öllampe, brach das Siegel und las sich die Zeilen gründlich durch. Lorcan blieb die ganze Zeit an der Tür stehen und gab ihr die Ruhe, die sie brauchte. Nachdem sie fertig war, reichte sie ihm das Pergament.

»Oder kennst du den Inhalt schon?«, fragte sie.

»Nicht im Detail«, erwiderte er und überflog die Zeilen. Dann sah er zu ihr auf. »Bist zu damit einverstanden?«

»Es sind keine Hintertüren versteckt, keine Fallstricke in den Formulierungen«, meinte sie. »Er gibt meinem Volk die Freiheit, die ich mir gewünscht habe. Ich bekomme die Rechte, selbst Gesetze zu erlassen. Im Gegenzug stimme ich zu, keine Rächerin mehr zu sein und ein Bündnis mit den Dämonen zu schmieden. Außerdem ist die Zusicherung enthalten, dass die Dämonen uns bei dem Kampf gegen die dunklen Kreaturen unterstützen werden.«

»Ist das für dich in Ordnung?«, hakte er nach. »Falls du doch wieder zur Rächerin wirst, ist das Bündnis nichtig.«

»Wenn Sisun sicher ist, gibt es für mich keinen Grund mehr, eine Rächerin zu sein oder gegen die Dämonen zu kämpfen. Den anderen werde ich über unser Zeichen mitteilen, dass wir uns treffen müssen. Ich werde mich ihnen zu erkennen geben und sie darum bitten, ab jetzt nicht mehr als Rächer aufzutreten.«

»Denkst du, sie halten sich daran?«

Yvaine zuckte mit den Schultern. »Vermutlich. Schließlich war unser Ziel immer die Sicherheit der Menschen. Die Dämonen sind dann keine Bedrohung mehr. Besonders da sie uns helfen.«

Obwohl sie versuchte, überzeugt zu klingen, rumorte es in ihrem Magen. Yvaine wandte sich dem Fenster zu und betrachtete die Sonne, die bereits aufgegangen war. Bald würde sie vor ihr Volk treten und sie von einem Frieden mit den Dämonen überzeugen müssen. Nur wenn sie zeigte, wie wichtig dieses Bündnis war, konnte sie weitere Kämpfe vermeiden. Das Blutvergießen musste endlich ein Ende haben. Die Bevölkerung Sisuns hatte genug gelitten.

»Kann ich irgendetwas tun, damit deine Angst zerstreut wird?«, fragte Lorcan, der mit einem Mal dicht neben ihr stand. »Und sag mir nicht, dass du keine Angst hast. Ich kann sie sehen.«

Sie drehte sich zu ihm um, legte ihre Hände an seine Hüfte und lehnte ihren Kopf an seine Schulter. »Es ist nicht alltäglich für mich, solche Entscheidungen zu treffen«, murmelte sie. »Aber solang du bei mir bist, weiß ich, dass alles gut wird.«

Er strich über ihren Rücken und zuckte kaum

merklich zusammen, als es an der Tür klopfte. Yvaine löste sich von ihm und Lorcan drückte die Klinke hinunter. Eletta stand vor ihm und Lorcan atmete auf.

»Entschuldigt, dass ich störe«, sagte sie und betrachtete Yvaine, die ihren fast durchsichtigen Morgenmantel enger vor ihrem Körper zusammenzog. Dann wandte sie sich mit einem Räuspern Lorcan zu. »Cieran bittet dich, zu ihm zu kommen. Die Zeremonie soll bald beginnen und er möchte noch etwas mit dir klären.«

»Das kann er nachher machen«, erwiderte Lorcan. »Meine wichtigste Aufgabe ist der Schutz von Yvaine.«

»Es sind vier Dämonen vor ihrer Tür postiert«, warf Eletta ein. »Niemand kann ihr Zimmer betreten und du wirst ihr kaum die Haare frisieren, oder?«

Lorcan setzte zu einer Erwiderung an und hielt inne, als Yvaine zu lachen begann. Er drehte sich zu ihr um und sie presste ihre Lippen zusammen.

»Entschuldige, ich stelle mir nur gerade vor, wie du mir die Haare aufsteckst«, sagte sie und zwinkerte Eletta zu. »Danke für das Bild. Aber deine Schwester hat recht. Wenn es wirklich bald losgeht, muss ich mich anziehen und vorbereiten. Das schaffe ich auch ohne dich.«

»Ich kann Eure Dienerinnen rufen und Frühstück bringen lassen«, meinte Eletta.

»Das wird nicht nötig sein. Ich kann mich allein anziehen und ich bezweifle, dass ich im Moment auch nur einen Bissen zu mir nehmen kann«, wehrte Yvaine ab.

Lorcan musterte sie nachdenklich. »Bist du sicher, dass es in Ordnung ist, wenn ich gehe?«, hakte er nach.

Sie trat auf ihn zu und schlang ihre Arme um seine Taille. »Ja. Ich komme zurecht. Und du wirst vor den Palasttoren auf mich warten, oder?«

»Natürlich«, erwiderte er.

Yvaine lächelte ihn an. »Dann geh. Mach dir keine Sorgen um mich.«

Sie keuchte, als Lorcan sie an sich zog und stürmisch küsste. Hätte seine Schwester nicht in der offenen Tür gestanden, hätte sie den Kuss leidenschaftlich erwidert. Seine Berührung löste die Anspannung in ihrem Körper und schürte das Verlangen nach mehr. Aber dazu war später noch genug Zeit, wenn alles erledigt und sie beide wieder allein waren.

»Wenn irgendetwas ist, ruf mich«, raunte er in ihr Ohr. »Ich werde kommen.«

»Es wird nichts sein«, sagte sie leise. »Wir sehen uns gleich.«

Lorcan löste sich von ihr und ging rückwärts zur Tür. Yvaine sah zu, wie er hinter seiner Schwester den Raum verließ und die Tür schloss. Sie hörte noch seine Stimme durch das Holz, wie er den Wachen Befehle gab. Dann war er fort.

Als hätte ihr Körper nur auf diesen Moment gewartet, brodelte es wie in einem Kochtopf in ihrem Magen. Yvaine presste die Hände auf den Mund und stürmte in den Waschraum, beugte sich über eine Schüssel und übergab sich. Sie zitterte und sank auf die Knie, als sie noch einmal würgte und bittere Galle ausspuckte.

»Ich hoffe, das sind keine Anzeichen einer Schwangerschaft«, erklang eine Stimme, die sie nicht erwartet hatte.

Hastig stand sie auf, zog den Morgenmantel enger vor ihrer Brust zusammen und stellte sich dem Wesir, der in der Tür zum Waschraum lehnte und sie musterte.

»Wie seid Ihr hereingekommen?«, fragte sie.

»Glaubst du, du bist die Einzige, die alle Geheimgänge kennt?«, stellte er die Gegenfrage und schritt auf sie zu. Yvaine wollte ihn tadeln, weil er zu vertraut mit ihr sprach, aber Cadmus ließ sie nicht zu Wort kommen. »Ich musste ewig warten, bis du endlich allein warst und der geflügelte Abschaum sich davongemacht hat.« Der Wesir hob seine Arme und schüttelte den Kopf. »Was denkst du dir dabei, dein Volk so schändlich zu verraten?«

Seine Worte trafen sie wie eine eiskalte Faust in den Magen. Yvaine krümmte sich, bevor sie sich aufrichtete und ihr Kinn anhob. »Was fällt Euch ein, so mit mir zu sprechen«, entgegnete sie scharf. »Was gibt Euch das Recht, meine Entscheidungen in Frage zu stellen?«

Die Mundwinkel des Wesirs kräuselten sich, dann lachte er auf und legte den Kopf in den Nacken. Einen Moment sah Yvaine ihn verschwommen, dann erkannte sie die Magie, die er nutzte und jetzt löste. Als Cadmus sie wieder ansah, war er nicht länger der alte Mann, dem Yvaine vertraut hatte. Statt ihm erkannte sie eine Frau, die sie schon vor sehr langer Zeit für verloren gehalten hatte.

»Mutter«, keuchte sie. Tränen traten in ihre Augen und Wärme breitete sich in ihr aus. Sie hatte sie so sehr vermisst. Yvaine öffnete ihre Arme und wollte auf sie zugehen.

Doch die ehemalige Königin hob abwehrend ihre Hand. »Wag es nicht, zu mir zu kommen, du Verräterin«, zischte sie.

Ihr Gesicht war noch dasselbe wie vor all den Jahren, nur ihr einst schwarzes Haar war ergraut und tiefe Falten umrahmten ihre Augen und Mundpartie. Selbst die Kleidung sah noch immer so aus wie jene, die Eris am Tag ihres Todes getragen hatte: ein schlichter, himmelblauer Kaftan, allerdings hing ein zerrissener, grauer Umhang um ihre Schultern. Trotzdem war ihre Mutter vollkommen verändert. Sie wirkte nicht mehr freundlich und liebevoll wie damals, sondern hart und ausgemergelt. Yvaine schluckte.

»Aber wie … ich habe dich sterben sehen«, schluchzte Yvaine, deren Herz schmerzhaft in ihrer Brust schlug. »Ich habe gedacht, ich hätte dich verloren.«

»Du hast gesehen, was ich dich sehen lassen wollte«, erwiderte ihre Mutter kühl. »Was alle sehen sollten. Königin Eris, die Tigerin von Sisun, ist an jenem Abend gestorben, um ihr Volk zu retten. Ich wusste, dass ich nur überleben würde, wenn ich jeden glauben ließ, ich sei tot. Die Dämonen hätten mich sonst hingerichtet, nachdem dein Vater versagt und es nicht geschafft hat, Sisun zu beschützen.« Sie spie verächtlich aus. »Dieser dumme Narr. Ich habe ihm gesagt, dass er es nicht schaffen wird, den Zorn dieses Abschaums zu bremsen, den er über uns gebracht hat. Aber ich war sicher, du könntest es. Also musste ich einen Weg finden, an deiner Seite bleiben zu können und dafür zu sorgen, dass du die Königin wirst, die zu sein du bestimmt bist. Es war nicht leicht, mich zu verstellen und die Magie vor dir zu verbergen. Du warst zwar ein Kind, aber du konntest schon damals fremde Kräfte deutlicher wahrnehmen als andere. Also musste ich deine Sinne trügen, während du geschlafen hast, bis der Zauber, den ich verwendet habe, für dich so selbstverständlich war wie die Luft, die dich umgibt.« Eris atmete geräuschvoll aus. »Ich habe so viel auf mich genommen, um dich zu retten. Weil nur du Sisun schützen konntest. Und die Kazzaner haben mir ihre Hilfe angeboten, also habe ich sie angenommen.«

»Die … Kazzaner?« Yvaine machte einen Schritt zurück und stieß gegen das Kästchen mit der Waschschüssel, die zu Boden fiel und in unzählige Stücke zersprang.

»Ganz recht«, entgegnete Eris. »Als das schwarze Feuer tobte, wollte ich seine Macht in mich aufnehmen. Aber dazu war ich nie stark genug. Das schwarze Feuer ist zwar ein Teil der Magie der Wüste, die in unseren Adern fließt, aber es ist zu mächtig. Dennoch bot es mir an, mir zu helfen. Ich konnte es kontrollieren und mit der Zeit lernte ich die Kazzaner zu rufen, um sie für mich kämpfen zu lassen.« Sie schnalzte mit der Zunge und hob ihre Hand in einer gebieterischen Geste. »Wir haben später noch genug Zeit für Erklärungen. Jetzt muss ich dir die Macht des schwarzen Feueres überlassen, damit du die Dämonen vernichten kannst.«

Yvaine schüttelte den Kopf. »Nein, ich will mit dieser Magie nichts zu tun haben. Das schwarze Feuer ist zerstörerisch und ich werde es nicht einsetzen.«

»Undankbares Gör! Du hast keine Ahnung von dieser Macht. Sie gehorcht dem, der bereit ist, sie zu beherrschen«, knurrte Eris. »Denkst du, ich habe all die Mühe auf mich genommen, nur damit du am Ende zögerst, weil ein Dämon das Bett mit dir teilt?«

»Ich zögere nicht deswegen«, warf Yvaine ein, doch ihre Mutter ließ sie nicht aussprechen.

»Wage es nicht zu behaupten, du hegst echte Gefühle für diesen Abschaum.« Sie schritt auf Yvaine zu, die nicht weiter zurückweichen konnte. »Muss ich dich daran erinnern, was er getan hat? Wie er die Stadt in die schwarzen Flammen gehüllt und so viele Menschen getötet hat? Was er deinem Bruder und deinem Vater angetan hat?«

»Ich will seine Taten nicht rechtfertigen«, sagte Yvaine und presste sich gegen die Mauer in ihrem Rücken. Sie überlegte fieberhaft, was sie tun konnte, um sich gegen ihre Mutter zu wehren. »Aber ein neuer Krieg wird niemandem nutzen.«

Ihre Mutter lächelte eiskalt. »Wenn du sie alle hier und jetzt tötest, wird es keinen neuen Krieg geben. Sobald der König und sein General tot sind, wirst du in die Wüste Kaz gehen, um das schwarze Feuer in die Dämonenwelt zu schicken. Danach trennen wir die Welten und was an Abschaum zurückgeblieben ist, wird leichte Beute für unsere Krieger sein.«

»Ich werde sie nicht töten«, erwiderte Yvaine. »Mutter, verstehst du es nicht? Wir können es friedlich beenden.« Ihre Stimme bebte. »Ich habe all die Jahre so viel Hass empfunden, so viel Trauer in mir getragen. Das will ich nicht mehr. Ich möchte Frieden und ich möchte, dass du wieder an meiner Seite bist.«

»An deiner Seite werde ich sein, sobald wir das hier beendet haben«, zischte Eris.

Yvaine straffte ihre Schultern und hob ihr Kinn. »Ich werde Frieden mit den Dämonen schließen«, wiederholte sie entschlossen. »Keine Kämpfe mehr. Du kannst mich nicht dazu zwingen, deinem Willen zu folgen.«

Sie wollte auf Eris zugehen, aber ihr Körper gehorchte ihr nicht mehr. Panisch sah Yvaine in die dunklen Augen ihrer Mutter.

»Du dummes Ding«, sagte sie. »Ich habe dir bereits in der Wüste die Macht geschenkt, mit der du die Dämonen erledigen kannst. Doch anstatt sie zu nutzen, verbannst du sie aus deinem Körper, indem du die Kraft des Monsters in dich aufnimmst und sein Leben rettest. Weil du dich von einem charmanten Lächeln und seinen Liebhaberqualitäten blenden lässt.« Sie hob ihre Hand und ein Dolch erschien darin. »Aber damit ist jetzt Schluss. Du wirst den Schrecken der Wüste mit dieser Waffe umbringen.«

»Er ist ein Dämon«, presste Yvaine zwischen ihren Lippen hervor. »Ich könnte ihn nicht einmal töten, wenn ich wollte.«

»Damit schon«, entgegnete Eris. »Es ist der letzte Dolch aus Hirund-Erz getränkt mit Gonda-Beeren Gift. Dieser Narr Luan hat drei dieser Klingen verschwendet und es dennoch nicht geschafft, den König des Abschaums zu töten. Zum Glück habe ich einen all die Jahre aufbewahrt und es hat sich als weise Entscheidung erwiesen. Jede Wunde damit ist für einen Dämon tödlich und es gibt kein Gegenmittel.« Sie hielt Yvaine den Dolch hin. »Wenn der General tot ist, wird dich nichts mehr aufhalten. Es ist deine Zuneigung zu ihm, die dich zögern lässt. Aber wenn er fort ist, kannst du deiner Bestimmung folgen. Du wirst die volle Macht von Kaz in dir aufnehmen und die Dämonen zerstören.«

»Ich werde Lorcan kein Haar krümmen«, fuhr Yvaine sie an und atmete tief ein. »Lor…«, versuchte sie, ihn zu rufen.

Aber ihre Stimme erstarb in dem Moment, als Eris ihr ein Stilett in die Schulter rammte. Yvaine gab einen heiseren Laut von sich, unfähig zu schreien. Hitze breitete sich von der Einstichstelle aus, zog über ihren gesamten Körper und drang tief in ihr Herz ein.

»Wehr dich nicht dagegen«, raunte Eris fast zärtlich. »Es tut mir leid, dass ich dich verletzen muss, aber so gelangt die Magie schneller in dein Blut und ich bekomme die Kontrolle über deine Gedanken. Lass den Zorn in dir zu. Er wird dir die Macht verleihen, die du brauchst.«

Yvaine konnte nicht mehr atmen und starrte ihrer Mutter ins Gesicht. Dann verschwamm der Anblick vor ihren Augen und sie versank in Dunkelheit. Vor ihr sah sie Lorcan, der das schwarze Feuer entzündete und es mit grimmigem Lachen auf die Häuser von Inej warf, an denen er vorbeirannte. Er schlitzte die Menschen, die ihm in den Weg traten, ohne zu zögern, auf. Sie sah ihren Vater, den er tödlich verwundet im Sand liegen ließ, ihren Bruder, dessen Kopf Lorcan mit einem triumphierenden Schrei hochhielt.

Das stimmt so nicht, dachte sie, aber im selben Moment zweifelte sie an ihren Worten.

Mit einem Mal wusste sie nicht mehr, ob Lorcan je ehrlich zu ihr gewesen war. Sie fühlte nichts als Verachtung und Hass für diesen Mann, während sie sich daran erinnerte, dass sie miteinander geschlafen hatten. Da war nichts Zärtliches an der Art gewesen, wie er sie berührt hatte. Er hatte sie festgehalten, ihr keine Möglichkeit gelassen, nein zu sagen. Sie wäre doch nie freiwillig mit ihm ins Bett gegangen.

Wut loderte in ihren Adern hoch und die Hitze konzentrierte sich auf ihr Herz. Sie würde ihn büßen lassen für das, was er ihr immer und immer wieder angetan hatte.

»So ist es gut«, sagte ihre Mutter, die sich wieder in den Wesir zurückverwandelte. »Nimm den Dolch und beende, was ich begonnen habe.«

Yvaine packte die Waffe und betrachtete sie. Dann nickte sie entschlossen.

»Ich werde dich nicht enttäuschen«, sagte sie grimmig.

»Zieh dich an und zeig den Dämonen, womit sie sich angelegt haben«, forderte ihre Mutter sie auf. Dann drehte sie sich um und verließ Yvaines Gemach durch einen Geheimgang, aus dem sie gekommen sein musste.

Die Königin ging in ihren Ankleideraum, legte den Dolch auf einen Hocker und zog sich ein Oberteil aus schwarzem, glitzerndem Stoff an sowie einen Hosenrock, der ihre Beine umspielte. Sie wählte funkelnden Goldschmuck aus und steckte ihr Haar kunstvoll auf. Dann verbarg sie die Klinge an einem Lederband um ihren Oberschenkel, an das sie mühelos gelangen konnte.

»Heute wird es enden«, sagte sie zu sich selbst und kehrte in ihr Gemach zurück.

Dort fiel ihr Blick auf den Friedensvertrag. Sie hob ihre Hand und das Pergament ging in Flammen auf. Zufrieden trat sie zur Tür, als es klopfte.

Ein Dämon blickte herein und verneigte sich vor ihr. »Der König lässt fragen, ob Ihr bereit seid«, sagte er ehrfürchtig.

Yvaine lächelte. »Das bin ich«, erwiderte sie und schritt von den vier nutzlosen Wächtern des Dämonenkönigs und ihren eigenen zwei Gardisten flankiert durch den Palast.

Vor dem noch verschlossenen Palasttor hatten Cieran, Meira, Eletta, die beiden Prinzen, Gavril und Cadmus in der Empfangshalle Aufstellung genommen, um auf sie zu warten, bevor sie gemeinsam zum Schlosshof gehen konnten. Aber der einzige, den sie ansah, war Lorcan.

Ihr Hass loderte gemeinsam mit den schwarzen Flammen in ihrem Herzen. Sie musste näher an ihn heran, um ihm den Dolch in den Leib zu rammen. Niemand würde sie aufhalten.

Da fiel ihr auf, dass Meira sie musterte. Die hellen Augen der Königin von Visha weiteten sich. Diese Verräterin hatte offensichtlich erkannt, dass Yvaine nicht länger das schwache, hilflose Mädchen war, das die Dämonen manipulieren konnten.

Bevor Meira ihren Mund öffnen konnte, hob Yvaine ihre Hände und legte Fesseln aus Magie um jeden Dämon und Menschen in der Nähe. Es fühlte sich so mühelos an, sie alle gefangen zu nehmen. Keiner konnte sich gegen das, was sie ihnen aufzwang, wehren. Eine solche Macht hatte sie noch nie gespürt und sie kostete diesen Moment mit einem Lachen aus.

»Was hat das zu bedeuten?«, knurrte Cieran. Yvaine zwang ihn auf die Knie, genau wie alle anderen.

»Dass ich nicht länger Eure Sklavin bin«, fuhr Yvaine ihn an und zog den Dolch unter ihrer Kleidung hervor.

Meira schrie auf, wehrte sich gegen die Magie, die sie gefangen hielt, und versuchte, sich vor Cieran zu werfen.

»Keine Sorge«, sagte Yvaine. »Ich will nicht sein Leben damit beenden.« Sie wandte sich zu Lorcan um, der sie ungläubig anstarrte. »Sondern deines.«

Sie krümmte ihre Finger und Lorcan schwebte wehrlos auf sie zu. Er konnte sich nicht rühren, konnte den tödlichen Streich nicht abwehren.

»Was ist geschehen?«, fragte er und seine warme Stimme drang in ihren Körper und ließ den Zorn in ihr ein wenig zurückweichen. Kein Vorwurf lag in seinen Worten, sondern er klang … besorgt.

»Sei still!«, fuhr sie ihn an. »Ich habe endlich erkannt, dass du ein Lügner bist. Aber du machst mir nichts mehr vor. Nie wieder.«

»Ich habe dich nie belogen«, raunte er.

»Jedes Wort aus deinem Mund ist eine Lüge!«, brüllte sie und hob den Dolch an. Lorcan zuckte nicht zurück. »Du rettest dein Leben nicht durch weitere Lügen.«

»Ohne dich ist mein Leben nichts wert, *Theaia ema*«, erwiderte er leise. Seine himmelblauen Augen glänzten verräterisch. »Habe ich dich an eine dunkle Magie verloren, Yvaine?«

Ihre Finger um den Griff zitterten genauso wie ihr Arm. Sie musste ihn töten. Nein, sie wollte ihn töten. Er war der Schrecken der Wüste, der Abschaum, der so viel Unglück über ihr Volk gebracht hatte. Der sie hatte leiden lassen.

Das ist nicht wahr, erklang ihre eigene Stimme schwach in ihren Ohren. *Er hat dich gerettet. Mehr als einmal. Er hat dich nie zu etwas gezwungen. Lorcan liebt dich und du liebst …*

»Genug!«, brüllte sie und umfasste den Dolch fester, hob ihn an und wollte zustoßen.

Doch als sie Lorcan wieder in die Augen sah, verschwand ihre Entschlossenheit. Sein Blick bohrte sich tief in ihr Herz und Trauer schnürte ihr die Kehle zu.

Sie schrie vor Zorn und Verzweiflung, während ihre Beine nachgaben und sie auf die Knie fiel. Die Magie, die eben noch alle Anwesenden gefesselt hatte, versiegte.

»Ergreift sie!«, brüllte Cieran, der auf seine Beine sprang und sein Schwert zog.

»Sie kann nichts dafür!«, rief Lorcan und stellte sich dem König in den Weg.

»Du unnützes Balg!«, fuhr Cadmus sie an und packte sie am Arm. »Bist du für nichts zu gebrauchen?«

Er wollte ihr den Dolch aus der Hand nehmen, doch Yvaine warf ihn auf den Boden und trat ihn fort. Es klatschte und ihre Wange ging in Flammen auf, als Cadmus ihr eine Ohrfeige verpasste.

»Das war ein Fehler«, knurrte er und zog sie an sich.

»Yvaine!«, rief Lorcan verzweifelt.

Doch da erhob sich ein Sturm im Palast, zerriss alle Glasscheiben und stieß die schweren Türen nach draußen auf. Yvaine wurde von schwarzem Sand verschluckt, der sie forttrug, während Lorcan wieder und wieder ihren Namen rief.

»Es tut mir leid«, flüsterte sie und keuchte, als etwas sie am Kopf traf.

Sterne tanzten vor ihren Augen und dann war da nichts mehr außer Dunkelheit und ein lodernder Hass, der sich erneut an die Oberfläche ihrer Gedanken kämpfte.

KAPITEL 27 - LORCAN

Als der Sand zu Boden rieselte, packte Cieran Lorcan an der Schulter und presste ihn gegen eine Wand.

»Hast du den Verstand verloren?«, fuhr der Dämonenfürst ihn an. »Du stellst dich zwischen mich und diese Verräterin?«

»Ist dir nicht aufgefallen, dass sie nicht sie selbst war?«, tobte Lorcan und befreite sich aus Cierans Griff. »Diese Dunkelheit, die sie umgeben hat, ist nicht Teil von ihr. Du hättest eine Unschuldige getötet.«

»Bist du irre?«, donnerte Cierans Stimme durch die Halle. »Sie ist mit einem Dolch aus Hirund-Erz auf dich losgegangen, und du verteidigst sie?«

»Weil er recht hat«, mischte Meira sich ein und hob ihre Arme. »Hast du bemerkt, dass der Wesir mit der Königin verschwunden ist?«

Cieran gab ein Brummen von sich und blickte

sich um. »Du denkst also, der Wesir hat die Königin unter einen Bann gelegt?« Er rieb sich über die Schläfen. »Wenn er so mächtig ist, warum greift er uns dann nicht selbst an und schickt die Königin vor?«

»Eine gute Frage«, murmelte Meira.

»Die wir später klären können«, platzte Lorcan heraus. »Wir müssen Yvaine retten.«

Sein ganzer Körper pulsierte vor Anspannung. Der Wesir hatte Yvaine mit sich genommen und Lorcan traute diesem Mann alles zu. Sie durften keine Zeit verlieren. Er war froh, dass Cieran ihn gezwungen hatte, seine Rüstung für die Verkündung anzulegen, um im Notfall geschützt zu sein. Also konnte er sofort aufbrechen.

Als er auf das Tor zuschritt, packte Cieran ihn erneut. »Wo genau willst du jetzt hin?«

»Nach ihnen suchen«, knurrte Lorcan. »Sie müssen hier irgendwo sein.«

Er wollte sich von seinem Freund losreißen, da stellte Meira sich ihm in den Weg. »So kopflos kenne ich dich gar nicht«, meinte sie mitfühlend. »Denkst du wirklich, du findest sie, wenn du durch die Stadt läufst und ihren Namen rufst? Was, wenn er sie an einen ganz anderen Ort gebracht hat?«

Daran hatte er nicht gedacht. Lorcan war sicher gewesen, dass der Wesir hier irgendwo sein musste.

Er raufte sich die Haare und sah Meira verzweifelt an. »Wie soll ich sie nur finden?«

»Wenn Ihr erlaubt«, sagte Gavril. »Ich glaube, er bringt sie in die Wüste von Kaz.«

»Warum ausgerechnet dorthin?«, hakte Cieran

nach.

»Weil diese dunklen Kreaturen vermutlich Kazzaner sind und die Magie, die sie erschafft, dort am stärksten ist«, erklärte der Prinz und räusperte sich dann verlegen. »Zumindest denke ich, dass der Wesir diese Kräfte genutzt hat, um meine Schwester unter seine Kontrolle zu bringen.«

»Erklärt mir, wieso auch Ihr denkt, dass Eure Schwester unter einem Zauber stand«, forderte Cieran und starrte auf den Dolch, den Yvaine unter einen Tisch gestoßen hatte. »Wenn Cadmus so starke Magie wirken kann, hätte er auch selbst gegen uns kämpfen können und hätte die Königin nicht gebraucht. Vielleicht war es von Anfang an ihr Plan, uns in Sicherheit zu wiegen, um uns dann anzugreifen.«

Gavril setzte zu einer Antwort an, doch Lorcan kam ihm zuvor. »Dann hätte sie versucht, dich zu töten. Aber sie wollte mich mit dem Dolch umbringen. Wozu das Gift an mich verschwenden, wenn du unser König bist?«

Cieran schwieg und musterte Lorcan eine für ihn unerträglich lange Ewigkeit. »Kommt es nur mir so vor, oder nimmst du jede Frau, die einen solchen Dolch gegen uns erhebt, in Schutz?«

Lorcan sah einen Moment zu Meira und seine Mundwinkel zuckten. »Bisher hatte ich damit immer recht«, meinte er und wurde dann wieder ernst. »Ich weiß, dass Yvaine auf unserer Seite ist. Sie war vorhin, als ich sie allein gelassen habe, nervös, aber entschlossen. Und deswegen denke ich, dass sie in Gefahr ist.«

Seine Stimme wurde drängend und er wandte sich Gavril zu.

»Wie gelangen wir am schnellsten in die Wüste von Kaz?«, fragte er den Prinzen.

»Ich würde sagen, auf Reittieren«, murmelte er und schüttelte dann den Kopf. »Aber es würde mindestens vier Tage dauern, bis Ihr die Höhlen erreicht, wo die Magie angeblich ihren Ursprung hat. Und ich fürchte, so viel Zeit haben wir nicht.«

»Was meint Ihr?«, fragte Meira und klang nervös. »Ihr wisst doch etwas, oder?«

»Ich habe eine Ahnung, warum Cadmus nicht selbst gekämpft hat, sondern meine Schwester braucht«, erwiderte er und knetete seine Finger. »Unsere Magie dient hauptsächlich dazu, Illusionen zu erschaffen. Aber Yvaine kann auch fremde Kräfte in sich aufnehmen, um ihre Zauber zu verstärken.« Er sah hilfesuchend zu Lorcan. »Die Macht, die meine Schwester genutzt hat, war so stark, dass sie unmöglich nur von ihr stammen kann. Ich befürchte, dass der Wesir selbst die Kräfte von Kaz nicht aufnehmen kann, sie allerdings irgendwie trotzdem nutzt. Meine Schwester hat immer wieder Magie von anderen Wesen auf sich übertragen und sie ist stark. Er wird sie benutzen, um die Kräfte des schwarzen Feuers zu entfesseln.«

»Wie bitte?«, zischte Lorcan.

Gavril nickte zögerlich. »Es gibt eine Legende, die besagt, dass das schwarze Feuer die Grundlage der Magie Sisuns ist. Meine Familie trägt Spuren dieser Macht in sich. Yvaine wollte das nicht glauben, weil sie das Feuer hasst. Aber es scheint zu stimmen.

Die Quelle unserer Macht liegt in der schwarzen Wüste von Kaz und von dort stammt das Feuer. Ich denke … Cadmus wird Yvaine zwingen, die gesamte Magie in sich aufzunehmen.«

Lorcan musste gegen den Impuls, zur Tür zu stürmen, ankämpfen. »Das wird sie umbringen«, brachte er atemlos hervor. Yvaine wäre fast gestorben, als sie ihm die Magie entzogen hatte. Allein der Gedanke daran ließ ihn taumeln.

»Gibt es denn keinen anderen Weg in diese Höhle?«, wollte Meira wissen.

Gavril kratzte sich am Hinterkopf, da räusperte sich ausgerechnet Léas.

»Vielleicht kann ich helfen«, meinte er.

»Das ist nicht die Zeit für irgendwelche Späße«, entgegnete Cieran gereizt.

Léas schnalzte mit der Zunge. »Ich mache auch keine Scherze. Aber ich habe gestern etwas entdeckt, als ich den Tag im verstaubten Schriftenraum verbracht habe.«

Lorcan hob eine Augenbraue und sah von dem Prinzen zu seiner Schwester, die seltsam grinste, bis sie den Blick ihres Bruders bemerkte. Sie räusperte sich und wischte etwas von ihrer Rüstung, das eigentlich nicht da war. Er wollte gar nicht wissen, was sie in dem Raum getrieben hatten.

»Ich dachte, ich kann mich nützlich machen, und habe der Statthalterin und Prinz Gavril geholfen, etwas über die Legende zum zweiten Schlüssel zu finden«, fuhr Léas fort.

»Du hast freiwillig geholfen?«, hakte Cieran ungläubig nach.

Léas schnalzte erneut mit der Zunge. »Es kommt von Zeit zu Zeit vor.« Er räusperte sich. »Jedenfalls habe ich nichts über den Feuerschlüssel, dafür aber ein Buch über die Legenden Sisuns gefunden. Unter anderem wird dort die Magie von Kaz erklärt. Das kommt jetzt vermutlich überraschend, aber … sie entspringt den Höllenfeuern selbst.«

»Und wie soll uns das helfen, schneller an den Ort zu gelangen?«, wollte Cieran wissen und klopfte mit seinen Fingern ungeduldig auf seinen Unterarm.

Léas seufzte theatralisch. »Schön, dann erkläre ich euch das eben später. Worauf ich hinaus will … Es gibt eine Verbindung zwischen diesem Palast und der Grotte von Kaz. Einen Fluss, der uns durch seine Magie in wenigen Augenblicken dorthin bringt.«

»Das ist nur eine Legende«, murmelte Gavril.

»Aber viele Legenden haben einen wahren Kern«, meinte Léas überzeugt. »Und was haben wir zu verlieren, wenn wir nach diesem Fluss suchen? Er müsste direkt unter dem Palast liegen …«

»Nein«, unterbrach Gavril ihn. »Wenn es ihn überhaupt gibt, dann liegt er im verborgenen Garten.«

Lorcan ergriff die Handgelenke des Prinzen ein wenig zu grob. »Bitte, führt uns in den Garten und lasst uns nach diesem Fluss suchen. Es ist vielleicht unsere einzige Chance.«

Gavril nickte sofort. »Einverstanden.«

Mit einem erleichterten Aufatmen ließ Lorcan den Prinzen los und folgte ihm zu der Tür in den verborgenen Garten. Neben Meira, Cieran, den beiden Prinzen von Visha und Eletta folgten ihnen einige Dämonen und Gardisten.

»Was meintest du, als du gesagt hast, die Magie entspringt den Höllenfeuern?«, fragte Meira auf dem Weg dorthin an Léas gewandt.

»Der Legende zufolge verliebte sich ein Dämonenprinz in eine Wüstenprinzessin«, erzählte Léas. »Damals hielten sich die Dämonen noch von den Menschen fern. Sie verbargen ihre Welt wie heute hinter einem Schleier. Aber weil der Prinz nicht ohne seine Angebetete leben wollte, durchbrach er die Grenze zwischen den beiden Reichen, erschuf einen geheimen Zugang, der immer offenstehen sollte, und brachte damit die Magie in die Welt der Menschen.«

»Schwachsinn«, murmelte Cieran.

»Ist das so?«, warf Lorcan ein, um sich von der Angst um Yvaine abzulenken. »Stammte nicht deine Mutter aus Sisun und hat dein Vater nicht lange darum gekämpft, sie zur Frau nehmen zu dürfen? Zumindest erinnere ich mich an die Geschichten, die deine Mutter uns immer erzählt hat, als wir Kinder waren …«

Cieran schnaubte als Antwort.

»Und haben die Menschen nicht einen geheimen Zugang genutzt, um in die Dämonenwelt einzudringen?«, hakte auch Meira nach. »Was, wenn es der ist, von dem Léas spricht?«

»Es würde passen«, meinte Lorcan nachdenklich.

»Richtig. Luan behauptete damals, sie wären über einen Zugang in Sisun in unsere Welt eingedrungen«, stimmte Cieran zu.

Lorcan hörte dem Gespräch nicht länger zu, als

Gavril die Tür in den Garten aufstieß. Der Prinz sog scharf den Atem ein und auch Lorcan erkannte, dass etwas nicht stimmte.

Die Pflanzen, deren Grün bisher satt gewirkt hatte, sahen vertrocknet aus. Schwärze kroch über die Blätter und Blüten und der Boden war ausgedörrt.

»Was ist hier geschehen?«, fragte Lorcan.

»Die Magie … sie schwindet«, erwiderte Gavril und hastete auf die Büsche hinter dem Pavillon zu. »Wenn der Fluss irgendwo hier liegt, dann im Dickicht.«

»Der Garten kann unmöglich so groß sein, dass Ihr ihn noch nie gesehen habt«, warf Léas ein.

»Er ist von Magie erschaffen worden«, erwiderte Gavril und kämpfte sich zwischen den Ästen hindurch. Die anderen folgten ihm. »Ich betrete den Urwald, der hier liegt, nicht gern. Er besitzt einen eigenen Willen und verändert sich ständig.«

»Und wie sollen wir den Fluss dann finden, wenn es theoretisch möglich wäre, dass wir stundenlang durch den Garten irren, ohne uns wirklich vom Fleck zu bewegen?«, wollte Cieran wissen.

Er zog sein Schwert und wollte die langen Blätter eines Strauchs abschlagen, aber Lorcan hielt seinen Arm fest. »Jedenfalls nicht, indem wir den Garten zerstören«, meinte er.

»Ich dachte, du hast es eilig«, entgegnete Cieran und wollte etwas hinzufügen, da hob Lorcan seine Hand.

»Still«, sagte er leise und drehte seinen Kopf. »Hörst du das Rauschen auch?«

Er wartete nicht auf eine Antwort seines Freundes, sondern rannte los und folgte dem Geräusch, das er vernahm. Die Pflanzen drängten sich ihm in den Weg und Lorcan stieß einen Fluch aus.

»Sie lassen mich nicht durch«, knurrte er und legte eine Hand an sein Schwert. »Ich will sie nicht zerstören, aber …«

»Dann tut es nicht«, sagte Gavril und rang um Atem.

Der Prinz hob eine Hand und Lorcan bemerkte das schwache Glimmen von Magie. Die Blätter raschelten und die Wurzeln, die eben noch ein dichtes Netz vor Lorcans Füßen gebildet hatten, zogen sich zurück.

»Der Garten schützt lediglich das, was niemand finden darf, der unwürdig ist«, erklärte Gavril. »Er hilft der Königsfamilie. Seine Magie nährt uns und unsere Magie nährt ihn. Der Fluss muss wichtig sein, sonst würde er ihn nicht verbergen.«

Lorcan nickte und wollte weiterlaufen, doch der Prinz hielt den Arm vor Lorcans Körper.

»Nehmt mich mit, sonst wird Euch der Weg vielleicht versperrt bleiben.«

»Einverstanden«, rang Lorcan sich ab.

Alles in ihm drängte zur Eile und Gavril bewegte sich nicht schnell. Aber der Prinz hatte vermutlich recht. Ohne seine Hilfe würde Lorcan wohl bald auf das nächste Hindernis treffen. Außerdem musste er den anderen genug Zeit geben, um ihnen folgen zu können. Also brachte er seine Ungeduld unter Kontrolle und ließ Gavril vorausgehen.

Sie folgten dem Rauschen, das mit jedem Schritt

lauter wurde. Vor Gavrils Magie wichen die Wurzeln und Sträucher zurück und gaben schließlich einen reißenden Fluss, so dunkelblau wie Yvaines Augen, frei. Der Strom zog mitten durch den Urwald und schien weder einen Anfang noch ein Ende zu haben, genau wie der Garten selbst.

»Den Göttern sei Dank«, stieß Lorcan aus.

»Unglaublich«, keuchte Gavril. »Es gibt ihn tatsächlich.«

Die anderen schlossen quälend langsam zu Lorcan und dem Prinzen auf und betrachteten den reißenden Fluss.

»Und was jetzt?«, wollte Eletta wissen. »Schwimmen wir darin, oder …«

»Die Magie würde uns vermutlich zersetzen«, unterbrach Gavril sie. »Zumindest, wenn die Legende stimmt. Es muss ein Boot geben …«

Er hatte die Worte kaum ausgesprochen, als das Wasser sich vor ihnen veränderte und ein Boot, kaum groß genug, um sie alle aufzunehmen, angetaut vor ihnen erschien.

»Das geht zu einfach«, meinte Cieran finster. »Du findest den Fluss, ohne richtig suchen zu müssen, und das Boot erscheint, sobald wir daran denken. Was, wenn das eine Falle ist?«

»Ihr müsst mich nicht begleiten«, entgegnete Lorcan entschlossen. »Ich gehe allein.«

Er wollte auf das Boot steigen, da hob Cieran den Arm und versperrte ihm den Weg.

»Denkst du wirklich, ich würde dich nach allem, was wir gemeinsam durchgestanden haben, allein lassen, wenn du die Frau retten willst, die du liebst?«, fragte der Dämonenkönig ernst. »Und wage es nicht zu behaupten, dass du sie nicht liebst. Ich kenne diesen Blick.«

Lorcan schmunzelte. »Dann werde ich dir nicht widersprechen, was das betrifft«, erwiderte er. »Aber du hast recht, es geht zu einfach. Wir laufen bestimmt in eine Falle. Doch ich würde es mir nie verzeihen, wenn ich nicht zumindest versucht hätte, Yvaine zu retten. Deswegen müsst ihr euch aber nicht in Gefahr begeben.«

»Wir lassen dich ganz sicher nicht allein«, sagte Meira und stemmte ihre Hände in die Hüfte. »Wenn wir zusammen sind, ist unsere Chance, das zu überleben, größer. Also gehen wir alle.«

»Ich hatte befürchtet, dass du das sagst«, brummte Léas. Kalòn klopfte ihm auf die Schulter.

»Komm schon, das wird ein Spaß«, meinte der zweite Prinz.

Eletta verdrehte die Augen. »Ihr habt wirklich keine Ahnung von echten Kämpfen, oder?«

»Ich danke euch«, sagte Lorcan ergriffen.

»Gut, genug geredet, wir sollten keine Zeit mehr verlieren«, entschied Cieran, stieg mit einem Bein in das Boot und hielt Meira seine Hand hin.

Eletta sprang hinein, ebenso die beiden Prinzen von Visha und die Dämonen und Gardisten, die mit ihnen gekommen waren. Mit jedem Passagier wuchs das Boot an, bis es beinah an ein Schiff erinnerte. Lorcan half Gavril an Bord, dann stieg er selbst ein. Kaum standen sie alle auf dem wackligen Gefährt, legte es ab und trieb, von der Strömung erfasst, den Fluss entlang.

»Hast du einen Plan?«, wollte Eletta wissen, als sie neben Lorcan an die Spitze des Schiffes trat und den Fluss überblickte.

Das Grün der Pflanzen verschwand und obwohl es helllichter Tag sein musste, färbte sich der Himmel dunkel, als wäre eine sternenlose Nacht angebrochen. Sie hatten Inej durch die Magie des Flusses verlassen und die Wüste von Kaz betreten. Hier schien der Strom unterirdisch zu fließen. Zerklüftete schwarze Felsen schlossen sich über ihren Köpfen. Nirgendwo gab es ein Ufer, nur Stein so weit das Auge reichte. Wäre das Schiff gekentert, hätten sie keine Möglichkeit gefunden, den Fluss zu verlassen. Falls die Magie sie nicht vorher zersetzte.

»Ich weiß nicht, was uns erwartet«, entgegnete Lorcan ernst. »Wohin der Fluss uns führt und ob der Wesir uns bereits erwartet. Also habe ich keinen Schlachtplan.«

»Dass ich so etwas einmal von dir höre«, murmelte Eletta und stupste ihm leicht gegen die Schulter.

Lorcan reagierte nicht darauf. Er blickte nur starr nach vorne.

»Es wird alles gut«, sagte seine Schwester. »Die Königin ist unglaublich stark. So leicht wird der Wesir sie nicht brechen.«

»Ich hoffe, du hast recht«, erwiderte Lorcan und verfiel dann in Schweigen.

Ich komme, Yvaine, sagte er in Gedanken. *Halte durch. Ich komme und werde dich retten. Ganz gleich, was es kosten wird, ich werde nicht zulassen, dass dir etwas zustößt.*

KAPITEL 28 - YVAINE

Yvaine schlug langsam die Augen auf. Ein bitterer Geschmack lag auf ihrer Zunge. Ihr Kopf dröhnte, als würde ein Schwarm Wüstenhornissen um sie herumschwirren, und ihr Magen rebellierte bei den winzigen Bewegungen, die sie machte.

Trotzdem richtete Yvaine sich auf, um sich umzusehen. Sie lag auf dem kahlen Boden einer Höhle aus dunkelgrauem Stein, der fast schwarz wirkte. Neben ihr knisterte ein Feuer und warf seltsame Schatten an die Wände, die aussahen, als wären Bruchstücke von Edelsteinen darin eingelassen. Sie suchte nach einer Erinnerung, die ihr half zu verstehen, wo sie sich hier befand. Yvaine schloss ihre Augen und konzentrierte sich.

Sie war in ihrem Gemach gewesen und hatte sich umziehen wollen. Aber warum? Es dauerte einen Moment, dann fiel ihr ein, dass sie einen Friedensvertrag mit den Dämonen unterschreiben wollte. Allerdings war es dazu nicht gekommen. Unbändige Wut hatte sie getrieben, als sie auf dem Weg zu den Dämonen gewesen war und sie hatte vorgehabt, einen von ihnen zu töten …

»Lorcan«, keuchte sie und ein stechender Schmerz in ihrer Brust ließ sie um Atem ringen.

Hatte sie ihn mit der todbringenden Klinge verletzt? Yvaine krümmte sich, bis ihre Stirn den kühlen Boden berührte. Wenn sie ihm damit eine Wunde zugefügt hatte, würde sie sich das niemals vergeben.

»Sieh an, du bist wach«, erklang die Stimme ihrer Mutter und neue Erinnerungsfetzen tauchten aus dem Nebel, der ihre Gedanken umgab, auf.

Wie sich der Wesir in Eris verwandelt hatte. Wie ihre eigene Mutter einen Zauber auf sie gelegt hatte, um sie zu zwingen, gegen die Dämonen zu kämpfen. Und wie sie die Kontrolle über ihre Gefühle verloren hatte.

»Wo sind wir hier?«, fragte Yvaine mit zittriger Stimme, während sie sich aufsetzte.

Übelkeit überkam sie und sie presste eine Hand auf ihren Bauch. Um sie begann sich alles zu drehen und Yvaine wäre am liebsten wieder auf den Boden zurückgesunken. Stattdessen stand sie auf und erwiderte den Blick ihrer Mutter, die sie von Kopf bis Fuß musterte.

»Das ist die Höhle der Totengöttin«, erklärte die ehemalige Königin und schritt auf Yvaine zu. »Hier befindet sich die Quelle unserer Magie. An diesem Ort hat das schwarze Feuer vor Generationen diese

Grotte erschaffen und tief in ihrem Schlund liegt der verborgene Eingang in das Reich der Dämonen.«

»Warum bin ich hier?«

Eris musterte sie kalt. »Um deine Aufgabe zu erfüllen und die Königin zu werden, die Sisun verdient«, erwiderte sie. Ihr Blick verfinsterte sich und bohrte sich in Yvaines Herz. »Ich lag mit meinen Vermutungen richtig. Du bist schwach und hast dich von einem Dämon verführen lassen. Deswegen solltest du den General als erstes töten. Du wehrst dich zu sehr gegen die Macht, die ich dir überlassen will, weil du denkst, Gefühle für so etwas Abscheuliches wie einen Dämon zu hegen. Als wäre das nicht schlimm genug, wächst auch noch ein Dämon in dir heran.«

»Wovon sprichst du?«

Yvaine keuchte, als ihre Mutter mit zwei schnellen Schritten bei ihr war und sie an den Schultern packte. »Bist du wirklich so dumm?«, zischte sie. »Offensichtlich. Du hast diesem Dämon ausgerechnet im Tempel der Mondgöttin erlaubt, deinen Körper zu schänden. Einem Ort der Fruchtbarkeit.«

»Woher weißt du, dass wir in diesem Tempel waren?« Yvaine versuchte den Griff ihrer Mutter zu lösen, aber sie gab sie nicht frei.

»Was denkst du denn, wem die Stimme gehörte, die du in der Wüste vernommen hast? Wer dich und die Dämonen sehen ließ, dass ein Rächer die Karawane überfallen hat? Ich habe alles getan, um die Kluft noch weiter werden zu lassen und deine Zweifel zu schüren. Du solltest denken, dass er dir mit diesem Offenbarungszauber ein falsches Bild zeigt, um dich zu manipulieren. Aber du ... du bist so blind geworden, dass du lieber einem Dämon geglaubt hast als deinen eigenen Augen.«

»Du warst diese Stimme«, murmelte Yvaine.

»Ja und wenn ich nur ein wenig stärker gewesen wäre, hätte ich dich davon abgehalten, dich mit diesem Dämon zu paaren.« Eris schnaubte. »Mit der Magie, die du ihm abgenommen hast, weil du diese Missgeburt nicht sterben lassen wolltest, hast du dafür gesorgt, dass sich sein Samen in deinem Schoß nicht nur einnistet, sondern schneller reift.«

»Heißt das …«, stammelte Yvaine und wagte nicht, an sich hinabzublicken. »Aber das liegt erst wenige Tage zurück …«

»Bei den Göttern, bist du begriffsstutzig?«, fuhr Eris sie an. »Du erwartest das Balg eines Dämons, das wegen der Kräfte der Göttin und der Magie, die du von ihm annehmen musstest, schneller in deinem Leib heranwächst als gewöhnliche Kinder. Wenn ich nichts dagegen unternehme, wird man es bald erkennen können.«

»Aber ich nehme doch Tränke ein, um so etwas zu verhindern«, murmelte Yvaine.

»Denkst du, irgendwelche Kräuter wirken gegen die Magie einer Gottheit und die Kräfte des Höllenfeuers?« Eris lachte verbittert. »Ich habe dich so viel gelehrt, dich zu einer wahren Tigerin von Sisun geformt. Und du wirfst alles weg, weil du dein Verlangen nicht unter Kontrolle bringen kannst?«

»Ich werfe gar nichts weg«, entgegnete Yvaine gereizt. »Was ich tun will, wird Sisun Frieden und Sicherheit bringen. Die Kämpfe werden enden und die Dämonen werden uns vor den dunklen Kreaturen schützen, die uns angegriffen haben.«

»Du bist wirklich einfältig«, knurrte Eris, ließ Yvaine los und hob die Arme an.

Aus der Dunkelheit lösten sich Schatten, die links und rechts von der ehemaligen Königin die Gestalten von Raubkatzen annahmen. Die Tiere blieben ruhig stehen und Yvaine hielt den Atem an. Diese Wesen waren anders als jene, gegen die sie gekämpft hatte. Sie wirkten dunkel, aber nicht boshaft oder gefährlich.

Verwirrt blickte Yvaine in das harte Gesicht ihrer Mutter. Von der Frau, die sie einst gekannt und geliebt hatte, schien nichts mehr übrig zu sein. Eris hätte früher niemals auf diese Weise mit Yvaine gesprochen oder sie so herablassend behandelt.

»Das sind Kazzaner«, erklärte Eris. »Sie entspringen dem schwarzen Feuer, auch bekannt als Magie der Wüste, und schützen unser Volk. Ohne sie wäre ich am Tag des Dämonenangriffs gestorben. Als ich mich den Flammen stellen wollte, obwohl es meinen sicheren Tod bedeutete, kamen sie zu mir und liehen mir ihre Stärke. Ich konnte das Feuer zwar nicht in mich aufnehmen, um den Kampf mit den Dämonen zu beenden, aber ich war in der Lage, Inej zu retten, weil ich die Flammen kontrollieren konnte.«

Fast zärtlich strich sie über den Kopf der Raubkatze, bevor sie ihre Nägel in das Fell des Tieres trieb. Die Kreatur heulte auf und wand sich unter dem Griff, doch Eris ließ nicht los. Erst als das

Wesen erneut stillstand und seine Augen gefährlich aufblitzten, gab Eris es wieder frei.

»Was hast du getan?«, keuchte Yvaine, als sie die Veränderung bemerkte. »Du hast es mit deiner dunklen Magie belegt.«

Die Raubkatze wirkte angriffsbereit, gefährlich, bösartig. Eris packte das zweite Wesen und tat ihm dasselbe wie dem ersten an.

»Magie ist weder dunkel noch hell. Sie beugt sich allein unserem Willen«, verkündete die ehemalige Königin und ließ auch die zweite Raubkatze los. »Ich war dagegen, die Dämonen anzugreifen, als dein Vater darüber nachdachte, Luan und den anderen zu helfen. Männer.« Eris schnaubte verächtlich. »Aus gekränktem Stolz wollten sie sich rächen. Ich weiß sehr wohl, was damals geschehen ist. Die Prinzen aller Reiche trafen sich nahe der Grenze des Dämonenreichs und veranstalteten eine Jagd.«

»Warum sollten sich Dämonen in eine gewöhnliche Jagd einmischen?« Yvain schob die Augenbrauen zusammen.

»Nun, die Prinzen wählten eine besondere Beute. Meist irgendwelche Bauersleute, die sie durch die Wälder trieben.«

»Was?« Yvaines Magen rebellierte. Die Prinzen machten Jagd auf … Menschen? »Ich glaube nicht, dass Vater so etwas getan hat!«

»Ich sagte doch, du bist einfältig. Er war daran genauso beteilitgt wie alle anderen Prinzen. Jedenfalls haben die Dämonen sich eingemischt und die Prinzen bestraft. Sie haben sie bekämpft, ihnen die Kleidung abgenommen und sie an Pfähle gebunden.

Dann haben sie sie zurückgelassen und die Bauern konnten sich an dem Anblick weiden.« Eris zuckte mit den Schultern. »Sie haben sie gedemütigt. Dennoch hielt ich es für falsch, Rache zu üben. Dein Vater wollte nicht hören. Nachdem er und die anderen Regenten ein Blutbad in Áedh zurückgelassen hatten, begann der Krieg. Dann marschierte dieser Abschaum in unser Reich ein. In dem Moment, als sie die Menschen abschlachteten und unsere Stadt in das allesverschlingende Feuer hüllten, wusste ich, dass sie vernichtet werden müssen, wenn Sisun jemals wieder sicher sein sollte. Es hat mir das Herz zerrissen zu sehen, wie mein Land zerstört wurde. Ich habe immer für Sisun gelebt und ich war bereit alles zu tun, um es zu retten. Also sorgte ich dafür, dass sie Iason finden und töten. Außerdem achtete ich darauf, dass du in Sicherheit bist.«

»Du hast was getan?«, wisperte Yvaine und vergrub ihre Finger im schwarzen Stoff ihrer Kleidung. Übelkeit drehte ihren Magen um. Das konnte doch alles nicht sein!

Sie starrte ihre Mutter an. Eris war immer gütig gewesen. Obwohl ihr Vater der König gewesen war, hatte sie sich um die Menschen Sisuns gekümmert. Sie war die wahre Anführerin in der Familie. Das Volk kam für Eris an erster Stelle. Yvaine schluckte. Sie hatte ihre Gefühle für Lorcan so lange gefürchtet und ihre Wünsche hinter das Wohl ihres Volkes gestellt. Würde sie einmal so enden wie ihre Mutter?

Yvaine legte ihre zitternden Hände auf ihren Bauch. Nein, sie würde nicht zulassen, dass der Hass sie je so zerfressen würde. Sie wollte den Frieden und dafür würde sie kämpfen.

»Iason wäre kein Anführer gewesen. Er kam nach deinem Vater, nicht nach mir. Genau wir Gavril. Sie waren beide immer so schwache Kinder. Mir war allerdings klar, dass du irgendjemanden brauchst, der dir Sicherheit gibt. Also habe ich auch Gavril aufgenommen, obwohl er durch seine Verletzung noch nutzloser war als ohnehin schon.«

»Hast du Gavril deswegen so schlecht behandelt, nachdem du dich als Cadmus ausgegeben hast?«

Eris lachte trocken. »Er war immer misstrauisch. Du bist mächtiger, trotzdem hat meine Magie bei ihm nicht so gute Dienste geleistet wie bei dir. Deswegen hat er Cadmus nie wirklich getraut und aus dem Grund habe ich meine Geringschätzung nicht versteckt. Ich konnte jedenfalls nicht zulassen, dass Iason König wird, weil du die Menschen anleiten musstest«, erklärte Eris so monoton, als würde sie über das Angebot auf dem Marktplatz sprechen. Kein Funken Reue lag in ihrer Stimme, als sie gestand, für den Tod ihres ältesten Kindes verantwortlich zu sein. »Es war schwieriger als gedacht, die Rolle von Cadmus einzunehmen, ohne mich zu verraten, und die Magie, die mich tarnte, zu vertuschen, damit weder ihr noch die Dämonen sie wahrnehmen konnten. Dabei haben mir zum Glück die Kazzaner geholfen, deren Magie alles andere verschleiert hat. So konnte ich bei dir sein. Ich war mir nicht sicher, wie ich dich zur Königin machen sollte, solange die Dämonen Sisun besetzten. Aber zum Glück behauptete der Dämonenfürst, er wolle Frieden, und ich nutzte es aus, um dir den Thron zurückzuerobern.«

»Warum hast du dann die Magie der Wüste nicht selbst genutzt, um Sisun von den Dämonen zu befreien?«, fragte Yvaine mit vor Zorn bebender Stimme.

»Magie zu nutzen kostet Kraft. Um zu tun, was notwendig ist, hätte ich mehr Kraft gebraucht. Mir war es nur erlaubt, das Feuer zu löschen, nicht, seine wahre Macht in mir aufzunehmen«, antwortete Eris kühl. »Ich konnte nur wenige Kreaturen rufen und mit meinem Hass tränken. Es hat nur für kleine Angriffe gereicht und selbst die musste ich abbrechen, sobald dein Leben in Gefahr war. Um die Kazzaner in die Schlacht zu führen und Áedh mit dem schwarzen Feuer zu überziehen, brauche ich dich.« Sie schritt weiter auf Yvaine zu. »Du warst schon immer mächtiger als ich und dir wird das Volk in den Kampf folgen. Ich musste also nur Geduld haben, dich dazu bringen, deine Kräfte noch mehr zu stärken, und darauf warten, dass du bereit warst. Jetzt musst du nur noch diese lächerlichen Bedenken ablegen und dann kannst du mir helfen, die Dämonen ein für alle Mal zu vernichten.«

Die Raubkatzen bewegten sich mit Eris im Gleichschritt auf Yvaine zu, die nicht zurückwich und ihre Hände zu Fäusten ballte.

»Und was dann? Noch mehr Kämpfe?«, fuhr Yvaine ihre Mutter an. »Noch mehr Tod? Weitere Opfer?«

»Es wird Tote und Verletzte geben«, entgegnete Eris. »Aber Opfer müssen gebracht werden, um ein höheres Ziel zu erreichen. Sind die Dämonen vernichtet, ihre Welt mit dem schwarzen Feuer zerstört und die Tore, die unsere Reiche verbinden, für immer geschlossen, wird es keine Kämpfe mehr geben. Nur noch Gerechtigkeit. Sisun wird endlich wieder sicher sein.«

»Du sprichst von Gerechtigkeit und hast deinen eigenen Sohn getötet, um deine Ziele zu erreichen?«, tobte Yvaine. »Du hast dein eigenes Volk angegriffen, nur weil du von Hass zu zerfressen bist, um zu erkennen, dass es einen anderen Weg als Krieg gibt, um Sisun zu schützen!«

»Ein paar verschmerzbare Verluste«, winkte Eirs ab. »Sie dienen einem höheren Ziel.«

Yvaine schüttelte heftig den Kopf. »Ich mache da nicht mit, *Mutter*.«

Sie spie Eris das letzte Wort entgegen und überlegte, was sie unternehmen konnte. Doch ihre Gedanken wurden von dem frostigen Lachen ihrer Mutter unterbrochen.

»Ich hatte gehofft, dass du das sagen würdest«, meinte sie und riss die Arme zur Seite.

Auf dieses Zeichen sprangen die beiden Kreaturen hoch und stürzten sich auf Yvaine. Keuchend versuchte sie, dem Angriff auszuweichen, doch ihr Körper gefror zu einem Eisklotz, als eine der Raubkatzen in sie eindrang und ihre Magie sich wie eine zweite Haut über Yvaine legte.

Rasender Schmerz ließ jeden Gedanken verstummen, zerstörte jedes Gefühl außer einem: brennendem Hass. Als die zweite Raubkatze sich in ihr auflöste, war nur noch der Wunsch nach Rache in ihr übrig.

Yvaine richtete sich auf und Eris streckte eine Hand nach ihr aus. Ein Dolch erschien zwischen ihren Fingern und Yvaine nahm ihr die Waffe ab.

»Es hat mich Kraft gekostet, unbemerkt nach Inej zurückzukehren, um ihn zu holen«, sagte Eris. »Verwahre ihn sicher, du wirst ihn im Kampf brauchen. Töte sie alle. Auch die Frau des Fürsten. Ihre Magie kann ich nicht einschätzen, ich will nicht, dass sie uns gefährlich wird. Aber zuerst wirst du den General töten.«

Lorcan, dachte Yvaine und blinzelte.

Der brennende Hass verstummte einen Moment, als sie das Gesicht des Dämons vor sich sah. Ihr Herzschlag beschleunigte sich, während sie sich daran erinnerte, wie er sie gehalten und in seinen Flügel eingehüllt hatte. Wie sicher und geborgen sie sich bei ihm gefühlt hatte.

»Yvaine!«, keifte Eris und versetzte ihr eine schallende Ohrfeige.

Die Erinnerungen verblassten und der Hass loderte wieder in ihr auf.

»Anscheinend ist die Verbindung zwischen euch durch diesen Fehler in deinem Leib stärker, als ich dachte«, knurrte Eris und packte sie grob an den Schultern. »Töte ihn. Ich befehle es dir. Töte ihn und vergiss danach, dass er jemals existierte.«

Aber ich will ihn nicht vergessen, dachte Yvaine wehmütig.

Der Gedanke verschwand, während sie Eris zu einer Mauer folgte. Ihr Körper strotzte vor Stärke. Nichts war von der Schwäche übrig, an deren Grund sie sich nicht einmal erinnerte. Sie war mächtig. Sie würde jeden bezwingen.

Im Gehen befestigte sie den Dolch an der Halterung an ihrem Oberschenkel. Dort konnte man ihn nicht sofort sehen und sie würde ihn unbemerkt ziehen können, wenn es nötig war.

»Ruf das schwarze Feuer«, befahl Eris. »In der Nähe befindet sich der Eingang nach Áedh. Das Feuer wird sich hindurchfressen und ist es erst einmal in der Dämonenwelt, kann niemand es aufhalten.«

Yvaine starrte den dunklen Felsen an. Magie erfüllte sie und es kostete sie kaum Mühe, die schwarzen Flammen zu rufen. Das Feuer fraß sich sofort in den Stein und verströmte eine kaum ertragbare Hitze. Trotzdem lächelte Yvaine. Sie hatte sich vor diesen Flammen gefürchtet. Aber jetzt würden sie sich ihrem Willen beugen.

»Komm jetzt, wir haben noch etwas zu erledigen«, sagte Eris und führte Yvaine aus der Höhle zu einem Gang.

Das Rauschen von Wasser drang an ihre Ohren und Feuchtigkeit legte sich auf ihre Haut.

»Sie werden bald hier sein«, verkündete Eris. »Diese elenden Narren denken tatsächlich, dass du ihre Hilfe brauchst. Aber dann kannst du sie gleich erledigen.« Sie drückte Yvaine einen Schwertgürtel in die Hand. »Leg den an und mach dich bereit. Wir werden sie gebührend empfangen.«

Sie tat, wie ihr geheißen, obwohl Yvaine nicht kämpfen wollte. Doch ihre Stimme, die gegen die

Magie und den Hass ankämpfte, war nicht mehr als ein Wispern.

Eris zog sie hinter einen Felsvorsprung, von dem aus man den unterirdischen Fluss, der hier durchfloss, beobachten konnte. Es dauerte nicht lange, da legte ein kleines Schiff am Ufer an. Noch ehe es vertäut war, sprang ein Dämon mit dunklen Flügeln heraus.

»Mach dich bereit«, flüsterte Eris und zog ihr Schwert. »Greif den Dämon an, der als erstes hier erscheint, und töte ihn. Ich empfange die anderen in der Höhle.«

Yvaine legte die Hand an den Schwertgriff und zögerte. Etwas an dem Mann, der auf sie zurannte, kam ihr vertraut vor. Ein seltsames Gefühl breitete sich in ihrem Inneren aus, als sie seine Flügel betrachtete.

»Jetzt!«, zischte Eris und rannte zur Höhle zurück.

Yvaine sprang mit gezogenem Schwert vor den Dämon.

Seine Finger wanderten zu seiner Waffe. Er zog sie jedoch nicht, sondern starrte Yvaine nur an. Sie zögerte nicht, hob ihre Klinge und stürzte sich mit einem Schrei auf ihn. Selbst jetzt griff er nicht zu seinem Schwert, wich ihrem Schlag allerdings aus.

»Yvaine, ich bin es«, sagte er und seine warme Stimme löste ein Echo in ihrer Brust aus, das sofort von dem Hass in ihrem Inneren übertönt wurde.

Sie knurrte nur, schwang ihre Klinge erneut und brüllte vor Zorn auf, weil sie ihn wieder nicht traf. Ihre Kampfkünste waren geübt und bei einem

Menschen hätte sie niemals Schwierigkeiten gehabt, einen tödlichen Streich zu platzieren. Aber auch ein Dämon würde sie nicht aufhalten.

»Lorcan!«, rief ein weiterer Dämon, der hinter dem ersten erschien.

»Findet den Wesir. Er ist den Gang entlang geflohen«, sagte der Mann, gegen den sie kämpfte. »Ich schaffe das hier schon.«

Yvaine beachtete die Dämonen und Menschen nicht, die an ihr vorbeiliefen. Um sie würde sie sich kümmern, sobald dieser Mann tot zu ihren Füßen lag. Noch ehe die Schritte der Dämonen verklungen waren, stürzte sie sich wieder auf ihren Gegner.

Diesmal wich der Mann nicht aus. Yvaine hob ihre Klinge und zog sie durch. Doch bevor das Schwert seinen Oberkörper aufschlitzen konnte, endete ihr Angriff abrupt. Der Dämon umfasste ihren Schwertarm am Handgelenk und drückte zu. Sie gab einen Schmerzenslaut von sich, ließ das Schwert jedoch nicht fallen, sondern rammte ihm den Ellbogen in die Seite.

Er ächzte, drehte sie herum und zog ihren Rücken an seine Brust. Sein Geruch nach Lavendel und Kerzenrauch drang durch den Schleier aus Hass und Zorn, der ihre Gedanken vernebelte. Für einen kurzen Moment flackerte eine Erinnerung auf, in der sie diesen Duft wahrgenommen hatte.

Ihr Atem ging schneller und sie ließ das Schwert fallen. Dieser Moment war ihr vertraut, obwohl sie den Mann nicht kannte. Nicht kennen wollte. Er war ein Dämon. Abschaum. Der Grund für all das Leid in ihrem Leben.

»*Theaia ema*«, flüsterte er und sein Atem strich dabei über ihre erhitzte Wange. »Du musst die Dunkelheit loslassen. Bitte, ich kann dir nicht helfen, wenn du dich so an sie klammerst.«

»Ich will deine Hilfe nicht, Dämon«, fauchte sie und wehrte sich gegen seinen locker gewordenen Griff.

Er gab sie frei. Yvaine hob ihr Schwert auf und machte sich erneut kampfbereit. Der Dämon beobachtete sie nur niedergeschlagen.

»Erkennst du mich nicht?«, fragte er mit brüchiger Stimme.

»Wieso sollte ich?«, schnauzte sie ihn an und stürzte sich auf ihn.

Er drehte seinen Körper, um ihrem Angriff auszuweichen. Seine Flügel raschelten, als er seine Arme um sie legte und sie wieder mit dem Rücken an seine Brust zog. Yvaine fluchte, weil ihr das Schwert erneut aus den Händen glitt. Sie tastete nach dem Dolch an ihrem Oberschenkel, der den Dämon töten sollte, konnte ihn aber nicht erreichen. Sie wand sich und kam nicht frei.

»Weil mein Herz und meine Seele dir gehören, *Theaia ema«,* raunte er in ihr Ohr. »Und weil du mir dein Herz geschenkt hast.«

»Niemals!«, brüllte sie und schaffte es doch nicht, sich gegen ihn zu wehren.

Etwas an der Art, wie er sie hielt und wie er mit ihr sprach, löste ein Gefühl in ihrem Inneren aus, das sie nicht verstand. Sie hörte auf, gegen seinen Griff zu kämpfen, und wollte ihm ins Gesicht sehen, als eine Erschütterung aus der Höhle hinter ihnen den Boden beben ließ.

Schreie erklangen und der Mann, der sie hielt, riss den Kopf herum und keuchte.

»Vergib mir, *Theaia ema«*, sagte er, ließ sie los und rannte in die Höhle hinein.

»Bleib stehen!«, brüllte sie, hob das Schwert vom Boden auf und hastete ihm hinterher.

Sie würde den Feigling nicht entkommen lassen. Ihre Hand wanderte im Laufen an die Stelle, wo sie den Dolch trug, und sie tastete über den Griff, um sicherzugehen, dass sie die Waffe nicht verlor. Mit ihr würde sie den Dämon bezwingen. Auch wenn sie einen seltsamen Stich in ihrer Brust bei dem Gedanken empfand, ihm etwas anzutun.

KAPITEL 29 - LORCAN

Der Geruch von Feuer brannte in seiner Nase und er hörte Yvaine, die hinter ihm herhastete. Aber Lorcan blieb nicht stehen, obwohl er sie lieber von hier fortgeführt hätte, als sie noch mehr in Gefahr zu bringen. Die Magie, die der Wesir diesmal bei ihr angewandt hatte, war stärker als jene zuvor. Das fühlte Lorcan deutlich und die Tatsache, dass sie ihn nicht einmal mehr erkannt hatte, fühlte sich wie tausende Schwertspitzen in seinem Rücken an.

Hitze schlug ihm entgegen und Lorcan unterdrückte den Impuls, einfach kehrt zu machen und wegzurennen. Er kannte den Geruch. Der Wesir musste das schwarze Feuer erweckt haben. Falls Gavril und Léas Recht behielten und in diesen weitläufigen Höhlen wirklich ein verborgener Eingang in die Dämonenwelt lag, wollte er sich nicht vorstellen, was Cadmus damit vorhatte.

Lorcan musste ihn aufhalten und hoffen, dass er so den Bann über Yvaine brach. Sonst wusste er nicht, wie er sie aus der Dunkelheit, die Cadmus über sie gelegt hatte, retten sollte.

Als er eine weitläufige Höhle erreichte, blieb er kurz stehen. Yvaine war deutlich langsamer als er, also blieb ihm kurz Zeit, sich einen Überblick zu verschaffen. Schwarze Flammen tobten über den Boden und fraßen sich in die Felswände, die unter der Hitze zu schmelzen begannen. Rauch brannte in Lorcans Lunge und er hielt sich einen Arm schützend vor Mund und Nase. Dann suchte er die Höhle ab. Er entdeckte an einer der wenigen Stellen, die die Flammen noch nicht erreicht hatten, Cieran und Eletta, die mit Cadmus rangen. Meira stand mit ihren Brüdern, Gavril und den Wachen, die sie begleitet hatten, einige Schritte von ihrem Gemahl entfernt. Die Männer schirmten sie vor den dunklen Kreaturen ab, während Meira Magie nutzte, um die schwarzen Flammen einzudämmen, die sie bereits einkreisten.

Da er nicht wusste, wie er Meira helfen sollte, wandte er sich zu dem Wesir um. Lorcans Atem stockte, als er das Gesicht des alten Mannes im flackernden Feuerschein erkannte. Cadmus sah nicht mehr aus wie er selbst. Aus den feinen Kleidern aus edlem Stoff waren ein abgetragener Kaftan und ein zerschlissener gräulicher Umhang geworden. Lorcan erkannte ihn wieder. Er gehörte jener Gestalt, die diese dunklen Kreaturen rufen konnte. Aber diese Veränderung war es nicht, die seine Aufmerksamkeit erregte. Der Wesir wirkte nicht länger wie ein Mann, seine Züge erinnerten an eine Frau. An eine ganz bestimmte Frau. Cadmus besaß eine erschreckende Ähnlichkeit mit Yvaine …

Lorcan griff nach seinem Schwert und wollte sich auf den Wesir stürzen, der Cieran und Eletta mit Magie auf Abstand hielt. Je mehr Gegner Cadmus hatte, desto schwieriger würde es für ihn werden, sie mit Magie zu kontrollieren.

Doch ehe Lorcan sich in Bewegung setzen konnte, hörte er Yvaines Schritte hinter sich. Sie war ihm schneller gefolgt, als er erwartet hatte. Er wandte sich um. Yvaine schlug mit dem Schwert nach ihm und er machte einen Satz zurück.

»Stell dich mir, Dämon!«, brüllte sie ihn an und hob ihre Waffe.

»Ich will nicht gegen dich kämpfen«, erwiderte Lorcan.

»Dein Pech«, fuhr Yvaine ihn an und stürzte sich erneut auf ihn.

Lorcan wich dem Angriff aus, aber Yvaine wirbelte sofort herum und schwang ihr Schwert. Er zischte, als die Klinge seinen Flügel streifte, und brachte mehr Abstand zwischen sich und Yvaine.

Das eiskalte Lächeln auf Yvaines Lippen versetzte ihm einen größeren Schmerz, als eine Waffe je gekonnt hätte. Vor ihm stand nicht die Frau, in die er sich verliebt hatte. Ob er sie wirklich noch retten konnte?

Mit einem tiefen Seufzen zog Lorcan sein Schwert. »Vergib mir, dass ich das hier tun muss«, sagte er.

Noch bevor Yvaine etwas erwidern konnte,

machte er einen schnellen Schritt nach vorn und hieb mit seinem Schwert auf sie ein. Yvaine reagierte, wie er es gehofft hatte, riss ihre Klinge hoch und ließ sich von ihm zurückdrängen. Lorcan achtete darauf, seinen Angriff nicht zu stark auszuführen. Zwar schien Yvaine im Umgang mit dem Schwert nicht ungeübt zu sein, aber er wollte sie nicht verletzen. Er wollte sie nur ermüden und irgendwie davon abhalten, sich in seinen Kampf mit Cadmus einzumischen.

Ein lauter Knall ließ ihn kurz innehalten und Yvaine nutzte den Moment, um ihm eine Wunde am Schwertarm zuzufügen. Lorcan knurrte, stellte ihr ein Bein und ließ sie unsanft zu Boden gehen. Dabei verlor sie ihre Waffe und Lorcan schob diese mit dem Fuß so weit er konnte fort.

Wieder knallte es und diesmal brüllte Cieran auf. Lorcan wirbelte herum und stieß einen Fluch aus, als er Eletta bewusstlos auf dem Boden liegen sah, während Cieran vor ihr stand und sich gegen drei schwarze Raubkatzen behaupten musste. Von Cadmus, oder wer auch immer diese Person war, fehlte jede Spur.

Aber Lorcan blieb keine Zeit, um nach ihm zu suchen, denn Yvaine stürzte sich von hinten auf ihn, vergrub ihre Nägel in seinem Hals und umklammerte seine Hüfte mit ihren Beinen. Dann schlang sie einen Arm um seine Kehle und presste zu.

»Eines muss ich dir lassen«, keuchte Lorcan. Er steckte sein Schwert in den Gürtel, während er rückwärts auf eine Wand zuschritt. »Du hast wirklich Ausdauer in allem, was du tust.«

Yvaine gab einen gequälten Laut von sich, als

Lorcan sie gegen die Höhlenwand drückte und ihr Griff lockerte sich. Lorcan befreite sich, drehte sich um, umfasste ihre Handgelenke und presste sie neben ihrem Kopf an die Mauer.

Er öffnete seine Flügel, um sie beide für einen Moment von den Kampfgeräuschen und dem Feuer abzuschirmen. Yvaine starrte ihn hasserfüllt an und ihr Blick drang tief in sein Herz. So hatte sie ihn nicht einmal angesehen, als sie sich zum ersten Mal gegenübergestanden hatten …

»Yvaine«, hauchte er.

»Woher kennst du meinen Namen?«, tobte sie und wand sich in seinem Griff.

Allerdings erschien es Lorcan, als würde sie sich weniger wehren als vorhin noch.

»Weil ich dich kenne … meine Königin.« Lorcan bemühte sich, so sanft wie möglich mit ihr zu sprechen, während er aufmerksam jedes Geräusch wahrnahm, um zu reagieren, falls eine der Kreaturen sie angreifen wollte. »Und du kennst mich.«

Er schob ihre Hände über ihrem Kopf zusammen und berührte ihr Gesicht mit seinen Fingern. Sie zuckte zurück und trat nach ihm, aber er gab sie nicht frei.

»Lass mich los und kämpfe«, fauchte sie halbherzig und hielt inne, als seine Fingerspitze über ihren Hals strich.

»Das kann ich nicht«, erwiderte er mit rauer Stimme. »Ich will dir nicht wehtun … oder dich verlieren.«

Lorcan beugte sich nach vorn und Yvaine schrie auf, als ihr bewusst wurde, was er vorhatte.

»Wag es ja nicht …«, keifte sie, doch da bedeckten seine Lippen bereits ihre.

Sie knurrte und versuchte, ihre Hände zu befreien. Lorcan fühlte sich miserabel, dass er sich ihr aufzwang. Aber er hatte gehofft, dass ein Kuss den Bann lösen würde.

Enttäuscht zog er sich zurück und musterte sie. Vielleicht entsprang dieser Eindruck seinem Wunschdenken, aber er hatte das Gefühl, als wäre der Hass in ihren Augen ein wenig geschmolzen. Die Hitze allerdings, die ihr Körper abstrahlte, war besorgniserregend.

»Was hat Cadmus dir angetan?«, fragte er leise.

»Cadmus ist tot«, erwiderte sie. »Du sprichst wohl von meiner Mutter.«

Lorcan kniff die Augenbrauen zusammen. »Deine Mutter ist tot«, sagte er verwirrt. »Du hast mir erzählt, dass sie starb, als sie das schwarze Feuer löschte …«

Er atmete scharf ein. Konnte es sein, dass der Wesir selbst Yvaine all die Jahre angelogen hatte? War es überhaupt möglich, dass die ehemalige Königin noch lebte?

Man hatte ihren toten Körper nie gefunden, im Gegensatz zu dem des Königs. Aber Lorcan war immer davon ausgegangen, dass man sie heimlich bestattet hatte, um sie vor den Dämonen in Sicherheit zu bringen. Was, wenn sie tatsächlich nie gestorben war?

Er schüttelte die Gedanken ab. Darüber konnte er sich auch später noch den Kopf zerbrechen. Er musste zu Yvaine durchdringen, denn die Magie und die Flammen, die sie umgaben, schienen mit jedem Atemzug stärker zu werden. Und sie veränderten Yvaine. Waren ihre Augen gerade noch dunkelblau gewesen, wirkten sie mittlerweile fast so schwarz wie seine Flügel.

»Was ist das Letzte, woran du dich erinnerst?«, wollte er wissen.

Sie hob ihr Knie, doch Lorcan wich dem Tritt mit einer schnellen Bewegung aus. Er packte fester zu, drängte sie noch enger gegen die Wand. Sein Körper hielt ihren jetzt vollkommen gefangen und Yvaine starrte ihn beinahe ängstlich an.

»Woran erinnerst du dich, *Theaia ema*?«, fragte er.

»Diese Worte«, murmelte sie. »Jemand hat sie schon einmal zu mir gesagt.«

»Das war ich«, entgegnete er. »Weißt du noch, was sie bedeuten?«

Ihre Augen huschten über sein Gesicht und obwohl jeder Muskel ihres Körpers angespannt war, schüttelte sie fast gedankenverloren den Kopf. Lorcan fühlte ihre tiefen Atemzüge an seiner Brust. Er konnte ihren Herzschlag wahrnehmen, der so viel schneller ging als sein eigener. Yvaines Haut brannte förmlich unter seinen Fingern. Die Magie, die sie gefangen hielt, ließ sie vermutlich innerlich verglühen.

Wieder beugte er sich ein wenig vor und diesmal hob Yvaine ihm ihr Gesicht entgegen.

»Es bedeutet ›meine Königin‹«, hauchte er und Yvaine gab einen heiseren Laut von sich. »Du bist meine Königin, Yvaine. Das habe ich dir wieder und wieder gesagt. Aber eine Sache habe ich dir nie erklärt.«

»Welche?«, fragte sie heiser.

»Ich habe einmal *ra nitiem* zu dir gesagt«, erwiderte er.

Sie schauderte, als seine Lippen über ihre Schläfen strichen, und er flehte zu allen Göttern, die ihm einfielen, dass sie sich an ihn erinnerte.

»Es heißt ›Ich liebe dich‹. Du bist meine Königin«, erklärte Lorcan und sah ihr dabei in die Augen. »Du bist keine Kriegerin und doch hast du meine Seele erobert. Mein Herz und mein Schicksal sind auch dein. Du hast mich gebeten, dir mich zu schenken. Aber ich hätte auch dir gehört, wenn du es nicht getan hättest. Weil ich nicht ohne dich leben möchte.«

Ihr Atem ging schneller und ihre Lippen zitterten. Lorcan strich eine einzelne Träne von ihrer Wange. Ihre Augen wirkten wieder wie der sternenlose Nachthimmel und die Hitze, die seine Haut zu versengen drohte, nahm ab.

»Weißt du, wer ich bin?«, fragte er behutsam.

Ihr Mund formte lautlos Silben, die keinen Sinn ergaben. Dann ächzte Yvaine und kniff ihre Lider zusammen.

»Lor…«, begann sie, aber weiter kam sie nicht.

Der Boden erbebte und so sehr Lorcan dagegen ankämpfte, er konnte sein Gleichgewicht nicht halten. Er und Yvaine wurden von den Füßen gerissen. Hastig griff er nach ihrer Hand, doch ein Windstoß entriss sie ihm und schleuderte sie beide in unterschiedliche Richtungen.

Schmerz durchfuhr seinen Körper, als er hart auf

dem Rücken landete und seine Flügel unter ihm knackten. Er rang um Atem und wollte sich trotzdem sofort aufrichten, doch sein Körper reagierte nicht mehr, weil Magie ihn gefangen hielt.

»Ich wusste, dass du mir Schwierigkeiten machen würdest«, zischte eine Frauenstimme.

Lorcan erkannte die Person, in die Cadmus sich verwandelt hatte. Jetzt, da sie vor ihm stand, gab es für ihn keinen Zweifel mehr, dass diese Frau die ehemalige Königin Sisuns sein musste.

»Die Kazzaner hätten dich schon bei deiner Ankunft zerreißen sollen«, fuhr die Frau fort. »Dann wäre uns all das hier erspart geblieben und ich müsste meiner eigenen Tochter nicht Magie einflößen, um sie dazu zu bringen, das Richtige zu tun.«

»Du bist Königin Eris«, sagte Lorcan und sah sich verstohlen nach allen Seiten um.

Cieran kämpfte mehrere Schritte entfernt noch immer gegen die dunklen Kreaturen, Eletta lag bewusstlos am Boden. Auch Meira, die Prinzen und die Wachen wehrten sich gegen die Kazzaner. Aber Yvaine konnte er nicht entdecken. Er hoffte, dass ihr nichts geschehen war.

»Ich *war* Königin Eris«, knurrte die Frau, die mit gezogenem Schwert vor ihm stand. »Bis du und deinesgleichen entschieden haben, mein Reich zu zerstören und zu unterwerfen. Als wäre das nicht genug, wagt ihr es jetzt zu behaupten, dass ihr Frieden schließen wollt. Aber du hast genau das getan, was ich von einem Dämon erwarte. Statt Frieden zu schließen, hast du meine Tochter umgarnt und ihren Willen gebrochen. Ich habe sie so sorgfältig darauf vorbereitet, den westlichen Kontinent zu befreien und der Welt den Gefallen zu tun, die Dämonen zu vernichten.«

Eris rammte ihm das Schwert in die Flügelspitze und Lorcan schrie auf, als sie ihm mit der Klinge die Haut aufschlitzte.

»Das alles hat sie in dem Moment vergessen, als du angefangen hast, ihr nachzustellen. Ich weiß nicht, wie du es geschafft hast, sie zu unterwerfen, aber ich werde dafür sorgen, dass sie dich vergisst und das Balg, das du gezeugt hast, nie bekommt.«

Lorcan riss die Augen auf. »Was hast du … gesagt?«, keuchte er gegen den Schmerz an.

Eris hob das Schwert und rammte es ihm zwischen die Rippen. Lorcan unterdrückte den Schrei diesmal und starrte die ehemalige Königin an.

»War das gar nicht dein Plan, sie mit einem Bastard an dich zu binden?«, hakte Eris finster nach.

»Sie ist … sie bekommt …«

»Bei allen Göttern, sie wird dieses Kind nicht bekommen«, tobte Eris und zog das Schwert aus seinem Leib. »Aber das soll nicht deine Sorge sein, denn du stirbst jetzt und hier.«

Sie trat näher und die Magie, die ihn gefangen hielt, richtete Lorcans Körper auf. Gleichzeitig holte Eris mit dem Schwert aus. Er starrte ihr ins Gesicht, unfähig, gegen den Zauber, der auf ihm lag, anzukämpfen.

Es blitzte auf und Lorcans letzter Gedanke, als die Klinge sich seinem Hals näherte, galt Yvaine, die er nicht beschützen konnte. Er erwartet den Schmerz, doch er kam nicht.

Stattdessen stieß Eris einen Fluch aus und das Schwert fiel klirrend zu Boden. Lorcan löste seinen Blick von der ehemaligen Königin und entdeckte Yvaine, die ihre Hände erhoben hatte. Magie knisterte über ihre Fingerspitzen und mit einem Mal war Lorcan frei und landete unsanft auf seinen Knien.

»Was tust du?«, keifte Eris, die wie erstarrt an der Stelle stand und sich nicht länger rühren konnte.

»Dich aufhalten«, erwiderte Yvaine atemlos.

Lorcan schluckte, als sich zwei Schatten aus ihrem Körper lösten und sich neben ihren Füßen zu Raubkatzen formten. Aber diese beiden wirkten anders als jene, gegen die Cieran und die Prinzen kämpften. Sie flankierten Yvaine und obwohl sie ihre Zähne fletschten und sprungbereit ihre Körper anspannten, ging von ihnen nicht dieselbe Dunkelheit aus wie von den anderen.

»Was redest du?«, wollte Eris wissen. »Der Dämon ist dein Feind. Du musst ihn …«

»Ich muss gar nichts«, unterbrach Yvaine sie und ihr Blick wanderte zu Lorcan. »Und er ist nicht mein Feind.« Ihre Stimme klang mit einem Mal weich. »Weil ich wieder weiß, dass er der Mann ist, dem mein Herz und meine Seele gehören.«

Lorcan atmete auf und kämpfte sich auf seine Beine. *»Theaia ema«,* sagte er und schritt auf sie zu.

Er war so erleichtert, dass sie sich an ihn erinnerte und der Bann über sie gebrochen war. Aber diese Erleichterung machte ihn unvorsichtig und er bemerkte die Bewegung neben ihm viel zu spät.

Eris' Starre war aufgehoben und sie stürzte sich auf Yvaine. Die beiden Raubkatzen warfen sich der ehemaligen Königin in den Weg, doch als sie die Wesen berührte, zerfielen sie zu schwarzem Sand. Das Schwert in Eris' Hand blitzte auf und Lorcan sammelte all seine Kräfte, um vor ihr bei Yvaine zu sein.

Er warf sich zwischen sie und ihre Mutter. Die Klinge drang tief in seine Schulter und seinen Flügel ein. Aber da war noch ein zweiter Schmerz, stechend, pulsierend, an seiner Seite. Bittere Galle stieg in ihm auf und alle Kraft wich aus seinem Körper.

»Lorcan«, keuchte Yvaine, fing ihn auf und sank mit ihm zu Boden.

»Lauf ... weg ...«, röchelte Lorcan. »Ich kümmere mich um Eris.«

»Es ist zu spät«, verkündete Eris triumphierend. »Du wirst dich um gar nichts mehr kümmern.«

Lorcan sah zu ihr. Eris hielt einen Dolch in der Hand, den er sofort erkannte. Yvaine tastete panisch an ihrem Oberschenkel entlang.

»Nein«, schluchzte sie.

»Doch!« Eris lachte zufrieden auf. »Sein Leben ist so gut wie vorbei. Aber quäl dich nicht, meine Tochter, auch deines endet hier. Das schwarze Feuer wird jedes Leben in dieser Höhle auslöschen und die Welt der Dämonen verschlingen. Ihr könnt euch dann in der ewigen Dunkelheit suchen, in die ihr stürzen werdet.«

»Das lasse ich nicht zu!«, verkündete Yvaine.

Lorcan gab einen erstickten Laut von sich, als sie ihn behutsam ablegte und aufstand.

»Du hast mein Geschenk wieder verschmäht«, fuhr Eris sie an. »Die Magie von Kaz ist das Einzige, das dieses Feuer noch beherrschen könnte. Aber du hast dich für diesen Dämon entschieden, statt die Macht anzunehmen. Jetzt werdet ihr beide sterben.«

Das Gift pulsierte in seinen Adern und mit jedem Herzschlag lähmte es seinen Körper mehr. Lorcan hatte Dämonen durch das Gonda-Beeren Gift sterben sehen. Er wusste, dass ihm nicht mehr viel Zeit blieb. Aber er durfte Yvaine nicht im Stich lassen. Sie trug sein Kind unter dem Herzen und auch wenn er nicht bei ihnen sein würde, so wollte er alles tun, damit sie beide überlebten.

Zitternd richtete er sich auf. »Beende es, Eris«, sagte er. »Du kannst doch unmöglich wollen, dass deine beiden Kinder in diesem Feuer umkommen.«

Etwas Wahnsinniges lag auf den Zügen der ehemaligen Königin. »Warum nicht? Wenn ich damit den Abschaum ebenfalls vernichte, ist ihr Opfer nicht umsonst.«

»Das kann nicht dein Ernst sein«, entgegnete Lorcan.

»Ich habe noch nie etwas so ernst gemeint«, spie Eris aus. »Und ich werde es genießen zuzusehen, wie du zitterst und sabberst, bevor dein Körper von dem schwarzen Feuer geschmolzen wird.«

Lorcan bemerkte, wie es heißer wurde. Die Flammen knisterten und verschluckten die dunklen Kreaturen, die gegen Cieran und die anderen kämpften.

»Sisun wird endlich frei sein. Es endet mit mir«, verkündete Eris und lachte triumphierend.

»Das wird es nicht«, entgegnete Yvaine mit fester Stimme. »Du denkst, ich habe die Macht von Kaz abgelehnt? Dann irrst du dich. Das schwarze Feuer hat mich erwählt und ich … habe es angenommen.«

Yvaine breitete die Arme aus, spreizte die Finger und krümmte sie dann, als würde sie ein Instrument spielen. Das Feuer um sie wurde schwächer und aus den Flammen formten sich Raubkatzen, die sich hinter Yvaine versammelten.

»Wovon sprichst du?«, zischte Eris und sah sich um.

»Ich weiß jetzt, dass dieses Feuer ein Teil von mir ist«, entgegnete Yvaine ruhig. »Es hat mich von deinem Zauber erlöst und jetzt werde ich es benutzen, um dich aufzuhalten.«

»Das wirst du nicht«, sagte Eris aufgebracht, hob ihre Arme ebenfalls und keuchte dann. »Die Magie …«

»Sie gehorcht deinem Willen nicht länger«, verkündete Yvaine, schloss die Augen und spreizte ihre Finger. Das Feuer knisterte und sammelte sich um Yvaine. Es fügte ihr keinen Schaden zu, hüllte sie ein und verband sich mit ihr. »Weil sie jetzt mir folgt.«

Lorcan sah, wie die ehemalige Königin ein Stilett zog. Eris stürzte nach vorn und seine Beine setzten sich wie von selbst in Bewegung. Er griff nach dem Schwert an seiner Hüfte und riss es aus der Scheide. Mit letzter Kraft warf er sich vor Yvaine und zog die Klinge durch.

Ein Schrei klang in seinen Ohren, als er vor Schmerzen fast ohnmächtig zu Boden fiel und nur hoffen konnte, dass er Eris' Angriff abgewehrt hatte.

KAPITEL 30 - YVAINE

Das Feuer, das eben noch in der Höhle gebrannt hatte, zog sich in ihrem Körper zusammen. Unbändige Macht durchströmte Yvaine und sie öffnete die Augen. Sie schrie. Lorcan fiel zu Boden, ebenso wie ein kopfloser Körper. Yvaine kämpfte gegen die Übelkeit an, die bei dem polternden Geräusch, das der abgetrennte Kopf machte, der gerade noch auf den Schultern ihrer Mutter geruht hatte, in ihr aufstieg.

Sie hatte erwartet, dass sie dieselbe Trauer wie vor all den Jahren empfinden würde. Aber das tat sie nicht. Vielleicht war der Schock gerade zu groß oder die Abscheu vor dem, was aus ihrer Mutter geworden war. Oder die allesverschlingende Angst um den Mann, den sie liebte und der bebend zu ihren Füßen lag, nahm sie vollkommen ein.

»Lorcan«, keuchte sie und fiel auf die Knie.

Behutsam hob sie seinen Oberkörper an. Sein

Blut floss über den Boden und Yvaine musste ein Schluchzen unterdrücken, als sie seinen zerfetzten Flügel betrachtete. Die Wunde an seiner Schulter hätte jeden Menschen getötet, Lorcan hätte sie vermutlich überlebt. Doch der Schnitt an der Seite, den ihre Mutter ihm mit dem Dolch zugefügt hatte, ließ ihr Herz schmerzhaft verkrampfen. Die Ränder der Wunde hatten sich fast schwarz gefärbt und ein ätzender Geruch ging davon aus.

Yvaine sah sich nach den anderen um und atmete erleichtert aus, als sie feststellte, dass sie alle lebten und die dunklen Kreaturen sie nicht länger angriffen. Aber ihre Erleichterung währte nur kurz. Lorcan zitterte und sein Gesicht wirkte so blass, als wäre bereits das gesamte Leben aus ihm herausgesaugt worden.

»Du hast es mir nicht gesagt«, brachte er mühsam hervor.

Obwohl er Schmerzen haben musste, rang er sich ein Lächeln ab und legte seine bebende Hand auf ihren Bauch.

»Ich wusste es nicht«, erwiderte sie. »Ich bin mir nicht einmal sicher, ob es stimmt, aber …« Sie blinzelte die Tränen weg. »Das ist jetzt nicht wichtig. Du bist wichtig. Sag mir, wie ich dich retten kann.«

»Gar nicht«, entgegnete er atemlos.

»Das akzeptiere ich nicht«, schrie sie förmlich und legte ihre Hand über seine Wunde.

Lorcan umfasste ihr Handgelenk, zog ihre Hand an seine Lippen und hauchte einen Kuss darauf. »Du bist eine Tigerin, *Theaia ema,* aber das kannst du nicht bekämpfen. Doch wenn du mir einen letzten Wunsch erfüllen willst, dann bleib bei mir, bis …«

»Hör auf«, unterbrach sie ihn mit Tränen in den Augen. »Ich kann Magie in mich aufnehmen. Vielleicht kann ich das Gift aus dir herausziehen, vermutlich schadet es mir nicht, und …«

»Und wenn doch?«, fiel er ihr ins Wort und schüttelte den Kopf. »Ich will nicht, dass du dich und unser *sesavros* in Gefahr bringst. Ihr beide sollt leben.«

»Ich will aber nicht ohne dich leben«, fuhr Yvaine ihn an und ließ ihren Tränen freien Lauf. »Ohne dich bin ich nicht vollkommen.«

Ihr blieb keine Zeit mehr, um zu diskutieren. Über das Gonda-Beeren Gift wusste sie nichts, allerdings über andere Gifte. Gavril war als Kind von einer roten Sandschlange gebissen worden und ein Heiler hatte die Wunde mit einem brennenden Dolch behandelt. Ihr Bruder hatte überlebt. Also zog sie ein Stilett aus ihrem Waffengürtel und betrachtete ihn.

»Was hast du vor?«, fragte Lorcan alarmiert.

Yvaine antwortete nicht, sondern hob ihre Hand mit dem Stilett darin. Die anderen wollten zu ihnen kommen, doch sie bedeutete ihnen, sich nicht zu nähern. »Bleibt weg, ich weiß nicht, ob es mir gelingt«, rief sie ihnen zu.

Dann umfasste sie den Griff fester und konzentrierte sich auf die Flammen, die nur noch schwach um sie loderten. Das schwarze Feuer hatte sich ihrem Willen gebeugt. Es hatte sie Kraft gekostet, diese Magie zu kontrollieren, und sie fühlte sich geschwächt, obwohl die Magie immer noch durch ihren Körper strömte. Aber wenn etwas Lorcan retten konnte, dann diese Flammen.

Das Feuer … das schwarze Feuer hatte diesen Ort erschaffen. Und die Grotte war die Quelle ihrer Magie. Also war es ein Teil von ihr. Am liebsten hätte sie gelacht, weil es ihr so absurd vorkam. Sie hatte die Dämonen wegen dieses Feuers gehasst. Und jetzt liebte sie Lorcan und ausgerechnet diese Flammen würden ihn retten. Sie wusste nicht, ob sie das Feuer jetzt kontrollieren konnte, aber sie musste es versuchen.

Yvaine atmete tief ein und schloss die Augen. Sie verband sich mit der Macht der schwarzen Wüste. Ihre Haut reagierte auf die Hitze des Feuers, das sie hervorrief, und Yvaine biss ihre Zähne zusammen.

Mit aller Kraft, die sie aufbringen konnte, öffnete sie ihre Augen und starrte auf das Stilett, um das sich schwarze Flammen gelegt hatten. Das Geräusch des tosenden Feuers war das Einzige, das sie noch richtig wahrnahm. Die Stimmen der anderen drangen wie aus weiter Ferne an ihr Ohr und sie gab sich nicht die Mühe, ihre Worte verstehen zu wollen. Alles was zählte, war, Lorcan zu retten.

Das war der einzige Weg. In ihrem Inneren machte sich ein seltsames Gefühl breit, dass ihr wagemutiger Plan gelingen würde. Trotzdem konnte sie die Stärke, die Klinge zu bewegen, fast nicht aufbringen. Ihr Arm reagierte kaum noch und ihre Haut war zum Zerreißen gespannt.

Sie blickte zu Lorcan, dessen Gesicht bereits eine gräuliche Farbe angenommen hatte. Nur seine Augen schimmerten noch so blau wie der Himmel.

»Es tut mir leid, wenn ich dir wehtue«, hauchte sie und wusste nicht, ob er es überhaupt hören konnte.

Sie riss ihren Blick von seinen Augen los und starrte auf die schwarze, nässende Wunde. Yvaine sandte ein stummes Gebet an die Mondgöttin und flehte, dass sie ihre schützende Hand über Lorcan legen möge.

Zitternd atmete sie ein, dann stieß sie zu. Lorcan bäumte sich einen Moment auf und schrie gequält, bevor er bewusstlos zusammensackte.

Aus den Augenwinkeln bemerkte Yvaine, wie jemand auf sie zulief.

»Ihr müsst loslassen«, rief die Königin von Visha ihr zu. »Yvaine, beendet den Zauber. Sonst sterbt ihr beide.«

Der Geruch von verbranntem Fleisch stieg in ihre Nase und Yvaine würgte. Verzweifelt versuchte sie, die Klinge aus Lorcans Körper zu ziehen. Die Wundränder waren nicht länger schwarz und die Haut hatte sich bereits zur Hälfte geschlossen. Sie hoffte, dass sie alles Gift mit dem Feuer zerstört hatte. Wenn es ihr allerdings nicht gelang, das Stilett zu entfernen, würde Lorcan verbrennen. Und sie mit ihm.

Sie schrie auf, als jemand ihren Arm umfasste. Yvaine wandte den Kopf und blickte in die dunklen Augen ihres Bruders. Seine Züge wirkten schmerzverzerrt, trotzdem legte er seine zweite Hand auf ihren Arm. Das Feuer fraß sich in seine Kleidung, aber Gavril ließ sie nicht los und Yvaine konnte ihn nicht anflehen, sich in Sicherheit zu bringen. Dafür fehlte ihr die Kraft.

»Es ist gut«, brachte Gavril hervor. »Ich helfe dir. Alles wird gut.«

Auf der anderen Seite erschien eine Person, mit der Yvaine nie gerechnet hätte. Cieran ging neben ihr in die Knie und legte einen Arm um ihren Körper. Das Feuer fraß sich selbst in seine Rüstung, aber der Dämon ließ sie nicht los.

»Ihr habt Lorcans Leben gerettet, jetzt rette ich Eures«, versprach Cieran.

Yvaine fühlte eine angenehme Kühle in sich aufsteigen, als Cierans Magie sich auf ihren Körper legte.

»Es wird alles gut«, sagte er unerwartet sanft. »Ich lasse Euch nicht sterben. Das würde Lorcan mir nie verzeihen. Vertraut mir und erlaubt meiner Magie, Euch zu retten.«

Sie wusste nicht, ob er erkannte, dass sie nickte. Yvaine schloss ihre Lider und sank in Cierans Arme. Vor ihrem inneren Auge sah sie, wie das schwarze Feuer mit einer anderen, dunklen Macht kämpfte. Dann sah sie gar nichts mehr, sondern fühlte nur eine seltsame Leere in sich, die sie vollkommen verschluckte.

Der Duft von Caudis Rosen stieg in ihre Nase und Yvaine kniff die Augen fester zusammen, als helles Sonnenlicht ihr Gesicht berührte. Es war noch zu früh und sie zu müde. Nichts konnte so wichtig sein, um sie jetzt schon aufzuwecken. Vor allem nicht, da sie gerade erst dem Tod entkommen war, und …

Yvaine hielt den Atem an und riss die Augen auf. Mit einem Ruck setzte sie sich auf und griff sich sofort an die Schläfen, als alles um sie in einem Strudel aus hellem Licht und dem Blau ihrer Vorhänge zu verschwimmen drohte.

»Du musst langsamer machen«, sagte Gavril tadelnd zu ihr und drückte sie behutsam in die Kissen ihres Bettes zurück.

»Gavril«, krächzte sie und umfasste seine bandagierte Hand. »Lorcan, wo ist er? Ist er …«

»Shhh«, machte ihr Bruder mit ernstem Gesicht und zog die Decke, die ihr bis zur Hüfte gerutscht war, wieder bis zur Brust hoch. »Du darfst dich nicht zu viel bewegen, sonst reißen deine Wunden wieder auf.«

Yvaine starrte auf die Verbände, die unter ihrem Nachtkleid zu erkennen waren. Ihr ganzer Körper schien bandagiert zu sein.

Ihre Brust wurde eng und sie ließ ihre Hände zu ihrem Bauch gleiten. »Das Kind«, schluchzte sie.

Wenn das Feuer so in ihr getobt hatte, hatte sie dann das ungeborene Leben unter ihrem Herzen verloren? Und Lorcan? Hatte sie zumindest ihn retten können?

Tränen liefen über ihre Wangen und sie gab sich keine Mühe, sie wegzuwischen, als es klopfte. Unvermittelt ging die Tür auf und das Rascheln von Flügeln ließ Yvaine den Kopf heben. Ihr Herz schlug wild, bis sie erkannte, dass Cieran und Meira eingetreten waren und nicht Lorcan.

»Ich bin froh, dass Ihr wach seid«, verkündete Meira, löste sich von Cieran und trat auf das Bett zu.

Als Yvaine keine Anstalten machte, sie aufzuhalten, ließ Meira sich am Bettrand nieder und umfasste ihre Hand. Yvaine musterte den Dämonenkönig, der mit vor der Brust verschränkten Armen im Türrahmen stehen blieb. Sie erinnerte sich vage daran, dass er es gewesen war, der ihr Leben gerettet hatte. Jetzt, da sie ihn betrachtete, bemerkte sie die Bandagen um seine Hände. Offensichtlich hatte die Magie auch ihm Schaden zugefügt, genau wie Gavril.

»Wir waren nicht sicher, wann Ihr das Bewusstsein wiedererlangen würdet. Ihr habt Eurem Körper einiges abverlangt«, brachte Meira Yvaines Gedanken wieder in das Hier und Jetzt zurück.

Yvaine atmete viel zu schnell, während sie versuchte, das Schluchzen zu unterdrücken. Meira tätschelte ihre Hand mitfühlend.

»Sorgt Euch nicht«, sagte sie und beugte sich mit einem verschwörerischen Lächeln ein Stück nach vorn, um Yvaine ins Ohr zu flüstern. »Eurem Kind geht es gut.«

»Woher wisst Ihr …?«, keuchte Yvaine und räusperte sich. »Können wir uns vertrauter ansprechen? Nach allem, was geschehen ist …«

»Das würde mich sehr freuen, Yvaine«, antwortete Meira. »Und ich weiß von deinem Kind, weil ich seine Magie fühlen kann. Genau hier.«

Sie deutete auf eine Stelle knapp unter Yvaines Nabel. Erleichtert atmete Yvaine aus und drückte Meiras Hand. Ihr Magen verkrampfte sich, als das Lächeln aus Meiras Gesicht verschwand, und Yvaine klammerte sich an ihrer neuen Freundin fest.

»Was ist mit Lorcan?«, fragte sie fast lautlos. »Wieso ist er nicht hier?«

Schwere Schritte erklangen bei der Tür und Yvaine wagte es nicht, zu atmen, bis Lorcan auf die Prinzen von Visha gestützt den Raum betrat.

»Weil er einen dramatischen Auftritt braucht«, murmelte Cieran und machte Platz für seinen Freund.

Lorcan löste sich von den Prinzen und humpelte auf das Bett zu. Meira ließ Yvaines Hand los, stand auf und flüsterte Lorcan etwas im Vorbeigehen zu, das Yvaine nicht verstand. Mit einem Nicken ging Lorcan weiter und blieb knapp vor ihrem Bett stehen.

Seine Miene war ernst und dunkle Schatten lagen unter seinen Augen. »Würdet ihr uns einen Moment allein lassen?«, fragte er mit brüchiger Stimme.

Er hatte die Worte kaum ausgesprochen, da verließen die anderen bereits den Raum. Gavril ging als Letzter. Er warf Yvaine einen aufmunternden Blick zu, dann schloss er die Tür.

Bevor Yvaine fragen konnte, was los war, sank Lorcan vor dem Bett auf die Knie und senkte seinen Kopf.

»Ist alles in Ordnung?«, stieß Yvaine ängstlich aus.

»Nein, nichts ist in Ordnung«, erwiderte Lorcan und hob seine Hand, als Yvaine ihre Beine aus dem Bett schwang. »Ich weiß, ich habe kein Recht, dich um Vergebung zu bitten, aber dennoch flehe ich dich an, mir zu verzeihen.«

»Dir was zu verzeihen?«, fragte sie und blinzelte verwirrt.

Lorcan hob den Kopf und blickte ihr in die Augen. »Dass ich deine Mutter getötet habe.« Er rang die Hände. »Ich schwöre dir, ich hatte nicht vor, sie umzubringen, ich wollte sie nur aufhalten, damit sie dir nicht schaden kann. Aber dann habe ich … ich habe …«

Yvaine konnte nicht länger im Bett liegen bleiben, während er Abbitte leistend vor ihr kniete. Sie versuchte aufzustehen und keuchte, als ihre Beine unter ihr nachgaben. Lorcan reagierte schnell, schloss seine Arme um sie und fing ihren Sturz ab. Trotzdem stöhnte sie vor Schmerzen, weil jede Stelle ihres Körpers in Flammen zu stehen schien.

»Es tut mir leid«, hauchte er. »Meinetwegen leidest du solche Qualen.«

Sie vergrub die Finger im Stoff seiner Tunika und lehnte die Stirn an seine Schulter. »Du bist das alles wert«, erwiderte sie. »Und es gibt nichts zu vergeben. Du bist nicht schuld am Tod meiner Mutter.«

»Aber ich habe sie …«

»Du hast mich beschützt vor dem, was aus ihr geworden ist«, unterbrach sie ihn und schluckte gegen die Enge in ihrer Kehle an. »Ich hatte noch keine Zeit über alles, was geschehen ist, nachzudenken. Aber nachdem sie mir gestanden hat, dass sie für den Tod meines Bruders verantwortlich ist und bereit wäre, sowohl Gavril als auch mich zu opfern, nur weil sie dachte, Sisun auf diese Weise zu schützen …« Yvaine atmete tief aus. »Für mich ist meine Mutter vor vielen Jahren gestorben. Ich will sie als die Frau in Erinnerung behalten, die sie einmal war. Nicht als das hasserfüllte Wesen, das sich all die Jahre vor mir versteckt hat, um eines Tages blutige Rache nehmen zu können.«

»Also hat sie immer als Cadmus an deiner Seite gelebt«, murmelte Lorcan.

Yvaine nickte und schmiegte sich an ihn. »Ich weiß nicht, warum sie so viel Hass in sich trug, und ich werde es wohl nie erfahren. Vielleicht hätte ich es ohnehin nicht verstanden. Aber sie war bereit, alles zu opfern, um die Dämonen zu vernichten. Das ist nicht der Weg, den ich gehen möchte.«

Sie rückte ein Stück von ihm ab und griff nach seiner Hand. Zögerlich führte sie seine Finger zu ihrem Bauch und Lorcan sog den Atem ein, als seine Fingerspitzen über den Stoff ihres Nachthemds strichen.

»Ich wollte den Frieden schon, bevor ich es wusste«, sagte sie leise. »Aber jetzt will ich ihn noch mehr.«

Lorcan senkte seine Lider. »Nur brauchst du den Schutz der Dämonen nicht länger«, meinte er. »Wie es aussieht, werden die dunklen Kreaturen dir nie wieder gefährlich werden. Im Gegenteil, jetzt könntest du sie einsetzen, um uns zu bekämpfen.«

»Cieran hätte mich sterben lassen können, nachdem ich dein Leben gerettet hatte«, erwiderte sie. »Aber er hat es nicht getan.«

»Wenn ich herausgefunden hätte, dass er dir nicht geholfen hat …«, knurrte Lorcan, bis Yvaine einen Finger auf seine Lippen legte.

»Hättest du es denn je herausgefunden?«, fragte

sie und wartete seine Antwort nicht ab. »Worauf ich hinauswill, ist, dass er mir, ohne eine Gegenleistung zu erwarten, geholfen hat. Und ich bin die Kämpfe so leid. Ich möchte nicht so enden wie meine Mutter.«

Lorcan betrachtete sie nachdenklich. »Meinst du, dein Volk wird den Frieden akzeptieren? Wenn die Dämonen euch beschützt hätten, gäbe es einen Grund. Aber jetzt …«

»Jetzt schlagen wir ein neues Kapitel in der Geschichte Sisuns auf«, entgegnete Yvaine. »Wir schmieden eine Allianz mit Visha und den Dämonen, damit wir einer sicheren und friedlichen Zukunft entgegenblicken können. Vielleicht wird es einige Zeit in Anspruch nehmen, aber früher oder später werden die Menschen erkennen, dass diese Verbindung das Richtige ist.«

Ihr Herz flatterte, während sie in seine Augen blickte und sich langsam nach vorn beugte. Seine Lippen strichen behutsam über ihre und ein angenehmes Prickeln zog durch ihren Körper. Bevor er sie jedoch richtig küssen konnte, schob sie ihn von sich.

»Da ist noch etwas, das ich dir sagen muss«, meinte sie ernst.

Lorcan musterte sie verwirrt und nickte kaum merklich, um sie zu ermutigen weiterzusprechen.

Yvaine atmete tief durch und hielt dem Blick aus seinen himmelblauen Augen stand. »Als ich unter dem Bann meiner Mutter stand, hast du mir gesagt, was *ra nitiem* bedeutet«, murmelte sie.

Seine Wangen veränderten die Farbe und er räusperte sich. »Ich wollte es dir nicht so sagen«, gestand er. »Eigentlich wollte ich dir meine Liebe schon lange davor richtig gestehen. Aber ich habe nie den richtigen Zeitpunkt gefunden und …«

»*Ra nitiem,* Lorcan«, unterbrach sie ihn hastig, weil sie fürchtete, sonst nicht den Mut dafür zu finden.

Bevor er etwas erwidern konnte, schlang sie ihre Arme um ihn und bedeckte seine Lippen mit ihren. Lorcan erwiderte den Kuss und gab ihr den Halt, den sie jetzt brauchte.

»Ich hatte solche Angst, dich zu verlieren, bevor ich es dir sagen konnte«, schluchzte sie, nachdem sie den Kuss beendet hatte. »Ich wollte, dass du es weißt, aber …«

»Yvaine«, unterbrach er sie mit einem Schmunzeln und strich ihre Tränen fort. »Ich weiß es längst. Du musst es mir nicht sagen.« Er lehnte seine Stirn an ihre. »Und ich weiß auch, dass du meine Liebe spüren kannst. Aber von heute an werde ich dir nicht nur zeigen, dass ich dich liebe, sondern es dir jeden Tag sagen. Solange du mich bei dir sein lässt.«

»Du hast vergessen, dass du mir gehörst«, murmelte sie mit einem neckischen Lächeln. »Und ich werde dich nie mehr gehen lassen.« Sie umfasste sein Gesicht mit den Händen. »Oder hast du Einwände?«

»Nein, *Theaia ema*«, erwiderte er und stahl sich einen Kuss von ihren Lippen. »Meine Seele, mein Herz und mein Schicksal gehören für den Rest der Zeit dir.«

EPILOG - LORCAN

6 Jahre später

Er stand am Rand des Gartens und wiegte das kleine Bündel in seinen Armen. Sein Blick wanderte zu dem Pavillon, in dem es sich Yvaine und Meira bequem gemacht hatten. Beide stillten ihre Neugeborenen, während ein Junge mit blondem Haar und ein etwas jüngeres Mädchen mit schneeweißen Locken über die Wiese tollten.

»Hättest du je gedacht, dass wir ausgerechnet in der Welt der Menschen solchen Frieden empfinden könnten?«, fragte Lorcan an Cieran gewandt.

Der Dämonenkönig stand neben ihm und beobachtete das Treiben im verborgenen Garten, bevor er sich seinem Freund zuwandte.

»Ich hätte vor allem nie gedacht, dass du einmal

so seelenruhig ein Kind halten würdest«, meinte Cieran mit einem Schmunzeln.

»Sie ist nun einmal meine einzige Tochter bisher«, entgegnete Lorcan und strich über das kleine Gesicht. »Und wenn sie so wird wie ihre Mutter, werde ich wohl nie wieder Schlaf finden, sobald sie ein wenig älter ist.«

»Hmm«, machte Cieran nur und klopfte ihm auf die Schulter. »Wenn sie tatsächlich wie ihre Mutter wird, brauchst du dir um sie keine Sorgen zu machen. Sie kann sich dann allein gegen alles und jeden wehren. Selbst gegen ihre beiden Brüder.«

Lorcan lachte leise, um das schlafende Kind nicht zu wecken. »Ja, wohl wahr.« Er blickte nach vorn zu den beiden Königinnen, die miteinander sprachen und kicherten. »Nach all den Jahren im Krieg habe ich beinah den Glauben verloren, dass wir einmal glücklich sein würden.« Er sah Cieran schief von der Seite an. »Du weißt, dass wir den Frieden vor allem den Bündnissen, die unsere Frauen und ihre Familien geschmiedet haben, verdanken. Oder?«

»Natürlich«, brummte Cieran. »Ohne sie wären wir heute nicht hier.«

»Ich bewundere Meira ja immer noch dafür, dass sie aus dir einen richtigen König machen konnte«, meinte Lorcan gespielt ernst.

»Wann ist es dazu gekommen, dass du ungestraft so mit mir reden darfst?«, fragte Cieran mit einem schiefen Grinsen.

»In dem Moment, als Yvaine mich zum König von Sisun gemacht hat und du und ich ebenbürtig wurden?«, schlug Lorcan vor.

Cieran atmete geräuschvoll aus. »Wir waren immer ebenbürtig, Lorcan. Sonst hätte ich dir nie erlaubt, mir meine Fehler aufzuzeigen. Ohne dein Eingreifen wären Meira und ich nie zusammengekommen und wir stünden nicht hier. Dafür werde ich dir immer dankbar sein.«

»Und ich werde nie vergessen, dass du es warst, der Yvaine gerettet hat«, entgegnete Lorcan und wurde dann ernst. »Manchmal frage ich mich, ob dieses Glück von Dauer sein kann.«

»Ich weiß nicht, wie Yvaine dich erträgt, aber …«

»Davon rede ich nicht«, unterbrach Lorcan ihn finster. »Ich habe einfach Angst, dass wir uns zu sicher wähnen. Das haben wir schon einmal.«

Cieran musterte ihn eine Weile. »Die Angst, das, was wir lieben, zu verlieren, werden wir immer in uns tragen. Aber wir dürfen sie nicht unser Leben bestimmen lassen. Und warst es nicht du, der gerade festgestellt hat, dass unsere Frauen mächtige Bündnisse geschmiedet haben? Immerhin … haben sie die Trennung der Welten aufgehalten und die meisten Reiche der vier Kontinente erkennen uns als Verbündete an.«

»Ich weiß.« Lorcan seufzte und betrachtete das kleine Gesicht seiner Tochter. »Wir werden alles tun, um den Frieden zu wahren.«

»Das werden wir«, versprach Cieran ihm. »Irgendwann sind die Erzählungen über den Krieg zwischen Dämonen und Menschen nichts weiter als Geschichten.«

Lorcan nickte. Seine Mundwinkel wanderten nach oben, als Yvaine ihnen winkte.

»Ich glaube, unsere Frauen vermissen uns«, meinte Cieran

»Dann gehen wir besser zu ihnen«, sagte Lorcan. »Die Königin seines Herzens sollte man niemals warten lassen.«

GLOSSAR

Theaia ema = *Meine Königin*
Pantela ema = *mein Tiger*
Sesavros = *Schatz*
Lishunár = *Verflucht*
Ra nitiem = *Ich liebe dich/ich bete dich an*

DANKSAGUNG

Es ist also einmal mehr soweit: eine Geschichte endet und ich … bin wehmütig.

Es war wirklich schön, gemeinsam mit Lorcan und Yvaine noch einmal in die Welt der Dämonen und Menschen zurückzukehren. Die beiden zu begleiten hat mir unglaublich viel Spaß gemacht, weil sie ein wirklich interessantes Paar sind. Yvaine hat das richtige Feuer in sich - im wahrsten wie im übertragenen Sinn. Sie ist ein wirklich spannender Charakter gewesen. Und Lorcan … ja, Lorcan ist etwas Besonderes. Seine Vergangenheit zu beleuchten war für mich herzzerreißend, weil ich ihm eine Rolle gegeben habe, die in der Geschichte von Meira und Cieran nicht vorhersehbar war. Aber genau das machte für mich den Reiz von Lorcan aus. Er ist mehr, als man auf den ersten Blick erkennt.

Irgendwie … bin ich noch immer nicht ganz bereit, meine Reise durch den Áedhmos (wie ich das Universum, in dem die Geschichte spielt, nenne), zu verlassen. Immerhin hat sich quasi ein neues Paar in dieser Geschichte vorgestellt.

Ob das mit Eletta und Léas gut gehen kann? Man wird es sehen. Versprochen. Denn ich habe meinen wunderbaren Testlesern Hanna Porepp, Anna-Maria

Schwalm und Alexandra Götz zugesichert, dass Eletta und Léas eine Chance bekommen, sich zu beweisen.

Ihr dürft euch also noch einmal freuen, die Reise geht in die nächste Runde.

Ich hoffe, euch hat diese Geschichte gefallen und ich freue mich schon auf die nächste Reise mit euch!

ÜBER DEN AUTOR

Biografie

Wer die 1984 geborene Bettina E. Pfeiffer nach ihren Geschichten fragt, sollte Zeit mitbringen. Denn neben ihrer Familie sind ihre teils eigensinnigen Charaktere ihre große Liebe. Deswegen verbringt sie viel Zeit in mystischen Welten voller Magie, Dämonen, Göttern und Sagengestalten. Über mangelnde Ideen kann sich die studierte Betriebswirtin nicht beklagen, wohl aber über fehlende Zeit, da Familie, Katzen, Haushalt und Job neben dem Schreiben nicht zu kurz kommen dürfen.

Nichts mehr verpassen? Hier gehts zum Newsletter:

facebook.com/B.E.Pfeiff

instagram.com/b.e.pfeiffer

BÜCHER VON B.E. PFEIFFER

Ebenfalls in diesem Kosmos erschienen:

Winterprinzessin - Conquer my Heart

Sinnliche Romantasy

»Die Sternenprinzessin, die du gesucht hast, ist vielleicht wirklich der Schlüssel. Aber möglicherweise anders, als du es erwartet hast.«

Cieran will nur eines: Rache an den Menschen üben. Nachdem auch das letzte Menschenreich vor ihm kapituliert hat, muss er nur noch Prinzessin Meira heiraten, um seinen Plan umzusetzen.

Meira weiß seit Jahren, dass es ihr Schicksal ist, die Gemahlin des Dämonenkönigs zu werden. Sie soll Cieran den Tod bringen und so die Menschheit von seiner Herrschaft befreien.

Doch schon bei ihrer ersten Begegnung bröckelt die Entschlossenheit der beiden, ihre Ziele zu verfolgen. Weder Meira noch Cieran hätten mit dem, was die Nähe des anderen in ihnen auslöst, gerechnet. Können sie einander retten oder werden sie sich gegenseitig zerstören?

"Winterprinzessin - Conquer my Heart" ist ein abgeschlossener Einzelband. Da einige sinnliche Szenen darin vorkommen, ist das empfohlene Lesealter über 16 Jahre.

Weitere Bücher:

Kiss the Duke - Creme brûlée zu Weihnachten

Manchmal muss man einen Neuanfang wagen. Das denkt auch Fine, als sie kurz vor Weihnachten ihre Heimat und ihren sicheren Job als Anwältin hinter sich lässt. Der Plan: in London ihren Traum von einer eigenen Konditorei leben und sich nur darauf konzentrieren. Doch schon am ersten Abend begegnet sie einem Mann, der ihr nicht mehr aus dem Kopf geht. Fine ist verwirrt über die Anziehung, die er auf sie ausübt, und schon bald scheint sie mit ihm ein echtes Weihnachtswunder zu erleben. Allerdings ist Henry nicht irgendein Mann. Er ist der zukünftige Duke von Westminster und bekannter Herzensbrecher …

Haunted Hearts

Ein Fluch, acht Häuser und eine starke Liebe ...

Drei Jahre nach ihrer Flucht aus Paris kehrt Isabelle d'Hiver zurück in das Haus ihrer Ahnen. Zurück zu den Erinnerungen an einen Mann, der ihr Herz gebrochen hat, und einer uralten Magie, die immer dunkler zu werden scheint.

Direkt nach ihrer Ankunft muss sie sich einer hasserfüllten Macht und lange gehüteten Familiengeheimnissen stellen. Dabei erhält sie unerwartet Hilfe von Balthasar, einem der stärksten Magiebegabten und Mitglied des dunklen Hauses Ivoire. Doch auch Balthasar verbirgt etwas und Isabelle muss sich entscheiden, wem sie weiterhin vertrauen kann. Ein Spiel gegen die Zeit beginnt, als die Magie die Menschheit zu vernichten droht. Und dann wäre da noch der Fluch, der auf Isabelles Herz liegt und es an jemanden bindet, der eigentlich nicht mehr am Leben ist …

Ein magisch, mystischer Einzelband, der den Leser in das Paris des späten 19. Jahrhunderts entführt.

Gott der Diebe - die komplette Trilogie

Göttliche Romantasy mit einem Gott wider Willen

Hermes will eigentlich nur ein ruhiges Leben unter den Menschen führen. Da er als unsterblicher Gott nicht altert, muss er regelmäßig seine Identität wechseln. Kurz bevor er seinen neuen Job antritt lernt er Shenan kennen und fühlt sich sofort zu ihr hingezogen. Aber Hermes weiß, dass er sie in Gefahr bringt und stößt sie von sich.

Zu blöd, dass ausgerechnet Shenan seine neue Vorgesetzte wird. Als dann auch noch ein zwielichtiger Millionär auftaucht und ihm einen Job anbietet, überschlagen sich die Ereignisse. Hermes wird gezwungen ein kostbares Artefakt stehlen und Shenan soll ihm helfen. Dabei kommen sich die beiden näher und entdecken das Geheimnis der Libellenmagie.

Ein Wettlauf gegen die Zeit rund um die Welt beginnt. Können Shenan und Hermes aufhalten, was ein machtgieriges Wesen vor Jahrtausenden in Gang gesetzt hat? Und finden sie wieder zueinander?

Reise mit Hermes einmal rund um die Welt und finde die drei magischen Libellenartefakte.

Dieses Ebook Bundle enthält

- ***Libellenmagie (Band 1)***
- ***Libellenunsterblichkeit (Band 2)***
- ***Libellenzorn (Band3)***
- ***zwei exklusive Kurzgeschichten die vor und nach der Trilogie spielen***